中国历代**诗词**精选读本

乔继堂 编注

中国书籍出版社
China Book Press

图书在版编目（CIP）数据

中国历代诗词精选读本 / 乔继堂编注. —北京：中国书籍出版社，2010.1
（美丽中文悦读书系 / 乔继堂主编）
ISBN 978-7-5068-2023-3

Ⅰ. ①中… Ⅱ. ①乔… Ⅲ. ①古典诗歌—作品集—中国 Ⅳ. ①I222

中国版本图书馆 CIP 数据核字（2009）第 226624 号

中国历代诗词精选读本

乔继堂　编注

责任编辑	牛　超　武　斌
责任印制	孙马飞　马　芝
出版发行	中国书籍出版社
地　　址	北京市丰台区三路居路 97 号（邮编：100073）
电　　话	（010）52257143（总编室）　（010）52257140（发行部）
电子邮箱	chinabp@vip.sina.com
经　　销	全国新华书店
印　　刷	三河市华东印刷有限公司
开　　本	700 毫米 × 1000 毫米　1/16
字　　数	378 千字
印　　张	26
版　　次	2014 年 1 月第 2 版　2019 年 5 月第 3 次印刷
书　　号	ISBN 978-7-5068-2023-3
定　　价	69.00 元

版权所有　翻印必究

前　言

任何一种语言的美丽都有其载体，那就是它千古流传的华章；与此相应，我们要领略一种语言的美丽，乃至感受一个民族的精神气质和生活趣味，也必然要通过它那些千古流传的华章。我们从康德的哲学著作中揣摩德文的严谨，从蒙田散文中领略法文的优雅，从莎翁戏剧中体会英文的矜重，从普希金诗歌中见识俄文的奔放，从川端康成随笔中品味日文的暧昧……

当然，一种美丽的语言肯定不会是单调平板的，它的美丽自有其丰富性和灵动性。而各体文章则从不同的角度全面体现着这种美丽语言的丰富和灵动。诸如诗歌体现的结构美和音乐美，论说文体现的严密性和规范性，戏剧、小说体现的丰富表现力和感染力，乃至于日常书牍体现的周详礼貌、曲尽人情……

在人类语言的百花园中，中文是一朵绚烂夺目的奇葩。它的表意文字特点，它的四声变化，它的整饬对偶，它的表现能力都是出类拔萃的。尤其是其文体之丰赡，可谓举世罕匹。人们熟知的诗词曲赋、书论传赞、传奇话本、宫调杂剧，以及相对专门的奏疏、对策、序跋、碑铭……几乎不胜枚举。而中文的美丽，也就体现在这千古流传的各体华章中。

为了与广大读者一起领略中文之美，品赏中文之精妙，我们专门编写了这套"美丽中文悦读"书系。书系按体裁分册，计有《中国历代诗词精选读本》、《中国历代散文精选读本》、《中国历代白话小说精选读本》、《中国历代文言小说精选读本》、《中国历代传记精选读本》、《中国历代戏剧精选读本》六种，基本上涵盖了中国古典文学的重要作品和经典篇章。

《中国历代诗词精选读本》选录从先秦至近代的诗词佳作。其中既有民众的集体创作，更多的是文人的作品，也有无名氏的篇什。

选目突出一个"美"字，所以那些时代印迹突出而文采不彰的作品未予收录。同时，基于诗词自身发展的特点，更多地选取了古典诗词最为辉煌的唐宋时代的作品。

　　《中国历代散文精选读本》选录从先秦至近代的散文。体裁上涉及各种文体，只是传记作品留给了书系中专门的一种。选录的标准仍旧是名家名篇，尤其注重作品的抒情、叙事、说理之美，而不以存史料、明学术为尚。

　　《中国历代白话小说精选读本》主要选收宋代的话本和明代的拟话本。选收时除注重文字之美外，特别考虑了三个方面，一是反映我国古代白话短篇小说的总体发展脉络；二是兼顾各种题材；三是考虑作品的知名度及其与姊妹艺术的关系。

　　《中国历代文言小说精选读本》主要选录魏晋以来直到晚清的作品。文言短篇小说是中国叙事文学的宝藏，如今人们耳熟能详的各类故事（表现为小说、戏曲、曲艺）有许多本于文言短篇小说。这也正是本书选目所依据的一个主要因素。与此同时，选目还考虑了题材因素，较多地选取了虚构作品而少选依托真实历史人物的作品，以充分体现"小说"的本色。

　　《中国历代传记精选读本》选收从先秦至近代的传记作品。之所以单列传记为一册，缘于我国自古以来书史不分的传统，缘于千百年来脍炙人口的华章美文有相当一部分是传记作品的状况。本书所录，正史中的著名列传占了相当的比例，此外则是其他散见的精彩篇什。体裁上除了史传外，还有叙、记、状等；篇幅上，有《项羽本纪》那样的"长篇"，也有《芋老人传》那样的"短幅"。

　　《中国历代戏剧精选读本》选录自元至清的作品。由于篇幅所限，多为节选。且由于是文学选本，晚近的演出本未能入选。尽管如此，中国古典戏剧的精美之处已尽在其中。戏剧作为一门综合艺术，兼有诗、文、小说的特点，或许更能体现中文的美丽和精妙。

　　美丽的中文也要"悦读"才好。为此，编写这套丛书时，我们除着意选取美文外，还在编排上作了适应时代的人性化设计：作者简介，侧重文采而非功行；题解导读，三言两语，留不尽余味请读者细品；注释注音，则尽可能全面详尽，扫清通向美的路障。特别值得一提的是，本套书的注释随文侧排，与正文一一对应，极大地免除了读者的翻检之劳，可以最大限度地方便读者阅读，使读者轻松享受探美历程的娱悦。与坊间流行的各种古典文学注释本相比，这样的编排方式是一种新颖的创造，它的诸种优点读者在使用后一定能切实体会到。

那么好吧，现在就让我们捧起这套书，满心喜悦地出发，踏上品赏中文之美的浪漫、快乐旅程。

编　者

2010 年 1 月

目 录

先秦两汉编

《诗经》
    关雎 …………………… (3)
    静女 …………………… (3)
    氓 ……………………… (4)
    木瓜 …………………… (5)
    君子于役 ……………… (6)
    溱洧 …………………… (6)
    出其东门 ……………… (7)
    伐檀 …………………… (8)
    硕鼠 …………………… (9)
    蒹葭 …………………… (9)
    无衣 …………………… (10)
    七月 …………………… (11)
    生民 …………………… (13)

屈原
    离骚 …………………… (15)
    湘夫人 ………………… (28)

张衡
    四愁诗 ………………… (30)

秦嘉
    赠妇诗 ………………… (32)

蔡琰
    悲愤诗 ………………… (33)

乐府民歌
    战城南 ………………… (36)
    上邪 …………………… (36)
    有所思 ………………… (37)
    陌上桑 ………………… (37)
    饮马长城窟行 ………… (39)
    长歌行 ………………… (39)
    艳歌行 ………………… (40)
    孔雀东南飞 …………… (40)
    江南可采莲 …………… (47)

古诗十九首
    行行重行行 …………… (48)
    青青河畔草 …………… (48)
    西北有高楼 …………… (49)
    涉江采芙蓉 …………… (49)
    明月皎夜光 …………… (50)
    迢迢牵牛星 …………… (50)
    生年不满百 …………… (51)
    客从远方来 …………… (51)
    明月何皎皎 …………… (52)
    上山采蘼芜 …………… (52)
    十五从军征 …………… (53)
    步出城东门 …………… (53)

魏晋南北朝编

曹操
  观沧海 …………… (57)
  龟虽寿 …………… (57)
  短歌行 …………… (58)

曹丕
  燕歌行 …………… (59)

陈琳
  饮马长城窟行 …………… (60)

王粲
  七哀诗 …………… (61)

曹植
  白马篇 …………… (62)
  赠白马王彪 并序 ……… (62)
  杂诗 …………… (64)

阮籍
  咏怀 …………… (65)

嵇康
  赠秀才入军 …………… (66)

左思
  咏史 …………… (67)

刘琨
  重赠卢谌 …………… (68)

陶渊明
  归园田居 …………… (69)
  饮酒 …………… (70)
  癸卯岁始春怀古田舍 …… (70)
  咏荆轲 …………… (71)
  读山海经（选二）…… (71)

谢灵运
  登池上楼 …………… (73)

鲍照
  代出自蓟北门行 ……… (74)

陆凯
  赠范晔诗 …………… (75)

谢朓
  晚登三山还望京邑 …… (76)
  游东田 …………… (77)

陶宏景
  诏问山中何所有赋诗以答
  …………… (78)

王籍
  入若耶溪 …………… (79)

徐陵
  关山月 …………… (80)

庾信
  拟咏怀 …………… (81)
  寄王琳 …………… (81)

南朝民歌
  子夜四时歌 …………… (82)
  华山畿 …………… (82)
  西洲曲 …………… (83)

北朝民歌
  木兰诗 …………… (84)
  敕勒歌 …………… (86)

隋唐五代编

薛道衡
  人日思归 …………… (89)
  昔昔盐 ……………… (89)
王绩
  野望 ………………… (90)
王勃
  送杜少府之任蜀州 …… (91)
卢照邻
  长安古意 …………… (92)
骆宾王
  在狱咏蝉 …………… (95)
杨炯
  从军行 ……………… (96)
贺知章
  咏柳 ………………… (97)
陈子昂
  感遇 ………………… (98)
  登幽州台歌 ………… (98)
张若虚
  春江花月夜 ………… (99)
张九龄
  望月怀远 …………… (101)
  湖口望庐山瀑布 …… (101)
孟浩然
  春晓 ………………… (102)
  望洞庭湖赠张丞相 … (102)
  宿建德江 …………… (103)
  过故人庄 …………… (103)
王之涣
  登鹳雀楼 …………… (104)

  凉州词 ……………… (104)
李颀
  古从军行 …………… (105)
王湾
  次北固山下 ………… (106)
崔颢
  黄鹤楼 ……………… (107)
王昌龄
  芙蓉楼送辛渐 ……… (108)
  从军行 ……………… (108)
  出塞 ………………… (109)
  长信秋词 …………… (109)
  闺怨 ………………… (110)
常建
  题破山寺后禅院 …… (111)
王维
  渭川田家 …………… (112)
  山居秋暝 …………… (112)
  终南山 ……………… (113)
  观猎 ………………… (113)
  鹿柴 ………………… (114)
  竹里馆 ……………… (114)
  鸟鸣涧 ……………… (114)
  九月九日忆山东兄弟
   …………………… (115)
  相思 ………………… (115)
  送元二使安西 ……… (115)
  使至塞上 …………… (116)
李白
  蜀道难 ……………… (117)

行路难 …………… (119)
将进酒 …………… (119)
梦游天姥吟留别 …… (120)
宣州谢朓楼饯别校书叔云
　　………………… (122)
长干行 …………… (123)
塞下曲 …………… (124)
赠汪伦 …………… (124)
黄鹤楼送孟浩然之广陵
　　………………… (124)
闻王昌龄左迁龙标遥有
　此寄 …………… (125)
陪侍郎叔游洞庭醉后
　　………………… (125)
望庐山瀑布 ……… (125)
望天门山 ………… (126)
早发白帝城 ……… (126)
渡荆门送别 ……… (126)
静夜思 …………… (127)
子夜吴歌 ………… (127)
秋浦歌（选二）…… (128)
峨眉山月歌 ……… (128)
越中览古 ………… (129)
菩萨蛮 …………… (129)
忆秦娥 …………… (130)

高适
燕歌行 …………… (131)
营州歌 …………… (132)
别董大 …………… (132)

岑参
走马川行奉送封大夫出师
　西征 …………… (133)
白雪歌送武判官归京 …… (134)
逢入京使 ………… (135)

杜甫
春夜喜雨 ………… (136)
望岳 ……………… (136)
登岳阳楼 ………… (137)
春望 ……………… (137)
月夜 ……………… (138)
江畔独步寻花七绝句（选二）
　　………………… (138)
绝句 ……………… (139)
赠花卿 …………… (139)
客至 ……………… (139)
蜀相 ……………… (140)
阁夜 ……………… (140)
闻官军收河南河北 …… (141)
登高 ……………… (141)
咏怀古迹 ………… (142)
丽人行 …………… (142)
观公孙大娘弟子舞剑器行
　并序 …………… (143)
自京赴奉先县咏怀五百字
　　………………… (145)
兵车行 …………… (147)
石壕吏 …………… (148)
新婚别 …………… (149)
茅屋为秋风所破歌 …… (150)
旅夜书怀 ………… (151)
登岳阳楼 ………… (151)

刘长卿
逢雪宿芙蓉山主人 …… (152)
送灵澈上人 ……… (152)

元结
贫妇词 …………… (153)

张志和
渔父 ……………… (154)

韦应物
  滁州西涧 …………… (155)
  调笑 ………………… (155)
卢纶
  塞下曲 ……………… (156)
李益
  夜上受降城闻笛 …… (157)
  春夜闻笛 …………… (157)
孟郊
  游子吟 ……………… (158)
  游终南山 …………… (158)
韩愈
  山石 ………………… (159)
  左迁至蓝关示侄孙湘
   …………………… (160)
柳宗元
  登柳州城楼寄漳汀封连四州
    刺史 ……………… (161)
  江雪 ………………… (161)
  渔翁 ………………… (162)
刘禹锡
  竹枝词 ……………… (163)
  乌衣巷 ……………… (163)
  浪淘沙 ……………… (164)
  西塞山怀古 ………… (164)
  酬乐天扬州初逢席上见赠
   …………………… (165)
  石头城 ……………… (166)
  秋词 ………………… (166)
  望洞庭 ……………… (167)
白居易
  赋得古原草送别 …… (168)
  问刘十九 …………… (168)
  钱塘湖春行 ………… (169)

  卖炭翁 ……………… (169)
  观刈麦 ……………… (170)
  长恨歌 ……………… (171)
  琵琶行 并序 ………… (175)
  忆江南 ……………… (179)
  长相思 ……………… (179)
李绅
  悯农 ………………… (180)
元稹
  行宫 ………………… (181)
  闻乐天左降江州司马
   …………………… (181)
贾岛
  题李凝幽居 ………… (182)
  寻隐者不遇 ………… (182)
胡令能
  小儿垂钓 …………… (183)
李贺
  李凭箜篌引 ………… (184)
  雁门太守行 ………… (185)
  南园（选二） ……… (185)
杜牧
  过华清宫 …………… (186)
  赤壁 ………………… (186)
  泊秦淮 ……………… (187)
  山行 ………………… (187)
  清明 ………………… (188)
  江南春绝句 ………… (188)
李商隐
  夜雨寄北 …………… (189)
  贾生 ………………… (189)
  常娥 ………………… (190)
  锦瑟 ………………… (190)
  无题 ………………… (191)

无题 …………………… （191）
　　登乐游原 ………………（192）
罗隐
　　蜂 ……………………… （193）
王翰
　　凉州词 …………………（194）
韩翃
　　寒食 ……………………（195）
张继
　　枫桥夜泊 ………………（196）
金昌绪
　　春怨 ……………………（197）
敦煌曲子词
　　菩萨蛮 …………………（198）
　　鹊踏枝 …………………（198）
温庭筠
　　商山早行 ………………（199）

　　梦江南 …………………（199）
　　菩萨蛮 …………………（200）
　　更漏子 …………………（200）
韦庄
　　菩萨蛮 …………………（201）
　　思帝乡 …………………（201）
冯延巳
　　谒金门 …………………（202）
　　鹊踏枝 …………………（202）
李璟
　　摊破浣溪沙 ……………（203）
李煜
　　虞美人 …………………（204）
　　浪淘沙 …………………（204）
　　乌夜啼 …………………（205）
　　清平乐 …………………（205）

宋辽编

王禹偁
　　村行 ……………………（209）
　　寒食 ……………………（209）
寇准
　　书河上亭壁 ……………（211）
林逋
　　山园小梅 ………………（212）
范仲淹
　　渔家傲　秋思 …………（213）
　　苏幕遮 …………………（213）
　　江上渔者 ………………（214）
张先
　　天仙子 …………………（215）

　　木兰花　乙卯吴兴寒食
　　　　……………………（215）
晏殊
　　无题 ……………………（217）
　　浣溪沙 …………………（217）
　　蝶恋花 …………………（218）
　　破阵子 …………………（218）
欧阳修
　　戏答元珍 ………………（219）
　　画眉鸟 …………………（219）
　　丰乐亭游春 ……………（220）
　　踏莎行 …………………（220）
　　蝶恋花 …………………（221）

采桑子 …………… (221)

宋祁
玉楼春 …………… (222)

苏舜钦
夏意 ……………… (223)
淮中晚泊犊头 …… (223)

柳永
雨霖铃 …………… (224)
望海潮 …………… (225)
八声甘州 ………… (225)
蝶恋花 …………… (226)

王安石
明妃曲 …………… (227)
泊船瓜洲 ………… (228)
北陂杏花 ………… (228)
登飞来峰 ………… (228)
题西太一宫壁 …… (229)
出郊 ……………… (229)
元日 ……………… (229)
书湖阴先生壁 …… (230)
桂枝香　金陵怀古 … (230)

王观
卜算子　送鲍浩然之浙东
……………………… (231)

晏几道
临江仙 …………… (232)
鹧鸪天 …………… (232)

苏轼
六月二十七日望湖楼醉书
……………………… (233)
饮湖上初晴后雨 … (233)
新城道中 ………… (234)
惠崇春江晓景 …… (234)
题西林壁 ………… (235)

江城子　乙卯正月二十日夜
记梦 …………… (235)
江城子　密州出猎 … (236)
水调歌头 ………… (236)
念奴娇　赤壁怀古 … (237)
蝶恋花 …………… (238)
浣溪沙（二首）… (238)
定风波 …………… (239)
卜算子　黄州定慧院寓居作
……………………… (240)
水龙吟　次韵章质夫杨花词
……………………… (240)

李之仪
卜算子 …………… (241)

黄庭坚
登快阁 …………… (242)
寄黄几复 ………… (242)
雨中登岳阳楼望君山 … (243)
清平乐 …………… (244)

陈师道
绝句 ……………… (245)
示三子 …………… (245)

秦观
望海潮 …………… (246)
鹊桥仙 …………… (246)
踏莎行 …………… (247)
浣溪沙 …………… (247)
满庭芳 …………… (248)

贺铸
青玉案 …………… (249)
鹧鸪天 …………… (249)
六州歌头 ………… (250)

周邦彦
苏幕遮 …………… (251)

六丑　蔷薇谢后作 …… (251)
　　满庭芳　夏日溧水无想山作
　　………………………… (252)
　　西河　金陵怀古 ……… (253)
陈与义
　　伤春 …………………… (254)
　　临江仙 ………………… (254)
李清照
　　如梦令 ………………… (256)
　　一剪梅 ………………… (256)
　　醉花阴 ………………… (257)
　　渔家傲 ………………… (257)
　　永遇乐 ………………… (258)
　　武陵春 ………………… (258)
　　声声慢 ………………… (259)
　　夏日绝句 ……………… (259)
朱敦儒
　　相见欢 ………………… (260)
　　好事近　渔父词 ……… (260)
张元干
　　贺新郎　送胡邦衡待制赴新州
　　………………………… (261)
　　贺新郎　寄李伯纪丞相
　　………………………… (262)
岳飞
　　满江红 ………………… (263)
张孝祥
　　六州歌头 ……………… (264)
　　念奴娇　过洞庭 ……… (265)
杨万里
　　闲居初夏午睡起 ……… (266)
　　闷歌行 ………………… (266)
　　小池 …………………… (267)
　　晓出净慈寺送林子方 … (267)

范成大
　　州桥 …………………… (268)
　　四时田园杂兴 ………… (268)
陆游
　　金错刀行 ……………… (270)
　　游山西村 ……………… (271)
　　临安春雨初霁 ………… (271)
　　剑门道中遇微雨 ……… (272)
　　秋夜将晓出篱门迎凉有感
　　………………………… (272)
　　夜读范至能《揽辔录》言中原
　　　父老见使者多挥涕感其事作
　　　绝句 ………………… (273)
　　十一月四日风雨大作 … (273)
　　钗头凤 ………………… (274)
　　沈园 …………………… (274)
　　书愤 …………………… (275)
　　示儿 …………………… (276)
　　诉衷情 ………………… (276)
　　卜算子　咏梅 ………… (277)
叶绍翁
　　游园不值 ……………… (278)
辛弃疾
　　水龙吟　登建康赏心亭
　　………………………… (279)
　　菩萨蛮　书江西造口壁
　　………………………… (280)
　　摸鱼儿 ………………… (280)
　　青玉案　元夕 ………… (281)
　　清平乐　村居 ………… (281)
　　破阵子　为陈同甫赋壮词
　　　以寄之 ……………… (282)
　　西江月　夜行黄沙道中
　　………………………… (282)

丑奴儿　书博山道中壁
　　………………（283）
鹧鸪天 ……………（283）
西江月　遣兴 ……（284）
永遇乐　京口北固亭怀古
　　………………（284）

陈亮
水调歌头　送章德茂大卿使虏
　　………………（286）

朱熹
春日 ………………（287）
观书有感 …………（287）

刘过
西江月　贺词 ……（289）
沁园春 ……………（289）

姜夔
扬州慢 ……………（291）
踏莎行 ……………（292）
点绛唇　丁未冬过吴松作
　　………………（292）

朱淑真
眼儿媚 ……………（293）
谒金门　春半 ……（293）

翁卷
乡村四月 …………（294）

赵师秀
约客 ………………（295）

林升
题临安邸 …………（296）

许棐
乐府 ………………（297）

史达祖
双双燕　咏燕 ……（298）

刘克庄
北来人 ……………（299）
戊辰书事 …………（299）
贺新郎　送陈真州子华
　　………………（300）
玉楼春　戏林推 …（300）
清平乐　五月十五夜玩月
　　………………（301）

吴文英
唐多令 ……………（302）
风入松 ……………（302）

文天祥
金陵驿 ……………（304）
正气歌　并序 ……（304）
过零丁洋 …………（307）

刘辰翁
永遇乐 ……………（308）

蒋捷
一剪梅　舟过吴江 …（309）
虞美人　听雨 ……（309）

无名氏
九张机 ……………（310）
青玉案 ……………（311）
眼儿媚 ……………（311）

金 元 编

吴激
  题宗之家初序潇湘图 …………… (315)
完颜亮
  题画屏 ………… (316)
党怀英
  渔村诗话图 ………… (317)
耶律楚材
  庚辰西域清明 ………… (318)
元好问
  论诗 ………… (319)
  双调·小圣乐 骤雨打新荷 ………… (319)
刘秉忠
  驼车行 ………… (320)
  清明后一日过怀来 …… (320)
关汉卿
  四块玉 别情 ………… (321)
  一枝花套 不伏老 …… (321)
白朴
  越调·天净沙 春 ………… (323)
  双调·沉醉东风 渔夫 ………… (323)
马致远
  天净沙 秋思 ………… (324)
  耍孩儿套 借马 ………… (324)
刘因
  白沟 ………… (326)
  夏日饮山亭 ………… (326)
  寒食道中 ………… (327)

姚燧
  越调·凭阑人 寄征衣 ………… (328)
  中吕·喜春来 ………… (328)
赵孟頫
  岳鄂王墓 ………… (329)
  见章得一诗因次其韵 ………… (329)
张养浩
  双调·水仙子 咏江南 ………… (330)
  山坡羊 潼关怀古 …… (330)
揭傒斯
  寒夜作 ………… (331)
  女儿浦歌 ………… (331)
张可久
  金字经 春晚 ………… (332)
  中吕·卖花声 怀古 ………… (332)
  正宫·醉太平 刺世 ………… (332)
乔吉
  水仙子 寻梅 ………… (334)
  折桂令 毗陵晚眺 ………… (334)
  正宫·六幺遍 自述 ………… (335)
  越调·凭阑人 金陵道中 ………… (335)
  双调·折桂令 荆溪即事 ………… (335)

钟嗣成
　　正宫·醉太平 ……… （336）
刘时中
　　正宫·端正好　上高监司
　　………………………… （337）
睢景臣
　　哨遍　高祖还乡 …… （340）
贯云石
　　正宫·塞鸿秋　代人作
　　………………………… （342）
　　双调　惜别 ………… （342）
徐再思
　　双调·折桂令　春情 … （343）
　　中吕·朝天子　西湖 … （343）

杨维桢
　　题苏武牧羊图 ……… （344）
　　西湖竹枝歌 ………… （344）
倪瓒
　　寄李隐者 …………… （346）
王冕
　　白梅 ………………… （347）
　　墨梅 ………………… （347）
萨都剌
　　上京即事 …………… （348）
　　竹枝词 ……………… （348）
　　满江红　金陵怀古 … （349）
无名氏
　　正宫　讥贪小利者 … （350）

明清编

杨基
　　长江万里图 ………… （353）
祝允明
　　三月初峡山道中 …… （354）
高启
　　登金陵雨花台望大江 … （355）
　　牧牛词 ……………… （356）
于谦
　　咏煤炭 ……………… （357）
　　石灰吟 ……………… （357）
王磐
　　古调蟾宫　元宵 …… （358）
　　朝天子　咏喇叭 …… （358）
徐渭
　　龛山凯歌　为吴县史鼎庵
　　………………………… （359）

冯惟敏
　　玉芙蓉　喜雨 ……… （360）
　　北双调·河西六娘子
　　　笑园六咏 ………… （360）
梁辰鱼
　　屈原庙 ……………… （362）
王世贞
　　登太白楼 …………… （363）
戚继光
　　登舍身台 …………… （364）
朱载堉
　　山坡羊　十不足 …… （365）
　　南商调·黄莺儿　骂钱 … （365）
　　诵子令　驴儿样 …… （366）
汤显祖
　　黄金台 ……………… （367）

七夕醉答君东 …………（367）
夏完淳
　　即事 ………………………（368）
　　别云间 ……………………（368）
无名氏
　　山歌　月上 ………………（369）
　　劈破玉　耐心 ……………（369）
　　桂枝儿　分离 ……………（369）
　　锁南枝　风情 ……………（370）
　　时尚急催玉 ………………（370）
吴伟业
　　圆圆曲 ……………………（372）
　　自叹 ………………………（375）
顾炎武
　　又酬傅处士次韵 …………（376）
陈维崧
　　贺新郎　纤夫词 …………（377）
王夫之
　　病 …………………………（378）
屈大均
　　壬戌清明作 ………………（379）
朱彝尊
　　桂殿秋 ……………………（380）
　　解珮令　自题词集 ………（380）
蒲松龄
　　聊斋 ………………………（381）
王士禛
　　秦淮杂诗 …………………（382）
　　真州绝句 …………………（382）
查慎行
　　村家四月词 ………………（383）
纳兰性德
　　金缕曲　亡妇忌日有感 …（384）
　　长相思 ……………………（384）

　　如梦令 ……………………（385）
徐大椿
　　道情　时文叹 ……………（386）
郑燮
　　潍县署中画竹呈年伯包大
　　　中丞括 …………………（387）
　　竹石 ………………………（387）
厉鹗
　　湖楼题壁 …………………（388）
袁枚
　　所见 ………………………（389）
赵翼
　　论诗 ………………………（390）
　　抄诗 ………………………（390）
龚自珍
　　己亥杂诗 …………………（391）
林则徐
　　程玉樵方伯德润饯予于兰州藩
　　　廨之若己有园，次韵奉谢
　　　………………………（392）
魏源
　　寰海十章（选二）………（393）
高鼎
　　村居 ………………………（394）
黄遵宪
　　哀旅顺 ……………………（395）
谭嗣同
　　狱中题壁 …………………（396）
梁启超
　　太平洋遇雨 ………………（397）
秋瑾
　　黄海舟中日人索句并见日俄
　　　战争地图 ………………（398）
　　满江红 ……………………（398）

先秦两汉编

《诗经》

　　《诗经》是我国最早的一部诗歌总集。历史上有《诗》、《诗三百》之称；汉儒奉之为经典，故又称《诗经》。《诗经》的产生上起西周初年、下迄春秋中叶，产生的地域包括今陕西、河南、山西、山东和湖北等省的全部或部分地区。《诗经》305篇都是可以入乐的乐歌，按音乐的不同分为风、雅、颂三大类。《诗经》在形式上以四言句式为主，在表现方法上普遍采用赋、比、兴。

关　雎

【题解】《关雎》为《诗经》的第一篇，是一首民间情歌。诗中写一个男子在河边遇上一个采摘荇菜的姑娘，引起了他强烈的爱慕之情，日夜思念，梦中也不忘，希望能亲近她，娶到她。

关关雎鸠，在河之洲①。
窈窕淑女，君子好逑②。
参差荇菜，左右流之③。
窈窕淑女，寤寐求之④。
求之不得，寤寐思服⑤。
悠哉悠哉，辗转反侧⑥。
参差荇菜，左右采之⑦。
窈窕淑女，琴瑟友之。
参差荇菜，左右芼之⑧。
窈窕淑女，钟鼓乐之。

① 关关：雌雄二鸟互相应和的叫声。雎（jū）鸠：水鸟名。河：指黄河。洲：水中高地。
② 窈窕（yǎo tiǎo）：美好的样子。好逑（qiú）：佳偶。
③ 荇（xìng）菜：水生植物，可食用。流：求取。
④ 寤（wù）：醒。寐（mèi）：入睡。
⑤ 思、服：思念。
⑥ 悠：忧思不解的样子。
⑦ 采：取。
⑧ 芼（mào）：拔取。

静　女

【题解】这首诗描写一对青年恋人在城角幽会的情景，从城隅等候、故意躲藏、不见搔首到赠送信物，展现了娴静女子的美好和男子接受姑娘礼物后如痴如醉的内心感受。

静女其姝，俟我于城隅①。
爱而不见，搔首踟蹰②。

静女其娈，贻我彤管③。
彤管有炜，说怿女美④。

自牧归荑，洵美且异⑤。
匪女之为美，美人之贻⑥。

① 姝（shū）：容貌秀丽。俟（sì）：等。城隅：城墙拐角之处。
② 爱：假借字，意为隐蔽。搔首：挠头。踟蹰（chíchú）：同"踟躇"。
③ 娈（luán）：容貌俊俏。贻（yí）：赠送。彤管：红色的管子。
④ 炜（wěi）：红而发亮。有炜，红光闪闪。说：同"悦"。说怿（yì），喜爱。女：同"汝"，指彤管。
⑤ 牧：郊外。归：同"馈"。荑（tí）：初生的茅草。洵（xún）：确实。
⑥ 匪：同"非"。女：同"汝"，指荑草。

氓

【题解】这是一首弃妇的怨诗。女主人公善良、勤劳而又忠于爱情，她用纯洁而诚挚的心去追求爱情和幸福，然而却受欺骗、受凌虐，最终被遗弃。诗中没有大声的愤怒呼喊，然而却对薄情的负心汉以及造成女主人公悲剧的封建社会和封建礼教进行了最有力的控诉。寓抒情于叙事中，是此诗的突出特点。

氓之蚩蚩，抱布贸丝①。
匪来贸丝，来即我谋②。
送子涉淇，至于顿丘③。
匪我愆期，子无良媒④。
将子无怒，秋以为期⑤。

乘彼垝垣，以望复关⑥。
不见复关，泣涕涟涟。
既见复关，载笑载言⑦。
尔卜尔筮，体无咎言⑧。
以尔车来，以我贿迁⑨。

桑之未落，其叶沃若⑩。

① 氓（méng）：民，此指负心的丈夫。蚩蚩：憨厚。也可解作"笑嘻嘻"。布：指布币。贸：买。
② 匪：同"非"。即：就，靠近。
③ 淇：卫国水名。顿丘：卫国邑名，在今河南浚县西。
④ 愆（qiān）期：过期。愆，错过。
⑤ 将（qiāng）：愿，请。无：勿。
⑥ 乘：登。垝（guǐ）垣：毁坏的土墙。复关：地名，指男子的住地。
⑦ 载笑载言：又说又笑。
⑧ 尔：你。卜筮（shì）：占卦。体：卦体。咎言：不吉利的话。
⑨ 贿：财物，指嫁妆。
⑩ 沃若：犹"沃然"，润泽貌。

于嗟鸠兮，无食桑葚①！
于嗟女兮，无与士耽②！
士之耽兮，犹可说也③；
女之耽兮，不可说也。

桑之落矣，其黄而陨④。
自我徂尔，三岁食贫⑤。
淇水汤汤，渐车帷裳⑥。
女也不爽，士贰其行⑦。
士也罔极，二三其德⑧。

三岁为妇，靡室劳矣⑨。
夙兴夜寐，靡有朝矣⑩。
言既遂矣，至于暴矣⑪。
兄弟不知，咥其笑矣⑫！
静言思之，躬自悼矣⑬。

及尔偕老，老使我怨⑭。
淇则有岸，隰则有泮⑮。
总角之宴，言笑晏晏⑯，
信誓旦旦，不思其反⑰。
反是不思，亦已焉哉⑱。

① 于嗟：同"吁嗟"（xū juē），感叹词。鸠：斑鸠。桑葚（shèn）：传说鸠食桑葚容易迷醉。
② 耽（dān）：沉醉，迷恋。
③ 说：读为"脱"，摆脱，宽容。
④ 陨（yǔn）：落下。
⑤ 徂（cú）：往。徂尔，到你家，指出嫁。三岁：多年。食贫：受穷。
⑥ 汤汤（shāng）：水盛貌。渐：浸湿。帷裳：车帷子。
⑦ 爽：差错。贰：不专一。
⑧ 罔：无。极：准则。二三其德：三心二意。
⑨ 靡：没有。室劳：家务劳作。
⑩ 夙兴夜寐：早起晚睡。靡有朝（zhāo）：你从此不用起早。
⑪ 言：语助词。遂：达到。
⑫ 咥（xì）：笑貌。
⑬ "静言"句：冷静想一想。躬：自身。悼：悲伤。
⑭ 及：与。
⑮ 隰（xí）：水名，即漯河，与"淇"水相近。泮与"畔"通。
⑯ 总角：古时未成年人的发式，借指童年。宴：欢乐。晏晏：和悦貌。
⑰ 旦旦：极诚恳的样子。不思：不曾想。反：背弃盟誓。
⑱ 已：止，罢了。焉哉：语气词。

木 瓜

【题解】这是一首表现热诚爱情的诗歌。诗中运用比喻和对比的手法，表现了男女间的热恋，反映了劳动人民爽朗、诚挚的性格，显示了真诚的爱情。

投我以木瓜，报之以琼琚①。
匪报也，永以为好也②。

投我以木桃，报之以琼瑶③。
匪报也，永以为好也。

投我以木李，报之以琼玖④。
匪报也，永以为好也。

①投：掷。含有受赠的意思。琼琚：琼，赤玉。一说是美玉通称。琚（jū），佩玉名。古代男子系在带上的饰物。
②匪：非。"永以为"句：永，长久。好，相爱。以为，用来表示。
③木桃：植物名。可食，味酸涩。瑶：美石，次玉。
④木李：植物名，可食，质性坚硬。玖：黑色次玉。琼玖、琼瑶、琼琚，皆泛指佩玉。

君子于役

【题解】这是妻子思念久役不归的丈夫的诗。丈夫久役在外，妻子在家惦念。鸡上窝了，牛羊也回家了，触景生情，对久役不归的丈夫更加思念。

君子于役①，不知其期②。
曷至哉③？
鸡栖于埘④，日之夕矣，羊牛下来。
君子于役，如之何勿思⑤？

君子于役，不日不月⑥。
曷其有佸⑦？
鸡栖于桀⑧，日之夕矣，羊牛下括⑨。
君子于役，苟无饥渴⑩！

①于役：去服兵役或徭役。于，前往。
②期：指归期。
③曷（hé）：何。至：回来。
④埘（shí）：在墙上凿筑的鸡窝。
⑤如之何：即"如何"。
⑥不日不月：无日无月。
⑦佸（huó）：至，会。
⑧桀：鸡栖止的木桩。
⑨括：义同"佸"。
⑩苟无饥渴：是妻子对丈夫希望之词。苟，但愿。

溱洧

【题解】这是一首叙写上巳节（夏历三月初三）游春盛会的诗。据《韩诗》说，郑国风俗，每年上巳节，在溱、洧两条河边上，要"招魂续魄，祓（fú）除不祥"；同时青年男女结伴游春，发展爱情。

溱与洧方涣涣兮，士与女方秉蕳兮①。
女曰"观乎?"士曰"既且②。"
"且往观乎! 洧之外洵訏且乐③。"
维士与女，伊其相谑，赠之以勺药④。

溱与洧浏其清矣，士与女殷其盈矣⑤。
女曰"观乎?"士曰"既且。"
"且往观乎! 洧之外洵訏且乐。"
维士与女，伊其将谑⑥，赠之以勺药。

① 溱（zhēn）、洧（wěi）：二水名。蕳（jiān）：香草名，即长在水边的泽兰。
② 既且：已经去过了。既，已。且（cú），同"徂"，去、往。
③ 且：再。訏（xū）：宽旷。
④ 维：语助词。伊：语助词。相谑（xuè）：互相耍笑。谑，调笑、戏耍。勺药：香草名。赠送勺药是古代男女愿结爱情的表示。
⑤ 浏（liú）：清澈的样子。殷：众多。盈：满。殷其盈：相当于说"人山人海"。
⑥ 将谑：相当于"相谑"。

出其东门

【题解】这是一首表述爱情的诗歌。诗中通过夸张和对照的描写，表现作者真挚专一的爱恋。反映了劳动人民纯朴、高尚的品格。

出其东门，有女如云。
虽则如云，匪我思存①。
缟衣綦巾，聊乐我员②。

出其闉阇，有女如荼③。
虽则如荼，匪我思且④。
缟衣茹藘，聊可与娱⑤。

① 思存：思之所存，即存思，思念。
② 缟（gǎo）：白缯。綦（qí）：青黑色。巾：佩巾。缟衣綦巾是古代较贫陋的女服。聊：且。乐（luò），安慰。员（yún），语气词，同云。
③ 闉（yīn）阇（dū）：曲城重门。荼（tú）：茅草的白花。如荼，言众多。
④ 且（cú）：犹"存"。
⑤ 茹（rú）藘（lǘ）：茜草，可以染绛（赤色，大红）色。这里是绛色佩巾的代称。

伐 檀

【题解】《伐檀》是一首抨击奴隶主贵族不劳而获的民歌。三章重叠，每章只更换其相应的几个字，反复咏唱，连番质问，抒发了作者的不满和怨恨情绪。诗歌感情强烈，音律和谐，在句式上有长有短，生动活泼。

坎坎伐檀兮①，寘之河之干兮②，河水清且涟猗③。

不稼不穑④，胡取禾三百廛兮⑤？

不狩不猎⑥，胡瞻尔庭有县貆兮⑦？

彼君子兮，不素餐兮⑧！

坎坎伐辐兮⑨，寘之河之侧兮，河水清且直猗⑩。

不稼不穑，胡取禾三百亿兮⑪？

不狩不猎，胡瞻尔庭有县特兮⑫？

彼君子兮，不素食兮！

坎坎伐轮兮⑬，寘之河之漘兮⑭，河水清且沦猗⑮。

不稼不穑，胡取禾三百囷兮⑯？

不狩不猎，胡瞻尔庭有县鹑兮⑰？

彼君子兮，不素飧兮⑱！

① 坎坎：伐木声。檀：木名，木质坚韧，可用来造车。
② 寘（zhì）：同"置"，放。干：岸。
③ 涟：涟漪。猗（yī）：语气词。
④ 稼：耕种。穑（sè）：收割。
⑤ 胡：何，为什么。禾：指谷物。廛（chán）：同"缠"，作"束"解。
⑥ 狩（shòu）：冬天打猎。猎：夜间打猎。
⑦ 瞻：望见。县：同"悬"，挂。貆（huán）：兽名，即今猪獾。
⑧ 素餐：白吃饭。
⑨ 辐：车轮的辐条，代指车。伐辐，伐木造车。
⑩ 直：指直条的波纹。
⑪ 亿：同"繶"，亦作"束"解。
⑫ 特：三岁的兽。
⑬ 轮：车轮，代指车。伐轮，伐木造车。
⑭ 漘（chún）：河边。
⑮ 沦：小波纹。
⑯ 囷（qūn）：圆形粮仓，即"囷"。
⑰ 鹑（chún）：鸟名，即鹌鹑。
⑱ 飧（sūn）：熟食。

硕 鼠

【题解】《硕鼠》是一首愤怒控诉奴隶主残酷剥削的民歌，同时也热情歌颂了所向往和追求的理想社会。

全诗用比喻，一贯到底；重章叠唱，层层递进，不仅有力地表达了强烈感情，也增强了艺术效果。

硕鼠硕鼠，无食我黍①。
三岁贯女，莫我肯顾②。
逝将去女，适彼乐土③。
乐土乐土，爰得我所④。

硕鼠硕鼠，无食我麦。
三岁贯女，莫我肯德⑤。
逝将去女，适彼乐国。
乐国乐国，爰得我直⑥。

硕鼠硕鼠，无食我苗⑦。
三岁贯女，莫我肯劳⑧。
逝将去女，适彼乐郊。
乐郊乐郊，谁之永号⑨！

① 硕鼠：大鼠。无：同"勿"，不要。
② 三岁：三年；指时间长久。贯：侍奉。女：同"汝"，你。顾：照顾，关心。莫我肯顾，即莫肯顾我。
③ 逝：誓。逝、誓古时通用。适：往、到。乐土：快乐的地方，作者理想的社会。下文"乐国"、"乐郊"同此。
④ 爰（yuán）：语助词，犹"乃"。
⑤ 德：感念恩德。
⑥ 直：同"值"，代价。
⑦ 苗：禾苗。
⑧ 劳：犒劳，慰劳。
⑨ 永：长。号：呼号。此句意指："既到乐郊，谁还长嘘短叹？"

蒹 葭

【题解】《蒹葭》是一首怀人诗。此诗神韵飘渺，耐人遐想。三章叠咏，借景抒情，情景交融，写出了伊人可望而不可即的神秘意味。

蒹葭苍苍，白露为霜①。
所谓伊人，在水一方②。
溯洄从之，道阻且长③；
溯游从之，宛在水中央。

① 蒹葭（jiān jiā）：芦苇一类长在水边的草。苍苍：茂盛貌。
② 伊人：那个人，指诗人中意的人。一方：一边。指河的对岸。
③ 溯洄：从岸上向上游走。

蒹葭凄凄，白露未晞④。
所谓伊人，在水之湄⑤。
溯洄从之，道阻且跻⑥；
溯游从之，宛在水中坻⑦。

蒹葭采采，白露未已⑧。
所谓伊人，在水之涘⑨。
溯洄从之，道阻且右⑩；
溯游从之，宛在水中沚⑪。

④凄："萋"假借字。凄凄：犹"苍苍"。晞（xī）：干。
⑤湄（méi）：水边。
⑥跻（jī）：升，指升高。此句指道路既险又高。
⑦溯游：顺流而下。宛：好似，仿佛。坻（chí）：水中小洲。
⑧采采：犹"凄凄"。未已：未止，没消失。
⑨涘（sì）：水边。
⑩右：迂回。
⑪沚（zhǐ）：与"坻"同义。

无 衣

【题解】这是一首反映战士互助友爱、慷慨从征的民歌。三章复沓，层层递进，极写战士的团结友爱。战士同仇敌忾、慷慨从征之情，跃然纸上。

岂曰无衣？与子同袍①。
王于兴师②，修我戈矛③；与子同仇④。

岂曰无衣？与子同泽⑤。
王于兴师，修我矛戟⑥；与子偕作⑦。

岂曰无衣？与子同裳⑧。
王于兴师，修我甲兵⑨；与子偕行。

①袍：长衣，此指战袍。
②王：周王。于：语助词。兴师：出兵作战。
③戈：长柄武器，可击可钩。
④同仇：意为你的仇人就是我的仇人。
⑤泽：是"襗（zé）"的假借字，贴身内衣。
⑥戟：长柄武器。形似戈，横直两面都有锋刃。
⑦偕：共同。作：起。
⑧裳：古时上曰衣、下曰裳。这里裳指下裙。
⑨甲：铠甲。兵：兵器。

七 月

【题解】《七月》描写周代早期的农业生产状况，是西周社会的风俗画，也是我国奴隶社会的缩影。诗用白描的艺术手法，从天象、物候叙写节令的变换，真切而深刻地反映了当时劳动生活的真相。

七月流火，九月授衣①。
一之日觱发，二之日栗烈②；
无衣无褐，何以卒岁③！
三之日于耜，四之日举趾④；
同我妇子，馌彼南亩⑤。
田畯至喜⑥。

七月流火，九月授衣。
春日载阳，有鸣仓庚⑦。
女执懿筐，遵彼微行⑧，
爰求柔桑⑨。
春日迟迟，采蘩祁祁⑩。
女心伤悲，殆及公子同归⑪。

七月流火，八月萑苇⑫。
蚕月条桑，取彼斧斨⑬，
以伐远扬，猗彼女桑⑭。
七月鸣鵙，八月载绩⑮。
载玄载黄，我朱孔阳⑯，为公子裳。

四月秀葽，五月鸣蜩⑰。
八月其获，十月陨萚⑱。
一之日于貉⑲，取彼狐狸，为公子裘。
二之日其同，载缵武功⑳，
言私其豵，献豜于公㉑。

① 七月：夏历七月。流：向下斜行。火：星宿名，又名"大火"。授衣：将裁制冬衣的活计交给妇女去做。
② 一之日：即夏历十一月。下文"二之日"、"三之日"依次是夏历十二月、正月；其下类推。觱发（bì bō）：风寒。栗烈：同"凛冽"。
③ 褐（hè）：粗布短衣。
④ 于：为，指修理。耜（sì）：农具。
⑤ 馌（yè）：往田间送饭。
⑥ 田畯（jùn）：掌管农事的官。
⑦ 载：始。阳：温暖。仓庚：鸟名，即黄莺，又名黄鹂。
⑧ 懿筐：深筐。微行（háng）：小路。
⑨ 爰（yuán）：语助词，于是。
⑩ 迟迟：漫长。蘩（fán）：草名，即白蒿。祁祁：众多貌。
⑪ 殆：危险，引申为"害怕"。及：与。
⑫ 萑（huán）苇：苇的一种。
⑬ 条：选取。斨（qiāng）：斧子的一种。
⑭ 猗（yǐ）：牵引，指牵引树干以使其长直。女桑：小桑，嫩桑。
⑮ 鵙（jué）：鸟名，即伯劳。绩：纺麻线。
⑯ 载：语助词。孔阳：非常鲜丽。
⑰ 秀：吐穗。葽（yāo）：药草名，今名远志。蜩（tiáo）：一种小蝉。
⑱ 其获：将要收获。萚（tuò）：落叶。
⑲ 于：取。
⑳ 同：会合。缵（zuǎn）：继续。
㉑ 言：语助词，乃。豵（zōng）：一岁的小猪。豜（jiān）：三岁的大猪。

五月斯螽动股,六月莎鸡振羽①。
七月在野②,八月在宇,
九月在户,十月蟋蟀,入我床下。
穹窒熏鼠,塞向墐户③。
嗟我妇子,曰为改岁,入此室处④。

六月食郁及薁,七月亨葵及菽⑤。
八月剥枣,十月获稻,为此春酒⑥,
以介眉寿⑦。
七月食瓜,八月断壶⑧。
九月叔苴,采荼薪樗⑨,
食我农夫⑩。

九月筑场圃,十月纳禾稼⑪,
黍稷重穋,禾麻菽麦⑫。
嗟我农夫!
我稼既同,上入执宫功⑬。
昼尔于茅,宵尔索绹⑭,
亟其乘屋⑮,其始播百谷。

二之日凿冰冲冲,三之日纳于凌阴⑯。
四之日其蚤,献羔祭韭⑰。
九月肃霜,十月涤场⑱。
朋酒斯飨⑲,曰杀羔羊。
跻彼公堂,称彼兕觥⑳,万寿无疆!

① 斯螽(zhōng):蝗虫的一种。动股:两只后腿互相磨擦。莎(shā)鸡:虫名,即纺织娘。振羽:两翅扇动发声。
② 七月在野:指蟋蟀在野地里;其下八、九月同。
③ 穹:穷,尽。窒:堵塞。向:北向的窗。墐(jìn):用泥抹。
④ 改岁:更换新年。周历以十一月为正月,所谓"周正"。处:居住。
⑤ 郁:灌木名,果实名郁李。薁(yù):野葡萄。亨:同"烹",煮。
⑥ 剥(pū):扑,打。
⑦ 介(gài):祈祝。眉寿:长寿。
⑧ 断:摘取。壶:葫芦。
⑨ 叔:拾取。苴(jū):麻子。荼(tú):苦菜。樗(chū):臭椿。
⑩ 食(sì):将食物给人吃。
⑪ 纳:收入。禾稼:五谷的总称。
⑫ 重穋(tóng lù):先种后熟叫重,后种先熟叫穋。禾:此"禾"字是专称,即粟。
⑬ 同:收齐。上:尚,还得。宫功:家庭劳役。
⑭ 尔:语助词。于:为,取。此指割。索绹(táo):打草绳。
⑮ 乘屋:登上屋顶修缮房屋。
⑯ 冲冲:凿冰声。凌阴:冰窖。
⑰ 蚤:古"早"字。羔:小羊。韭:韭黄。
⑱ 肃霜:犹"肃爽"。涤场:犹"涤荡"。
⑲ 朋酒:两樽酒。飨:设酒食盛待宾客。
⑳ 跻(jì):登。高堂:奴隶主贵族的厅堂。称:举。兕觥(sì gōng):铜制酒器,有兕牛头形的盖。

生 民

【题解】《生民》是一首祀祖歌，也是周民族的史诗。诗中记述了从周的始祖后稷诞生到定居于邰的传说，歌颂了后稷在农业方面的伟大功绩。此诗取材于神话、传说，故事曲折奇异，具有鲜明的叙事诗色彩。

厥初生民，时维姜嫄①。
生民如何？
克禋克祀，以弗无子②。
履帝武敏歆，攸介攸止③。
载震载夙，载生载育：④
时维后稷。

诞弥厥月，先生如达⑤。
不坼不副，无菑无害⑥。
以赫厥灵⑦。
上帝不宁，不康禋祀⑧？
居然生子⑨！

诞寘之隘巷，牛羊腓字之⑩。
诞寘之平林，会伐平林⑪；
诞寘之寒冰，鸟覆翼之⑫。
鸟乃去矣，后稷呱矣⑬。
实覃实訏，厥声载路⑭。

诞实匍匐，克岐克嶷⑮。
以就口食，蓺之荏菽⑯。
荏菽旆旆，禾役穟穟⑰。
麻麦幪幪，瓜瓞唪唪⑱。

诞后稷之穑，有相之道⑲。

①厥：其。指周人。时维：是为。姜嫄(yuán)：周人始祖后稷的母亲。
②克：能。禋(yīn)祀：求子野祭。弗："祓(fú)"的假借字，去除。
③帝：天帝。武敏：脚大拇指印。歆(xīn)：感应。攸：乃。介(qiè)：停息。
④载：则。震："娠"的假借字，怀孕。夙：肃。指停止性生活。
⑤诞：发语词。弥：满，指怀胎满十个月。先生：头胎。达：分娩顺利。
⑥坼(chè)：裂。副(pì)：破裂。菑：同"灾"。
⑦赫：显示。灵：神异。
⑧康：乐，指安享。
⑨居然：安然。
⑩寘：同"置"，放。隘巷：窄巷。腓(féi)：庇护。字：乳养。
⑪会：值，正碰上。
⑫覆翼：用翼覆盖。
⑬去：离开。呱(gū)：小儿哭声。
⑭实：语助词。覃(tán)：长。訏(xū)：大。载路：满路。
⑮岐、嶷(yí)：指有所知识。
⑯以：同"已"。就：求。蓺(yì)：种植。荏菽(rěn shū)：大豆。
⑰旆旆(pèi)：茂盛貌。禾役：禾穗。穟穟(suí)：禾美好貌。
⑱幪幪(méng)：茂盛。瓞(dié)：小瓜。唪唪(běng)：果实累累。
⑲相(xiàng)：治理。道：方法。

茀厥丰草，种之黄茂①。
实方实苞，实种实褎②；
实发实秀，实坚实好③，
实颖实栗。即有邰家室④。

诞降嘉种⑤：
维秬维秠，维穈维芑⑥。
恒之秬秠，是获是亩⑦；
恒之穈芑，是任是负⑧；
以归肇祀⑨。

诞我祀如何？
或舂或揄，或簸或蹂⑩；
释之叟叟，烝之浮浮⑪。
载谋载惟，取萧祭脂⑫，
取羝以軷⑬，
载燔载烈：以兴嗣岁⑭。

卬盛于豆，于豆于登⑮；
其香始升。
上帝居歆，胡臭亶时⑯。
后稷肇祀，庶无罪悔，以迄于今。

① 茀（fú）：治，指除草。黄茂：嘉谷，良种谷物。
② 方、苞：指谷芽即出。种（zhǒng）：禾苗刚出土。褎（yòu）：禾苗渐渐长高。
③ 发：指禾苗拔节。秀：吐穗。坚、好：指禾穗颗粒饱满、颜色纯正。
④ 颖：指谷穗下垂。栗：犹"栗栗"，谷穗颗粒多而饱满。邰（tái），地名。这句是说在邰地成立了家室。
⑤ 降：天降。
⑥ 维：语助词。秬（jù）：黑黍。秠（pǐ）：一壳二米的黑黍。穈（mén）：红苗嘉谷。芑（qǐ）：白苗嘉谷。
⑦ 恒（gèn）：犹"满"、"遍"。是：语气助词。亩：指堆放在田亩中。
⑧ 任：肩担。
⑨ 肇（zhào）：始。
⑩ 揄（yú）：将米从臼中取出。蹂：通"揉"。
⑪ 释：淘米。叟叟：一作"溲溲"，淘米声。
⑫ 惟：思谋，筹划。萧：香蒿。
⑬ 羝（dī）：公羊。軷（bá）：祭道路之神。
⑭ 燔（fán）：烧。烈：烤。嗣岁：来年。
⑮ 卬（áng）：我。豆、登（dēng）：均为食器。
⑯ 居歆：安享。胡：何。臭：香。

屈 原

屈原（前335?～前296?），战国时期诗人。名平，字原，战国后期楚国宗室贵族。曾任楚怀王左徒，后因谗毁而被贬黜、流放。在长期的流放中，写下了许多不朽的诗篇。最后投汨罗江而死。屈原是先秦唯一有诗集传世的诗人，是楚辞的创始人，也是楚辞作家的最高代表。代表作品有《离骚》、《天问》、《招魂》、《九章》和《九歌》。

离 骚

【题解】《离骚》是屈原的代表作，全面而具体地叙述了他的家世、生平、理想和他为实现理想而作的艰苦斗争，反映了楚国末期上层政治腐败、丑恶，揭露和鞭笞了党人群小的丑恶行径，抒发了作者胸怀宏大抱负的殷切豪迈和怀才不遇的愤懑无奈。此诗是我国最早的长篇抒情诗，想象丰富，比喻巧妙，画面奇丽，意境辽远，情感酣畅，语言华美，是不可多得的优秀篇章。

帝高阳之苗裔兮①，
朕皇考曰伯庸②。
摄提贞于孟陬兮，
惟庚寅吾以降③。
皇览揆余初度兮④，
肇锡余以嘉名⑤；
名余曰正则兮，
字余曰灵均⑥。
纷吾既有此内美兮，
又重之以修能⑦；
扈江离与辟芷兮，
纫秋兰以为佩⑧。
汨余若将不及兮，
恐年岁之不吾与⑨。
朝搴阰之木兰兮，

① 高阳：颛顼（zhuān xū）的称号。苗裔：后裔。
② 朕（zhèn）：我。当时通用。皇：大。考：已故的父亲。
③ 摄提："摄提格"的简称，寅年的别名。贞：当。陬（zōu）：即陬月，夏历正月。惟：语助词。庚寅：屈原生日的干支。
④ 皇：指皇考。览：观察。揆（kuí）：测度。初度：初生的时节。
⑤ 锡：赐给。嘉名：美好的名字。
⑥ 正则：公正法则，隐含"平"义。灵均，极好的平地，隐含"原"义。
⑦ 纷：茂盛。重（chóng）：再加上。修：美好。能：通"态"。
⑧ 扈（hù）：披。江离：蘼芜。芷：白芷。与秋兰均为香草。纫：贯串。佩：饰。
⑨ 汨（yù）：水流疾速。与：待。

夕揽洲之宿莽①。
日月忽其不淹兮，
春与秋其代序②。
惟草木之零落兮，
恐美人之迟暮③。
不抚壮而弃秽兮④，
何不改乎此度？
乘骐骥以驰骋兮⑤，
来吾道夫先路⑥！

昔三后之纯粹兮⑦，
固众芳之所在⑧。
杂申椒与菌桂兮⑨，
岂惟纫夫蕙茝⑩！
彼尧舜之耿介兮⑪，
既遵道而得路⑫；
何桀纣之猖披兮⑬，
夫惟捷径以窘步⑭！
惟夫党人之偷乐兮⑮，
路幽昧以险隘⑯。
岂余身之惮殃⑰？
恐皇舆之败绩⑱。
忽奔走以先后兮⑲，
及前王之踵武⑳。
荃不察余之中情兮㉑，
反信谗而齌怒㉒。
余固知謇謇之为患兮㉓，
忍而不能舍也㉔。
指九天以为正兮㉕，
夫惟灵修之故也㉖！
曰黄昏以为期兮，

① 搴（qiān）：拔取。阰（pí）：高冈。木兰：香木名，辛夷的一种。揽：采取。宿莽：一种香草。
② 忽：迅速。淹：久留。代：更替。
③ 惟：思虑。美人：喻怀王。
④ 抚：持，趁着。秽：恶草，喻谗邪。
⑤ 骐骥：骏马，喻贤才。
⑥ 道：同"导"，引路。先路：前驱。
⑦ 后：王。三后，三王，指夏禹、商汤、周文王。纯粹：指品质纯洁。
⑧ 众芳：喻群贤。
⑨ 杂：犹"集"。申椒、菌桂：都是香木名。
⑩ 岂惟：不仅。蕙、茝（chǎi）：都是香草名。
⑪ 耿介：光明正大。
⑫ 遵：循。道：正道。路：大道。
⑬ 猖披：狂乱放纵。
⑭ 捷径：邪道。以：而。窘：困窘。窘步：犹言"寸步难行"。
⑮ 惟夫：句首语气词。党人：指楚怀王宠信的群小。偷：苟且。
⑯ 幽昧：昏暗不明。险隘：危险狭窄。
⑰ 惮殃：惧怕灾祸。
⑱ 皇舆：帝王乘的车，代指国家。败绩：此处比喻国家覆亡。
⑲ 忽：迅速，匆忙。
⑳ 及：赶上。踵武：足迹。
㉑ 荃（quán）：香草名，以喻楚王。中情：本心，真意。
㉒ 齌（jì）怒：暴怒。
㉓ 謇謇（jiǎn）：直言强谏。
㉔ 忍：不忍也。舍：止。
㉕ 九天：即天。正：证。
㉖ 灵修：原意是神明远见，此指楚王。

羌中道而改路。
初既与余成言兮①，
后悔遁而有他②。
余既不难夫离别兮，
伤灵修之数化③。
余既滋兰之九畹兮④，
又树蕙之百亩⑤。
畦留夷与揭车兮⑥，
杂杜衡与芳芷⑦。
冀枝叶之峻茂兮⑧，
愿俟时乎吾将刈⑨。
虽萎绝其亦何伤兮⑩，
哀众芳之芜秽⑪！
众皆竞进以贪婪兮⑫，
凭不厌乎求索⑬。
羌内恕己以量人兮⑭，
各兴心而嫉妒⑮。
忽驰骛以追逐兮⑯，
非余心之所急。
老冉冉其将至兮，
恐修名之不立⑰。
朝饮木兰之坠露兮，
夕餐秋菊之落英⑱。
苟余情其信姱以练要兮⑲，
长顑颔亦何伤⑳！
擥木根以结茝兮㉑，
贯薜荔之落蕊㉒。
矫菌桂以纫蕙兮㉓，
索胡绳之纚纚㉔。
謇吾法夫前修兮㉕，
非世俗之所服㉖。

①成言：犹定言，指彼此约定的话。
②悔遁：改变。有他：另有打算。
③数（shuò）：屡屡。
④滋：栽培。畹（wǎn）：十二亩。泛指广大。
⑤树：种植。
⑥畦（qí）：一垄一垄地种。留夷、揭车：都是香草名。
⑦杂：指间种。杜衡：香草名。
⑧冀：希望。峻：高，长。
⑨俟：等待。刈（yì）：收割。
⑩萎绝：枯落。
⑪众芳：兰、蕙等香草，比喻群贤，屈原所培育的人。芜秽：荒芜。
⑫竞进：争着钻营官位。
⑬凭：满也。求索：贪求索取。
⑭羌：语助词。
⑮各兴心句：即"生嫉妒之心"。
⑯忽：急速。骛（wù）：乱跑。
⑰修名：美名。立：成就。
⑱英：花。
⑲情：指德行。信姱（kuā）：确实美好，与"信芳"、"信美"同义。以：而。练要：犹"精粹"。
⑳顑颔（kǎn hàn）：因食不饱而面容憔悴的样子。
㉑擥（lǎn）：持。木根：木兰的根。
㉒贯：串联。薜荔（bì lì）：香草名。蕊：花。
㉓矫：举。菌桂：香木名，即肉桂。
㉔索：此处指搓绳索。胡绳：香草名。纚纚（xǐ）：长长一串的样子。
㉕謇（jiǎn）：语助词，乃。法：效法。前修：前贤。
㉖服：用。指不为世俗所借重。

虽不周于今之人兮①，
愿依彭咸之遗则②。

长太息以掩涕兮③，
哀民生之多艰。
余虽好修姱以鞿羁兮④，
謇朝谇而夕替⑤。
既替余以蕙纕兮⑥，
又申之以揽茞⑦。
亦余心之所善兮⑧，
虽九死其犹未悔⑨！
怨灵修之浩荡兮⑩，
终不察夫民心。
众女嫉余之蛾眉兮⑪，
谣诼谓余以善淫⑫。
固时俗之工巧兮⑬，
偭规矩而改错⑭。
背绳墨以追曲兮⑮，
竞周容以为度⑯。
忳郁邑余侘傺兮⑰，
吾独穷困乎此时也。
宁溘死以流亡兮⑱，
余不忍为此态也⑲！
鸷鸟之不群兮⑳，
自前世而固然。
何方圜之能周兮㉑，
夫孰异道而相安！
屈心而抑志兮㉒，
忍尤而攘诟㉓，
伏清白以死直兮㉔，
固前圣之所厚㉕。

① 周：合。指不与时人作为合拍。
② 依：依照。彭咸：殷代贤大夫，谏诤不听，投水而死。遗则：留下的法则。
③ 太息：叹息。掩涕：拭泪。
④ 好：爱好。修姱：修洁美好。鞿（jī）：马缰绳。羁：马笼头。
⑤ 谇（suì）：谏。替：废弃，贬黜。
⑥ 以：因。蕙纕（xiāng）：用蕙作的香囊。
⑦ 申：再加上。揽：持。
⑧ 亦：语助词。善：爱好。
⑨ 九死：犹"万死"。
⑩ 浩荡：浩浩荡荡，无思虑貌。
⑪ 众女：比喻楚王左右的众臣。蛾眉：像蚕蛾一样细而弯曲的眉毛，此处代指美貌。
⑫ 谣诼（zhuó）：造谣诽谤。善淫：善于淫邪。
⑬ 工巧：善于取巧。
⑭ 偭（miǎn）：违背。规矩：指法度。错：同"措"，犹言"措施"。
⑮ 绳墨：比喻法度。追曲：随曲而行。
⑯ 周容：苟合取容。度：常规，原则。
⑰ 忳（tún）：忧闷的样子。郁邑：同"郁悒"。侘傺（chàchì）：不得志的样子。
⑱ 宁：宁愿。溘（kè）：忽然。
⑲ 此态：指苟合取容之态。
⑳ 鸷鸟：凶猛的鸟，如鹰、雕等。不群：不与凡鸟为伍。
㉑ 圜：同"圆"。方圜：方圆。
㉒ 屈心：委屈己心。抑志：压抑己志。
㉓ 尤：罪过。忍尤，容忍强加的罪名。攘（rǎng）：取。攘诟，承受耻辱。
㉔ 伏：同"服"，保持。死直：为正直而死。
㉕ 厚：看重，嘉许。

悔相道之不察兮①，
延伫乎吾将反②。
回朕车以复路兮③，
及行迷之未远④。
步余马于兰皋兮⑤，
驰椒丘且焉止息⑥。
进不入以离尤兮⑦，
退将修吾初服⑧。
制芰荷以为衣兮⑨，
集芙蓉以为裳⑩。
不吾知其亦已兮⑪，
苟余情其信芳⑫。
高余冠之岌岌兮⑬，
长余佩之陆离⑭。
芳与泽其杂糅兮⑮，
唯昭质其犹未亏⑯。
忽反顾以游目兮⑰，
将往观乎四荒⑱。
佩缤纷其繁饰兮，
芳菲菲其弥章⑲。
民生各有所乐兮⑳，
余独好修以为常㉑。
虽体解吾犹未变兮㉒，
岂余心之可惩㉓！

女媭之婵媛兮㉔，
申申其詈予㉕。
曰"鲧婞直以亡身兮㉖，
终然殀乎羽之野。
汝何博謇而好修兮㉗，
纷独有此姱节？

① 相（xiàng）：观察，引申为"选择"。道：指人生道路。
② 延伫：伸着脖颈踮着脚而望。
③ 回：指掉转。复路：走回原来的路。
④ 及：趁。行迷：误入迷途。
⑤ 步：慢慢走。皋：即江岸、湖岸。
⑥ 驰：马急行。
⑦ 离（lí）：遭遇。离尤：犹"获罪"。
⑧ 退：退隐。初服：明言当初的服饰，实指原来的志趣。
⑨ 芰（jì）：菱，此指菱叶。
⑩ 芙蓉：水芙蓉，莲花。
⑪ 不吾知：是"不知吾"的倒文。
⑫ 信芳：确实美好。
⑬ 岌岌（jí）：高的样子。
⑭ 陆离：长的样子。
⑮ 泽：与芳相对，指污垢。糅（róu）：混杂。
⑯ 昭质：清白的品质。亏：受损。
⑰ 反顾：回头看。游目：纵目四望。
⑱ 四荒：四方绝远处。
⑲ 菲菲：香气浓郁。弥：愈，越。章：同"彰"，显著。
⑳ 乐：喜好。
㉑ 好修：爱好修养品德。
㉒ 体解：古代的一种酷刑，肢解。
㉓ 惩：改变。
㉔ 女媭（xū）：相传是屈原的姐姐。婵媛（chán yuán）：缠绵多情。
㉕ 申申：反反覆覆。詈（lì）：责骂。予：我。
㉖ 曰：指女媭说。鲧（gǔn）：传说中夏禹的父亲，婞（xìng）直亡身，刚直而不顾身。殀（yāo）：早死。羽：羽山。
㉗ 博：多。博謇：屡屡直谏。謇，直谏。

薋菉葹以盈室兮，
判独离而不服①。
众不可户说兮②，
孰云察余之中情？
世并举而好朋兮③，
夫何茕独而不予听④？"
依前圣以节中兮，
喟凭心而历兹⑤。
济沅湘以南征兮⑥，
就重华而陈词⑦：
"启《九辩》与《九歌》兮，
夏康娱以自纵⑧。
不顾难以图后兮，
五子用失乎家巷⑨。
羿淫游以佚畋兮，
又好射夫封狐⑩。
固乱流其鲜终兮，
浞又贪夫厥家⑪。
浇身被服强圉兮⑫，
纵欲而不忍。
日康娱而自忘兮，
厥首用夫颠陨⑬。
夏桀之常违兮，
乃遂焉而逢殃⑭。
后辛之菹醢兮，
殷宗用而不长⑮。
汤禹俨而祗敬兮⑯，
周论道而莫差⑰；
举贤而授能兮，
循绳墨而不颇⑱。
皇天无私阿兮，

① 薋（zī）：堆积。菉（lù）、葹（shī）：草名。都是恶草，比喻朝中群小。判：区别。离：抛弃。服：佩用。
② 户说：犹"遍说"，挨户说明。
③ 并举：互相抬举。朋：结党营私。
④ 茕（qióng）独：孤独。
⑤ 节中：折中。喟（kuì）：叹息。凭：愤怒。历兹：犹"至此"。
⑥ 沅、湘：沅江和湘江。南征：南行。
⑦ 就：投向。重华：帝舜的名字。
⑧ 启：夏启，夏禹之子。《九辩》、《九歌》：相传都是仙乐，夏启从天上偷下来用于人间。夏：指夏启。
⑨ 五子：即五观，夏启的少子。用失乎：应作"用夫"或"用乎"。用，因。家巷（hòng）：内讧。相传五观曾发动叛乱，启命彭寿将其讨平。
⑩ 羿（yì）：后羿，夏朝初年有穷国的国君。佚（yì）：放纵。畋（tián）：打猎。封狐：大狐，代指野兽。
⑪ 乱流：邪恶之人。浞（zhuó）：寒浞，殷朝寒国的国君，曾是后羿的相。家：妻室。相传寒浞派逄（páng）蒙射杀后羿，并夺取了他的妻子。
⑫ 浇（áo）：寒浞之子。被服：具有。强圉（yǔ）：同"强御"。
⑬ 颠陨：坠落。厥首颠陨，指浇被夏后相子少康杀掉。
⑭ 遂焉：犹"终然"，终于。逢殃：遇祸，此指夏桀被商汤放逐。
⑮ 后辛：殷纣王名辛。菹醢（zǔ hǎi）：古代酷刑，将人剁成肉酱，此指纣王菹醢比干等事。宗：宗祀。
⑯ 汤：商汤。禹：夏禹。祗（zhī）敬：恭敬。
⑰ 周：指周文王、周武王。
⑱ 颇：偏，不颇，犹"莫差"。私阿：偏爱曰私，徇私曰阿。

览民德焉错辅①。
夫维圣哲以茂行兮②，
苟得用此下土③。
瞻前而顾后兮，
相观民之计极④。
夫孰非义而可用兮，
孰非善而可服？
阽余身而危死兮⑤，
览余初其犹未悔。
不量凿而正枘兮⑥，
固前修以菹醢⑦。
曾歔欷余郁邑兮⑧，
哀朕时之不当⑨。
揽茹蕙以掩涕兮⑩，
沾余襟之浪浪⑪。

跪敷衽以陈词兮⑫，
耿吾既得此中正⑬。
驷玉虬以乘鹥兮⑭，
溘埃风余上征⑮。
朝发轫于苍梧兮⑯，
夕余至乎县圃⑰。
欲少留此灵琐兮⑱，
日忽忽其将暮。
吾令羲和弭节兮⑲，
望崦嵫而勿迫⑳。
路曼曼其修远兮㉑，
吾将上下而求索。
饮余马于咸池兮㉒，
总余辔乎扶桑㉓。
折若木以拂日兮㉔，

① 民德：万民中有德行的人。错：同"措"，施布。
② 茂行：美好的德行。
③ 苟：乃。下土：犹言"天下"。
④ 相观：观察。极：标准。
⑤ 阽（diàn）：犹"危"。危死：几乎死去。
⑥ 凿：器物上的凿孔。枘（ruì），榫头。
⑦ 固：所以。
⑧ 曾（zēng）：屡次。歔欷（xū xī）：抽泣声。
⑨ 时不当：犹言"生不逢时"。
⑩ 茹蕙：柔蕙。
⑪ 浪浪：涕流貌，意同"滚滚"。
⑫ 敷：铺。衽（rèn）：衣的前襟。
⑬ 耿：明白。中正：指中正之道。
⑭ 驷（sì）：此处是"驾"的意思。虬（qiú）：龙的一种。鹥（yī）：凤凰一类的鸟。
⑮ 溘：奄忽，迅速貌。埃风：尘风，大风。上征：向上天飞行。
⑯ 轫（rèn）：停车时抵止车轮的横木。发轫，犹言"启程"。苍梧：山名，即九疑山。
⑰ 县（xuán）圃：传说中的山名，在昆仑山上。
⑱ 灵：神。琐：刻有花纹的门。灵琐：神仙所居之门。
⑲ 羲和：神话中给太阳驾车的神。弭：按，止。节：与"策"同义，马鞭。
⑳ 崦嵫（yān zī）：神话中山名，日所入处。迫：近。
㉑ 曼曼：远貌。修远：既长又远。
㉒ 咸池：神话中水名，日所浴处。
㉓ 总：系（jì）上。辔：马缰绳。扶桑：神话中木名，日出其下。
㉔ 若木：神话中木名，生在日所落处。拂：阻止。

聊逍遥以相羊①。
前望舒使先驱兮②,
后飞廉使奔属③。
鸾皇为余先戒兮④,
雷师告余以未具⑤。
吾令凤鸟飞腾兮,
继之以日夜。
飘风屯其相离兮⑥,
帅云霓而来御⑦。
纷总总其离合兮⑧,
斑陆离其上下⑨。
吾令帝阍开关兮⑩,
倚阊阖而望予⑪。
时暧暧其将罢兮⑫,
结幽兰而延伫。
世溷浊而不分兮⑬,
好蔽美而嫉妒⑭。
朝吾将济于白水兮⑮,
登阆风而绁马⑯。
忽反顾以流涕兮,
哀高丘之无女⑰。
溘吾游此春宫兮⑱,
折琼枝以继佩⑲。
及荣华之未落兮⑳,
相下女之可诒㉑。
吾令丰隆乘云兮㉒,
求宓妃之所在㉓。
解佩纕以结言兮㉔,
吾令蹇修以为理㉕。
纷总总其离合兮,
忽纬繣其难迁㉖。

① 相羊:同"徜徉",徘徊。逍遥、相羊,意谓自由自在地游玩。
② 望舒:神话中给月神驾车的神。
③ 飞廉:风神。属(zhǔ):跟随。
④ 鸾皇:凤凰。先戒:先行警戒。
⑤ 雷师:雷神。
⑥ 飘风:旋风。屯其相离:忽聚忽离。
⑦ 帅:率领。御:迎。
⑧ 纷:盛貌,是"总总"的状语。总总:聚集貌。
⑨ 斑:散乱貌,是"陆离"的状语。陆离:参差错杂貌。
⑩ 帝阍(hūn):天帝的看门人。关:门闩。开关:即"开门"。
⑪ 阊阖(chāng hé):天门。
⑫ 暧暧(ài):昏暗貌。罢:同"疲"。
⑬ 溷(hùn)浊:同"混浊"。
⑭ 蔽美嫉妒:掩人之美、嫉人之善。
⑮ 白水:神话中水名,源出昆仑山。
⑯ 阆(láng)风:神话中山名,在昆仑山上。绁(xiè):系住,拴上。
⑰ 高丘:指阆风山。女:神女。
⑱ 春宫:春神之宫。
⑲ 琼枝:玉树之枝。继佩:在佩饰上再续上琼枝。
⑳ 荣华:花。
㉑ 相:看。下女:指宓妃、简狄、有虞二姚等,皆为人神,相对高丘神女而称"下女"。诒:同"贻",赠送。
㉒ 丰隆:云神。
㉓ 宓(fú)妃:传说是伏羲之女,游洛水而死,遂为洛神。
㉔ 结言:订盟。
㉕ 蹇修:神话中人物,传说是伏羲之臣。理:媒人。
㉖ 纬繣(wěi huà):乖违,指意不投合。难迁:难移,难变。

夕归次于穷石兮①，
朝濯发乎洧盘②。
保厥美以骄傲兮③，
日康娱以淫游。
虽信美而无礼兮，
来违弃而改求④。
览相观于四极兮⑤，
周流乎天余乃下⑥。
望瑶台之偃蹇兮⑦，
见有娀之佚女⑧。
吾令鸩为媒兮⑨，
鸩告余以不好。
雄鸩之鸣逝兮⑩，
余犹恶其佻巧⑪。
心犹豫而狐疑兮，
欲自适而不可⑫。
凤皇既受诒兮⑬，
恐高辛之先我⑭。
欲远集而无所止兮⑮，
聊浮游以逍遥。
及少康之未家兮⑯，
留有虞之二姚⑰。
理弱而媒拙兮⑱，
恐导言之不固⑲。
世溷浊而嫉贤兮，
好蔽美而称恶⑳。
闺中既以邃远兮㉑，
哲王又不寤㉒。
怀朕情而不发兮，
余焉能忍与此终古㉓！

①次：止宿。穷石：山名，在今甘肃山丹县西南，弱水所出。
②濯发：洗发。洧盘：神话中水名，源出崦嵫山。
③保：恃，依仗。
④违弃：抛弃。
⑤四极：犹"四荒"，四方极远之处。
⑥周流：周游。
⑦偃蹇：高耸貌。
⑧有娀（sōng）：传说中的上古小国。佚女：美女。有娀氏女名简狄，嫁帝喾（kù），生子契（xiè），是商的始祖。
⑨鸩（zhèn）：鸟名，其羽有毒。用以浸酒，饮之辄死。
⑩逝：往。鸣逝，边飞边鸣。
⑪佻（tiāo）巧：轻佻巧诈。
⑫自适：亲往。适，往。
⑬凤皇：指玄鸟。受：通"授"，付与。受诒，送去聘礼。传说高辛氏委托玄鸟给简狄送去聘礼，简狄同意了婚事。
⑭高辛：帝喾高辛氏，传说中"五帝"的第三帝，简狄的丈夫。
⑮集：栖止。止：停留。
⑯少康：夏后相子。相传过浇杀夏后相，灭夏朝。
⑰有虞：传说中的上古小国，姚姓。二姚：有虞国君的两个女儿。
⑱理弱、媒拙：媒人笨拙无能。
⑲导言：指媒人撮合双方的话。
⑳称恶：扬人之恶，实指说人坏话。
㉑闺：宫中小门。闺中：犹"宫中"。邃远：深远。
㉒哲王：指怀王。寤：同"悟"。
㉓终古：永久。

索琼茅以筳篿兮①,
命灵氛为余占之②。
曰"两美其必合兮③,
孰信修而慕之④?
思九州之博大兮,
岂唯是其有女⑤?"
曰"勉远逝而无狐疑兮,
孰求美而释女⑥?
何所独无芳草兮⑦,
尔何怀乎故宇⑧?"
世幽昧以眩曜兮⑨,
孰云察余之善恶⑩?
民好恶其不同兮,
惟此党人其独异⑪。
户服艾以盈要兮⑫,
谓幽兰其不可佩。
览察草木其犹未得兮⑬,
岂珵美之能当⑭?
苏粪壤以充帏兮⑮,
谓申椒其不芳。"
欲从灵氛之吉占兮⑯,
心犹豫而狐疑。
巫咸将夕降兮⑰,
怀椒糈而要之⑱。
百神翳其备降兮⑲,
九疑缤其并迎⑳。
皇剡剡其扬灵兮㉑,
告余以吉故㉒。
曰"勉升降以上下兮㉓,
求榘矱之所同㉔。
汤禹严而求合兮㉕,

① 琼茅:占卦用的草。以:和。筳(tíng):占卦用的竹片。篿(zhuān):用草棍、竹片占卦。
② 灵氛:神巫名。
③ 两美:(男女)两方都美。两美遇合,比喻贤臣必遇明君。
④ 信修:确实美好。
⑤ 女:美女,喻明君。
⑥ 女:同"汝",指屈原。
⑦ 芳草:比喻理想中的美女。
⑧ 尔:你。怀:留恋。故宇:旧居,代指楚国。
⑨ 眩曜(xuàn yào):惑乱貌。
⑩ 云:语助词。余:余侪,我们。
⑪ 党人:指楚王左右的群小。
⑫ 户:户户。服:佩带。艾:艾蒿,当时人以为恶草。要:同"腰"。
⑬ 未得:不得其当。
⑭ 珵(chéng):美玉。当:恰当。
⑮ 苏:犹"索",取。粪壤:粪土。充:填塞。帏(wéi):佩带的香囊。
⑯ 吉占:好卦。
⑰ 巫咸:传说中的神巫。降:降神。
⑱ 椒:祭神用的香物。糈(xǔ):精米。要(yāo):迎。
⑲ 翳(yì):蔽。备降:齐降。
⑳ 九疑:众巫。
㉑ 皇:神灵。剡剡(yǎn):发光貌。扬灵:显灵。
㉒ 故:故事。吉故,吉利的故事,指历史上贤臣遇明君的事例。
㉓ 升降、上下:升天下地、周流四方。
㉔ 榘:同"矩",画方形的工具。矱(huò):量长短的工具。均指法度。
㉕ 严:诚心诚意。求合:访求志同道合的贤臣。

挚咎繇而能调①。
苟中情其好修兮，
又何必用夫行媒②？
说操筑于傅岩兮③，
武丁用而不疑④。
吕望之鼓刀兮⑤，
遭周文而得举⑥。
宁戚之讴歌兮⑦，
齐桓闻以该辅⑧。"
及年岁之未晏兮⑨，
时亦犹其未央⑩。
恐鹈鴂之先鸣兮⑪，
使夫百草为之不芳⑫。
何琼佩之偃蹇兮⑬，
众薆然而蔽之⑭？
惟此党人之不谅兮⑮，
恐嫉妒而折之⑯。
时缤纷其变易兮，
又何可以淹留⑰？
兰芷变而不芳兮，
荃蕙化而为茅⑱。
何昔日之芳草兮，
今直为此萧艾也⑲？
岂其有他故兮，
莫好修之害也！
余以兰为可恃兮，
羌无实而容长⑳。
委厥美以从俗兮㉑，
苟得列乎众芳。
椒专佞以慢慆兮㉒，
榝又欲充夫佩帏㉓。

① 挚：即伊尹，汤的贤臣。咎繇（gāo yáo）：即皋陶，禹的贤臣。
② 用：借助。
③ 说（yuè）：傅说。筑：打夯用的木杵。传说傅说原是奴隶，在傅岩从事操杵筑墙的劳役。
④ 武丁：即殷高宗。传说殷高宗梦见一位贤人，极想得到他。后见傅说和梦中贤人相像，就用他为相。
⑤ 吕望：即吕尚，本姓姜，俗称姜太公。鼓刀：指敲刀为屠。
⑥ 周文：周文王。举：提拔。
⑦ 宁戚：春秋时卫国人。传说他去齐国经商，夜间喂牛时敲着牛角唱《饭牛歌》，慨叹怀才不遇。齐桓公正好听见，知他是位贤士，就用他为客卿。
⑧ 齐桓：齐桓公。该：备用。该辅，用为辅佐大臣。
⑨ 晏：晚。年岁未晏：年尚未老。
⑩ 未央：未尽，指国势尚未尽衰。犹其：是"其犹"的倒文。
⑪ 鹈鴂（tí jué）：鸟名，又名伯劳。
⑫ "使夫"句：是说鹈鴂鸣时（秋分之前），百草就要凋谢。
⑬ 琼佩：玉佩。偃蹇（jiǎn）：众盛貌。琼佩、偃蹇，喻品德美盛。
⑭ 薆（ài）然：犹"隐然"，遮蔽貌。
⑮ 谅：信，诚。不谅，不讲诚信。
⑯ 折：摧残，伤害。
⑰ 淹：久留。
⑱ "兰芷"二句：比喻群贤变质。
⑲ 直：径直，简直。萧、艾：当时人以为贱草，以比喻不肖。
⑳ 羌：乃。容长：虚有其表。
㉑ 委：弃。委厥美，弃其美质。
㉒ 佞：奸巧会说。慆（tāo）：傲慢。
㉓ 榝（shā）：木名。帏：香囊。

既干进而务入兮①，
又何芳之能祗②？
固时俗之流从兮③，
又孰能无变化？
览椒兰其若兹兮，
又况揭车与江离？
惟兹佩之可贵兮④，
委厥美而历兹⑤。
芳菲菲而难亏兮，
芬至今犹未沬⑥。
和调度以自娱兮⑦，
聊浮游而求女。
及余饰之方壮兮⑧，
周流观乎上下。

灵氛既告余以吉占兮，
历吉日乎吾将行⑨。
折琼枝以为羞兮⑩，
精琼爢以为粻⑪。
为余驾飞龙兮，
杂瑶象以为车⑫。
何离心之可同兮，
吾将远逝以自疏⑬。
邅吾道夫昆仑兮⑭，
路修远以周流⑮。
扬云霓之晻蔼兮⑯，
鸣玉鸾之啾啾⑰。
朝发轫于天津兮⑱，
夕余至乎西极⑲。
凤皇翼其承旂兮⑳，
高翱翔之翼翼㉑。

① 干：务求。进：仕进。干进，求作官。务入：务求入为官。
② 祗（zhī）：犹"振"。
③ 流从：是"从流"的倒文。意谓随波逐流。
④ 兹佩：此佩，指玉佩。屈原自况。
⑤ 委：当作"萎"，持。历兹：至今。
⑥ 沬（mò）：消失。
⑦ 和：和谐。调（diào）度：指人行走时玉佩互相撞击发出的节奏。
⑧ 及：趁。饰：佩饰，指德才。方壮：正盛。
⑨ 历：选择。
⑩ 羞：珍贵食品，此指菜肴。
⑪ 精：细。此作动词用，捣碎。琼爢：玉屑。粻（zhāng）：粮。
⑫ 杂：兼用。瑶：美玉。象：象牙。
⑬ 自疏：自行疏远。
⑭ 邅（zhān）：转。道：取道。
⑮ 修远：遥远。周流：周游。
⑯ 扬：举，此指飘扬。云霓：画有云霓的旌旗。晻（yǎn）蔼：昏暗貌，指旌旗遮天蔽日。
⑰ 玉鸾：用玉雕成鸾形的车铃。啾啾（jiū）：指铃声。
⑱ 天津：天河。
⑲ 西极：天的西尽头。
⑳ 凤皇：指凤斿（yóu）。斿，旌旗外缘的飘带。斿上画着凤凰，因称"凤斿"。翼：敬。承：奉。旂：画有交龙（两龙蟠结）的旗。
㉑ 翼翼：整齐飞动的样子。

忽吾行此流沙兮①,
遵赤水而容与②。
麾蛟龙使梁津兮③,
诏西皇使涉余④。
路修远以多艰兮,
腾众车使径待⑤。
路不周以左转兮⑥,
指西海以为期⑦。
屯余车其千乘兮⑧,
齐玉轪而并驰⑨。
驾八龙之蜿蜿兮,
载云旗之委蛇⑩。
抑志而弭节兮⑪,
神高驰之邈邈。
奏《九歌》而舞《韶》兮⑫,
聊假日以媮乐⑬。
陟陞皇之赫戏兮⑭,
忽临睨乎旧乡⑮。
仆夫悲余马怀兮⑯,
蜷局顾而不行⑰。

乱曰⑱：已矣哉⑲！
国无人莫我知兮⑳,
又何怀乎故都？
既莫足与为美政兮㉑,
吾将从彭咸之所居㉒！

① 流沙：西方沙漠。
② 赤水：神话中水名，源出昆仑山。容与：犹"徘徊"。
③ 麾：指挥。梁：指架设桥梁。津：渡口。
④ 诏：命令。西皇：西方之神，古帝少皞（hào）。
⑤ 腾：传，传告。径待：在道路两旁侍卫、等待。
⑥ 路：路经。不周：神话中的山名，在昆仑山西北。
⑦ 西海：神话中的西方神海。期：此处指目的地。
⑧ 乘（shèng）：一车四马称"乘"。
⑨ 轪（dài）：车轮，代指车。
⑩ 委蛇（wēi yí）：犹"飘扬"。
⑪ 志：通"帜"。抑志：犹"偃旗"。
⑫ 韶：指《九韶》，舜的舞乐。
⑬ 假：借。媮（yú）：娱乐。
⑭ 陟（zhì）陞：二字同义，上升。皇：皇天。赫戏：光明貌。
⑮ 临睨（nì）：犹"俯瞰"。旧乡：故乡，指楚国。
⑯ 怀：思，怀恋。
⑰ 蜷（quán）局：蜷曲。顾而不行：回顾故乡不往前走。
⑱ 乱：古时乐曲的最后一章。
⑲ 已矣哉：算了吧。
⑳ 无人：犹"无贤"。
㉑ 美政：美好的政治。
㉒ 从彭咸之所居：意谓将按照彭咸一生的行止安排自己的生活道路。

湘夫人

【题解】《湘夫人》是《九歌》的第四篇,是扮饰湘君的男巫歌迎湘夫人之辞。虽是一首祭神曲,但却写出了一个优美的爱情故事:湘君迟迟未见他所迎候的湘夫人归来,满怀怅惘;拟想湘夫人招唤共谐欢乐;幻想过后的失望及无聊。情节曲折,情景交融,有一定的心理、形象描写。

帝子降兮北渚①,
目眇眇兮愁予②。
嫋嫋兮秋风③,
洞庭波兮木叶下④。
登白薠兮骋望⑤,
与佳人期兮夕张⑥。
鸟何萃兮蘋中⑦,
罾何为兮木上⑧?
沅有茝兮澧有兰⑨,
思公子兮未敢言⑩。
荒忽兮远望⑪,
观流水兮潺湲⑫。

麋何食兮庭中⑬,
蛟何为兮水裔⑭?
朝驰余马兮江皋⑮,
夕济兮西澨⑯。
闻佳人兮召余,
将腾驾兮偕逝⑰。
筑室兮水中,
葺之兮荷盖⑱。
荪壁兮紫坛⑲,
播芳椒兮成堂⑳。
桂栋兮兰橑㉑,

① 帝子:指湘水女神娥皇、女英。降:降临。北渚(zhǔ):靠近洞庭湖北岸的小洲。
② 眇眇(miǎo):远望貌。愁予:使我心愁。
③ 嫋嫋(niǎo):摇曳貌。洞庭:洞庭湖。
④ 波:生波。下:落。
⑤ 白薠(fán):即薠草,秋季生于湖泽间。骋望:纵目远望。
⑥ 佳人:指湘夫人。期:作动词用,约会。张:陈设,指陈设祭具、祭品等。
⑦ 萃(cuì):栖集。蘋:水草名。
⑧ 罾(zēng):鱼网的一种。
⑨ 沅:沅江。澧(lǐ):澧江。
⑩ 公子:犹"公主",指湘夫人。
⑪ 荒忽:同"恍惚"。
⑫ 潺湲(chán yuán):水流貌。
⑬ 麋(mí):麋鹿,俗称"四不像"。
⑭ 水裔(yì):水边。
⑮ 江皋:江岸。
⑯ 济:渡。澨(shì):水边。
⑰ 腾:传令。偕逝:同去。
⑱ 葺(qì):覆盖。
⑲ 荪(sūn):香草。荪壁,用荪草编制的墙壁。紫:紫贝。坛:中庭。紫坛:用紫贝壳铺砌的中庭。
⑳ 成:整。成堂:满堂,整个殿堂。
㉑ 桂栋:以桂木为中梁。橑(liáo):房椽。

辛夷楣兮药房①。
罔薜荔兮为帷②,
擗蕙櫋兮既张③。
白玉兮为镇④,
疏石兰兮为芳⑤。
芷葺兮荷屋⑥,
缭之兮杜衡⑦。
合百草兮实庭⑧,
建芳馨兮庑门⑨。
九疑缤兮并迎⑩,
灵之来兮如云⑪。

捐余袂兮江中⑫,
遗余褋兮澧浦⑬。
搴汀洲兮杜若⑭,
将以遗兮远者⑮。
时不可兮骤得⑯,
聊逍遥兮容与⑰。

① 辛夷：香木名。楣（méi）：门上的横框，代指门。辛夷楣，用辛夷木作的门。药：香草，又名白芷。药房，用白芷草为饰的卧室。
② 罔：同"网"，此作为动词用，编结。薜荔：常绿灌木。帷：帐子的四角。擗（pǐ）：分开。
③ 櫋（mán）：当作"幔"，帐子的顶。
④ 镇：指镇席，压坐席的用具。
⑤ 疏：散布。石兰：香草，又名山兰。
⑥ "芷葺"句：是说荷房顶上又覆盖香芷。
⑦ 缭：缠绕。杜衡：香草。
⑧ 合：集。实庭：满庭，满院。
⑨ 庑（wǔ）：堂下四周的走廊。
⑩ 九疑：众巫。
⑪ 灵：神灵，指湘夫人及其随从之神。
⑫ 捐：弃，抛弃。袂（mèi）：衣袖。
⑬ 褋（dié）：单衣，犹今贴身汗衫。
⑭ 汀（tīng）洲：小洲。杜若：香草。遗（wèi）：赠。
⑮ 远者：远方之人，指湘夫人。
⑯ 骤得：很快得到。
⑰ 聊：姑且。容与：闲舒貌。

张　衡

张衡（76～139），东汉科学家、文学家。字平子，南阳西鄂（今河南南阳县北）人。少年时便擅长写文章，"博通五经，贯六艺"。重要作品有《两京赋》、《思玄赋》、《归田赋》、《同声歌》、《四愁诗》等。

四愁诗

【题解】《四愁诗》是中国诗歌史上地位比较重要的一首诗。作者运用了楚辞式的比兴手法，诗中美人象征着作者的理想、志向，山高、水深、路途遥远喻指世道的险恶、奸佞小人的谗害。此诗通篇都是七言句式，只是在每章首句带有一个"兮"字，已经接近于纯粹的七言诗，对后来七言诗的形成具有重大影响。

我所思兮在太山①，
欲往从之梁父艰②。
侧身东望涕沾翰③。
美人赠我金错刀④，
何以报之英琼瑶⑤。
路远莫致倚逍遥⑥，
何为怀忧心烦劳⑦？

我所思兮在桂林⑧，
欲往从之湘水深。
侧身北望涕沾襟。
美人赠我琴琅玕⑨，
何以报之双玉盘。
路远莫致倚惆怅⑩，
何为怀忧心烦伤⑪？

我所思兮在汉阳⑫，

①所思：所思念的人。太山：即泰山。
②从：跟从，追随。梁父：泰山下的小山名。
③翰：衣襟。
④金错刀：刀环或刀柄镀金的佩刀。一说钱名，指错刀钱。
⑤英琼瑶：发光的美玉。英，"瑛"的假借字，指玉的光泽。
⑥致：送到。倚：语气词。逍遥：徘徊不安。
⑦劳：忧伤。
⑧桂林：秦郡名，治所在今广西桂平县西南。
⑨琴琅玕：用美玉缀饰的琴。琅玕（láng gān）：似玉的美石。
⑩惆怅：悲愁，失意。
⑪伤：一本作"怏（yāng）"。
⑫汉阳：东汉郡名，治所在今甘肃甘谷县。

欲往从之陇阪长①。
侧身西望涕沾裳。
美人赠我貂襜褕②，
何以报之明月珠。
路远莫致倚踟蹰③，
何为怀忧心烦纡④？

我所思兮在雁门⑤，
欲往从之雪纷纷⑥。
侧身北望涕沾巾。
美人赠我锦绣段⑦，
何以报之青玉案⑧。
路远莫致倚增叹⑨，
何为怀忧心烦惋⑩？

①陇阪：即陇山，在陕西陇县，西北跨甘肃清水县。
②襜褕（chān yú）：直襟的衣服。貂襜褕：用貂皮做的直襟长袍。
③踟蹰：徘徊不前。
④烦纡：心情烦恼纷乱。纡（yū），弯曲，曲折。
⑤雁门：汉郡名，在今山西西北部。
⑥纷纷（fēn）：形容雪大。
⑦锦绣段：成匹的锦绣。段，与"端"同义，古代布帛长度单位。
⑧青玉案：用青玉制成的放食器的小几，形状像有脚的托盘。
⑨增叹：一再叹息。
⑩烦惋：烦怨叹息。

秦 嘉

秦嘉，东汉诗人。字士会，陇西（今甘肃东南）人。与其妻徐淑常以诗文赠答。今存诗五首。

赠妇诗①

【题解】此诗为秦嘉奉役离乡，而其妻徐淑因已回娘家，不能当面告别，独自感伤，于是留诗于妻以作别。

人生譬朝露，
居世多屯蹇②。
忧艰常早至，
欢会常苦晚。
念当奉时役③，
去尔日遥远。
遣车迎子还，
空往复空返④。
省书情凄怆⑤，
临食不能饭。
独坐空房中，
谁与相劝勉？
长夜不能眠，
伏枕独辗转。
忧来如寻环⑥，
匪席不可卷⑦。

① 《玉台新咏》卷九序本诗道："秦嘉……为郡上计。其妻徐淑寝疾还家，不获面别，赠诗云尔。"共有三首，此选其一。
② 屯蹇：不顺利。
③ 时：通"是"，就是此。奉时役：指为郡上计的事。汉朝制度，每年终各郡国须遣吏送簿记到京师。
④ 以上二句是说打发车子到徐淑母家接她，车子空着回来。其时徐正卧病。
⑤ 省（xǐng）：察，看。省书，指看到妻子从娘家捎来的信。
⑥ 寻环：犹言"循环"，比喻愁思无穷无尽。
⑦ 这里借用《诗经·柏舟》"我心匪席，不可卷也"成句。以席之能卷反喻愁思不能收拾。匪，同"非"。

蔡 琰

蔡琰（生卒未详），汉末女诗人，字文姬，陈留圉（今河南杞县）人。博学多才，精通音律。她先嫁河东卫仲道，夫死无子。汉末世乱，被掳至南匈奴12年，与左贤王生二子。后曹操遣使用重金赎回，再嫁屯田都尉董祀。

悲愤诗

【题解】这是蔡琰回到故乡再嫁董祀后追想往事之作。记叙了十多年来自己的悲惨遭遇，展现了东汉末年广阔的社会生活画面。此诗具有完整的故事情节，人物形象、心理均有深入刻画，情感真挚，悲切感人。

汉季失权柄，董卓乱天常①，
志欲图篡弑②，先害诸贤良。
逼迫迁旧邦，拥主以自强③。
海内兴义师，欲共讨不祥④。
卓众来东下⑤，金甲耀日光。
平土人脆弱，来兵皆胡羌⑥。
猎野围城邑⑦，所向悉破亡。
斩截无孑遗，尸骸相撑拒⑧。
马边悬男头，马后载妇女。
长驱西入关，迥路险且阻⑨。
还顾邈冥冥⑩，肝脾为烂腐。
所略有万计，不得令屯聚⑪。
或有骨肉俱，欲言不敢语。
失意几微间，辄言"毙降虏⑫，
要当以亭刃，我曹不活汝⑬。"
岂敢惜性命，不堪其詈骂。
或便加棰杖，毒痛参并下⑭。
旦则号泣行，夜则悲吟坐。

①汉季：汉朝末年。失权柄：指宦官把持朝政。天常：此指君臣秩序。
②篡弑：弑君窃位。
③旧邦：指西汉的旧都长安。主：指汉献帝。
④兴义师：指关东州郡将领起兵讨伐董卓。不祥：不祥之人，指董卓。
⑤"卓众"句：指董卓派部将领兵出函谷关东下，大掠陈留等郡。
⑥平土：平原，指中原地区。胡羌：董卓军中杂有少数民族，故称。
⑦猎野：在田野上打猎，实指抢掠村镇。
⑧无孑（jié）遗，一个不留。相撑拒：互相支撑，形容尸体之多。
⑨迥（jiǒng）：远。阻：艰难。
⑩还顾：回望。邈冥冥：邈远迷茫。
⑪略：同"掠"。屯聚：聚集在一起。
⑫失意：指不满情绪。几微：稍微。
⑬亭：当。亭刃，即挨刀子。
⑭棰：杖击。毒痛：痛骂和毒打。参并下：交加而至。

欲死不能得，欲生无一可。
彼苍者何辜？乃遭此厄祸①！

边荒与华异，人俗少理义②。
处所多霜雪，胡风春夏起。
翩翩吹我衣，肃肃入我耳③。
感时念父母，哀叹无终已。
有客从外来④，闻之常欢喜。
迎问其消息⑤，辄复非乡里。
邂逅徼时愿，骨肉来迎己⑥。
己得自解免，当复弃儿子。
天属缀人心⑦，念别无会期。
存亡永乖隔⑧，不忍与之辞。
儿前抱我颈，问"母欲何之？
人言母当去，岂复有还时？
阿母常仁恻，今何更不慈？
我尚未成人，奈何不顾思？"
见此崩五内⑨，恍惚生狂痴。
号泣手抚摩，当发复回疑。
兼有同时辈⑩，相送告离别。
慕我独得归，哀叫声摧裂⑪。
马为立踟蹰，车为不转辙。
观者皆歔欷，行路亦呜咽⑫。

去去割情恋，遄征日遐迈⑬。
悠悠三千里，何时复交会？
念我出腹子，胸臆为摧败。
既至家人尽，又复无中外⑭。
城郭为山林，庭宇生荆艾。
白骨不知谁，从横莫覆盖⑮。
出门无人声，豺狼号且吠。

① 彼苍者：指天。辜：罪。这句是说：天啊，我们犯了什么罪过？厄祸：灾祸。
② 边荒：边远荒僻之地。人俗：民间习俗。少理义：缺少正义和道理。言外指隐忍了种种难言的屈辱。
③ 肃肃：风声。
④ 从外来：从外面（实指中原地区）到南匈奴来。
⑤ "迎问"句：指从来客处打听消息。
⑥ 徼（yāo）：同"邀"，求。徼时愿，求得了却平时的愿望。骨肉：喻祖国的亲人，此处指曹操派去赎她的使者。
⑦ 天属：天然的血缘关系。缀：联系。
⑧ 乖隔：隔离。
⑨ 五内：五脏。崩五内，心碎之意。
⑩ 同时辈：同时被掳的人。
⑪ 摧裂：摧残撕碎人心。
⑫ 歔欷（xū xī）：抽泣声。行路：过路人。
⑬ 情恋：母子的依恋之情。遄（chuán）征：飞快地赶路。日遐迈：一天天地远离。
⑭ 中：指舅父的子女，称内兄弟；外：指姑母的子女，称外兄弟。
⑮ 从横：即纵横。

茕茕对孤景，怛咤糜肝肺①。
登高远眺望，魂神忽飞逝。
奄若寿命尽，旁人相宽大②。
为复强视息，虽生何聊赖③？
托命于新人，竭心自勖厉④。
流离成鄙贱，常恐复捐废⑤。
人生几何时，怀忧终年岁！

① 茕茕（qióng）：孤独的样子。景：同"影"。孤景，指自己孤独的身影。怛（dá）咤：悲痛而惊呼。糜：碎。
② 奄若：忽然间好像。相宽大：相劝慰。
③ 强视息：勉强睁开眼、喘过气来。
④ 托命于新人：指重嫁董祀。勖（xù）：勉。厉：同"励"。勖厉，勉励。
⑤ 复捐弃：再次被遗弃。

乐府民歌

乐府本来是汉代掌管音乐的机构，后来人们把乐府中所保存下来的诗歌也叫"乐府"，统称为"乐府诗"。其中的民歌部分，称为"乐府民歌"。汉乐府民歌具有丰富的社会内容和高度的思想性，语言口语化，诗体形式富于变化，并首创完整的五言体，对后代诗歌创作产生了很大影响。

战城南

【题解】这是一首诅咒战争和劳役的诗。诗中描摹了乌鸦争食死尸、战马空自徘徊的悲凉战场，具有较强的揭露和震撼力量。

战城南，死郭北①，
野死不葬乌可食②。
为我谓乌："且为客豪③，
野死谅不葬，腐肉安能去子逃④？"
水深激激，蒲苇冥冥⑤。
枭骑战斗死⑥，驽马徘徊鸣。
梁筑室，何以南，何以北⑦？
禾黍不获君何食？
愿为忠臣安可得！
思子良臣，良臣诚可思。
朝行出攻，暮不夜归。

① 郭：外城。
② 野死：指死后暴尸于野。乌：乌鸦。
③ 我：诗人自称。客：指死者。豪：即"号"，哭号。
④ 谅：推断词，想必。子：指乌。
⑤ 激激：清澄。冥冥：幽暗。
⑥ 枭（xiāo）骑：就是"骁骑"，良马，喻战死的英雄。
⑦ 梁：表声的字，下同。此二句说为什么服役的人也像士兵一样南北调迁呢？

上 邪

【题解】这是一首描写男女爱情的民歌，表达了青年女子对自己的情人誓死相爱、忠贞不渝的爱情。语言质朴生动，感情真挚强烈。

上邪①！
我欲与君相知②，

① 上：指天。邪：同"耶"，感叹词。
② 相知：相亲相爱。

长命无绝衰③。
山无陵，江水为竭④，
冬雷震震，夏雨雪⑤，
天地合⑥，乃敢与君绝！

③命：令，使。绝衰：断绝、松弛。
④陵：山峰。山无陵，犹言高山变成平地。竭：干涸。
⑤震震：雷声。雨（yù）雪：下雪。雨，这里用为动词，是下、降的意思。
⑥天地合：天与地合在一起。

有所思

【题解】这是一首描写女子相思的诗：本来打算送东西给他；听说他有二心，则毁物绝情；又回想当初相会情景，颇有不忍。一波三折，委婉传神。

有所思，乃在大海南。
何用问遗君①？
双珠玳瑁簪，用玉绍缭之②。
闻君有他心，拉杂摧烧之③。
摧烧之，当风扬其灰。
从今以往，勿复相思④！
相思与君绝！
鸡鸣狗吠，兄嫂当知之⑤。
妃呼豨！秋风肃肃晨风飔⑥，
东方须臾高知之⑦。

①问遗（wèi）：赠与。
②双珠玳瑁（dài mèi）簪：镶有宝珠、玳瑁的簪子。绍缭：缠绕。
③他心：二心。拉杂摧烧：指损毁簪子的各种办法。
④勿复：不再。
⑤以下几句是回想当初相恋会面的情景。
⑥妃呼豨（xī）：感叹词，无意义。肃肃：风声。晨风：鸟名，鹞子一类，飞起来很快。飔（sī）：疾速。
⑦高：同"皜"（hào），白。

陌上桑

【题解】这是汉乐府中的一首优秀的叙事诗。诗中叙述了采桑女子机智勇敢地拒绝了太守调戏纠缠的故事。诗中运用了渲染、烘托、夸张、对话等手法，具有较强的表现力。尤其对人们贪看罗敷之美的描写，生动传神。

日出东南隅①，照我秦氏楼。

①隅：方。秦氏：古诗中美女常用的姓氏，并非实指。

秦氏有好女，自名为罗敷②。
罗敷喜蚕桑③，采桑城南隅。
青丝为笼系，桂枝为笼钩④。
头上倭堕髻⑤，耳中明月珠。
缃绮为下裙，紫绮为上襦⑥。
行者见罗敷，下担捋髭须⑦。
少年见罗敷，脱帽著帩头⑧。
耕者忘其犁，锄者忘其锄。
来归相怨怒，但坐观罗敷⑨。

使君从南来，五马立踟蹰⑩。
使君遣吏往，问是"谁家姝？"
"秦氏有好女，自名为罗敷⑪。"
"罗敷年几何⑫？"
"二十尚不足，十五颇有余。"
使君谢罗敷："宁可共载不⑬？"
罗敷前置辞："使君一何愚⑭！
使君自有妇，罗敷自有夫！"

"东方千余骑，夫婿居上头⑮。
何用识夫婿⑯？
白马从骊驹⑰；
青丝系马尾，黄金络马头；
腰中鹿卢剑⑱，可值千万余。
十五府小史，二十朝大夫⑲，
三十侍中郎，四十专城居⑳。
为人洁白皙，鬑鬑颇有须㉑。
盈盈公府步，冉冉府中趋㉒。
坐中数千人，皆言夫婿殊㉓。"

②好女：美女。自名：本名。罗敷：古代美女的通名。
③蚕桑：这里指养蚕采桑。
④笼：篮子。系（xì）：篮子上的络绳。钩：篮子的提柄。
⑤倭堕髻：又叫堕马髻，汉代发型，发髻歪在头部一侧。
⑥缃：杏黄色。绮：有细密花纹的绫类。襦（rú）：短袄。
⑦行者：过路人。下担：放下担子。捋（lǚ）：用手指顺着抹过去。
⑧著：戴。帩（qiào）头：包头发的纱巾。
⑨二句是说人们回来后埋怨耽误了活计，都只因为贪看罗敷。坐：因为。
⑩使君：东汉人对太守、刺史的称呼。五马：太守所乘的车马。立：停下。
⑪这二句是罗敷回复太守的话。
⑫"罗敷"句：这是太守的问话。
⑬谢：问。也可以解作"告"。宁可：可不可以的意思。载：乘。
⑭置辞：同"致辞"。一何：何其。
⑮东方：指夫婿做官的地方。上头：前列，前面。
⑯何用：何以，根据什么。识：辨认。
⑰骊（lí）驹：深黑色的小马。
⑱鹿卢剑：剑柄用丝绦缠绕的宝剑。
⑲十五：指罗敷夫婿的年龄。下同。府小史：府中最低级的小吏。朝大夫：朝廷上的大夫。
⑳侍中郎：皇帝的侍卫官。专城居：独据一城，即指官为州牧、太守。
㉑皙（xī）：白。鬑鬑（lián）：须发稀疏的样子。
㉒公府步：摆出官派踱方步。
㉓数千人：夸张的数目。殊：与众不同。

饮马长城窟行

【题解】 此诗描写女子怀念远行的丈夫。前半写因想望而入梦，醒后更觉思念之切；后半写得到远方来信及其内容。

青青河畔草，绵绵思远道。
远道不可思，宿昔梦见之①。
梦见在我傍，忽觉在他乡②。
他乡各异县，展转不相见③。
枯桑知天风，海水知天寒。
入门各自媚，谁肯相为言④！
客从远方来，遗我双鲤鱼⑤。
呼儿烹鲤鱼，中有尺素书⑥。
长跪读素书，书中竟何如：
上言加餐食，下言长相忆⑦。

①昔：通"夕"。宿昔，犹"昨夜"。
②傍：旁边。觉：醒来。
③异县：指异地。展转：即辗转。
④媚：爱。言：问讯。
⑤遗（wèi）：赠送。双鲤鱼：指藏书信的函。
⑥尺素：素是生绢，古人用绢写信，以尺素代书信。
⑦上言、下言：指信的前部与后部。

长歌行

【题解】 这是一首励志诗，通过描写园中葵的朝露日晞，枯黄飘落，表现了时光的易逝，生命的短暂，如百川入海，不复西归，劝勉世人珍惜青春岁月，努力奋发，不要等到老来徒然悲伤叹息。

青青园中葵，朝露待日晞①。
阳春布德泽，万物生光辉②。
常恐秋节至，焜黄华叶衰③。
百川东到海，何时复西归？
少壮不努力，老大徒伤悲。

①葵：冬葵，古代主要的蔬菜。晞（xī）：干，晒干，此处意为照耀。
②阳春：阳光明媚的春天。布：布施，施行，给予。德泽：恩惠。
③焜（kūn）黄：植物枯黄色衰的样子。华（huā），通"花"。衰：衰败，凋零。

艳歌行

【题解】本诗描写一个流浪他乡的人,遇到一位好心的女主人为他缝补衣服,却被其丈夫猜忌,因而更加思乡。诗写得有情感、有情节,颇为动人。

翩翩堂前燕,冬藏夏来见。
兄弟两三人,流宕在他县①。
故衣谁当补?新衣谁当绽②?
赖得贤主人,览取为吾组③。
夫婿从门来,斜柯西北眄④。
语卿且勿眄,水清石自见⑤。
石见何累累,远行不如归。

① 宕:同"荡"。
② 绽:本是裂缝的意思,补联裂缝也叫绽。
③ 览:同"揽",取。组:同"绽",缝补。
④ 斜柯:犹今语"歪邪"。一作"斜倚"。眄(miàn):斜视。
⑤ 卿:您。此句是主人公对夫婿所言。

孔雀东南飞

【题解】本篇是汉乐府中最长的一首诗,也是中国文学史上著名的长篇叙事诗。它描写了一对青年夫妇的婚姻悲剧,控拆了封建礼教、封建家长制的罪恶,对青年夫妇坚贞不移的爱情和以死殉情的抗争精神给予了热烈赞颂和深切同情。全诗有比较完整的结构和紧凑生动的情节,善于用对话和心理活动描写人物,还大量运用铺排、夸张、比兴手法。

孔雀东南飞,五里一徘徊①。
"十三能织素,十四学裁衣②,
十五弹箜篌,十六诵诗书③。
十七为君妇,心中常苦悲。
君既为府吏,守节情不移④。
鸡鸣入机织,夜夜不得息,
三日断五匹,大人故嫌迟⑤。
非为织作迟,君家妇难为。
妾不堪驱使,徒留无所施⑥。

① "孔雀"二句:以鸟飞徘徊起兴,写夫妇离散。
② 素:白色丝绢。
③ 箜篌(kōng hóu):一种弦乐器。
④ 府吏:指焦仲卿所任庐江府小吏。守节情不移:焦仲卿忠于职守,不为夫妇感情所移。
⑤ 断:从织布机上把布截下,即织成的意思。大人:指焦仲卿的母亲。
⑥ 不堪:不能胜任。驱使:使唤。徒留:白白留在焦家。施:用。

便可白公姥，及时相遣归①。"

府吏得闻之，堂上启阿母②：
"儿已薄禄相③，幸复得此妇。
结发同枕席，黄泉共为友④。
共事二三年，始尔未为久⑤。
女行无偏斜，何意致不厚⑥？"
阿母谓府吏："何乃太区区⑦！
此妇无礼节，举动自专由⑧。
吾意久怀忿，汝岂得自由！
东家有贤女，自名秦罗敷⑨。
可怜体无比⑩，阿母为汝求。
便可速遣之，遣去慎莫留！"
府吏长跪告，伏惟启阿母⑪：
"今若遣此妇，终老不复取⑫！"
阿母得闻之，槌床便大怒⑬：
"小子无所畏，何敢助妇语！
吾已失恩义，会不相从许⑭！"

府吏默无声，再拜还入户。
举言谓新妇⑮，哽咽不能语：
"我自不驱卿⑯，逼迫有阿母。
卿但暂还家，吾今且报府⑰。
不久当归还，还必相迎取。
以此下心意⑱，慎勿违吾语。"
新妇谓府吏："勿复重纷纭⑲！
往昔初阳岁，谢家来贵门⑳。
奉事循公姥，进止敢自专㉑？
昼夜勤作息，伶俜萦苦辛㉒。
谓言无罪过，供养卒大恩㉓。
仍更被驱遣，何言复来还？

①白：禀告。公姥（mǔ）：公婆。这里是偏义词，指焦母。相遣归：把我打发回娘家。
②启：禀告。
③禄：俸禄。相（xiàng）：相貌。
④结发：旧时一种婚礼仪俗。黄泉：犹言地下。
⑤共事：共同生活。始尔未为久：开始过这种恩爱生活并不久。尔：这样，如此。
⑥偏斜：不正当。不厚：不满意，不喜欢。
⑦区区：固执，拘泥。
⑧自专由：自作主张。
⑨秦罗敷：乐府民歌中美女的通名。
⑩怜：爱。体：体态。
⑪伏惟：匍匐而思念。古人自谦之词，表示对尊长的恭敬。
⑫终老：直到老，终生。取：同"娶"。
⑬槌（chuí）：击。床：古人卧具、坐具都叫床。此指坐具。
⑭"吾已"二句：是说我和兰芝已经恩断义绝，决不能允许你。会：当。相从许：顺从、应允你。
⑮举言：发言。
⑯卿：古代君称臣或平辈人互称都可用"卿"。
⑰报：同"赴"。报府，到府里去办公。
⑱以此下心意：因为这个缘故你要安心忍耐。
⑲重纷纭：再找麻烦。
⑳初阳岁：冬末春初的季节。谢：辞别。
㉑奉事循公姥：做事都顺着婆婆的心意。进止：进退。
㉒伶俜（líng pīng）：孤单。
㉓谓言：自以为。供养：孝敬，奉养。卒：完成，尽。

妾有绣腰襦，葳蕤自生光①。
红罗复斗帐②，四角垂香囊。
箱帘六七十，绿碧青丝绳③。
物物各自异，种种在其中。
人贱物亦鄙，不足迎后人④。
留待作遗施，于今无会因⑤。
时时为安慰，久久莫相忘！"

鸡鸣外欲曙，新妇起严妆⑥。
着我绣夹裙，事事四五通⑦。
足下蹑丝履，头上玳瑁光⑧。
腰若流纨素，耳著明月珰⑨。
指如削葱根，口如含朱丹。
纤纤作细步，精妙世无双。
上堂谢阿母，母听去不止⑩。
"昔作女儿时，生小出野里⑪，
本自无教训，兼愧贵家子。
受母钱帛多⑫，不堪母驱使。
今日还家去，念母劳家里⑬。"
却与小姑别，泪落连珠子⑭：
"新妇初来时，小姑始扶床；
今日被驱遣，小姑如我长⑮。
勤心养公姥，好自相扶将⑯，
初七及下九⑰，嬉戏莫相忘。"
出门登车去，涕落百余行。

府吏马在前，新妇车在后，
隐隐何甸甸⑱，俱会大道口。
下马入车中，低头共耳语：
"誓不相隔卿⑲！
且暂还家去，吾今且赴府。

①绣腰襦：绣花的齐腰短袄。葳蕤（wēi ruí）：草木茂盛。这里形容衣上刺绣之美。
②复：双层的。斗帐：上狭下宽像斗的样子。
③帘：同"奁"，小箱子。绿碧青丝绳：箱子上扎着各色丝绳。
④后人：指焦仲卿日后再娶的妻子。
⑤遗施：赠送，施与。会因：见面的机会。因，机会，因缘。
⑥严妆：盛妆。严，整齐，郑重。
⑦事事四五通：穿衣、戴首饰等事都反复四五遍才做完。通，遍。
⑧蹑（niè）：踩，这里是穿的意思。丝履：丝织品制的鞋。玳瑁（dàimèi）：龟类动物，甲光滑坚硬可制装饰品。
⑨腰若流纨素：腰间束着白绢，光彩流动如水波。纨（wán）素，精致的白绢。明月珰（dāng）：用明月珠做的耳坠。
⑩听：听任。止：留阻。
⑪野里：荒僻的乡村。
⑫钱帛：指聘礼。
⑬念母劳家里：惦念着婆婆今后要在家里多操劳了。
⑭却：退。连珠子：一串珠子。
⑮如我长：快有我这么高了。
⑯勤心：勤谨尽心。扶将：照应。
⑰初七：指七夕。下九：每月十九日。这天是妇女嬉戏的日子。
⑱隐隐：与"甸甸"同为形容车马声的象声词。
⑲隔：断绝，离异。

不久当还归，誓天不相负①！"
新妇谓府吏："感君区区怀②，
君既若见录③，不久望君来。
君当作磐石，妾当作蒲苇④。
蒲苇纫如丝⑤，磐石无转移。
我有亲父兄⑥，性行暴如雷。
恐不任我意，逆以煎我怀⑦。"
举手长劳劳⑧，二情同依依。

入门上家堂，进退无颜仪⑨。
阿母大拊掌⑩："不图子自归⑪！
十三教汝织，十四能裁衣，
十五弹箜篌，十六知礼仪，
十七遣汝嫁，谓言无誓违⑫。
汝今无罪过，不迎而自归？"
兰芝惭阿母："儿实无罪过。"
阿母大悲摧⑬。

还家十余日，县令遣媒来。
云"有第三郎⑭，窈窕世无双。
年始十八九，便言多令才⑮。"
阿母谓阿女："汝可去应之。"
阿女衔泪答："兰芝初还时，
府吏见丁宁⑯，结誓不别离。
今日违情义，恐此事非奇⑰。
自可断来信⑱，徐徐更谓之⑲。"
阿母白媒人：
"贫贱有此女，始适还家门⑳；
不堪吏人妇，岂合令郎君？
幸可广问讯，不得便相许㉑。"

①誓天不相负：向天发誓决不负心。
②区区怀：诚挚的心意。区区，形容挚诚的样子。
③若：如此。见：被，蒙。录：记。
④磐石：大石，喻坚定不移。蒲苇：水草，喻柔软而坚韧。
⑤纫：同"韧"。
⑥亲父兄：偏义复词，单指兄。
⑦逆以煎我怀：一想到这里我的心就像油煎一样痛苦。逆，预料，在事先想。
⑧劳劳：忧伤的样子。
⑨无颜仪：没脸面。
⑩拊掌：拍手，表示惊讶、痛心。拊（fǔ），拍。
⑪不图：没想到。
⑫誓违：过错、过失。
⑬悲摧：悲痛、哀伤。
⑭第三郎：第三位公子。
⑮便言：能言善辩。便（pián），口才好。令：美。
⑯府吏见丁宁：曾被焦仲卿一再嘱咐。丁宁：同"叮咛"。
⑰非奇：不佳，不妙。
⑱信：信使。指媒人。
⑲徐徐更谓之：慢慢再说吧。
⑳始适：意为出嫁不久。始：刚刚。适，嫁。
㉑幸：希望。许：答应。

媒人去数日，寻遣丞请还①，
说"有兰家女，承籍有宦官②。"
云"有第五郎，娇逸未有婚，
遣丞为媒人，主簿通语言③。"
直说"太守家④，有此令郎君，
既欲结大义⑤，故遣来贵门。"
阿母谢媒人：
"女子先有誓，老姥岂敢言⑥？"
阿兄得闻之，怅然心中烦⑦，
举言谓阿妹："作计何不量⑧！
先嫁得府吏，后嫁得郎君。
否泰如天地⑨，足以荣汝身。
不嫁义郎体⑩，其往欲何云⑪？"
兰芝仰头答："理实如兄言。
谢家事夫婿，中道还兄门。
处分适兄意，那得自任专⑫？
虽与府吏要，渠会永无缘⑬。
登即相许和⑭，便可作婚姻。"

媒人下床去，诺诺复尔尔⑮。
还部白府君⑯：
"下官奉使命，言谈大有缘。"
府君得闻之，心中大欢喜。
视历复开书，便利此月内，
六合正相应⑰。
"良吉三十日⑱，今已二十七，
卿可去成婚。"
交语速装束，络绎如浮云⑲。
青雀白鹄舫，四角龙子幡⑳，
婀娜随风转；金车玉作轮，
踯躅青骢马，流苏金镂鞍㉑。

① 寻：随即，不久。丞：郡丞，职位次于太守的官。
② 承籍：继承先人的仕籍。宦官：即官宦。
③ 主簿：此指太守府主簿，掌管文书簿籍的官员。
④ "直说"四句：指郡丞奉太守之命向刘家直截了当地说出来意。
⑤ 结大义：结亲。
⑥ 老姥（mǔ）：老妇。
⑦ 怅然：愤恨烦恼的样子。
⑧ 作计：打主意，作决定。不量：不思量，不算计。
⑨ 否（pǐ）泰如天地：好坏高低有天壤之别。否、泰，皆《易经》卦名，指好（泰）坏（否）。
⑩ 义郎：对太守儿子的美称。
⑪ 其往欲何云：将来你想怎么办。
⑫ 处分：处理、处事。适：遂，顺。
⑬ 要：约定。渠：作"他"解，指府吏。
⑭ 登：登时，立刻。许和：答应。
⑮ 诺诺复尔尔：这是媒人的答应声，犹言"好好，就这样，就这样。"
⑯ 部：太守府衙。府君：郡民对太守的称呼。
⑰ 视历复开书：即"开视历书"的，指看日子。六合：即指月建和日辰相合，吉利。
⑱ 良吉：好日子。
⑲ 交语：互相传话。
⑳ "青雀"三句：是说画有青雀和白鹄的船，船舱四角还挂着画有龙的旗幡，旗幡随风飘动。
㉑ 踯躅（zhí zhú）：犹"踟蹰"，徘徊不前。青骢（cōng）马：毛色青白夹杂的马。

赍钱三百万①，皆用青丝穿。
杂采三百匹②，交广市鲑珍③。
从人四五百，郁郁登郡门④。

阿母谓阿女："适得府君书，
明日来迎汝。何不作衣裳？
莫令事不举⑤！"阿女默无声，
手巾掩口啼，泪落便如泻。
移我琉璃榻⑥，出置前窗下。
左手持刀尺，右手执绫罗。
朝成绣夹裙，晚成单罗衫。
晻晻日欲暝⑦，愁思出门啼。

府吏闻此变，因求假暂归⑧。
未至二三里，摧藏马悲哀⑨。
新妇识马声，蹑履相逢迎。
怅然遥相望，知是故人来。
举手拍马鞍，嗟叹使心伤：
"自君别我后，人事不可量⑩。
果不如先愿，又非君所详。
我有亲父母⑪，逼迫兼弟兄。
以我应他人⑫，君还何所望！"
府吏谓新妇："贺卿得高迁！
磐石方且厚，可以卒千年；
蒲苇一时纫，便作旦夕间⑬。
卿当日胜贵⑭，吾独向黄泉。"
新妇谓府吏："何意出此言⑮！
同是被逼迫，君尔妾亦然。
黄泉下相见，勿违今日言！"
执手分道去，各各还家门。
生人作死别，恨恨那可论！

①赍（jī）：送给。
②杂采：各色绸缎。
③交广：交州，汉郡名，治所在广信（今广西梧州市），后移番禺（今广东广州市）。广，广州，三国吴分交州置广州，治所在番禺（今广州市）。鲑（guī）珍：泛指山珍海味。
④郁郁：形容人多。登：疑为"发"字之误，指迎亲队伍从太守府出发。
⑤不举：办不成。
⑥琉璃榻：镶嵌琉璃的坐具。
⑦晻晻日欲暝：日色昏暗，天要黑下来了。晻（yān）晻，日将落时昏暗无光的样子。暝，暗。
⑧求假：请假。
⑨摧藏："凄怆"的假借字。
⑩量：预料。
⑪亲父母：偏义复词，单指母。
⑫应他人：许给了别人。
⑬旦夕间：与"一时"为互文，指早晚之间。
⑭日胜贵：一天比一天高贵。
⑮何意出此言：你怎么能说这种话呢。

念与世间辞，千万不复全①。

府吏还家去，
上堂拜阿母："今日大风寒，
寒风摧树木，严霜结庭兰②。
儿今日冥冥③，令母在后单。
故作不良计④，勿复怨鬼神！
命如南山石，四体康且直⑤。"
阿母得闻之，零泪应声落⑥：
"汝是大家子，仕宦于台阁⑦。
慎勿为妇死，贵贱情何薄⑧？
东家有贤女，窈窕艳城郭⑨，
阿母为汝求，便复在旦夕。"
府吏再拜还，长叹空房中，
作计乃尔立⑩。
转头向户里，渐见愁煎迫⑪。

其日牛马嘶，新妇入青庐⑫。
奄奄黄昏后⑬，寂寂人定初⑭。
"我命绝今日，魂去尸长留。"
揽裙脱丝履，举身赴清池⑮。
府吏闻此事，心知长别离。
徘徊庭树下，自挂东南枝。

两家求合葬，合葬华山傍⑯。
东西植松柏，左右种梧桐。
枝枝相覆盖，叶叶相交通⑰。
中有双飞鸟，自名为鸳鸯，
仰头相向鸣，夜夜达五更。
行人驻足听，寡妇起彷徨。
多谢后世人，戒之慎勿忘⑱！

①念：考虑。
②严霜结庭兰：浓霜凝结在院中的兰草上。
③儿今日冥冥：孩儿我已到了日暮途穷的时候，生命即将结束。
④不良计：不好的打算。
⑤南山：喻寿高。石：喻身体结实。直：顺利。
⑥零泪：断断续续的眼泪。
⑦大家子：出身于高贵门第的人。台阁：指尚书府。
⑧贵贱情何薄：仲卿贵、兰芝贱，二人的情分多么淡薄。
⑨艳城郭：全城惊艳。
⑩作计乃尔立：打算就这样定了。
⑪"转头"二句：是说打定主意之后，又回头去看屋里的老母，心里被忧愁煎熬得越来越难受。
⑫新妇：指刘兰芝。青庐：用青布幔搭成的喜棚。
⑬奄奄：同"晻晻"，日色昏暗的样子。黄昏：古时成婚在黄昏之时。
⑭人定初：指亥时初刻，即夜间九点钟。
⑮举身：纵身。
⑯华山：大约是庐江郡的一座小山，不可考。
⑰交通：连接，交错。
⑱多谢二句：这二句是作者口吻。

江南可采莲

【题解】 这首短歌描绘了江南荷花的丰美和鱼儿在荷叶间嬉戏的情景。形式上体现了"相和歌辞"一人唱、多人和的特点。

江南可采莲,莲叶何田田①。
鱼戏莲叶间。
鱼戏莲叶东,鱼戏莲叶西,
鱼戏莲叶南,鱼戏莲叶北。

①田田:形容荷叶挺出水面、饱满劲秀的样子。

古诗十九首

东汉后期有些文人模仿乐府或加工民歌写了一些诗歌,但姓名已佚。南朝梁萧统所编《文选》收入的《古诗十九首》为其代表。这些古诗均为五言,长于抒情,又往往是通过叙事、写景来抒情,造成叙事、写景、抒情水乳交融的艺术境界。

行行重行行

【题解】这是一首思妇诗,抒发了一个女子对远行在外的丈夫的深切思念。思绪层层递进,一唱三叹,最后变无奈为祝愿,悲凉中有慷慨。

行行重行行,与君生别离①。
相去万余里,各在天一涯。
道路阻且长②,会面安可知!
胡马依北风,越鸟巢南枝③。
相去日已远,衣带日已缓④。
浮云蔽白日,游子不顾反⑤。
思君令人老,岁月忽已晚⑥。
弃捐勿复道,努力加餐饭⑦!

①行行:犹言"走啊走"。重:又。
②阻且长:艰险而漫长。
③胡马:北方所产的马。依:依恋。越鸟:南方"百越"地方的鸟。巢:作巢。
④"相去"二句:分别的日子越来越久,身上的衣服越来越显宽松。
⑤顾:念。反:同"返"。
⑥岁月忽已晚:岁月倏忽又已经到了年终。晚,指年终。
⑦弃捐:丢开。

青青河畔草

【题解】这也是一首思妇诗。诗中由景物写到人物,再到身世和愁思,环环相扣,自然展开。诗中叠字的运用很有特色。

青青河畔草,郁郁园中柳①。
盈盈楼上女②,皎皎当窗牖③。
娥娥红粉妆④,纤纤出素手。
昔为倡家女,今为荡子妇⑤。
荡子行不归,空床难独守。

①郁郁:浓密茂盛的样子。
②盈盈:美好的样子。
③皎皎(jiǎo):白皙明洁貌。牖(yǒu):窗。
④娥娥:美貌。
⑤倡家:卖艺人家。荡子:漫游外乡的人。

西北有高楼

【题解】 这首诗以听者与弦歌者的共鸣为背景,表达当时文人对知音难遇的感慨。写来极尽夸张、渲染。

西北有高楼,上与浮云齐;
交疏结绮窗,阿阁三重阶①。
上有弦歌声,音响一何悲②!
谁能为此曲?无乃杞梁妻③!
清商随风发,中曲正徘徊④;
一弹再三叹,慷慨有余哀⑤。
不惜歌者苦,但伤知音稀!
愿为双鸿鹄,奋翅起高飞。

① 交疏:交错。绮窗:有花格子的窗子。阿阁:四周有檐的楼阁。三重(chóng)阶:有三层楼梯。
② 弦歌:弹琴唱歌。一何:多么。
③ 无乃:莫不是。杞梁妻:杞梁是春秋时齐国大夫,杞梁战死,其妻痛哭十日后自杀。
④ 清商:乐曲名。中曲:乐曲中段部分。徘徊:指乐声回环往复。
⑤ 一弹:弹奏了一段之后。再三叹:再三地反复重奏。

涉江采芙蓉

【题解】 这首诗写羁留异乡的游子怀念故乡妻子的忧愁苦闷心情。从眼前景物写到所思之人和故乡,又进一步生发人生感慨,步步深入,辗转多姿。

涉江采芙蓉,兰泽多芳草①;
采之欲遗谁?所思在远道②。
还顾望旧乡,长路漫浩浩③。
同心而离居,忧伤以终老④。

① 兰泽:生长兰草的沼泽地。
② 遗(wèi):赠。远道:犹言远方。
③ 还顾:回头看。漫浩浩:无边无尽,形容路长。
④ 同心:指夫妻同心,情投意合。

明月皎夜光

【题解】 这首诗抒发了对世态炎凉的怨愤。通过时节的忽复改变,反衬朋友新贵后抛弃旧交,是此诗艺术上的一个突出特点。

明月皎夜光,促织鸣东壁。
玉衡指孟冬,众星何历历①。
白露沾野草,时节忽复易。
秋蝉鸣树间,玄鸟逝安适②?
昔我同门友,高举振六翮③。
不念携手好,弃我如遗迹④。
南箕北有斗,牵牛不负轭⑤。
良无盘石固,虚名复何益?

① 玉衡:指北斗七星中的第五星,历历:分明。
② 玄鸟:燕子。逝:离去。适:往。
③ 同门友:同学。翮(hé):羽茎。六翮,指鸟的翅膀。"振六翮"是以鸟的高飞比人的腾达。
④ 遗迹:遗弃的脚印。
⑤ 南箕:星宿。斗:指南斗星。南斗六星聚成斗形,当它和箕星同在南方的时候,箕在南,斗在北。负轭:拉车。

迢迢牵牛星

【题解】 这是一首写思妇思念游子之情的诗篇。诗人借用了民间广为流传的牛郎织女的故事,通过织女对牛郎的思念表达思妇与游子的别离之苦。

迢迢牵牛星,皎皎河汉女①。
纤纤擢素手,札札弄机杼②。
终日不成章,泣涕零如雨③。
河汉清且浅,相去复几许④?
盈盈一水间,脉脉不得语⑤。

① 河汉:银河。河汉女,指织女。
② 擢(zhuó):摆动。札札:织布机的声音。弄:操作。杼:织布机的梭子。
③ 章:布帛上的经纬纹路。
④ 几许:多少。
⑤ 盈盈:水清浅的样子。

生年不满百

【题解】此诗写人生苦短,应及时行乐;但不颓废,颇有慷慨之气。

生年不满百,常怀千岁忧①。
昼短苦夜长,何不秉烛游②!
为乐当及时,何能待来兹③?
愚者爱惜费,但为后世嗤④。
仙人王子乔,难可与等期⑤。

①千岁忧:指身后的种种考虑,如为子孙的生活打算,为自己的冢墓计划等。
②秉:持。
③为乐:行乐。来兹:来年。
④费:钱财。嗤(chī):耻笑。
⑤王子乔:古仙人名。与等期:指与仙人一样长寿。

客从远方来

【题解】这是一首歌咏爱情的诗。其中的一些意象和修辞手法多为后世所用。

客从远方来,遗我一端绮①。
相去万余里,故人心尚尔②。
文采双鸳鸯,裁为合欢被③。
著以长相思,缘以结不解④。
以胶投漆中,谁能别离此。

①一端:半匹。
②尚尔:还那样。
③这两句是说用有双鸳鸯图案的绮做成两个人盖的被子。
④著:在衣被中装绵。长相思:谐音双关,也指丝绵。缘:沿边装饰。结不解:亦为双关,指丝结,也指情思。

明月何皎皎

【题解】 这首诗描写思念,但主人公不明确,或云游子思归,或曰女子思夫,两解均通。

明月何皎皎,照我罗床帏①。
忧愁不能寐,揽衣起徘徊②。
客行虽云乐,不如早旋归③。
出户独彷徨④,愁思当告谁。
引领还入房⑤,泪下沾裳衣。

①罗床:装饰绮罗的床。
②揽衣:披衣。
③虽云乐:虽说快乐。旋归:回归。
④彷徨:犹"徘徊"。
⑤引领:抬头远望。还:返回。

上山采蘼芜

【题解】 此篇为弃妇诗。诗中的故事情节、人物对话设计巧妙,反映了故夫、故人的心理,具有一定的情境意味。

上山采蘼芜①,下山逢故夫。
长跪问故夫②:"新人复何如?"
"新人虽言好,未若故人姝③。
颜色类相似,手爪不相如④。"
"新人从门入,故人从阁去⑤。"
"新人工织缣,故人工织素⑥。
织缣日一匹⑦,织素五丈余,
将缣来比素,新人不如故。"

①蘼芜:一种香草。俗信蘼芜可使妇人多子。故夫:前夫。
②长跪:一种礼节。
③姝:好。不仅指容貌。
④颜色:容貌。手爪:指纺织等技巧。
⑤阁(gé):旁门,小门。
⑥缣、素:都是绢。素色洁白,缣色带黄,素贵缣贱。
⑦一匹:长四丈,宽二尺二寸。

十五从军征

【题解】 这是首叙事诗,叙述一个服役几十年的老兵家破人亡的悲剧。诗中选取典型侧面来写,篇幅虽小,但形象鲜明,言近旨远。

十五从军征,八十始得归。
道逢乡里人:"家中有阿谁①?"
"遥看是君家,松柏冢累累②。"
兔从狗窦入,雉从梁上飞③;
中庭生旅谷,井上生旅葵④。
烹谷持作饭,采葵持作羹⑤;
羹饭一时熟,不知贻阿谁⑥。
出门东向看,泪落沾我衣。

① 阿:语助词。
② 冢(zhǒng):高坟。
③ 狗窦:狗洞。窦,孔穴。雉(zhì):野鸡。梁:房梁。
④ 中庭:庭院中。旅:旅生,不种自生。葵:菜名,又叫冬葵,古人重要蔬菜之一。
⑤ 烹:亦作"舂"。羹:汤。
⑥ 贻(yí):赠送。

步出城东门

【题解】 这是一首游子思归诗。平白浅近,但略显刻板。

步出城东门,遥望江南路。
前日风雪中,故人从此去。
我欲渡河水,河水深无梁①。
愿为双黄鹄②,高飞还故乡。

① 梁:桥梁。
② 黄鹄:传说中的大鸟,一举千里,仙人所乘。

魏晋南北朝编

曹　操

曹操（155～220），汉末三国时期杰出的政治家、军事家和文学家。字孟德，沛国谯（今安徽省亳县）人。他在繁忙的戎马生活和政务中，写下了不少诗文，具有雄健深沉、慷慨悲凉的艺术风格。

观沧海

【题解】《观沧海》是曹操的名作，也是我国第一首完整的写景诗。此诗写尽了大海吞吐日月、含蓄星辰的气象，抒发了诗人扭转乾坤、重振河山的豪情壮志。

东临碣石，以观沧海①。
水何澹澹，山岛竦峙②。
树木丛生，百草丰茂。
秋风萧瑟，洪波涌起③。
日月之行，若出其中；
星汉灿烂，若出其里④。
幸甚至哉，歌以咏志⑤。

①碣石：山名，在今河北昌黎北15里，距海约30里。
②何：多么。澹澹（dàn）：水波动荡的样子。山岛：指碣石山，当时碣石山临海边。竦峙（sǒng zhì）：高耸挺拔的样子。
③萧瑟：秋风吹动草木发出的声响。
④星汉：银河。
⑤幸：庆幸。至：极。

龟虽寿

【题解】这是一首以抒怀言志为主的诗，表达了不信天命、积极进取的精神。全诗寓哲理于形象之中，感情真挚，意境豪迈，具有极强的感染力。

神龟虽寿，犹有竟时①；
腾蛇成雾，终为土灰②。
老骥伏枥，志在千里③；
烈士暮年，壮心不已④。
盈缩之期，不但在天⑤；
养怡之福，可得永年⑥。
幸甚至哉，歌以咏志。

①竟：尽，终结，此指死亡。
②腾蛇：又作"螣（téng）蛇"，传说能腾云驾雾飞行的神蛇。
③骥（jì）：千里马。枥（lì）：马槽。
④烈士：重义轻生的人，这里是自指。曹操时年53岁，故曰暮年。
⑤盈缩之期：指人生命的长短。
⑥养：保养。永年：长寿，益寿延年。

短歌行

【题解】 这是一首政治抒情诗,抒写时光易逝、功业未就的苦闷和作者希望招纳贤士、帮助自己建功立业的意志。语言质朴自然,抑扬顿挫,跌宕铿锵,具有强烈的节奏感。风格雄健深沉、慷慨悲凉。

对酒当歌,人生几何?
譬如朝露,去日苦多①。
慨当以慷,忧思难忘②。
何以解忧,唯有杜康。

青青子衿,悠悠我心③。
但为君故,沈吟至今。
呦呦鹿鸣,食野之苹④。
我有嘉宾,鼓瑟吹笙。

明明如月,何时可掇⑤?
忧从中来,不可断绝。
越陌度阡,枉用相存⑥。
契阔谈䜩,心念旧恩⑦。

月明星稀,乌鹊南飞。
绕树三匝,何枝可依⑧?
山不厌高,海不厌深⑨。
周公吐哺,天下归心⑩。

① 去日:过去的岁月。
② 慨当以慷:即慷慨之意。
③ 衿(jīn):衣领。青衿,青色的衣领,周代学子的服装。两句借用《诗经·郑风·子衿》中的成句。原诗写一女子对情人的思念,作者借以表示自己对贤才的思慕。
④ 呦呦(yōu)四句:用《诗经·小雅·鹿鸣》首章前四句的成句。呦呦:鹿叫声。苹:艾蒿。鹿找到艾蒿就相互鸣叫召唤。
⑤ 掇(duō):拾取,取得。两句以月光的不可捉取比喻贤才之不可得。
⑥ 陌、阡:田间小路,东西叫"陌",南北叫"阡"。枉:屈就,枉驾。用:以。存:问。这句是说,劳你屈尊光临我处。
⑦ 契阔:聚散。这里偏指久别。䜩:即"宴"。
⑧ 匝:周,圈。依:依托。以上四句,以乌鹊喻贤才。
⑨ 厌:嫌弃。
⑩ 周公:代贤臣。哺:咀嚼着的食物。这里曹操以周公自比,表示自己也要像周公那样礼贤下士,让天下人都衷心拥戴自己。

曹 丕

曹丕（187～226），字子桓，曹操次子。曹魏的第一位皇帝——魏文帝。其《燕歌行》二首为现存最早、最完整的七言诗。他不仅是邺下文人集团的核心之一，对建安文学的繁荣有组织、倡导之功，而且也是建安文学的代表作家之一。

燕歌行

【题解】这是一首代言体诗，以一个年轻女子的口吻，抒写对远游未归的丈夫的思念。风格上与乐府民歌相近，清丽哀婉，又不失苍凉开阔。

秋风萧瑟天气凉，
草木摇落露为霜①。
群燕辞归雁南翔，
念君客游思断肠②。
慊慊思归恋故乡③，
君何淹留寄他方④？
贱妾茕茕守空房⑤，
忧来思君不敢忘，
不觉泪下沾衣裳。
援琴鸣弦发清商⑥，
短歌微吟不能长⑦。
明月皎皎照我床，
星汉西流夜未央⑧。
牵牛织女遥相望，
尔独何辜限河梁⑨？

①摇落：凋残。
②君：指客游在外的丈夫。
③慊慊（qiàn）：恨，不满的样子。
④淹留：久留。寄：旅居。
⑤贱妾：思妇自称，谦词。茕茕（qióng）：孤单忧伤的样子。
⑥援：取。清商：乐调名。其节极短促，其音极纤微。古人认为这种乐调象征秋天。
⑦微吟：低声吟唱。长：舒缓和平。
⑧星汉：泛指众星及天河。西流：运转西落。未央：未尽。
⑨何辜：何故。限河梁：受银河上鹊桥的限制。梁，桥梁，这里指鹊桥。

陈　琳

　　陈琳（？～217），字孔璋，广陵（今江苏江都）人。曾任曹操司空军谋祭酒，管记室，军国文书，多出其手。他是建安七子之一，今存诗歌四首。

饮马长城窟行

【题解】这首诗用筑城士卒和妻子的对话，揭露了当时繁重的徭役给人民带来的深重灾难。几乎通篇对话，很有表现力，感情强烈，格调苍凉，是"建安风骨"的代表作。

饮马长城窟①，水寒伤马骨。
往谓长城吏，"慎莫稽留太原卒②！"
"官作自有程，举筑谐汝声③！"
"男儿宁当格斗死，何能怫郁筑长城④！"
长城何连连，连连三千里⑤。
边城多健少，内舍多寡妇⑥。
作书与内舍，"便嫁莫留住。
善侍新姑嫜，时时念我故夫子⑦。"
报书往边地，"君今出语一何鄙⑧！"
"身在祸难中⑨，何为稽留他家子。
生男慎莫举，生女哺用脯。
君独不见长城下，死人骸骨相撑拄⑩？"
"结发行事君，慊慊心意关⑪。
明知边地苦，贱妾何能久自全⑫！"

①窟：泉窟，即泉眼。
②稽留：滞留、拖延。
③官作：官府的工程，指筑长城。
　程：期限。筑：砸土用的夯。
④怫郁：忧郁，心情不舒畅。
⑤连连：连绵不断。
⑥内舍：内地家里。寡妇：服役夫们的妻子。
⑦姑嫜（zhāng）：公婆。故夫子：旧日的丈夫。
⑧报书：回信。一何鄙：多么庸俗。
⑨祸难：指自己生归无望。
⑩举：抚养。哺（bǔ）：喂养。脯（fǔ）：干肉。
⑪结发：指束发之年结为夫妻。行：语助词。事君：侍奉你。慊慊：不安的心情。心意关：内心相连。
⑫自全：自己全活。何能久自全，表示自己愿以死相守。

王　粲

　　王粲（177～217），字仲宣，山阳高平（今山东邹县）人。建安七子之一，也是七子中成就最高者，与曹植并称"曹王"。以诗、赋见长。语言刚健，辞气慷慨，风格慷慨悲凉。

七哀诗

【题解】 这首诗写作者离开长安时所见到的乱离景象和自己的悲痛心情。选材典型，极具震撼力。写来有远景，有特写，层次分明。典型的题材和丰富的表现，使此诗散发出悲剧色彩和苍凉格调，极具艺术感染力。

西京乱无象，豺虎方遘患①。
复弃中国去，委身适荆蛮②。
亲戚对我悲，朋友相追攀。
出门无所见，白骨蔽平原③。
路有饥妇人，抱子弃草间。
顾闻号泣声，挥涕独不还④。
"未知身死处，何能两相完⑤？"
驱马弃之去，不忍听此言。
南登霸陵岸⑥，回首望长安。
悟彼《下泉》人，喟然伤心肝⑦。

①西京：指长安。无象：无道、无法之意。豺虎：指董卓的部将。遘患：制造灾难、祸患。"遘"同"构"。
②中国：指中原地区。委身：托身。荆蛮：此指诗人要投奔的荆州。
③蔽：遮盖。
④顾：回头看。号泣声：弃儿嚎哭之声。挥涕独不还：指弃儿的母亲流着眼泪，但却偏不肯回身去抱孩子。
⑤"未知"二句是妇人的话。
⑥霸陵：汉文帝的陵墓，在今陕西西安东。
⑦悟：领悟，理解。《下泉》：《诗经·曹风》中的一篇，主题是思明王贤伯也。喟（kuì）然：叹息伤心的样子。

曹 植

曹植（192～232），字子建，曹操第三子。他的诗在学习乐府民歌的基础上加以提高，手法多样，词采华茂，是建安诗人中成就较高的代表。

白马篇

【题解】 这首诗赞美了边塞游侠儿的高超武艺、机智勇敢和赴边卫国的献身精神。全诗层次迭宕，形象鲜明，情感奔放，意境豪迈。

白马饰金羁，连翩西北驰①。
借问谁家子？幽并游侠儿②。
少小去乡邑，扬声沙漠垂③。
宿昔秉良弓，楛矢何参差④。
控弦破左的，右发摧月支⑤。
仰手接飞猱，俯身散马蹄⑥。
狡捷过猴猿，勇剽若豹螭⑦。
边城多警急，虏骑数迁移⑧。
羽檄从北来，厉马登高堤⑨。
长驱蹈匈奴，左顾凌鲜卑⑩。
弃身锋刃端，性命安可怀？
父母且不顾，何言子与妻？
名编壮士籍，不得中顾私⑪。
捐躯赴国难，视死忽如归。

① 羁（jī）：马笼头。连翩：形容结伴翻飞，此指飞驰。
② 幽、并：即幽州、并州，其地相当于今河北、山西的一部分。
③ 垂：通"陲"，边疆。
④ 宿昔：一向，经常。楛（hù）：木名，可以作箭。
⑤ 控弦：张弓。的：箭靶。月支：又名素支，白色箭靶名。
⑥ 仰手：箭向高处出手。接：迎射。猱（náo）：猿类动物，善攀缘。散：射碎。马蹄：箭靶名。
⑦ 狡捷：灵巧敏捷。剽（piāo）：轻疾。螭（chī）：龙而色黄的动物。
⑧ 虏骑（jì）：扰边的胡虏的骑兵。
⑨ 羽檄（xí）：紧急文书。厉马：催马。堤：指御敌的工事。
⑩ 蹈、凌：践踏，此指捣毁。
⑪ 籍：指登记兵员的名册。顾：顾念。

赠白马王彪 并序

【题解】 这是一首赠别诗，抒发了作者对曹丕迫害同胞兄弟的满腔悲愤之情，痛斥了监国使者一类奸佞小人离间他们兄弟关系的丑恶行径。诗中也有对任城王曹彰含冤而死的沉痛哀悼，对白马王曹彪的深情宽慰和劝勉，对自己处境岌岌可危、心情惴惴不安的真情吐露。

  黄初四年五月，白马王、任城王与余俱朝京师①，会节气②。到洛阳，任城王薨③。至七月，与白马王还国④。后有司以二王归藩，道路宜异宿止，意毒恨之⑤。盖以大别在数日⑥，是用自剖⑦，与王辞焉，愤而成篇。

谒帝承明庐，逝将返旧疆⑧。
清晨发皇邑，日夕过首阳⑨。
伊洛广且深⑩，欲济川无梁。
泛舟越洪涛，怨彼东路长⑪。
顾瞻恋城阙，引领情内伤⑫。
太谷何寥廓⑬，山树郁苍苍。
霖雨泥我涂，流潦浩纵横⑭。
中逵绝无轨⑮，改辙登高冈。
修坂造云日，我马玄以黄⑯。
玄黄犹能进，我思郁以纡⑰。
郁纡将何念？亲爱在离居⑱。
本图相与偕，中更不克俱⑲。
鸱枭鸣衡轭，豺狼当路衢⑳。
苍蝇间白黑，谗巧令亲疏㉑。
欲还绝无蹊，揽辔止踟蹰㉒。
踟蹰亦何留？相思无终极。
秋风发微凉，寒蝉鸣我侧。
原野何萧条，白日忽西匿。
归鸟赴乔林，翩翩厉羽翼㉓。
孤兽走索群，衔草不遑食㉔。
感物伤我怀，抚心长太息。

①白马王：指曹彪，曹植异母弟。任城王：指曹彰，曹植同母兄。
②会节气：诸侯藩王到京师洛阳与皇帝一起行迎气之礼及朝会仪式。
③薨（hōng）：去世。
④还国：回自己的封地，与下文之"归藩"、"返旧疆"同义。
⑤意：即"臆"，内心。毒恨：痛恨。
⑥大别：久别，永别。
⑦是用：因此。自剖：表白。
⑧承明庐：汉代宫殿名，代指洛阳的宫殿。逝：语助词，无义。
⑨皇邑：皇城，指洛阳。首阳：山名。
⑩伊、洛：二水名。
⑪越：渡过。东路：东归封地的道路。
⑫顾瞻：回头眺望。城阙：京城洛阳。引领：伸长脖子极目远望。
⑬太谷：山谷名，在洛阳东南50里处。
⑭霖雨：接连三天以上的大雨。涂：同"途"。潦（lǎo）：积存的雨水。
⑮逵（kuí）：九达之道，此指道路。中逵，即路上。轨：车辙。
⑯修：长。坂（bǎn）：坡。造：至，到。玄黄：马病而色变。
⑰郁：郁积。纡：萦绕。
⑱在：将要。
⑲中：半路。更：又。俱：同路而行。
⑳鸱枭：猫头鹰。衡：车辕前面的横木。轭（è）：套在牲口脖子上的半月形曲木。衢（qú）：四通的大路。
㉑间（jiàn）：挑拨离间。
㉒蹊（xī）：路径。揽辔：勒马。
㉓乔林：乔木林。厉：振，奋。
㉔索群：寻找伙伴。不遑（huáng）：不暇，顾不上。

太息将何为？天命与我违①。
奈何念同生，一往形不归②。
孤魂翔故域，灵柩寄京师③。
存者忽复过，亡殁身自衰④。
人生处一世，去若朝露晞。
年在桑榆间，影响不能追⑤。
自顾非金石，咄唶令心悲⑥。
心悲动我神，弃置莫复陈⑦。
丈夫志四海，万里犹比邻。
恩爱苟不亏，在远分日亲⑧。
何必同衾帱⑨，然后展殷勤。
忧思成疾疢⑩，无乃儿女仁。
仓卒骨肉情，能不怀苦辛⑪？
苦心何虑思？天命信可疑。
虚无求列仙，松子久吾欺⑫。
变故在斯须，百年谁能持？
离别永无会，执手将何时？
王其爱玉体，俱享黄发期⑬。
收泪即长路，援笔从此辞⑭。

① 天命：上天的意旨。违：乖违。
② 同生：同胞。一往：指去洛阳朝会。形：身体。不归：指曹彰死在洛阳、不能归封地。
③ 故域：指曹彰的封地任城。
④ 存者：指自己和白马王曹彪。过：指过世、死亡。殁（mò）：死亡。自衰：自行消亡。
⑤ 桑榆：日落之处，比喻年老。影：日影。响：声响。
⑥ 咄唶（duō jié）：嗟叹声。
⑦ 弃置：把悲痛抛开。
⑧ 分（fèn）：情分，情谊。
⑨ 衾（qīn）：被子。帱（chóu）：床帐。
⑩ 疢（chèn）：热病。
⑪ 仓卒：突然变故，指曹彰之死。
⑫ 松子：赤松子，传说中的古代仙人。
⑬ 王：指白马王曹彪。黄发期：指年老高寿。
⑭ 即：就，踏上。援笔：拿起笔。

杂　诗

【题解】此诗写佳人虽有美色绝艺，但不为时俗所重；而时光如驰，朱颜难驻。以佳人之伤悲而表自己之伤悲。

南国有佳人，容华若桃李。
朝游江北岸，夕宿潇湘沚①。
时俗薄朱颜，谁为发皓齿②？
俯仰岁将暮，荣耀难久恃③。

① 沚：小洲。
② 朱颜：美色。谁为：为谁。发：开。发皓齿：指唱歌。
③ 俯仰：表示时间的短促。荣耀：花的灿烂，指桃李而言。

阮 籍

阮籍（210～263），字嗣宗，陈留尉氏（今河南尉氏县）人。诗、文都颇有成就，诗的成就尤高，代表作为《咏怀》诗八十二首。

咏 怀

【题解】 这是阮籍《咏怀》的第一首，是《咏怀》诗的总开端，起序诗的作用。此诗总括地抒写了诗人在当时社会条件下孤独寂寞的处境和抑郁苦闷的情怀。

夜中不能寐，起坐弹鸣琴。
薄帷鉴明月①，清风吹我襟。
孤鸿号外野，翔鸟鸣北林②。
徘徊将何见？忧思独伤心。

① 帷：帐幔。鉴：照见。
② 号：啼叫。这句是说，孤鸿在野外哀号。翔鸟：飞翔盘旋着的鸟。北林：泛指树林。

嵇 康

嵇康（223～262），三国魏文学家、思想家、音乐家。字叔夜，谯郡銍（今安徽宿县西南）人。

赠秀才入军①

【题解】《赠秀才入军》是组诗，共19首。这里选的是第九、第十四首。前一首想象兄长嵇喜在军中的驰射生活，后一首想象嵇喜行军休息时的光景。写给兄长的诗，应该有怀念、慰问的意思，但诗中却对此未置一词，纯写想象中的兄长，而思念、爱戴之情油然体现。

良马既闲，丽服有晖②。
左揽繁弱，右接忘归③。
风驰电逝，蹑景追飞④。
凌厉中原⑤，顾盼生姿。

息徒兰圃，秣马华山⑥。
流磻平皋⑦，垂纶长川。
目送归鸿，手挥五弦⑧。
俯仰自得，游心太玄⑨。
嘉彼钓叟，得鱼忘筌⑩。
郢人逝矣，谁与尽言⑪。

①秀才：指作者的兄长嵇喜。
②闲：熟习。有晖：有光彩。
③繁弱：古良弓名。忘归：箭名。
④景：影。
⑤凌厉：奋行直前的样子。
⑥兰圃：兰草地。华山：山有光华。
⑦磻（bō）：系箭绳的石块。
⑧五弦：乐器名，似琵琶而略小。
⑨太玄：大道。
⑩筌（quán）：捕鱼竹器。
⑪郢人：典出《庄子》。郢（地）人在鼻子上涂一层苍蝇翅般的白土，叫匠人用斧去削。匠人运斧成风，白土削净；郢人面色不改。郢人死后，匠人不再表演绝技。

左 思

左思（250？～305？），晋代辞赋家、诗人。字太冲，齐国临淄（今山东淄博北）人。曾以十年时间写出《三都赋》，洛阳为之纸贵。诗歌代表作为《咏史》诗。

咏 史

【题解】《咏史》是左思的组诗，共八首，这里选的是第一、第二首。第一首有《咏史》总序的作用。诗的主旨是抒发自己为国建功立业的宏伟抱负，表达"功成不受爵"的高尚情操。这首诗语言豪壮，文笔雄劲有力，具有很强的感染力。第二首用涧底松和山上苗作比喻，形象地揭示了当时社会上"世胄蹑高位，英俊沉下僚"的极不合理的现象，并且又用金、张之家与冯唐相比，说明这种现象的存在由来已久、根深蒂固。此诗对比鲜明，比喻贴切，意气豪迈，语言简劲。

弱冠弄柔翰，卓荦观群书①。
著论准《过秦》，作赋拟《子虚》②。
边城苦鸣镝③，羽檄飞京都。
虽非甲胄士，畴昔览《穰苴》④。
长啸激清风，志若无东吴。
铅刀贵一割⑤，梦想骋良图。
左眄澄江湘，右盼定羌胡⑥。
功成不受爵，长揖归田庐。

郁郁涧底松，离离山上苗⑦。
以彼径寸茎，荫此百尺条⑧。
世胄蹑高位，英俊沉下僚⑨。
地势使之然，由来非一朝。
金张藉旧业，七叶珥汉貂⑩。
冯公岂不伟，白首不见招⑪。

① 弱冠：刚加冠的年龄。柔翰：毛笔。卓荦（luò）：才能卓异。
② 准：以……为标准。
③ 苦鸣镝：苦于敌人的侵扰。
④ 甲胄（zhòu）士：武士。畴昔：往昔。《穰苴》（ráng jū）：春秋时齐国军事家田穰苴所著兵法。
⑤ 铅刀贵一割：铅刀一割即钝，比喻自己才能低下，但希望被任用。
⑥ 眄（miàn）：看。澄：澄清，平定。江湘：指东吴。
⑦ 离离：分散下垂之状。苗：小树。
⑧ 此二句"彼"指苗，"此"指松。
⑨ 世胄：世族子弟。蹑（niè）：登。
⑩ 金：指汉代金日磾（mì dī）家，七代皆为内侍。张：指汉代张汤家，历代为大官。珥（ěr）：插。汉貂：汉代高官插在帽上的貂尾。
⑪ "冯公"两句：汉代冯唐年至七十也未被重用。

刘 琨

刘琨（271～318），晋代诗人。字越石，中山魏昌（今河北无极东北）人。其诗笔调清拔，风格慷慨悲壮，在晋诗中特色独具。

重赠卢谌①

【题解】刘琨多年辗转抗敌，以图兴复晋室。这首诗主要是抒发自己扶助晋室的怀抱和功业未成的慨叹，也暗寓着激励卢谌能追步先贤、匡扶晋室的思想。诗中虽有英雄末路的悲凉之感，但仍充溢着豪迈气概和深沉感情。

握中有悬璧，本是荆山璆②。
惟彼太公望③，昔在渭滨叟。
邓生何感激，千里来相求④。
白登幸曲逆，鸿门赖留侯⑤。
重耳任五贤，小白相射钩⑥。
苟能隆二伯，安问党与雠⑦？
中夜抚枕叹，想与数子游。
吾衰久矣夫，何其不梦周⑧？
谁云圣达节⑨，知命故不忧？
宣尼悲获麟，西狩泣孔丘⑩。
功业未及建，夕阳忽西流。
时哉不我与，去乎若云浮。
朱实陨劲风，繁英落素秋。
狭路倾华盖，骇驷摧双辀⑪。
何意百炼钢，化为绕指柔！

①卢谌（chén）：字子谅，范阳（今河北涿县）人，曾为刘琨僚属。
②悬璧：用悬黎（美玉名）做成的璧。荆山：卞和采得璞玉之山，在湖北。璆（qiú）：美玉。
③惟：思。太公望：即姜尚。
④邓生：指东汉时邓禹；与光武帝刘秀相善。感激：感动奋发。
⑤白登、鸿门：刘邦被困、遇险的地方。曲逆即曲逆侯陈平，留侯即留侯张良。
⑥以下四句说晋文公（重耳）、齐桓公（小白）不避亲疏，任用贤能。
⑦二伯：指晋文公和齐桓公。伯，同"霸"。党与雠：同党与仇人。
⑧"吾衰"二句：化用孔子语。
⑨达节：通达事理而不拘泥。
⑩宣尼：即孔子。获麟、西狩：指鲁哀公在鲁国西面狩猎获得麒麟一事，孔子听说后悲泣不已。
⑪骇驷：受惊的马。辀（zhōu）：车辕。

陶渊明

陶渊明（365～427），晋代诗人。字元亮，一说名潜、字渊明，别号五柳先生，私谥靖节，故世称"靖节先生"。浔阳柴桑（今江西九江西南）人。曾经出仕，后不愿为五斗米折腰而辞官归隐。诗歌以田园诗成就最高，风格平淡自然，开创了"田园诗派"。

归园田居

【题解】 组诗《归园田居》共五首，这里选的是第一和第三首。第一首写辞官归隐的愉快心情和乡居的乐趣。诗中抓住典型的田园生活景象进行速写式的勾勒，景中含情。第三首写陶渊明归田后参加劳动的情况。诗以白描手法写自己的劳动生活，"戴月荷锄归"一句尤见意趣；结尾表达自己的愿望，真挚动人。

少无适俗韵，性本爱丘山①。
误落尘网中，一去三十年②。
羁鸟恋旧林，池鱼思故渊③。
开荒南野际，守拙归园田④。
方宅十余亩，草屋八九间⑤。
榆柳荫后檐，桃李罗堂前⑥。
暧暧远人村，依依墟里烟⑦。
狗吠深巷中，鸡鸣桑树颠。
户庭无尘杂，虚室有余闲⑧。
久在樊笼里，复得返自然⑨。

种豆南山下⑩，草盛豆苗稀。
晨兴理荒秽⑪，带月荷锄归。
道狭草木长，夕露沾我衣。
衣沾不足惜，但使愿无违⑫。

① 适俗：适应世俗。韵：气韵、情调。
② 尘网：此指官场。
③ 羁鸟：笼中之鸟。池鱼：池塘之鱼。故渊：鱼儿原来生活的水域。
④ 南野：一作"南亩"。守拙：守正不阿，不善钻营。
⑤ 方：旁。方宅：住宅周围。
⑥ 荫：荫蔽、遮盖。罗：罗列。
⑦ 暧暧：昏暗、依稀不明之状。依依：轻柔的样子。墟：村落。
⑧ 户庭：门庭。尘杂：指世俗的杂事。虚室：空闲静寂的屋子。
⑨ 樊笼：关鸟兽的笼子，这里比喻仕途。
⑩ 南山：即庐山。
⑪ 晨兴（xīng）：早起。秽：杂草。理荒秽，除杂草。戴：顶着。荷：肩扛。
⑫ 但：只。无违：不违背。

饮 酒

【题解】这是组诗《饮酒》的第五首，叙写了诗人宁静闲适的田园生活乐趣。"采菊东篱下，悠然见南山"，表现了诗人归田后安贫乐道、悠然自得的心境。全诗造语自然、精当，于平淡之中见功力。

结庐在人境，而无车马喧①。
问君何能尔②，心远地自偏。
采菊东篱下，悠然见南山。
山气日夕佳，飞鸟相与还③。
此中有真意，欲辨已忘言④。

① 结庐：构筑房子。人境：人世间。车马喧：指世俗往来的喧闹、纷扰。
② 君：诗人自谓。尔：这样，如此。
③ 日夕：傍晚。相与还：结伴而归。
④ 欲辨已忘言：想辨别出来，却忘了该用什么样的语言表达。

癸卯岁始春怀古田舍

【题解】此诗作者以古代隐士长沮、桀溺自比，感叹世上已经没有孔子和子路那样问津的人了。"平畴交远风，良苗亦怀新"已成描绘田舍的名句。

先师有遗训：忧道不忧贫①。
瞻望邈难逮，转欲志常勤②。
秉耒欢时务，解颜劝农人③。
平畴交远风，良苗亦怀新。
虽未量岁功，即事多所欣④。
耕种有时息，行者无问津⑤。
日入相与归，壶浆劳近邻。
长吟掩柴门，聊为陇亩民。

① 先师：指孔子。忧道不忧贫：孔子语，见《论语·卫灵公》。
② 两句是说孔子的道理高远难及。志长勤：言打算力耕。
③ 时务：指农务。解颜：开口而笑。
④ 岁功：指一年中的收获，犹言年成。即事：当前的事。
⑤ 问津：打听渡口。《论语·微子》："长沮、桀溺耦而耕，孔子过之，使子路问津焉。"

咏荆轲

【题解】 这是一首咏史诗,诗中写荆轲为燕太子丹复仇刺杀秦王,图穷匕现而未成被杀,歌颂了荆轲的侠义,对他的失败表示了惋惜。

燕丹善养士,志在报强嬴①。
招集百夫良,岁暮得荆卿②。
君子死知己,提剑出燕京;
素骥鸣广陌,慷慨送我行③。
雄发指危冠,猛气冲长缨④。
饮饯易水上,四座列群英⑤。
渐离击悲筑,宋意唱高声⑥。
萧萧哀风逝,淡淡寒波生。
商音更流涕,羽奏壮士惊⑦。
心知去不归,且有后世名。
登车何时顾,飞盖入秦庭⑧。
凌厉越万里,逶迤过千城⑨。
图穷事自至,豪主正怔营⑩。
惜哉剑术疏,奇功遂不成。
其人虽已没,千载有余情。

① 燕丹:战国燕王喜的太子名丹。强嬴:指秦国。秦为嬴姓。
② 百夫良:能匹敌百人的良士。荆卿:即荆轲,燕国人称他为荆卿。
③ 素骥(jì):白马。骥,良马。
④ 危冠:高冠。
⑤ 饯:临别宴饮。
⑥ 渐离:人名,姓高。筑:乐器名,似筝,十三弦,颈细而曲。宋意:燕国的勇士。
⑦ 商、羽:各为五音之一。
⑧ 盖:车篷。飞盖,指车行如飞,极言其迅速。
⑨ 凌厉:指迅捷刚猛。
⑩ 豪主:指秦王。怔营:惶惧。

读山海经(选二)

【题解】 陶渊明的《读山海经》诗共13首,这里所选的两首分别是第一和第十首。第一首可算是组诗的引子,交待了读书的背景氛围和感受。远离尘嚣,人物和谐,满眼好景,恬然自适。第十首前四句写精卫衔木石填海、刑天舞干戚战斗,说他们坚决斗争的壮志可嘉。后四句则说既然已经不再是原来的人或神,那也就可以"无虑"、"不悔"了,实现昔日壮志的良辰很难等到。鲁迅先生说陶渊明诗"静穆"之外,也有"金刚怒目"的一面,即指前几句。

孟夏草木长，绕屋树扶疏①。
众鸟欣有托，吾亦爱吾庐。
既耕亦已种，时还读我书。
穷巷隔深辙，颇回故人车②。
欢言酌春酒，摘我园中蔬。
微雨从东来，好风与之俱。
泛览周王传，流观山海图③。
俯仰终宇宙，不乐复何如④。

精卫衔微木，将以填沧海⑤。
刑天舞干戚，猛志固常在⑥。
同物既无虑，化去不复悔。
徒设在昔心，良辰讵可待⑦！

①扶疏：分布。
②"穷巷"二句：言居处偏僻，车辙不通，常使故人回车而去。
③周王传：指《穆天子传》，记周穆王西游故事。山海图：即《山海经》图。
④终：穷竟。这句是说俯仰之间可以穷宇宙之事。
⑤精卫：神话中的鸟名。本为炎帝小女儿，溺死于东海。死后化为鸟，名精卫，常衔西山木石以填东海。
⑥刑天：古代猛士，因争神位而被天帝砍了头，便"以乳为目，以脐为口，操干戚而舞"。干戚：盾和板斧。
⑦讵（jù）：犹"岂"。

谢灵运

谢灵运（385～433），东晋南朝宋之交诗人。祖籍陈郡阳夏（今河南太康），出生于会稽始宁（今浙江上虞）。他是山水诗派的开创者。对后世诗歌发展有广泛的影响。

登池上楼

【题解】这首诗写诗人久病初起登楼远眺时的所见所感。通过对景物的描写，表达了作者志不获展，从而渴望归隐的思想。其中"池塘生春草，园柳变鸣禽"是千古流传的佳句。

潜虬媚幽姿，飞鸿响远音①。
薄霄愧云浮，栖川怍渊沉②。
进德智所拙，退耕力不任③。
徇禄及穷海，卧疴对空林④。
衾枕昧节候，褰开暂窥临⑤。
倾耳聆波澜，举目眺岖嵚⑥。
初景革绪风，新阳改故阴⑦。
池塘生春草，园柳变鸣禽⑧。
祁祁伤豳歌，萋萋感楚吟⑨。
索居易永久，离群难处心⑩。
持操岂独古，无闷征在今⑪。

①潜虬（qiú）：潜藏于水中的小龙。媚：自我欣赏。响远音：把自己的声音传向远方。
②薄：迫近。云浮：飘浮在云间，指飞鸿。怍（zuò）：惭愧。渊沉：藏于深渊中，指潜虬。
③进德：进德修业，指仕进。
④徇（xún）：从，追求。穷海：边远的海滨，指永嘉。疴（ē）：病。空林：冬天枯秃的树林。
⑤衾枕：此指卧病在床。昧：暗，不明白。褰（qiān）：揭开，掀起。窥临：临楼观望。
⑥岖嵚（qīn）：山势高险。
⑦初景：初春的阳光。革：改变。绪风：余风，冬天北风的余威。新阳：新春。故阴：已过的冬天。
⑧变鸣禽：变换鸣禽的叫声。
⑨祁祁：众多的样子。
⑩索居：独居。难处心：难以安心独处。
⑪持操：保持高尚节操。无闷：不烦闷躁动。征：验证。

鲍 照

鲍照（412？～466），东晋诗人。字明远，祖籍东海（今江苏涟水北），久居建康（今南京）。其诗感情慷慨奔放，音调顿挫激昂，语言新奇丰富，风格豪迈俊逸。

代出自蓟北门行

【题解】这首诗写壮士从军卫国的意志和北方边地的风物。全诗从紧张局势写到战斗气氛，从行军情状写到将士斗志，自然、奔放，气势磅礴，情调激昂。

羽檄起边亭，烽火入咸阳①。
征骑屯广武，分兵救朔方②。
严秋筋竿劲，虏阵精且强③。
天子按剑怒，使者遥相望④。
雁行缘石径，鱼贯度飞梁⑤。
箫鼓流汉思，旌甲被胡霜⑥。
疾风冲塞起，沙砾自飘扬。
马毛缩如猬，角弓不可张⑦。
时危见臣节，世乱识忠良。
投躯报明主，身死为国殇⑧。

① 边亭：边地哨所。亭，哨亭。烽火：烽烟。咸阳：秦都城，这里泛指京城。
② 骑（jì）：骑兵。屯：驻防。广武：县名，故城在今山西代县西。朔方：郡名，治所在今内蒙古鄂尔多斯西北部。
③ 严秋：萧杀的秋天。筋：指弓弦。竿：指箭。劲：强硬有力。
④ 遥相望：形容往返传达诏令，不绝于途。
⑤ 雁行：雁飞时排成的行列。飞梁：飞跨两岸的桥梁。
⑥ 箫鼓：指军乐。流：流露。汉思（sī）：汉族人的思想感情。被：覆盖。
⑦ 缩：蜷缩。
⑧ 国殇：为国牺牲的英雄。

陆 凯

陆凯（生卒不详），东晋诗人。字智君，代（今河北蔚县东）人。谨重好学，以忠厚见称。

赠范晔诗

【题解】 此诗为赠友人诗。艺术上的突出特色是折梅代春以馈赠，想像丰富奇特。后人因以"一枝春"代梅，并成词牌。

折花逢驿使，寄与陇头人①。
江南无所有，聊赠一枝春②。

① 驿使：驿递的信使。陇头人：犹言陇山人。陇山在今陕西陇县西北。
② 聊：暂且，姑且。

谢　朓

谢朓（464～499），南齐诗人。字玄晖，陈郡阳夏（今河南太康）人。曾任宣城太守，故世称谢宣城。其山水诗色彩冲淡，语言精美，清新流丽，情味隽永，形成了清逸秀丽的诗风。

晚登三山还望京邑①

【题解】这首诗是诗人离开京城赴任宣城太守途经三山所作，通过对晚登三山回望京邑所见春江日暮美景的描绘，抒发了对京邑生活的无限留恋和急切的思归之情。诗以白描手法写来，景色明丽，色彩鲜艳，构成了一幅美妙的图画。其中"余霞散成绮，澄江静如练"为千古名句。

灞涘望长安，河阳视京县②。
白日丽飞甍，参差皆可见③。
余霞散成绮，澄江静如练④。
喧鸟覆春洲，杂英满芳甸⑤。
去矣方滞淫，怀哉罢欢宴⑥。
佳期怅何许，泪下如流霰⑦。
有情知望乡，谁能鬒不变⑧！

①三山：南京西南长江南岸的山脉，三座山峰相连。还望：回头眺往。京邑：京城，指南京。
②灞：指灞水。涘（sì）：岸。河阳：故城在今河南孟县西。京县：指京城洛阳。
③丽：附著，这里指"照在……之上"。甍（méng）：屋檐。
④余霞：晚霞。绮：锦缎。练：白绸子。
⑤覆春洲：覆盖着春洲，极言鸟多。杂英：杂花。甸：郊野。
⑥去矣：指离开京城。滞淫：久留，淹留。
⑦佳期：此指归期。何许：几许，多少。霰（xiàn）：小雪粒。
⑧鬒（zhěn）：黑发。

游东田①

【题解】 本篇写游览东田时所见初夏景物。诗中有远景,有特写,清新自然,纯朴可喜。"鱼戏新荷动,鸟散余花落"描写极其生动形象。

戚戚苦无悰②,携手共行乐。
寻云陟累榭,随山望菌阁③。
远树暧阡阡,生烟纷漠漠④。
鱼戏新荷动,鸟散余花落。
不对芳春酒,还望青山郭⑤。

①东田:齐惠文太子立楼馆于钟山下,名为"东田"。
②悰(cóng):欢乐。
③陟(zhì):登。累:重叠。菌阁:高阁形如芝菌。
④暧(ài):昏暗。阡阡:即"芊芊",茂盛。漠漠:散布的样子。
⑤青山郭:近青山的城郭。

陶宏景

陶宏景（457～537），南朝齐诗人。字通明，丹阳秣陵（在今南京地区）人。

诏问山中何所有赋诗以答

【题解】此诗是写山中景物的。重点写云，却不重描摹，而是将其主观化，写自己的情绪心境。

山中何所有？岭上多白云。
只可自怡悦①，不堪持赠君②。

①自怡悦：独自以岭上白云怡情悦性。
②君：指齐高帝。

王 籍

王籍（？～536?），南朝诗人。字文海，琅邪临沂（今山东临沂县北）人。好学，有才气。

入若耶溪①

【题解】本诗写若耶溪泛舟所见及所感，由当时所见触发思乡之情，引动归乡之念。五六两句为千古传诵的写景名句。

艅艎何泛泛，空水共悠悠②。
阴霞生远岫，阳景逐回流③。
蝉噪林逾静，鸟鸣山更幽。
此地动归念，长年悲倦游。

①若耶溪：在今浙江绍兴县南若耶山下。
②艅艎：或作"余皇"，舟名。泛泛：船行无阻之貌。
③岫（xiù）：山峦。阳景：日影。

徐 陵

徐陵（507～583），南朝诗人。字孝穆，东海郯（今江苏镇江东）人。博涉经史，有口才。文章为当代所宗，每写一篇，爱好的人就争相传写。诗作传留很少。

关山月

【题解】这是一首旅人思乡诗。"三五月"点明正是月满之时，关外客子推想秦川的思妇相思未眠，接着回到现实，憾叹战事不知还需多少年，又使思念推进一层。

关山三五月，客子忆秦川①。
思妇高楼上，当窗应未眠。
星旗映疏勒，云阵上祁连②。
战气今如此，从军复几年？

① 秦川：指关中，就是从陇山东到函谷关一带地方。
② 旗：星名。《史记·天官书》："房心东北曲十二星曰旗。"疏勒：汉西域诸国之一。祁连：山名，即天山。

庾 信

庾信（513～581），字子山，南阳新野（今河南新野县）人。南北朝诗人。其诗赋既有南朝的秀丽、细腻，又有北朝的雄浑、高远，融合了南北文化和诗风。其五、七言律绝，对唐诗的发展与繁荣有直接的影响。

拟咏怀

【题解】这首诗描绘了荒城秋日傍晚的景色和北军征伐归来的情况，并由此而想到南朝和北朝战事不息，抒发了自己对故国的忧思。诗对北国景色的描写准确生动，具有浓郁的边塞诗气息。

日晚荒城上，苍茫余落晖。
都护楼兰返，将军疏勒归①。
马有风尘色，人多关塞衣②。
阵云平不动③，秋蓬卷欲飞。
闻道楼船战，今年不解围④。

①都护：官名。这里泛指边将。楼兰：汉时西域诸国之一，后改名鄯善。疏勒：汉时西域诸国之一。
②关塞衣：塞外的装束。
③阵云：浓云。古人以为此主兵象。平不动：凝聚不动。
④闻道：听说。楼船：高大的战船。不解围：指战争不停。

寄王琳①

【题解】此诗是诗人接朋友王琳之信的回信，所以全篇所写均为书信往还之事。语言质朴，情感真挚。

玉关道路远，金陵信使疏②。
独下千行泪，开君万里书③。

①王琳：字子珩，为梁朝功臣。
②玉关：玉门关，在今甘肃敦煌西。
③书：信。

南朝民歌

南朝民歌是由乐府机关采集而存的，内容多写男女爱情、离别相思。这些情歌多为五言四句的小诗，多用比兴、象征、隐语双关等手法，语言清丽，抒情性强，基调明朗健康而婉约缠绵，风格清新细腻。

子夜四时歌

【题解】《子夜四时歌》是从《子夜歌》变化而来的。这里所选的四首，每首写一个季节，都是通过季节的景物描写，来抒发女子的爱情的。

春　歌
春林花多媚，春鸟意多哀。
春风复多情，吹我罗裳开。

夏　歌
朝登凉台上，夕宿兰池里①。
乘月采芙蓉，夜夜得莲子②。

秋　歌
仰头看桐树，桐花特可怜③。
愿天无霜雪，梧子解千年④。

冬　歌
渊冰厚三尺，素雪覆千里⑤。
我心如松柏，君情复何似⑥？

① 凉台：高台。兰池：生有兰草的池塘，这里是泛指。
② 芙蓉：水芙蓉，即荷花。莲子：谐音双关，隐含"怜子"之意。
③ 可怜：可爱。
④ 梧子：隐"吾子"，指心上人。解：得以，能够。
⑤ 渊：水潭。
⑥ 复何似：又像什么。

华山畿

【题解】这首诗是女子对已故的恋人唱的歌，表现了女子对恋人坚贞不渝的爱情。语言质朴，富民歌气息；方言入诗，有地方色彩。

华山畿①，
君既为侬死②，
独生为谁施③？
欢若见怜时④，
棺木为侬开。

① 华山：山名，在今江苏句容县北。畿：附近。
② 侬：我。古时吴人自称为侬。
③ 施：施行，用。
④ 欢：犹"郎"。女子对所恋之人的称呼。见怜：怜爱我。

西洲曲

【题解】这是一首情歌，写一个居住在西洲附近的女子在与恋人离别之后的生活和思想感情，表现了女主人公对情人真挚的无限思念之情。诗主要写女子的种种行为，由此透视其思想感情。其中女主人公如痴如醉、如梦如幻的神态，使其对情人的思念跃然纸上。谐音双关手法的运用十分突出。

忆梅下西洲，折梅寄江北①。
单衫杏子红，双鬓鸦雏色②。
西洲在何处？两桨桥头渡。
日暮伯劳飞，风吹乌臼树③。
树下即门前，门中露翠钿④。
开门郎不至，出门采红莲⑤。
采莲南塘秋，莲花过人头。
低头弄莲子，莲子青如水⑥。
置莲怀袖中，莲心彻底红。
忆郎郎不至，仰首望飞鸿⑦。
鸿飞满西洲，望郎上青楼⑧。
楼高望不见，尽日栏杆头。
栏杆十二曲，垂手明如玉。
卷帘天自高，海水摇空绿⑨。
海水梦悠悠，君愁我亦愁⑩。
南风知我意，吹梦到西洲。

① 梅：与恋人在西洲相会时所见之物。下西洲：到西洲去。江北：男子所在的地方。
② 鸦雏色：像刚孵出不久的小乌鸦一样的颜色，乌黑发亮。
③ 伯劳：鸟名。乌臼树：一作乌桕树。
④ 翠钿（diàn）：用翠玉镶嵌的首饰。
⑤ 莲：与怜爱之"怜"谐音双关。
⑥ 青如水：谐"清如水"，喻情人品德高洁。
⑦ 飞鸿：鸿雁。古有鸿雁传书之说。望飞鸿：表示盼望得到恋人的音信。
⑧ 青楼：用青颜色涂饰的楼，此指女子所居之处。
⑨ 海水：如海之水。摇空绿：空自摇荡绿波而已。
⑩ 梦悠悠：思梦悠悠不断。

北朝民歌

北朝乐府民歌,主要是北魏以后用汉语记录的作品。除恋歌外,还有战歌和牧歌,反映了北方的山川景物和北方各族人民乐观、粗犷的精神面貌。语言质朴、刚健,风格粗犷豪放,与南朝民歌形成鲜明对照。

木兰诗

【题解】 这首长诗又名《木兰辞》,写木兰女扮男装、代父从军的故事,塑造了一个善良、勇敢、坚毅、不图功名富贵、勇于自我牺牲的女英雄形象。艺术上的突出特色是:叙事条理清晰,中心突出,繁简得当;语言刚健质朴,具有浓厚的民歌风味。此诗是中国叙事诗成熟的标志之一,是一首千古绝唱。

唧唧复唧唧①,木兰当户织。
不闻机杼声②,唯闻女叹息。
问女何所思?问女何所忆?
女亦无所思,女亦无所忆。
昨夜见军帖,可汗大点兵③。
军书十二卷,卷卷有爷名。
阿爷无大儿,木兰无长兄,
愿为市鞍马④,从此替爷征。

东市买骏马,西市买鞍鞯⑤,
南市买辔头⑥,北市买长鞭。
朝辞爷娘去,暮宿黄河边。
不闻爷娘唤女声,
但闻黄河流水鸣溅溅。
朝辞黄河去,暮宿黑山头⑦。
不闻爷娘唤女声,
但闻燕山胡骑声啾啾⑧。

① 唧唧(jī):叹息声。当户:对着门。
② 杼(zhù):织布机上用的梭子。
③ 军帖:即下文的"军书",征兵的文书、名册。可汗:古代西北地区对君主的称呼,此处指北朝的皇帝。
④ 市:购买。
⑤ 鞍鞯(jiān):马鞍子下面的垫子。
⑥ 辔(pèi)头:马笼头。
⑦ 朝:一作"旦"。黑山:杀虎山,在今内蒙古呼和浩特东南100里。一作"黑水"。即大黑河,在黑山附近。
⑧ 燕山:燕然山,即今蒙古境内的杭爱山。胡骑(jì):胡人的骑兵。啾啾(jiū):马鸣声。

万里赴戎机①，关山度若飞。
朔气传金柝，寒光照铁衣②。
将军百战死，壮士十年归。

归来见天子，天子坐明堂③。
策勋十二转，赏赐百千强④。
可汗问所欲，"木兰不用尚书郎⑤，
愿借明驼千里足，送儿还故乡⑥。"
爷娘闻女来，出郭相扶将⑦。
阿姊闻妹来，当户理红妆⑧。
小弟闻姊来，磨刀霍霍向猪羊⑨。
开我东阁门，坐我西阁床。
脱我战时袍，着我旧时裳。
当窗理云鬓，对镜帖花黄⑩。
出门看火伴⑪，火伴皆惊惶。
"同行十二年，不知木兰是女郎。"

雄兔脚扑朔，雌兔眼迷离⑫。
双兔傍地走⑬，安能辨我是雄雌？

① 戎机：军事行动，指战争。
② 朔气：北方的寒气。金柝（tuò）：即刁斗，古代一种军用食器，铜，白天烧饭，晚上打更。寒光：清冷的月光。铁衣：铠甲。
③ 明堂：皇帝举行祭祀、朝贺、选士的殿堂。
④ "策勋"句：随着军功不断建立，官爵连连升级。策勋，记功。百千：表示很多。强：有余。
⑤ 尚书郎：官名，职位较高。
⑥ 明驼：日行千里的骆驼。借，一作"驰"。儿：木兰自称。
⑦ "出郭"句：爹娘互相搀扶着走出城外迎接。郭：外城。扶将：扶持。
⑧ 理红妆：梳洗打扮。
⑨ 霍霍：磨刀疾速的样子。
⑩ 云鬓：柔美如云的鬓发。帖花黄：当时妇女的一种装饰，把金黄色的纸剪成星、月、花、鸟等形状贴在额上，或在额上涂一点黄颜色。帖，同贴。
⑪ 火伴：即伙伴。
⑫ "雄兔"二句：描写兔子静止时候的状态。扑朔：形容兔前后脚不齐的样子。迷离：眼神不定的样子。
⑬ "双兔"二句：两句是说雄兔和雌兔一起跑起来，就看不出雌雄来了。

敕勒歌

【题解】 这首诗歌咏敕勒川地域辽阔、牧草丰茂、牛羊肥壮的富饶草原风光，充满着对草原的赞美和热爱之情。景物描写简洁、开阔，用语质朴、粗犷，风格雄浑奔放。

敕勒川①，阴山下②。
天似穹庐③，笼盖四野。
天苍苍，野茫茫，
风吹草低见牛羊④。

①敕勒川：未详，当是敕勒族聚居地附近的地名或河流名。
②阴山：即阴山山脉。
③穹（qióng）庐：毡帐，游牧民族居住的帐篷。
④见（xiàn）：同"现"，显现。

隋唐五代编

薛道衡

薛道衡（540~609），隋代诗人、学者。字玄卿，河东汾阴（今山西万荣县）人。其诗风虽受齐梁遗风影响，但亦具北方诗歌的雄浑之气，代表了隋诗的最高水平。

人日思归①

【题解】这是一首思归诗。写在人日，平添一番人情氛围。七日二年，雁后花前，表现了思归的急切。岁时节令风俗特点的巧妙融入，使此诗别具一格，颇为动人。

入春才七日，离家已二年②。
人归落雁后，思发在花前。

①人日：正月初七。
②此句意指诗人是在外过的年。

昔昔盐

【题解】"昔昔盐"是乐府诗题名。此诗写妇女对久在边疆丈夫的思念之情。突出特点是托情以景。诗的开头四句，描写暮春时节的景物，引出思妇怀夫的心绪；接下来"盘龙随镜隐"六句，则极写室内冷清荒寂之景，以烘托思妇独守空闺的孤独忧伤之情。对仗整饬，给人以整齐、对称之美感。

垂柳覆金堤，蘼芜叶复齐①。
水溢芙蓉沼，花飞桃李蹊②。
采桑秦氏女，织锦窦家妻③。
关山别荡子，风月守空闺④。
恒敛千金笑，长垂双玉啼⑤。
盘龙随镜隐，彩凤逐帷低⑥。
飞魂同夜鹊，倦寝忆晨鸡。
暗牖悬蛛网，空梁落燕泥⑦。
前年过代北，今岁往辽西⑧。
一去无消息，哪能惜马蹄⑨。

①金堤：坚固的堤岸。蘼芜：多年生的野草，其茎叶靡弱而繁芜。
②芙蓉沼：生长着荷花的池塘。
③秦氏女：指《陌上桑》中的罗敷。窦家妻：指窦滔妻苏蕙。
④荡子：流荡在外乡的游子。
⑤恒：总是。双玉：即双玉箸，玉制筷子。常用来形容流淌的眼泪。
⑥盘龙：铜镜上的装饰。彩凤：帷帐上的图案。
⑦牖（yǒu）：窗户。
⑧代北、辽西：均指塞外。
⑨惜马蹄：指怜惜马蹄而不归。

王 绩

王绩（585~644），初唐诗人。字无功，自号东皋子，绛州龙门（今山西河津县）人。其诗多以田园山水为题材，诗风质朴清新。

野 望

【题解】 这是王绩诗中最为人所传诵的一首诗。全诗由"望"着笔，写出望中所见之景，再因景以抒情。其景宛如一幅清秋山水画，秀丽动人。其情，有隐居东皋、喜爱山水的闲适之情，也有身处乱世、郁结在胸的苦闷忧伤之情。属对工整，格律和谐。

东皋薄暮望，徙倚欲何依①！
树树皆秋色，山山唯落晖②。
牧童驱犊返，猎马带禽归③。
相顾无相识，长歌怀采薇④。

① 东皋：在今山西河津县，作者隐居于此。徙倚：徘徊。依：归依。
② 落晖：落日的余晖。
③ 牧童：一作"牧人"。
④ 采薇：用伯夷、叔齐典故，意指隐居。

王 勃

　　王勃（649～676），初唐诗人。字子安，绛州龙门（今山西河津县）人。十四岁应举及第，授朝散郎，任沛王府修撰，因作《檄英王鸡》与杨炯、卢照邻、骆宾王齐名，人称"初唐四杰"。他在诗歌题材的开拓与五律的形成等方面，都有所贡献。

送杜少府之任蜀州

【题解】这是一首著名的送别诗，也是王勃的代表作。这首诗一改传统送别诗的低沉情调，心胸开阔，意气振奋、昂扬。艺术上的突出特点是境界壮阔，情深意挚，而这挚情又波澜起伏，十分感人。

城阙辅三秦，风烟望五津①。
与君离别意，同是宦游人②。
海内存知己，天涯若比邻。
无为在歧路，儿女共沾巾③。

①城阙：城门上面的楼观，这里借指长安。辅：夹辅，护持。三秦：泛指当时长安附近的关中之地。五津：长江上蜀中一带的五个渡口，这里指杜少府所要前往的蜀地。
②宦游人：离家出游以求官职的人。
③歧路：岔道。

卢照邻

卢照邻（637？～680？），初唐诗人，"四杰"之一。字升之，自号幽忧子，幽州范阳（今北京附近）人。其诗题材广泛，体裁多样，尤以七言歌行见长，对初唐七言歌行的发展和提高有所贡献。

长安古意

【题解】这首长诗托古讽今，表面上写的是汉朝统治集团互相倾轧以及上层社会豪华骄奢的逸乐生活，实际上反映的是唐代的社会现实。文笔纵横奔放，富丽精工，格局开阔，善于排比铺陈，其铺叙技巧吸取了汉赋大开大合的写法。韵脚转换自如，上下蝉联，平仄相间，是初唐七言歌行的代表作之一。

长安大道连狭斜，
青牛白马七香车①。
玉辇纵横过主第，
金鞭络绎向侯家②。
龙衔宝盖承朝日，
凤吐流苏带晚霞③。
百丈游丝争绕树，
一群娇鸟共啼花④。
游蜂戏蝶千门侧，
碧树银台万种色⑤。
复道交窗作合欢，
双阙连甍垂凤翼⑥。
梁家画阁中天起，
汉帝金茎云外直⑦。
楼前相望不相知，
陌上相逢讵相识⑧？
借问吹箫向紫烟，

①斜：巷。青牛，古代驾车，牛马并用。七香车，用多种香木制成的华美小车。
②玉辇：泛指权贵的车。主第，公主的第宅。侯家，公侯之家。
③宝盖，即华盖，指玉辇上所竖立的伞状车盖。盖的支柱雕成龙形，好像龙口衔着宝盖。
④游丝：春天虫类所吐之丝。娇鸟：美好可爱的鸟。
⑤千门：指宫门。银台：银白色的台阁。
⑥复道：即阁道，楼阁之间的空中之道。交窗：用木条纵横交错制成的窗。双阙：汉代未央宫有东阙、西阙。甍（méng）：屋脊。
⑦梁家画阁：东汉顺帝时外戚梁冀在洛阳大造第宅，以豪奢著名。汉帝金茎：汉武帝刘彻好神仙，在建章宫立铜柱，高20丈，上铸铜仙人以掌托铜盘，承接天露。
⑧讵（jù）：岂。

曾经学舞度芳年①。
得成比目何辞死②，
愿作鸳鸯不羡仙。
比目鸳鸯真可羡，
双去双来君不见③？
生憎帐额绣孤鸾④，
好取门帘帖双燕。
双燕双飞绕画梁，
罗帷翠被郁金香⑤。
片片行云著蝉鬓，
纤纤初月上鸦黄⑥。
鸦黄粉白车中出，
含娇含态情非一⑦。
妖童宝马铁连钱，
娼妇盘龙金屈膝⑧。
御史府中乌夜啼，
廷尉门前雀欲栖⑨。
隐隐朱城临玉道，
遥遥翠幰没金堤⑩。
挟弹飞鹰杜陵北，
探丸借客渭桥西⑪。
俱邀侠客芙蓉剑，
共宿娼家桃李蹊⑫。
娼家日暮紫罗裙，
清歌一啭口氛氲⑬。
北堂夜夜人如月，
南陌朝朝骑似云⑭。
南陌北堂连北里，
五剧三条控三市⑮。
弱柳青槐拂地垂，
佳气红尘暗天起⑯。
汉代金吾千骑来，

① "借问"二句：传说秦穆公的女儿弄玉嫁给善吹箫的萧史，后来夫妻双双乘凤凰飞升成仙。
② 比目：比目鱼。
③ 君：泛指。
④ 生憎：最厌恶。帐额：帐前所挂的横幅。鸾：传说中凤凰一类的鸟，善鸣能舞，但孤鸾不鸣不舞。
⑤ 罗帷：罗帐。翠被：用翡翠鸟羽毛作装饰的华美的被子。
⑥ 蝉鬓：鬓发梳成蝉翼般的式样。行云：形容鬓发如同流动的云。鸦黄：嫩黄色。这里是将额黄画作初月形，故曰"初月上鸦黄"。
⑦ 含娇含态：娇媚的情态。
⑧ 妖童：泛指市井间的轻薄少年。铁连钱：马身上的花纹如铜钱相连。屈膝：亦作屈戌，这里指金钗。
⑨ 御史：专司弹劾的官。廷尉：执法之官。乌夜啼、雀欲栖：都借用典故来形容冷落荒凉的景象。
⑩ 朱城：指宫城。幰（xiǎn）：绘有花纹的车幕。金堤：坚固的石堤。
⑪ 杜陵：地名，在长安东南。探丸：暗中探取不同颜色的弹丸以决定执行何种任务。借客：替人报仇。渭桥：又名中渭桥，在长安西北。
⑫ 芙蓉剑：宝剑名。桃李蹊：本指桃李下的小路，这里借指娼家的住处。
⑬ 口氛氲（fēn yūn）：口中散发出的浓郁香气。
⑭ 北堂：指娼家的内部。南陌：指娼家门外。
⑮ 北里：长安娼妓聚居的地方，即平康里。剧：交错的道路。三条：三面相通的路。
⑯ 佳气红尘：车马杂沓的热闹气氛。

翡翠屠苏鹦鹉杯①。
罗襦宝带为君解,
燕歌赵舞为君开②。
别有豪华称将相,
转日回天不相让。
意气由来排灌夫,
专权判不容萧相③。
专权意气本豪雄,
青虬紫燕坐春风④。
自言歌舞长千载,
自谓骄奢凌五公⑤。
节物风光不相待,
桑田碧海须臾改⑥。
昔时金阶白玉堂,
即今唯见青松在。
寂寂寥寥扬子居,
年年岁岁一床书。
独有南山桂花发,
飞来飞去袭人裾⑦。

① 金吾：即执金吾，汉代禁卫将军之称。唐代有金吾大将军。
② 襦（rú）：短衣。燕歌赵舞,战国时燕赵两国歌舞最发达,并且以"多佳人"著称。
③ 灌夫：汉武帝时将军,勇猛任侠,好使酒骂座。同魏其侯窦婴相交结,与丞相武安侯田蚡不协,终被田蚡所陷害,族诛。判:同"拚（pàn）"。萧相,指汉元帝时宰相萧望之。
④ 虬：本是有角的龙,这里指骏马名。紫燕：骏马名。坐春风：在春风中驰骋,极言得意。
⑤ 五公：指张汤、杜周、萧望之、冯奉世、史丹五个汉代著名的权贵。
⑥ 节物：季节物候。桑田碧海：即沧海桑田。
⑦ 扬子：指汉代的扬雄,他三朝做官都不得意,后来在天禄阁校书,闭门著《太玄》、《法言》。床：坐榻。南山,指长安附近的终南山。袭,触及,落到。裾,衣服前襟。

骆宾王

骆宾王（640？～684？），初唐诗人，"四杰"之一。婺州义乌（今浙江义乌县）人。擅长七言歌行，五言律诗亦不乏佳作。

在狱咏蝉

【题解】这首诗通过咏蝉，抒发了诗人被诬下狱的忧愤和高洁的情怀，表达了昭雪沉冤的愿望。诗人借蝉起兴，又借蝉自况，咏物抒怀，浑然一体。妙用比兴，寄托遥深。

西陆蝉声唱，南冠客思侵①。
那堪玄鬓影，来对白头吟②。
露重飞难进，风多响易沉③。
无人信高洁④，谁为表余心？

①西陆：指秋天。南冠：指囚犯。侵：一作"深"，侵扰。
②玄：黑色。吟：语意双关，意谓秋蝉正对着自己的白头哀吟；又《白头吟》为古乐府曲名，曲调哀怨。
③露重（zhòng）、风多：皆比喻处境的险恶。沉：沉闷，不响亮。
④高洁：古人认为蝉只饮露而食，故将其当作清高的象征。

杨　炯

　　杨炯（650～692?），初唐诗人，"四杰"之一。华阴（今陕西华阴县）人。在"四杰"中他的诗创造性较差，内容也较贫乏，但几首边塞诗却很雄健激昂。

从军行

【题解】这首诗借乐府旧题写书生投笔从戎、安边定国的豪壮激情。诗一开头就起得突兀，惊心动魄，接下来写作战的勇敢、环境的艰苦以及战斗的激烈，最后以"宁为百夫长"作结，充分表达了士子从戎的雄心激情。前后既连贯一气，又跳跃飞动；画面明丽，气势雄健，开盛唐边塞诗之先河。

烽火照西京①，心中自不平。
牙璋辞凤阙，铁骑绕龙城②。
雪暗凋旗画③，风多杂鼓声。
宁为百夫长④，胜作一书生。

①西京：指长安。
②牙璋：古代兵符。凤阙：指长安。龙城：汉时匈奴大会诸部祭天之所，故址在今蒙古鄂尔浑河东侧。这里借指敌方要地。
③凋：凋落。旗画：军旗上的彩画。
④百夫长：卒长，古代军队里的低级军官。

贺知章

贺知章（659~744），盛唐诗人。字季真，晚号四明狂客，越州永兴（今浙江萧山）人。他喜欢饮酒，被杜甫称为"酒中八仙"之一。

咏　柳

【题解】 这首咏柳的小诗，先从柳的形状和颜色来写柳树的树干和枝条。后两句则用一个设问句指出了时令，写出了柳树干碧枝绿的背景。春风似剪裁柳叶的比喻，贴切而生动。

碧玉妆成一树高①，
万条垂下绿丝绦②。
不知细叶谁裁出，
二月春风似剪刀。

①碧玉：青绿色的玉，这里比喻柳树的树干。妆成：打扮，妆饰。
②丝绦（tāo）：用丝线编成的带子。这里比喻柔嫩的柳条。

陈子昂

陈子昂（661～702），初唐诗人。字伯玉，梓州射洪（今四川射洪县）人。陈子昂的诗歌理论和创作在唐代都很有影响，他反对只重彩丽的齐梁诗风，标举风雅比兴、汉魏风骨的传统，开一代新风。

感　遇

【题解】这是一首托物寓意之作，表面上咏兰若，实际上是通过描写兰若春夏欣欣向荣、秋来摇落无成，来表现作者的美好理想不能实现的心情。全诗采用比兴手法，寓意深刻，含蓄清新。

兰若生春夏，芊蔚何青青①。
幽独空林色，朱蕤冒紫茎②。
迟迟白日晚，袅袅秋风生③。
岁华尽摇落，芳意竟何成④！

①兰、若：均为香草。芊（qiān）蔚：指花的茂密。青青：即"菁菁"，繁盛的样子。
②蕤（ruí）：花下垂的样子。
③袅袅：微弱的样子。
④岁华：指草木一年一度荣枯。华，同"花"。芳意：这里指美好的理想。

登幽州台歌①

【题解】这首诗将无限时空同有限生命之间的矛盾及怀才不遇、生不逢时的人生重大主题结合起来抒写，大气磅礴，概括深沉。

前不见古人，
后不见来者②。
念天地之悠悠，
独怆然而涕下③。

①幽州台：即蓟北楼，故址在今北京市北。
②"前不见"二句：是说像燕昭王那样能任用贤才的人，古代曾经有，但自己不及见；以后也会有的，但自己也无法见到。
③怆（chuàng）然：悲伤的样子。

张若虚

张若虚（660~720?），唐初诗人。扬州（今属江苏）人。存诗仅二首。

春江花月夜

【题解】《春江花月夜》是乐府旧题，为陈后主所创，以艳丽冠绝一时。张若虚用此乐府旧题，细致形象地描绘了相思离别之苦，并对天地人生生出无限慨叹。在写法上，作者紧扣春、江、花、月、夜，展开铺写，而又以"月"为中心，以春、江、花、夜为辅，主辅既分明又交融，层层展开，铺叙层次分明而又浑然一体。全诗词采清丽，韵律和宛，清新自然，动宕流贯，一洗六朝艳体诗的秾丽艳腻。后世人们传诵此诗，已超出了作者所写的相思之情，而在天地人生之迷、宇宙自然之美的境界上吟咏，所以闻一多称此诗为"诗中的诗，顶峰上的顶峰"。

春江潮水连海平①，
海上明月共潮生②。
滟滟随波千万里③，
何处春江无月明。
江流宛转绕芳甸④，
月照花林皆似霰⑤。
空里流霜不觉飞，
汀上白沙看不见⑥。
江天一色无纤尘⑦，
皎皎空中孤月轮。
江畔何人初见月？
江月何年初照人？
人生代代无穷已⑧，
江月年年只相似。
不知江月待何人，
但见长江送流水⑨。

①海：指长江下游宽阔的江面。
②共潮生：与潮一起出来。生，指升起。这句是说月亮从江平面升起，仿佛是与潮水一起生出来的。
③滟滟（yàn）：水面闪光的样子。
④宛转：曲曲折折。芳甸：长满花草的原野。郊外之地叫甸。
⑤霰（xiàn），雪珠。形容月光照耀下的花朵。
⑥汀：水边平地。
⑦纤尘：微小的灰尘。
⑧穷已：穷尽。
⑨但见：只见。

白云一片去悠悠，
青枫浦上不胜愁①。
谁家今夜扁舟子②？
何处相思明月楼③？
可怜楼上月徘徊④，
应照离人妆镜台。
玉户帘中卷不去⑤，
捣衣砧上拂还来⑥。
此时相望不相闻，
愿逐月华流照君⑦。
鸿雁长飞光不度，
鱼龙潜跃水成文⑧。
昨夜闲潭梦落花⑨，
可怜春半不还家。
江水流春去欲尽，
江潭落月复西斜。
斜月沉沉藏海雾⑩，
碣石潇湘无限路。
不知乘月几人归，
落月摇情满江树⑪。

① 青枫浦：在今湖南浏阳县浏水中。泛指分别的地点。
② 扁（piān）舟子：飘荡江湖的客子。扁舟，小舟。
③ 明月楼：思妇的闺楼。
④ "可怜"句：曹植《七哀》："明月照高楼，流光正徘徊。上有愁思妇，悲叹有余哀。"
⑤ 玉户：指闺中。
⑥ 砧（zhēn）：平滑的石块。这两句的"卷不去"、"拂还来"双关，指月光，也指相思。
⑦ 逐：跟随。月华：月光。
⑧ "鸿雁"二句：鸿雁与鱼，取鱼雁传书之意。光不度，是说鸿雁善于远飞，仍然飞不出无边的月光去。鱼龙，偏指鱼。
⑨ 闲潭：幽静的潭水。
⑩ "斜月"句：碣石指北（河北），潇湘指南（湖南）。无限路：极言离人相距之远。
⑪ 摇情：激荡情思。

张九龄

张九龄（673~740），盛唐诗人。一名博物，字子寿，韶州曲江（今广东韶关）人。其诗和雅清淡，有一定影响。

望月怀远

【题解】这是一首怀人诗，写作者对远方亲人的怀念。诗中由望月而引起相思，愈望而相思愈烈，以致长夜难眠，产生到梦中去相会的梦想。

海上生明月，天涯共此时。
情人怨遥夜，竟夕起相思①。
灭烛怜光满，披衣觉露滋②。
不堪盈手赠，还寝梦佳期③。

①竟夕：整夜。
②怜：爱惜。滋：滋长。
③末二句写"不能掬满月光送给亲人，还是回到卧室里期望在梦中和亲人相会"。

湖口望庐山瀑布

【题解】瀑布是庐山的奇景，唐人诗中歌咏庐山瀑布的诗很多，这诗是其中有名的一首。此诗抓住庐山瀑布的突出特征，写出了它的雄伟气势和鲜明的色泽。词采富赡而不失朴质简劲，写景如画而情致深婉。

万丈红泉落①，迢迢半紫氛。
奔流下杂树，洒落出重云。
日照虹霓似，天清风雨闻。
灵山多秀色②，空水共氤氲③。

①红泉：指瀑布。因为在日光照映下发出璀璨的色彩，故称。
②灵山：道家称蓬莱山的别名，犹言仙山。这里指庐山。
③氤氲（yīn yūn）：烟云弥漫的样子。

孟浩然

孟浩然（689～740），盛唐诗人。湖北襄阳（今湖北襄阳县）人。其诗作以描写山水为主要题材，也表现他的田园隐逸生活，开盛唐山水田园诗派风气之先，与王维并称"王孟"。

春　晓

【题解】这首诗写春天早晨景象，清新自然。情绪上有对春去的无奈，更有对春光的挚爱。

春眠不觉晓①，处处闻啼鸟。
夜来风雨声，花落知多少②。

①不觉晓：不觉得天亮。
②夜来：昨天夜里。

望洞庭湖赠张丞相

【题解】这是首求人荐举自己的所谓干谒诗，但写得并不庸俗，由景入情，意思含蓄，态度真诚，不卑不亢。在艺术表现上也不落俗套，颇具特色。作者善于从大处着笔，尤其前四句的写景，境界开阔，气势磅礴，雄伟壮观。此诗一作《临洞庭》。

八月湖水平，涵虚混太清①。
气蒸云梦泽，波撼岳阳城。
欲济无舟楫，端居耻圣明②。
坐观垂钓者，徒有羡鱼情③。

①虚：虚空。太清，指天。
②济：渡。楫（jí），船桨。端居，隐居。耻圣明，有愧于圣明之世。
③羡鱼情：《淮南子·说林训》，"临河而羡鱼，不若归家织网。"

宿建德江

【题解】 此诗是羁旅诗,当然少不了"愁"字,表现了孤独与寂寞的情绪。后二句为写景名句,景中有人,景中有情。

移舟泊烟渚,日暮客愁新①。
野旷天低树,江清月近人②。

①烟渚:烟雾笼罩的江洲。客愁新:指旅途中又增添了新的愁思。
②"野旷"句:指放眼望去,四野空旷,仿佛天比树还低。月近人:月映江中,向人亲近,倍感亲切。

过故人庄

【题解】 这首诗描写了优美的田园风光与故人待客的热情,表现了诗人对田家生活的热爱。艺术上的突出特点是结构自然,层次分明,语言准确而洗练,风格朴实淡远。

故人具鸡黍,邀我至田家①。
绿树村边合,青山郭外斜②。
开轩面场圃③,把酒话桑麻。
待到重阳日,还来就菊花④。

①具:备办。鸡黍(shǔ):泛指农家待客的丰盛饭菜。
②合:环绕。郭:外城,此指村外。斜:此处读 xiá。
③轩:窗。圃:菜园。
④就菊花:饮菊花酒。

王之涣

王之涣（688~742），盛唐时期诗人，字季凌，原籍晋阳（今山西太原），后迁绛郡（今山西新绛县）。诗作多歌咏从军、出塞。

登鹳雀楼①

【题解】这首诗写登高远望所见所感，境界开阔，气势雄浑；富有哲理而不枯涩，用语浅近而精警。

白日依山尽，黄河入海流。
欲穷千里目，更上一层楼。

① 鹳（guàn）雀楼：旧址在今山西永济，因常有鹳雀栖息其上，故名。雀，一作"雀"。

凉州词

【题解】这首诗写边塞的荒凉风光，借以抒发征人的思乡之情。诗的构思十分精巧，其中"怨杨柳"一语双关，非常含蓄。边塞荒寒，征人生活艰苦，本有怨气却又说"何须怨"，显得苍凉而又悲壮，绝无压抑低沉之感。

黄河远上白云间，
一片孤城万仞山①。
羌笛何须怨杨柳？
春风不度玉门关②。

① 仞：古代一仞相当今天的八尺。
② 羌笛：羌族的一种管乐器。杨柳：北朝乐府《鼓角横吹曲》有《折杨柳》。这里语意双关，是说曲调哀怨，兼指杨柳尚未发青。

李 颀

李颀（690～751），盛唐诗人。东川（今四川三台）人，少年时居住颍阳（今河南许昌市附近）。其七言歌行及律诗最为后世所推重。

古从军行

【题解】此诗的写作意旨，是以千万人埋骨塞外的历史告诫当政者谨慎用兵。诗用大部分篇目写边地环境和战争的激烈残酷，蓄足底势，结尾点出主旨，画龙点睛。在用韵上三次换韵，平仄相间，声调自然流畅，感情深沉。

白日登山望烽火，
黄昏饮马傍交河①。
行人刁斗风沙暗，
公主琵琶幽怨多②。
野云万里无城郭③，
雨雪纷纷连大漠。
胡雁哀鸣夜夜飞，
胡儿眼泪双双落④。
闻道玉门犹被遮，
应将性命逐轻车⑤。
年年战骨埋荒外，
空见葡桃入汉家⑥。

①交河：在今新疆吐鲁番西北。因河水分流绕城下，故名。
②刁斗：军中夜间巡更用的铜器，形似锅，白天作炊具。公主琵琶：《宋书·乐志》引傅玄《琵琶赋》："汉遣乌孙公主嫁昆弥，念其行道思慕，故使工人裁筝筑，为马上之乐。欲从方俗语，故名曰琵琶，取其易传于外国也。"汉武帝以江都王刘建女为公主，遣嫁乌孙（西域国名）。为解其路途思念之情，做了琵琶来取乐遣闷。
③野云：一作"野营"。
④胡儿：汉人称胡人为胡儿。
⑤玉门：玉门关。遮：拦阻。指汉武帝下令遮挡玉门关，不让攻大宛（西域国名）取良马的贰师将军李广利班师。轻车：轻车将军的省称，这里泛指将帅。
⑥葡桃：即葡萄。

王 湾

王湾，生卒年不详，盛唐诗人。洛阳人。

次北固山下①

【题解】 这是一首感时怀乡诗，写得感情真挚，十分动人。诗人观察事物细致入微，又善于捕捉最能体现事物规律的自然景象加以描述，意境也格外清新。其"海日生残夜，江春入旧年"一联，千百年来，一直得到人们的传诵和称赏。全诗属对工整，造语精警而不失于雕琢。

客路青山外，行舟绿水前。
潮平两岸阔②，风正一帆悬。
海日生残夜，江春入旧年③。
乡书何处达？归雁洛阳边。

① 次：停宿。北固山：在今江苏镇江。
② 阔：一说为"失"字。
③ "海日"二句：残夜，夜阑将晓。"生"当"残夜"是说日出得早。旧年，指一年未尽，"入"于"旧年"，是说春来得早。

崔　颢

崔颢（？～754），汴州（今河南开封）人。盛唐诗人。

黄鹤楼

【题解】 这是一首怀乡诗，由登临所见而生出怀乡之情，写得深沉含蓄。七言诗难于把握，像这样字字结实、笔力雄健者，只有杜甫可与之匹敌。在整个盛唐七言律中，此诗也是上乘之作。难怪大诗人李白登黄鹤楼，见崔颢所题之诗，曾慨叹说："眼前有景道不得，崔颢题诗在上头。"

昔人已乘黄鹤去①，
此地空余黄鹤楼。
黄鹤一去不复返，
白云千载空悠悠。
晴川历历汉阳树，
芳草萋萋鹦鹉洲②。
日暮乡关何处是③？
烟波江上使人愁。

①昔人：指骑黄鹤的仙人。黄鹤一作"白云"。
②"晴川"二句：历历，写"汉阳树"历历在目；萋萋，写芳草的茂盛。鹦鹉洲，唐代在汉阳西南长江中，后渐被江水冲没。东汉末年，作过《鹦鹉赋》的祢衡被黄祖杀于此洲，或说因此得名。
③乡关：故乡。

王昌龄

王昌龄（698?～757?），盛唐诗人。字少伯，京兆长安（今陕西西安）人。一说太原（今山西太原）人。其诗内容丰富，题材广泛，在艺术上以七言绝句成就最为显著，人称"七绝圣手"，只有李白可与之媲美。

芙蓉楼送辛渐①

【题解】和大多的送别诗一样，本诗也不无失落之感、悲戚之情，这从情所寄寓的景——有些凉意的寒雨、有如泣诉的江、孤兀的山、将明未明的平明——可以体味出来。与前两句的舒缓而稍嫌黯然相比，后二句提升了一些亮度和力度，且表意也从单一的离情别绪，发展到了兼作心迹的剖白。

寒雨连江夜入吴②，
平明送客楚山孤。
洛阳亲友如相问，
一片冰心在玉壶③。

①芙蓉楼：唐时名胜，在今镇江。辛渐：诗人的友人，生平不详。
②吴：芙蓉楼所在地的泛指，与下文的楚相对。平明：天明的时候。
③此句以冰、玉表达作者情志的高洁、纯美。

从军行

【题解】《从军行》是诗人的组诗，共七首，这里选的是第一和第四首。前一首写出征将士久戍边地的思归之情，后一首写他们扫净边尘、以身许国的壮志。

烽火城西百尺楼①，
黄昏独坐海风秋②。
更吹羌笛关山月③，
无那金闺万里愁④。

青海长云暗雪山⑤，

①百尺楼：即烽火台。
②海风秋：从青海湖吹来阵阵带着秋意的寒风。
③关山月：乐府曲名。
④无那：无奈。
⑤青海：青海湖。暗雪山：使雪山晦暗无光。

孤城遥望玉门关。
黄沙百战穿金甲⑥,
不斩楼兰终不还⑦!

⑥穿:磨破。
⑦楼兰:汉代西域古国名。

出 塞

【题解】这首《出塞》诗,虽仍不离征人思妇的相思,却把个人的思念哀怨与国家的安定统一联系起来,从而使诗的内容更为深广。全诗写得深沉含蓄,意境雄浑,语言精炼,情调高昂。

秦时明月汉时关①,
万里长征人未还。
但使龙城飞将在②,
不教胡马度阴山③。

①"秦时"句:秦、汉互文,字面上分说,意义上都是合指,即秦汉以来明月就照临着关塞。
②龙城:地名。汉时右北平郡郡治所在地,在今辽宁朝阳。飞将:指飞将军李广。
③度:越过。

长信秋词

【题解】这是一首宫怨诗,借汉代班婕妤故事咏叹失宠宫妃的悲苦命运。后两句以人比物,联想奇妙。昭阳日影,既实写景色,又暗喻君恩,含蓄委婉地传达出其一腔哀怨。构思奇特,抒情隐微。

奉帚平明金殿开①,
暂将团扇共徘徊②。
玉颜不及寒鸦色③,
犹带昭阳日影来④。

①奉帚:捧着扫帚,意指打扫长信宫。
②"暂将"句:用班婕妤《团扇诗》意。诗中说团扇夏日"怀袖",秋至"弃捐",以团扇寓身世。将,拿起。暂,一作"且"。
③玉颜:美丽的容颜。
④昭阳:昭阳宫,是当时皇帝宠妃赵昭仪所居。昭阳日影,比喻君主的恩宠。

闺　怨

【题解】 这是一首思妇诗。本来不知愁的少女,因见陌头杨柳之色而突然生出悔意,戏剧性的对比突出了主题。欲抑故扬,顿挫有致。

闺中少妇不知愁,
春日凝妆上翠楼①。
忽见陌头杨柳色②,
悔教夫婿觅封侯③。

①凝妆:严妆,认真妆扮。
②陌头:路边。
③觅封侯:指从军出征,以图立功封侯。

常 建

常建,唐代诗人。生卒年、字号均不详。或说长安(今陕西西安)人。诗歌长于五言,以田园、山林为主要题材,旨趣深远,意境清幽,语言简洁凝练。

题破山寺后禅院①

【题解】这首诗描写破山寺幽美的环境,同时融入禅心和佛理,显得明净高远、赏心悦目。颔联两句是千古传诵的名句。

清晨入古寺,初日照高林②。
曲径通幽处,禅房花木深。
山光悦鸟性,潭影空人心③。
万籁此都寂,但余钟磬音④。

①破山寺:在今江苏常熟虞山兴福寺。后禅院:寺僧的住房。
②初日:初升的太阳。
③悦:使……欢悦。下句"空"同此。
④钟磬(qìng):寺院中的乐器。

王 维

王维（701~761），盛唐诗人。字摩诘，原籍太原祁州（今山西祁县），父辈迁居蒲州（今山西永济县）。曾任尚书右丞，世称王右丞。王维多才多艺，能诗善画，精通音乐，擅长书法。其诗歌创作，不仅"诗中有画"，而且把多种姊妹艺术的长处融于诗歌创作。他擅长各种诗体，每种诗体都有佳作。他是盛唐时期最有代表性的山水田园诗人，在当时及后世都有重大影响。有《王右丞集》。

渭川田家

【题解】此诗是王维后期隐居终南山辋川别墅时所作。诗中着重表现了作者对农村田家生活羡慕向往之情，以及自己决心隐居的思想。艺术上的突出特点是：善于捕捉最能代表农村田家生活的景物，并写得维妙维肖、生动传神。

斜光照墟落，穷巷牛羊归①。
野老念牧童，倚杖候荆扉②。
雉雊麦苗秀③，蚕眠桑叶稀。
田夫荷锄至，相见语依依。
即此羡闲逸，怅然吟式微④。

① 墟落：村庄。穷巷：隐僻的小巷。
② 荆扉：柴门。
③ 雉雊（gòu）：野鸡鸣叫。
④ 怅然：失意的样子。吟式微：《诗经·邶风·式微》："式微，式微，胡不归。"

山居秋暝

【题解】这是一首描绘山村秋天傍晚景色的诗，表现了诗人对山居生活的喜悦之情。此诗对仗工整精巧，而又富于变化。"明月松间照，清泉石上流"是"诗中有画"的代表名句，尤为人们所称赏。

空山新雨后，天气晚来秋。
明月松间照，清泉石上流。
竹喧归浣女，莲动下渔舟①。
随意春芳歇，王孙自可留②。

① 浣（huàn）女：洗衣女。"莲动"句：水面上莲花摇动，由此知是渔船沿水下行。
② 王孙：本指贵族公子，这里指作者自己。这里反用其意。

终南山

【题解】 这首诗主要描写终南山的雄伟、高大、幽深，表达了作者对它的喜爱之情。与一般游山记胜诗不同，此诗不是描写山中的胜迹，而是从大处着笔来为终南山传神写照。气势磅礴，格调雄浑。

太乙近天都，连山到海隅①。
白云回望合，青霭入看无②。
分野中峰变，阴晴众壑殊③。
欲投人处宿，隔水问樵夫。

①太乙：终南山的主峰。天都：天帝所居的地方。
②回望合：四面遥望，白云连成茫茫的一片。入看无：远看有青青的雾气，接近之后又看不见了。
③"分野"句：是说终南山极广大，一峰之隔，便属于不同的分野（区域）。

观 猎

【题解】 这首诗写观看将军出猎。诗人选取打猎的几个细节，突出一个"快"字，将军的形象如在目前。在开头的先声夺人和随后"疾、轻、忽、还"的快节奏之后，陡然推出苍茫的远景，使诗的意境浑厚了许多。

风劲角弓鸣，将军猎渭城①。
草枯鹰眼疾，雪尽马蹄轻②。
忽过新丰市，还归细柳营③。
回看射雕处，千里暮云平④。

①角弓鸣：指拉弦发箭。渭城：咸阳故城。
②前句说因草枯猎鹰能很快发现动物踪迹。下句说猎人追踪而至。
③新丰市、细柳营：此处泛指长安附近。还（xuán）：旋即。
④射雕处：射猎处。

鹿　柴①

【题解】 此诗写鹿柴风光，观察入微，着重从声音、光影来写，清新自然，别有幽趣。

空山不见人②，但闻人语响。
返景入深林③，复照青苔上。

①柴：同"寨"，即篱栅。
②空山：寂静的山林。
③景：同影。返景，即反照。

竹里馆

【题解】 这首诗与《鹿寨》都是诗人描写他的辋川别墅的景物的。诗中并未单纯描写景物，而是把自己与景物、自然与人情融在一起，写人与景的和谐，人在自然中的恬适。

独坐幽篁里，弹琴复长啸①。
深林人不知，明月来相照。

①幽篁（huáng）里：深而密的竹林。长啸：撮口出声叫啸。啸声清越而舒长，故曰长啸。

鸟鸣涧

【题解】 这首诗写春山月夜的幽静。全诗写景，动静结合，动中有静，静中有动，以动衬静，创造了一种极为清幽深远的意境。

人闲桂花落，夜静春山空①。
月出惊山鸟，时鸣春涧中②。

①空：空灵静谧。
②涧：有水的山沟。

九月九日忆山东兄弟①

【题解】此诗抒写佳节思亲之情。前两句写异乡思亲之苦,后两句遥想远方的兄弟对自己的思念。第二句已成千古名句。

独在异乡为异客,
每逢佳节倍思亲。
遥知兄弟登高处,
遍插茱萸少一人②。

① 山东:指华山以东。
② 登高和插茱萸均为旧时重阳节的节俗。茱萸是一种有香气的植物,俗传佩之可以避邪。

相　思

【题解】这是一首著名的言情诗,借红豆发问的起兴,表达相思之情。是优秀的托物寄情诗。

红豆生南国①,春来发几枝。
劝君多采撷②,此物最相思。

① 红豆:俗名相思子,人常用以表示相思。
② 撷(xié):摘取。

送元二使安西①

【题解】这首诗写送人赴边地从军,突出特点是写景、抒情紧密结合。由于其巨大的艺术感染力,此诗流传十分广泛。后人还给它谱了曲,称《渭城曲》,又名《阳关三叠》。

渭城朝雨浥轻尘,
客舍青青柳色新。
劝君更尽一杯酒,
西出阳关无故人②。

① 元二:作者友人。安西:即安西都护府的治所,在今新疆库车。
② 尽:一作"进"。阳关:关名,在今甘肃敦煌西南,自古与玉门关同是出塞的必经之地。

使至塞上

【题解】 这首诗叙述了作者出使塞上的艰苦行程，描绘了边塞奇丽壮阔的景象，同时也表现了作者抑郁、孤寂的情绪。画面开阔，意境雄浑。其中"大漠孤烟直，长河落日圆"两句，将坚毅挺拔的人格和孤寂惆怅的感受融入雄奇苍茫的自然景色之中，王国维称之为"千古壮观"的名句。

单车欲问边，属国过居延①。
征蓬出汉塞，归雁入胡天②。
大漠孤烟直，长河落日圆。
萧关逢候骑，都护在燕然③。

① 属国：归属国的简称。本为官名，这里代指使臣，是王维自指。
② 征蓬（péng）：随风远飞的蓬草。
③ 萧关：在今宁夏固原东南。候骑（jì）：骑马的侦察兵。都护：当时边疆重镇都护府的长官。燕（yān）然：即杭爱山，这里借指最前线。

李 白

李白（701～762），盛唐诗人。字太白，号青莲居士，祖籍陇西成纪（今甘肃天水附近）。先世于隋末流徙中亚，李白即出生于安西都护府之碎叶城，五岁时随父迁居绵州彰明县（今四川江油）青莲乡。他是继屈原之后最杰出的浪漫主义诗人，以"惊风雨，泣鬼神"的神奇诗笔，创造了瑰丽奇伟的意境和绚烂多彩的艺术形象，其豪放飘逸、率真自然的诗风，对当代及后世都有极大影响。有《李太白集》。

蜀道难

【题解】这首诗是李白的代表作品之一，也最能体现其雄奇奔放的风格。诗人将丰富的想象、大胆的夸张与神话传说紧密结合，来描绘蜀道的雄奇壮丽、高峻险恶，给诗增添了神秘奇幻的色彩，运用参差不齐的句式和抑扬顿挫的韵律来表达强烈起伏的感情，韵律和谐又跌宕起伏。

噫吁戏①！
危乎高哉②！
蜀道之难难于上青天。
蚕丛及鱼凫，
开国何茫然③。
尔来四万八千岁，
不与秦塞通人烟④。
西当太白有鸟道，
可以横绝峨眉巅⑤。
地崩山摧壮士死，
然后天梯石栈相钩连⑥。
上有六龙回日之高标⑦，
下有冲波逆折之回川。
黄鹤之飞尚不得过，
猿猱欲度愁攀援⑧。

①噫吁戏（yī xū xī）：均为惊叹词。
②危：高。
③蚕丛、鱼凫：传说中古蜀国开国的两个国王。
④"尔来"二句：尔来，自从蚕丛、鱼凫开国以来。四万八千岁，极言年代久远。秦塞，即秦地。
⑤"西当"二句：太白，太白山，在今陕西咸阳西南。鸟道，高入云霄的险窄山道。横绝，横度。峨眉，代指蜀地之山。
⑥"地崩"二句：前句用典，是说力士掰倒山被压死，山分五岭。天梯，高峻的山路。栈，栈道。
⑦六龙：传说羲和驾着六条龙所拉的车，载着太阳在空中运行。回日：回转日车。高标：这里指山的最高峰。
⑧黄鹤：黄鹄，善飞。猱（náo）：猿猴。

青泥何盘盘①,
百步九折萦岩峦。
扪参历井仰胁息②,
以手抚膺坐长叹,
问君西游何时还?
畏途巉岩不可攀。
但见悲鸟号古木,
雄飞雌从绕林间。
又闻子规啼③,
夜月愁空山。
蜀道之难难于上青天,
使人听此凋朱颜④。
连峰去天不盈尺⑤,
枯松倒挂倚绝壁。
飞湍瀑流争喧豗,
砯崖转石万壑雷⑥。
其险也若此,
嗟尔远道之人胡为乎来哉⑦!
剑阁峥嵘而崔嵬⑧,
一夫当关,万夫莫开。
所守或匪亲⑨,化为狼与豺。
朝避猛虎,夕避长蛇,
磨牙吮血,杀人如麻⑩。
锦城虽云乐⑪,不如早还家。
蜀道之难难于上青天,
侧身西望长咨嗟⑫!

①青泥：青泥岭，在今陕西略阳西北，为入蜀要道。盘盘：盘旋曲折的样子。
②扪（mén）：摸。参（shēn）：星宿名，是蜀的分野。井：星宿名，是秦的分野。
③子规：即杜鹃。相传是蜀古望帝魂魄所化，啼声哀愁动人。
④凋朱颜：红润的容颜变得憔悴。
⑤去天：离天。
⑥"飞湍"二句：湍（tuān），急流。喧豗（huī），喧闹声。砯（pēng），水冲击岩石的声音，这里作动词，有冲击的意思。转石，水冲击石头，使之翻滚。万壑雷，千山万壑中发出雷鸣般的响声。
⑦嗟：感叹词。尔：你。
⑧剑阁：剑门关的栈道。峥嵘：山势高峻的样子。崔嵬（wéi）：高险崎岖的样子。
⑨匪：同"非"。
⑩"朝避"三句：猛虎、长蛇：比喻据险叛乱的封建割据势力。吮（shǔn）：吸。
⑪锦城：即锦官城，成都的别名。
⑫长咨嗟：长叹息。

行路难

【题解】 这首诗抒发了诗人在政治上遭受挫折后的愤慨心情，但诗人并未因此意志消沉，对自己的前途仍然充满信心，相信自己的远大理想一定会实现。诗人在广阔的时空里自由驰骋丰富的想象，表达出强烈跌宕起伏的思想感情。诗中用典浅显而贴切。

金樽清酒斗十千①，
玉盘珍羞直万钱②。
停杯投箸不能食③，
拔剑四顾心茫然。
欲渡黄河冰塞川，
将登太行雪满山。
闲来垂钓碧溪上④，
忽复乘舟梦日边⑤。
行路难，行路难！
多岐路，今安在？
长风破浪会有时⑥，
直挂云帆济沧海。

① 樽（zūn）：古代盛酒器具。斗：有柄的盛酒器。斗十千，一斗酒价值十千钱。
② 羞：同"馐"，珍贵的菜肴。直：同"值"。
③ 箸（zhù）：筷子。
④ 垂钓碧溪：指姜尚年老垂钓于渭水边，后遇到周文王而得到重用。
⑤ 梦日边，传说伊尹在受成汤征聘之前，梦见自己乘船经过日月之边。以上两句用典，说明了诗人的抱负。
⑥ 长风破浪：比喻远大的抱负得以施展。《宋书·宗悫（què）传》载：叔父问宗悫的志向如何，他回答说："愿乘长风破万里浪。"

将进酒①

【题解】 这首诗为李白与二友人在嵩山登高饮酒时所作，表现了诗人剧烈的内心矛盾：一方面慨叹人生的短暂，流露出千金买醉、及时行乐的消极、激愤情绪，另一方面对前途命运充满乐观自信，对功名利禄极端蔑视。全诗笔酣墨畅，忽张忽翕，大开大合，极尽淋漓曲折、起伏跌宕之能事，通篇贯注着一种狂放不羁、傲岸不屈的精神。

君不见黄河之水天上来，
奔流到海不复回！

① 将（qiāng）进酒：乐府旧题，内容多写饮酒放纵的感情。

君不见高堂明镜悲白发②,
朝如青丝暮成雪!
人生得意须尽欢③,
莫使金樽空对月。
天生我材必有用,
千金散尽还复来。
烹羊宰牛且为乐④,
会须一饮三百杯⑤。
岑夫子,丹邱生⑥,
将进酒,杯莫停。
与君歌一曲⑦,
请君为我倾耳听:
钟鼓馔玉不足贵⑧,
但愿长醉不复醒。
古来圣贤皆寂寞,
惟有饮者留其名。
陈王昔时宴平乐⑨,
斗酒十千恣欢谑。
主人何为言少钱⑩,
径须沽取对君酌⑪。
五花马⑫,千金裘,
呼儿将出换美酒⑬,
与尔同销万古愁。

②"君不见高堂明镜"二句:早晨尚是黑发,到傍晚,于高堂明镜之中,即照见银丝满头,不禁惊叹而悲。极言时光如驶。
③得意:有兴致的时候。
④且为乐:姑且作乐,即暂时把苦恼之事丢开不想。
⑤会须:应该。
⑥岑夫子、丹邱生:指诗人的友人岑勋、元丹邱。
⑦与君:为你。
⑧钟鼓:指权贵人家的音乐。馔(zhuàn)玉:形容精美如玉的食物。此以钟鼓馔玉代指富贵利禄。
⑨"陈王"二句:曹植曾封陈思王,其诗《名都篇》云:"归来宴平乐,美酒斗十千。"平乐,宫观名。恣欢谑,尽情地欢娱戏谑。
⑩主人:指元丹邱。当时宴饮是在元丹邱的颖阳山居。
⑪径须:只管。
⑫五花马:指名贵的马。
⑬将出:拿出。

梦游天姥吟留别

【题解】这首诗以记梦为由,借离别以寄慨,抒发了诗人蔑视权贵、鄙弃尘俗、向往名山、追求光明与自由的理想。此诗是李白融合平生漫游、古代传说和屈骚意境为一体,创造出的一个神奇境界。全诗意境雄伟神奇,变幻多端;艺术形象缤纷多彩,惝恍莫测;句法韵律奔腾跳跃,感情跌宕不平,格调昂扬振奋。

海客谈瀛洲①,
烟涛微茫信难求;
越人语天姥,
云霞明灭或可睹②。
天姥连天向天横,
势拔五岳掩赤城③。
天台四万八千丈④,
对此欲倒东南倾。
我欲因之梦吴越⑤,
一夜飞渡镜湖月⑥。
湖月照我影,
送我至剡溪⑦。
谢公宿处今尚在⑧,
渌水荡漾清猿啼。
脚著谢公屐⑨,
身登青云梯⑩。
半壁见海日,
空中闻天鸡⑪。
千岩万转路不定,
迷花倚石忽已暝。
熊咆龙吟殷岩泉⑫,
慄深林兮惊层巅。
云青青兮欲雨,
水澹澹兮生烟。
列缺霹雳⑬,丘峦崩摧。
洞天石扉⑭,訇然中开⑮。
青冥浩荡不见底⑯,
日月照耀金银台⑰。
霓为衣兮风为马,
云之君兮纷纷而来下⑱。
虎鼓瑟兮鸾回车⑲,

① "海客"二句:意谓海外来客所谈的三神山,依稀于浩渺烟波之中,实难寻求。瀛洲,三神山之一。微茫,依稀仿佛的样子。
② "云霞"句:天姥山在绚丽烟霞中时明时灭,有时还可一睹它的万千气象。天姥,山在今浙江新昌东。
③ 赤城:山名,在今浙江天台。
④ "天台"二句:意谓四万八千丈的天台山,相较它西北方的天姥山也显得低了,仿佛要向东南倾倒。天台山在今浙江天台县北。
⑤ 因之:因越人的谈话。吴越:偏义复词,实指越(今浙江)。
⑥ 镜湖:在今浙江绍兴。一名鉴湖。
⑦ 剡溪:即曹娥江的上游,在今浙江嵊县。
⑧ "谢公"句:谢灵运游天姥,曾在剡溪投宿。
⑨ 谢公屐:谢灵运特制的登山木鞋,鞋底装有可活动的锯齿,上山去前齿,下山则去后齿。
⑩ 青云梯:高峻入云的山路。
⑪ 天鸡:传说天上有天鸡,其鸣则天下之鸡皆随之鸣。
⑫ "熊咆"二句:意谓岩泉发出巨大的声响,有如熊咆龙吼,使深林层巅中的游人为之战慄惊恐。殷(yīn),声音宏大。
⑬ 列缺:闪电。
⑭ 洞天:神仙所居之处。
⑮ 訇(hōng)然:大声。
⑯ 青冥:天空。自上俯视,青天如海,故曰"浩荡不见底"。
⑰ 金银台:神仙所住的宫阙。
⑱ 云之君:云神。此处泛指自云中下降的群仙。
⑲ 回车:拉车。

仙之人兮列如麻①。
忽魂悸以魄动②，
恍惊起而长嗟③。
惟觉时之枕席④，
失向来之烟霞。
世间行乐亦如此，
古来万事东流水。
别君去兮何时还？
且放白鹿青崖间⑤，
须行即骑访名山。
安能摧眉折腰事权贵⑥，
使我不得开心颜。

①列如麻：如麻排列，极言众多。
②悸（jì）：心惊。
③恍：同"恍"，心神不定貌。长嗟：长声慨叹。
④觉：醒。
⑤"且放"二句：意谓自己将归隐名山，求仙学道。白鹿，传说中仙人的坐骑。
⑥摧眉折腰：低眉弯腰，意谓委屈自己，小心翼翼地侍候别人。

宣州谢朓楼饯别校书叔云①

【题解】 这首诗虽为饯别诗，但主要抒发了作者仕途失意、报国无门的愤慨不平之情。写作上构思奇特，把作者跌宕起伏、奔腾跳跃的感情表达得淋漓尽致，又出人意表。语言雄奇奔放，音节抑扬顿挫，铿锵有力，对表达感情的激烈奔放，起了重要作用。

弃我去者，
昨日之日不可留。
乱我心者，
今日之日多烦忧②。
长风万里送秋雁，
对此可以酣高楼③。
蓬莱文章建安骨，
中间小谢又清发④。
俱怀逸兴壮思飞，
欲上青天览明月⑤。
抽刀断水水更流，

①宣城：今属安徽。谢朓楼：南齐诗人谢朓做宣城太守时所建。校书叔云：李白的族叔李云，官秘书省校书郎。
②多烦忧：增添了许多烦忧。
③酣高楼：尽情畅饮于谢朓楼。
④蓬莱：海上神山，这里借指唐代的秘书省，李云校书于此，故称"蓬莱文章"。建安骨：建安风骨的简称。小谢：指谢朓，区别于谢灵运而言。清发：清新秀逸的风格。
⑤逸兴：高远的兴致。览：同"揽"。

举杯消愁愁更愁。
人生在世不称意，
明朝散发弄扁舟⑥。

⑥散发弄扁（piān）舟：指避世隐居，暗用范蠡"乘扁舟浮于江湖"的典故。散发，脱去簪缨，不受拘束的意思。

长干行

【题解】 这首诗写少妇思念远行经商的丈夫。全诗通篇为少妇的独白，好似说给千里之外的丈夫的。她回忆了他们美好的童年以及初婚的甜蜜，接着讲离别的痛苦和自己的思念，最后则说出了自己的愿望和向往。写来直白真切，情感热烈，颇有民歌韵味。

妾发初覆额，折花门前剧①。
郎骑竹马来，绕床弄青梅②。
同居长干里，两小无嫌猜③。
十四为君妇，羞颜未尝开。
低头向暗壁，千唤不一回④。
十五始展眉，愿同尘与灰⑤。
常存抱柱信，岂上望夫台⑥？
十六君远行，瞿塘滟滪堆⑦。
五月不可触，猿鸣天上哀。
门前迟行迹，一一生绿苔⑧。
苔深不能扫，落叶秋风早。
八月蝴蝶黄，双飞西园草。
感此伤妾心，坐愁红颜老⑨。
早晚下三巴，预将书报家⑩。
相迎不道远，直至长风沙⑪。

①初覆额：头发刚刚盖住额角，表示年幼。剧：玩耍。
②竹马：以竹竿作马。"绕床"句：指追逐游戏。床，指庭院里的井床。
③长干里：地名，在江苏南京。
④"低头"二句：写初婚时含羞的情态。向暗壁，对着墙角暗处坐着。
⑤展眉：指不再害羞。下句是爱情之深的表白。
⑥"常存"二句：是说本想常厮守，不想有别离。抱柱信、望夫台均用典。
⑦"瞿塘"句：是说远行所经。下两句亦是。
⑧迟（zhí）：等待。
⑨坐愁：因愁。
⑩早晚：多早晚，什么时候。下三巴：由三巴顺流而下，即由蜀返吴。
⑪不道远：不说远，意指不辞遥远。长风沙：地名，在安徽安庆。

塞下曲

【题解】这首边塞诗写边塞将士的战斗生活和志向。尽管生活艰苦,整个色调却是比较明快。他们忠于职守,立志建功,豪情万丈。

五月天山雪,无花只有寒。
笛中闻折柳,春色未曾看①。
晓战随金鼓,宵眠抱玉鞍。
愿将腰下剑,直为斩楼兰②。

①折柳:乐府曲调名,即《折杨柳曲》。
②斩楼兰:用汉代傅子介斩楼兰王的典故,此指消灭敌人。

赠汪伦①

【题解】这是一首朴实自然的抒情诗,文字浅显,情感深挚,明快自然,有一定的民歌风味。

李白乘舟将欲行,
忽闻岸上踏歌声②。
桃花潭水深千尺③,
不及汪伦送我情。

①汪伦:作者友人。
②踏歌:指唱歌时以脚踏地打出节拍。
③桃花潭:在今安徽泾县西南。

黄鹤楼送孟浩然之广陵①

【题解】这是一首抒情诗,但又寓情于景,含而不露,情深意长。

故人西辞黄鹤楼②,
烟花三月下扬州③。
孤帆远影碧空尽,
唯见长江天际流。

①之:往,到。广陵:扬州旧称。
②黄鹤楼:在今武汉;由武汉前往广陵须由此向东而行,故有"西辞"一语。
③烟花:指暮春三月明丽的景物。

闻王昌龄左迁龙标遥有此寄①

【题解】这首诗写给被贬职的友人。诗人以形象的思维方式,通过对景物的描写,表达了对友人不幸遭遇的深切同情和关切的思想感情,同时也抒发了对官场倾轧的憎恶。

杨花落尽子规啼,
闻道龙标过五溪②。
我寄愁心与明月,
随君直到夜郎西③。

①左迁:被贬职。龙标:唐县名,在今湖南黔阳县西南黔城镇。
②闻道:惊悉。五溪:湖南西部的五条溪流,唐时是荒僻地方。
③夜郎:古地名,泛指西南边地。

陪侍郎叔游洞庭醉后①

【题解】这首诗记游,但所写并非游历的景物,而是自己的一番大胆拟想。而正是拟想中的"更美好",衬托了当下的"很美"。后两句点题"醉后",却又说醉的是洞庭之秋。奇想天外,跌宕多姿。

刬却君山好,平铺湘水流②。
巴陵无限酒,醉杀洞庭秋③。

①侍郎叔:指刑部侍郎李晔。
②刬(chǎo)却:铲平。刬,削。湘水:此指洞庭湖水。
③巴陵:山名,在湖南岳阳,下临洞庭湖。

望庐山瀑布

【题解】这首诗运用大胆的夸张和非凡的想象,描绘庐山瀑布的壮丽景色。气势磅礴,形象鲜明,直落天外,历来为人们所传诵。

日照香炉生紫烟①,
遥看瀑布挂前川。
飞流直下三千尺,
疑是银河落九天。

①"日照"句:香炉,指庐山香炉峰。孤峰秀起,峰顶尖圆,烟云聚散,如博山香炉之状。由于日光照射,氤氲的烟云变成了紫色。

望天门山

【题解】本诗写天门山与长江构成的壮丽景色,表现了作者对祖国山河的无限热爱。气象宏阔,声势不凡。

天门中断楚江开①,
碧水东流至此回。
两岸青山相对出,
孤帆一片日边来②。

①"天门"句:天门山分东西两山,长江从两山中间穿流而过,望之如门。楚江:古时流经楚国的一段长江。
②"两岸"二句:早晨日出东方,孤舟从水天相接处驶来,如同来自太阳的旁边。

早发白帝城

【题解】这首诗通过对江中船行之轻快及两岸景色的描写,表达了诗人遇赦后的欢快心情。在写法上,先用船行之速比喻心情之欢快,又用凄异哀绝的猿声"啼不住"来反衬心情愉悦。

朝辞白帝彩云间①,
千里江陵一日还。
两岸猿声啼不住,
轻舟已过万重山②。

①白帝:白帝城,东汉公孙述所筑,故址在今四川奉节白帝山上。
②啼不住:谓猿声此起彼落,连绵不断。

渡荆门送别

【题解】这首五言律诗以其卓越的绘景取胜,景象雄浑壮阔,表现出作者年少远游、倜傥不群的个性及思乡深情。格调激越,笔势流畅,不受格律束缚,最能体现出李白律诗的特色。

渡远荆门外,来从楚国游①。
山随平野尽,江入大荒流②。

①荆门:荆门山,在现在湖北宜都西北长江南岸。楚国:楚地。

月下飞天镜，云生结海楼③。
仍怜故乡水，万里送行舟④。

②大荒：广阔无际的原野。
③飞天镜：映入长江的月影如天镜在水中飞奔。结海楼：指云彩幻化成楼阁。
④怜：爱，留恋。

静夜思

【题解】本诗写静夜所见所感。诗人疑想床前明月光为地上霜，感觉上有些恍惚；察知地上霜为月光，进而举头望明月，一下子触发思乡之情，深坠其间而不能稍纵，苦苦思念。

床前明月光，疑是地上霜①。
举头望明月，低头思故乡。

①床：向来有多解，或指坐几，或与今天的床同。

子夜吴歌

【题解】李白的《子夜吴歌》共四首，这是其中的第三首。这是一首思妇诗，写长安的妇女思念她们在玉门关外戍边的丈夫。诗人以捣衣声引发全诗，仿佛妇人的思念由此而起，而其中又体现了他们对丈夫的关怀。"长安"、"万户"，使这种情感超出了一己范围，有了广阔的现实性。

长安一片月，万户捣衣声①。
秋风吹不尽，总是玉关情②。
何日平胡虏，良人罢远征③。

①捣衣：将衣服或衣料放在砧石上用棒捶打。
②情：指对玉门关外丈夫的思念之情。
③良人：丈夫。罢：结束。

秋浦歌①（二首）

【题解】《秋浦歌》是李白在秋浦时所作组诗，共 27 首。这里所选的两首，前一首描写当地冶炼工人的劳动场景，充满生机；后一首抒发作者怀才不遇、壮志难伸而发出的愁思，极尽夸张。

炉火照天地，红星乱紫烟。
赧郎明月夜，歌曲动寒川②。

白发三千丈，缘愁似个长③。
不知明镜里，何处得秋霜④。

① 秋浦：唐代县名。治所在今安徽贵池西南。
② 赧（nǎn）：脸红。这里指被炉火映红。动：震荡。寒川：带有凉意的河川。
③ 缘：因为。个：如此，这么。
④ 秋霜：指白发。

峨眉山月歌

【题解】这是李白由蜀地出游寄给友人的诗作。因对"君"的索解不同，也可以理解为思念峨眉山月而作。全诗连用五个地名，而组织精巧，毫无堆砌之感。

峨眉山月半轮秋①，
影入平羌江水流②。
夜发清溪向三峡③，
思君不见下渝州④。

① 半轮秋：半圆的秋月。
② 平羌（qiāng）：江名，即今青衣江，在峨眉山东。
③ 清溪：指清溪驿。
④ 君：指峨眉山月。一说指作者友人。渝州：今重庆一带。

越中览古①

【题解】 这首诗是李白在吴越之地游览时所写的怀古凭吊诗,通过对越王勾践得意、骄狂、淫乐的生活描写,抒发了世事盛衰无常的感慨。全诗运用对比手法,借景抒情,构思新颖,全诗不着一字议论,却寓意极丰,发人深省。

越王勾践破吴归,
战士还家尽锦衣②。
宫女如花满春殿③,
只今惟有鹧鸪飞④。

①越中:春秋战国时期越国都城会稽(今浙江绍兴)。
②"越王"二句:用越王勾践卧薪尝胆破吴史事。锦衣,指加官进爵。
③"宫女":指胜利后的越王耽于逸乐。
④鹧鸪(zhè gū):鸟名,叫声悲苦。

菩萨蛮

【题解】 这首词相传是李白所作,表现了一个旅人看到傍晚景色而引起的思乡之情。通篇写旅愁,心理描写细腻,情景交融。

平林漠漠烟如织①,寒山一带伤心碧②。暝色入高楼③,有人楼上愁。

玉阶空伫立④,宿鸟归飞急⑤。何处是归程?长亭更短亭⑥。

①平林:平原上的树林。漠漠:形容烟雾散布的样子。
②一带:远山连绵不断如带。伤心:语意双关,一是极言寒山之碧,一是在愁人眼中看来,碧色寒山亦伤心。
③暝(míng)色:暮色。
④空:徒然地。伫(zhù)立:长久地站着。
⑤宿鸟:回巢的鸟。
⑥更:有层出不穷的意思。

忆秦娥

【题解】这首词传为李白所作,表面上是写女子怀念久别的爱人,实是怀古伤时之作。气象宏阔,意蕴深远。王国维《人间词话》评曰:"太白纯以气象胜,'西风残照,汉家陵阙',廖廖八字,关尽千古登临之口。"

箫声咽①,秦娥梦断秦楼月②。秦楼月,年年柳色,霸陵伤别③。

乐游原上清秋节④,咸阳古道音尘绝⑤。音尘绝,西风残照,汉家陵阙。

① 咽(yè):呜咽。形容箫声悲切。
② 秦娥:指京城长安的一个女子。梦断:梦醒。秦楼月:秦娥楼头的月光。
③ 霸陵:汉文帝陵墓。附近有霸桥,是古人折柳送别的地方。
④ 乐游原:长安东南的登高、游览胜地。清秋节:指重阳节。
⑤ 音尘:车马行进时的声音和尘土。

高 适

高适（700？～765），盛唐诗人。字达夫，一字仲武，渤海蓨（今河北沧县）人。官至散骑常侍。他是盛唐边塞诗派的重要代表人物之一，擅长七言歌行体，语言质朴精炼，风格慷慨激昂，豪放悲壮。有《高常侍集》。

燕歌行

【题解】 这首边塞诗通过对行军、作战等场面的描写，赞扬了士卒为国立功、奋不顾身的爱国精神，也表达了他们思念家乡亲人的苦闷心情，同时深刻揭露了军中尖锐的阶级对立，以及边将恃恩轻敌和不恤士卒的事实。全诗四句一换韵，音调婉转、跌宕，风格高亢、悲壮。

汉家烟尘在东北①，
汉将辞家破残贼。
男儿本自重横行②，
天子非常赐颜色。
摐金伐鼓下榆关③，
旌旆逶迤碣石间④。
校尉羽书飞瀚海⑤，
单于猎火照狼山⑥。
山川萧条极边土，
胡骑凭陵杂风雨⑦。
战士军前半死生⑧，
美人帐下犹歌舞。
大漠穷秋塞草衰，
孤城落日斗兵稀⑨。
身当恩遇常轻敌⑩，
力尽关山未解围。
铁衣远戍辛勤久，
玉箸应啼别离后⑪。

① 烟尘：烽烟和尘土，指敌军入侵。
② 横行：纵横驰骋，扫荡敌寇。
③ "摐（chuāng）"：撞击。金：指铜制军用乐器。榆关：即山海关。
④ 旌旆（jīng pèi）：军中的各种旗帜。
⑤ 校尉：武官名，位次于将军。羽书：紧急文书。瀚海：大沙漠。
⑥ 单于：古代匈奴称其王为单于，此指突厥的首领。猎火：打猎时烧起的火光，这里指单于发动的军事挑衅。狼山：即狼居胥山，在今内蒙古克什克腾旗西北。
⑦ 凭陵：仗势欺压。杂风雨：风雨交加，此指敌人来势凶猛。
⑧ 半死生：生死各半，形容伤亡惨重。
⑨ 斗兵：参加战斗的士兵。
⑩ 恩遇：皇帝的恩宠。
⑪ "铁衣"二句：铁衣，铠甲，代指战士。玉箸：玉制的筷子，喻思妇眼泪下流成串。

少妇城南欲断肠,
征人蓟北空回首①。
边庭飘摇那可度②,
绝域苍茫更何有!
杀气三时作阵云③,
寒声一夜传刁斗。
相看白刃血纷纷,
死节从来岂顾勋④。
君不见沙场征战苦,
至今犹忆李将军⑤。

①蓟北:蓟州以北的地方,唐代蓟州治所在今天津蓟县。
②边庭飘摇:指边地局势紧张。
③三时:意指历时甚久。
④"相看"二句:血,一作"雪"。岂顾勋,哪里是为了获得个人的功勋。
⑤李将军:指李广。这里兼取其抵御强敌与抚爱士卒二义。

营州歌

【题解】这首诗写北方边地游侠少年的生活和习尚。他们钟情原野,崇尚武勇,惯于驰骋,皮裘裹身,千钟不醉。北地少年武勇豪迈,高适写来也雄放豪迈。

营州少年厌原野①,
皮裘蒙茸猎城下②。
虏酒千钟不醉人,
胡儿十岁能骑马③。

①营州:地名。唐时治所在柳城(今辽宁锦州西北)。厌:满足,这里作"习惯"讲。
②蒙茸(róng):纷乱的样子。
③以上两句的虏酒、胡儿,泛指当地的土酒和少年。

别董大①

【题解】这是一首送别诗。当时的环境是恶劣的,这烘托了离别的氛围。但诗人并未让这种灰暗的景色笼罩自己的情绪,而是豁达地劝慰朋友,勉励朋友。由此,这首诗摆脱了一般送别诗的悲切凄清,别调独弹,格调豪迈,深受人们的喜爱。

千里黄云白日曛②,
北风吹雁雪纷纷。
莫愁前路无知己,
天下谁人不识君!

①董大:指当时著名的音乐家董庭兰。因排行老大,故称。诗人的朋友。
②曛(xūn):日光昏暗。

岑 参

岑参（715～770），盛唐诗人。荆州江陵（今湖北江陵）人，祖籍南阳（今河南南阳市）。他是盛唐时期边塞诗派的重要代表作家，对边塞生活及边地奇异风光的描写最为出色，挺拔沉雄，新奇瑰丽。有《岑嘉州集》。

走马川行奉送封大夫出师西征①

【题解】这首诗通过对行军时险恶环境和严寒气候的描写，热情歌颂边塞将士保卫边境的不畏艰苦、勇于征战的顽强精神。此诗的突出特点是大胆的夸张和奇特的景象描写相结合。诗的格调高亢昂扬，三句一换韵，节奏紧凑而不迫促，像威武雄壮的进行曲。

君不见走马川行雪海边②，
平沙莽莽黄入天。
轮台九月风夜吼③，
一川碎石大如斗，
随风满地石乱走。
匈奴草黄马正肥，
金山西见烟尘飞④，
汉家大将西出师⑤。
将军金甲夜不脱，
半夜军行戈相拨⑥，
风头如刀面如割。
马毛带雪汗气蒸，
五花连钱旋作冰⑦，
幕中草檄砚水凝⑧。
虏骑闻之应胆慑⑨，
料知短兵不敢接，
车师西门伫献捷⑩。

①走马川：河名，在今新疆。封大夫：封常清，时任北庭都护等职。
②雪海：泛指西北苦寒之地。
③轮台：唐时属庭州，隶北庭都护府，设置有静塞军，在今乌鲁木齐市西北。
④金山：即今阿尔泰山，这里泛指塞外山脉。
⑤汉家大将：指封常清。
⑥相拨：相互撞击。
⑦"五花"二句：五花、连钱指马身上的毛色和花纹的形状，代指名贵的马。旋：立即。
⑧草檄：起草声讨敌人的文书。
⑨虏骑：指敌人的骑兵。慑（shè）：恐惧。
⑩车师：安西都护府所在地，在今新疆吐鲁番县。伫（zhù）：等待。

白雪歌送武判官归京①

【题解】 这是一首奇瑰的雪景和真挚的别情相融合的送别诗。诗人既善于敏锐捕捉和着意突出边地所特有的自然奇观,亦善于表现置身于新鲜世界中的新奇感受。作品想象奇特,比喻新颖,充分体现了岑参诗歌奇丽豪放的特色。

北风卷地白草折②,
胡天八月即飞雪③。
忽如一夜春风来,
千树万树梨花开。
散入珠帘湿罗幕④,
狐裘不暖锦衾薄⑤。
将军角弓不得控⑥,
都护铁衣冷难著⑦。
瀚海阑干百丈冰⑧,
愁云惨淡万里凝。
中军置酒饮归客⑨,
胡琴琵琶与羌笛⑩。
纷纷暮雪下辕门,
风掣红旗冻不翻⑪。
轮台东门送君去⑫,
去时雪满天山路。
山回路转不见君,
雪上空留马行处。

① 武判官:不详,当是封常清幕府中的判官。
② 白草:我国西北地区生长的一种草,秋冬变白,牛马所嗜。
③ 胡天:泛指北方少数民族地区的天气。
④ 罗幕:用罗制作的帘幕。
⑤ 锦衾:用锦做的被子。
⑥ 角弓:用兽角装饰的硬弓。控:引、拉。
⑦ 著(zhuó):穿。难一作"犹"。
⑧ 瀚海:即沙漠。阑干:纵横的样子。
⑨ 中军:古代分左、中、右三军,中军是主帅亲自统率的军队,这里指主帅的营帐。
⑩ 这里的胡琴、琵琶、羌笛,均为北方常见的乐器。
⑪ "纷纷"二句:辕门,军营门,古代军营前,将两车辕木相向,交叉为门。掣(chè):拉,牵。翻:翻卷,飘扬。
⑫ 轮台:地名。北庭都护府的一处驻军地。

逢入京使

【题解】这首诗是诗人前往安西（今新疆库车）途中所作，表达了诗人思念家乡和亲人的深切感情。前两句直抒胸臆，后两句扣题。

故园东望路漫漫①，
双袖龙钟泪不干②。
马上相逢无纸笔，
凭君传语报平安。

①故园：指长安。岑参的别业在长安杜陵山中。
②"双袖"句：指用两袖拭泪，袖已沾湿而泪仍不止。龙钟，沾湿。

杜 甫

杜甫（712～770），字子美，祖籍襄阳（今湖北襄樊市），他出生于巩县（今河南巩县）。曾在杜陵附近的少陵居住，故世称杜少陵。又曾任检校工部员外郎，故后世称他为杜工部。杜甫的诗广泛而深刻地反映了安史之乱前后的社会生活，赢得了"诗史"的称誉。艺术上则能融合古今众长，形成特有的沉郁顿挫的风格。有《杜少陵集》。

春夜喜雨

【题解】此诗写春雨形神皆备，表现其绵绵密密、不事张扬的品格。前二句着意诗人之"喜"，后二句拟人化地表现对春雨的钦敬、感激。

好雨知时节，当春乃发生①。
随风潜入夜②，润物细无声。
野径云俱黑，江船火独明。
晓看红湿处，花重锦官城。

①当（dāng）：正当。乃：就，指及时。
②潜：悄悄地进入。

望 岳

【题解】这首诗描写了泰山高大而磅礴的气象，表现了诗人年轻时的博大胸怀。全诗紧扣"望"字，或远或近，或巨或细，突出写泰山的高大雄伟，然后翻"望"为"凌"，生出一层新意。语言古朴，气象阔大。

岱宗夫如何？齐鲁青未了①。
造化钟神秀，阴阳割昏晓②。
荡胸生曾云，决眦入归鸟③。
会当凌绝顶，一览众山小④。

①岱宗：泰山，因其为五岳之宗，故称。齐鲁：概指泰山南北。
②造化：大自然。钟：聚集。阴阳：山南为阳，山北为阴。割：分别。
③曾：同"层"。决眦（zì）：眼眶裂开。
④会当：终将，必将。凌：登上。

登岳阳楼

【题解】这首诗是登岳阳楼所见景象和自己的身世之感,且由己身推及国事,体现了忧时之情。虽颇为悲慨,但意境还是颇为雄伟壮阔。

昔闻洞庭水,今上岳阳楼。
吴楚东南坼,乾坤日夜浮①。
亲朋无一字,老病有孤舟②。
戎马关山北③,凭轩涕泗流。

①"吴楚"二句:极言洞庭湖气象的壮阔:吴楚好像被它分割为二,天地好像整天漂在湖中。坼(chè),分裂。
②老病:写此诗时杜甫57岁,百病缠身,且全家住在船上。
③"戎马"句:是说北方战事未停。

春　望

【题解】这首诗通过对长安兵劫之后满目荒凉景象的描写,表达了作者忧时伤乱的感慨。此诗构思巧妙,首联以写景为主,情寓景中;颔联物我浑一;颈联将家事与国事紧紧相连;尾联虽是感叹自己年老力衰,实则将个人与国事相连。沉郁、悲哀层层深入,直达高潮。

国破山河在,城春草木深①。
感时花溅泪,恨别鸟惊心②。
烽火连三月,家书抵万金。
白头搔更短,浑欲不胜簪③。

①"国破"二句:国破,京城陷落。司马光《续诗话》:"山河在,明无余物矣;草木深,明无人矣。"
②"感时"二句:感时:感伤时事。恨别:怅恨离别。两句意谓:因感时,花亦溅泪;因恨别,鸟亦惊心。
③"白头"二句:短:少。浑欲:简直要。不胜簪(zān):插不住簪。

月　夜

【题解】 这首诗写月夜思念家人。全篇均是想象妻子思念自己的情形，且思念久久，以至于云鬟湿、玉臂寒。如此思念，自然切盼归来，末两句就遥想团聚时的情形。

今夜鄜州月，闺中只独看①。
遥怜小儿女，未解忆长安②。
香雾云鬟湿，清辉玉臂寒。
何时倚虚幌，双照泪痕干③。

① 鄜（fū）州：今陕西富县。当时杜甫的家人在鄜州的羌村，杜甫在长安。闺中：闺中人，指妻子。
② 怜：怜爱。未解：尚不懂得。
③ 虚幌：透明的帷幕。

江畔独步寻花七绝句①（选二）

【题解】 杜甫的这组绝句"独步寻花"，自然要处处写到花了。这里的前一首写桃花，前两句写地点、时令，后两句写无主桃花的可爱，以至于诗人都有些爱不过来。后一首泛写似锦繁花，用戏蝶和娇莺来衬托花的美好。

黄师塔前江水东②，
春光懒困倚微风。
桃花一簇开无主③，
可爱深红爱浅红？

黄四娘家花满蹊④，
千朵万朵压枝低。
留连戏蝶时时舞⑤，
自在娇莺恰恰啼⑥。

① 江畔：指成都锦江之滨。独步：独自散步。
② 黄师塔：一座僧人墓。当地人称僧人为师，僧墓为塔。
③ 一簇：一丛。无主：没有主人。
④ 蹊（xī）：小路。
⑤ 留连：留恋，不舍得离去。
⑥ 恰恰：着意，用心。一说适当，恰到好处。

绝 句

【题解】本诗写景纯用白描手法，即把眼之所见不加雕饰地写出来。语言平实浅近，但又不乏推敲。

两个黄鹂鸣翠柳，
一行白鹭上青天。
窗含西岭千秋雪①，
门泊东吴万里船②。

①西岭：西山。
②东吴：吴地。

赠花卿①

【题解】此诗写锦城的丝竹之声，从一个侧面反映了其繁盛。前二句写所闻，如醉如痴；后二句写感受，惊美赞叹。

锦城丝管日纷纷②，
半入江风半入云。
此曲只应天上有，
人间能得几回闻。

①花卿：作者的友人。
②锦城：指成都。成都旧称锦官城。丝管：指弦乐器、管乐器，借指音乐。

客 至

【题解】这首诗是作者久经离乱后在成都草堂安居不久所作，描写了接待友人来访的喜悦心情，表现了作者身居幽处的高洁情趣和田园生活的快乐。

舍南舍北皆春水①，
但见群鸥日日来。
花径不曾缘客扫②，
蓬门今始为君开③。
盘飧市远无兼味④，

①舍：房舍。
②缘：因为。这句说从未有客人来。
③蓬门：蓬草扎成的门。
④盘飧（sūn）：泛指菜肴。兼味：重味。

樽酒家贫只旧醅⑤。
肯与邻翁相对饮⑥,
隔篱呼取尽余杯⑦。

⑤旧醅(pēi):旧日的剩酒。醅,没过滤的酒,泛指酒。
⑥肯:肯否,即征求客人意见。
⑦呼取:唤取。

蜀 相①

【题解】这首诗通过缅怀诸葛亮的丰功伟绩,抒发了自己匡世济民的抱负和因怀才不遇而不能实现理想的失望之情。

丞相祠堂何处寻?
锦官城外柏森森②。
映阶碧草自春色③,
隔叶黄鹂空好音④。
三顾频烦天下计⑤,
两朝开济老臣心⑥。
出师未捷身先死,
长使英雄泪满襟。

①蜀相:三国时蜀国丞相诸葛亮。
②锦官城:指成都。
③自:白白地。
④空:徒然。好音:美妙的声音。
⑤频烦:同"频繁"。
⑥两朝开济:指诸葛亮辅助刘备、刘禅两朝君主。

阁 夜①

【题解】这首诗抒写夜宿西阁的所见所闻所感,从寒宵雪霁写到五更鼓角,从当前现实写到千年往迹,抒发了作者反对战争、渴望和平安定的思想情感,表现了诗人关心国家大事、忧时伤乱的爱国情操。

岁暮阴阳催短景②,
天涯霜雪霁寒宵③。
五更鼓角声悲壮,
三峡星河影动摇。
野哭千家闻战伐④,
夷歌数处起渔樵⑤。

①阁:指夔州(今四川奉节)西阁。
②阴阳:指日月。景:同"影",指日影。冬季日短,故称"短景"。
③霁寒宵:雪后初晴的寒夜。
④战伐:战争杀伐。
⑤夷歌:少数民族的歌谣。

卧龙跃马终黄土⑥,　　⑥卧龙:指诸葛亮。跃马:指公孙述。
人事音书漫寂寥⑦。　　⑦漫:任随。

闻官军收河南河北

【题解】这首诗写在诗人听到收复被叛军占领的河南河北的捷报之时,表达了诗人惊喜欲狂的心情。清人浦起龙在《读杜心解》中评这首诗说:这是老杜"生平第一首快诗也。"王嗣奭评价说:"此诗句句有喜跃意,一气流注而曲折尽情,绝无妆点,愈朴愈真,他人决不能道。"(《杜少陵集详注》)。

剑外忽传收蓟北①,初闻涕泪满衣裳。
却看妻子愁何在,漫卷诗书喜欲狂②。
白日放歌须纵酒,青春作伴好还乡③。
即从巴峡穿巫峡,便下襄阳向洛阳。

①剑外:指梓州,因在剑门以南,故称剑外。蓟北:泛指蓟州、幽州一带,即今河北省北部,这里是以蓟北代河南河北。
②却:回顾。漫卷:胡乱卷起。
③青春:春天。作伴:是说一路春光,可助行色。

登　高

【题解】这首诗写重阳登高闻见之景色,抒发了作者沉郁悲慨的心情。写法上用语准确而高度概括凝炼;对仗工整,读起来通畅平易,如行云流水,无一点艰涩之感。

风急天高猿啸哀,渚清沙白鸟飞回①。
无边落木萧萧下,不尽长江滚滚来。
万里悲秋常作客,百年多病独登台。
艰难苦恨繁霜鬓,潦倒新停浊酒杯②。

①渚(zhǔ):水中沙洲。回:鸟飞时受风力而打旋的情态。
②苦恨:极恨。潦倒:失意颓丧。新停:刚刚放下,即刚刚饮罢之意。一说,指新近因病戒酒。

咏怀古迹

【题解】 这首诗咏王昭君,诗人经过昭君村,哀念王昭君的不幸遭遇,抒发了诗人怀才不遇和去国离乡的愁恨。

群山万壑赴荆门,
生长明妃尚有村①。
一去紫台连朔漠,
独留青冢向黄昏②。
画图省识春风面,
环珮空归月夜魂③。
千载琵琶作胡语,
分明怨恨曲中论。

① 荆门:即荆门山,在今湖北宜都西北。明妃:指王昭君。村:指昭君村,在今湖北秭归。
② 紫台:即紫宫,皇帝宫殿。青冢:即王昭君墓,在今内蒙古呼和浩特市南。
③ 省识:察看。春风面:指昭君的美貌。环珮:妇女饰物,指代昭君。

丽人行

【题解】 此诗写杨贵妃、杨国忠兄妹的炙手可热、势炎熏天。诗从曲江春游的贵族妇人写起,故题名"丽人行"。由此续写杨氏兄妹的锦衣玉食、势炎绝伦、结党营私、擅权乱国。诗作写来颇有赋的铺排,通过一片繁盛热闹揭露了当时政治的阴暗昏乱,暗示了国家的前途命运。

三月三日天气新①,
长安水边多丽人②。
态浓意远淑且真,
肌理细腻骨肉匀。
绣罗衣裳照暮春,
蹙金孔雀银麒麟③。
头上何所有?
翠微盍叶垂鬓唇④。
背后何所见?
珠压腰衱稳称身⑤。

① 三月三日:上巳节。旧时有临水洗濯之俗。
② 水边:指长安东南的曲江。江水弯曲,景点众多,为唐时风景区。
③ 蹙(cù)金:用金丝银线刺绣成起绉的织物。
④ 翠微盍叶:镶翡翠的花叶状发饰。微,一本作"为"。鬓唇:鬓脚边。
⑤ "珠压"句:谓后襟镶以珠饰使其下坠,以显露腰身之匀称。衱(jié):衣后襟,一说指腰带。

就中云幕椒房亲①，
赐名大国虢与秦②。
紫驼之峰出翠釜③，
水精之盘行素鳞④。
犀箸厌饫久未下⑤，
鸾刀缕切空纷纶⑥。
黄门飞鞚不动尘⑦，
御厨络绎送八珍⑧。
箫鼓哀吟感鬼神，
宾从杂遝实要津⑨。
后来鞍马何逡巡，
当轩下马入锦茵⑩。
杨花雪落覆白蘋，
青鸟飞去衔红巾⑪。
炙手可热势绝伦，
慎莫近前丞相嗔⑫！

①云幕椒房亲：指外戚。云幕、椒房，皆汉宫殿名，为后妃所居。
②赐名：指杨贵妃姐妹三人并封国夫人，大姐封韩国夫人，三姐封虢国夫人，八姐封秦国夫人。
③紫驼：单峰骆驼，产自西域。翠釜（fǔ）：华美的鼎锅。
④素鳞：指名贵的海鱼。
⑤犀箸：犀角筷子。厌饫（yù）：饱足。
⑥纷纶（lún）：纷杂的样子。
⑦黄门：指宦官。鞚（kòng）：马勒。此处代指马。
⑧八珍：此处泛指一切山珍海味。
⑨宾从：指奔走杨家的人。杂遝（tà）：众多纷杂貌。实要津：占满了朝廷重要位置。
⑩以上两句说杨国忠殿后而来，逡巡：大模大样。
⑪"杨花"二句：化用典故，暗示杨国忠与虢国夫人堂兄妹淫乱。
⑫嗔（chēn）：一作"瞋"，怒。

观公孙大娘弟子舞剑器行①并序

【题解】这是一首写舞的诗，与《琵琶行》可谓双璧。诗人由剑器舞的传人想及此舞的第一人公孙大娘，写其舞蹈杰出、名动一时。接着写世势的转换、人事凋零，生出无限感慨来。诗中时空转换、今昔对比，流转自如。其中描写公孙大娘剑器舞的句子，被推为咏舞名句。

大历二年十月十九日，夔府别驾元持宅见临颍李十二娘舞剑器，壮其蔚跂②，问其所师，曰："余公孙大娘弟子也。"开元五年，余尚童稚，记于郾

①公孙大娘弟子：即序中的李十二娘。剑器：古代武舞曲之一，舞者为女子，作男子戎装，空手而舞。
②蔚跂：光彩照人，姿态矫健。

城观公孙氏舞剑器浑脱①，浏漓顿挫②，独出冠时。自高头宜春、梨园二伎坊内人③，洎外供奉舞女，晓是舞者，圣文神武皇帝初④，公孙一人而已。玉貌锦衣，况余白首；今兹弟子，亦匪盛颜。既辨其由来，知波澜莫二⑤。抚事慷慨，聊为《剑器行》。昔者吴人张旭善草书书帖，数尝于邺县见公孙大娘舞西河剑器，自此草书长进，豪荡感激，即公孙可知矣⑥。

昔有佳人公孙氏，
一舞剑器动四方。
观者如山色沮丧⑦，
天地为之久低昂。
㸌如羿射九日落⑧，
矫如群帝骖龙翔⑨。
来如雷霆收震怒，
罢如江海凝清光⑩。
绛唇珠袖两寂寞⑪，
晚有弟子传芬芳⑫。
临颍美人在白帝⑬，
妙舞此曲神扬扬。
与余问答既有以⑭，
感时抚事增惋伤。
先帝侍女八千人⑮，
公孙剑器初第一⑯。
五十年间似反掌⑰，
风尘澒洞昏王室⑱。
梨园子弟散如烟，

① 剑器浑脱：剑器舞与浑脱舞综合而成的一种舞蹈。
② 浏漓顿挫：快捷流畅又沉着有力。
③ 此指宫廷内的歌舞艺人，故称内人，与下文外供奉舞女相对。高头，前头，指常在皇上前头。
④ 圣武文武皇帝：指唐玄宗。
⑤ 这两句指出李十二娘得到了公孙大娘的真传。波澜，指舞蹈的意态节奏。
⑥ 张旭：唐代著名书法家。两河剑器：剑器舞的一种。豪荡感激：指意志飞动、情感激昂。即公孙可知：是说由张旭书法可推知公孙大娘舞技的精湛。即，则，那么。
⑦ 沮丧：失色而发愣。此句与下句说人们为舞所吸引，神情专注，仿佛连天地都随舞的低昂而久久低昂。
⑧ 㸌（huò）：闪动的样子。
⑨ 帝：天神。骖（cān）：驾马，此指乘龙。
⑩ "来如"二句：写开场和收场。开场鼓歇而舞者上场，故曰"收"；收场舞敛势静立，故曰"凝"。
⑪ 绛唇珠袖：指公孙大娘的歌和舞。
⑫ 传芬芳：指有人继承高超的舞技。芬芳，形容格调不同凡俗。
⑬ 临颍美人：指李十二娘。
⑭ 既有以：指了解了原委。以，由来，原委。
⑮ 先帝：指已去世的玄宗。
⑯ 初第一：即本第一。
⑰ 五十年：指杜甫观公孙大娘舞剑器至每作此诗时已五十年。似反掌：形容时间过得飞快。
⑱ 澒（hòng）洞：接连不断。此句指唐朝经安史之乱而国运衰落。

女乐余姿映寒日①。
金粟堆前木已拱②,
瞿塘石城草萧瑟。
玳筵急管曲复终③,
乐极哀来月东出。
老夫不知其所往,
足茧荒山转愁疾④。

① 女乐:泛指女性歌舞艺人。这里指李十二娘。余姿:是说李十二娘的舞蹈犹有开元盛世的风姿。
② 金粟堆:即金粟山,玄宗葬于此山,称泰陵。
③ 玳(dài)筵:用玳瑁装饰的弦乐器。
④ 这两句是诗人自谓,说自己漂泊西南、奔走荒山至今不知所往,因而越来越愁苦不已。

自京赴奉先县咏怀五百字

【题解】这首诗通过记述自身遭遇和自京城赴家人寄居的奉先途中的见闻,高度概括了唐朝处于历史转折关头的社会现实,表达了作者忧国忧民的思想,是一篇现实主义的长篇杰作。全诗熔叙事、描写、议论、抒情于一炉,而以抒情议论为主,结构恢宏而又严谨。章法古朴,句法拗劲,全用仄声韵,增强了全诗严肃悲郁的气氛,最能体现杜诗沉郁顿挫的风格。

杜陵有布衣,老大意转拙①。
许身一何愚?窃比稷与契②。
居然成濩落,白首甘契阔③。
盖棺事则已,此志常觊豁④。
穷年忧黎元⑤,叹息肠内热。
取笑同学翁,浩歌弥激烈。
非无江海志⑥,潇洒送日月。
生逢尧舜君⑦,不忍便永诀。
当今廊庙具,构厦岂云缺⑧?
葵藿倾太阳,物性固莫夺⑨。
顾惟蝼蚁辈,但自求其穴。
胡为慕大鲸,辄拟偃溟渤⑩?
以兹悟生理,独耻事干谒。
兀兀遂至今,忍为尘埃没⑪。

① 杜陵:地名,在长安东南。杜甫曾居于此,自称"杜陵布衣"。转拙:变得愚拙,指越发不合时宜。
② 许身:自许。稷(jì)与契(xiè):商周先祖,有功于民。
③ 居然:竟然。濩(huò)落:大而无当。契阔:勤苦。
④ 盖棺:指死。觊(jì)豁:希求达到。
⑤ 穷年:终年。黎元:百姓。
⑥ 江海志:隐遁江海的志趣。
⑦ 尧舜君:圣君,指唐玄宗。
⑧ 廊庙:朝廷。具:栋梁之材。
⑨ 葵藿:向日葵和豆,其花和叶都倾向太阳。性固莫夺:本性难改。
⑩ 辄拟:时常打算。溟渤:海的别名。偃:侧身其中。
⑪ 兀兀:孤独穷困的样子。尘埃没:指一事无成、老死无闻。

终愧巢与由，未能易其节①。
沉饮聊自遣，放歌破愁绝②。
岁暮百草零，疾风高冈裂。
天衢阴峥嵘，客子中夜发③。
霜严衣带断，指直不得结。
凌晨过骊山，御榻在嵽嵲④。
蚩尤塞寒空，蹴踏崖谷滑⑤。
瑶池气郁律，羽林相摩戛⑥。
君臣留欢娱，乐动殷胶葛⑦。
赐浴皆长缨，与宴非短褐⑧。
彤庭所分帛⑨，本自寒女出。
鞭挞其夫家，聚敛贡城阙。
圣人筐篚恩，实欲邦国活⑩。
臣如忽至理，君岂弃此物⑪？
多士盈朝廷，仁者宜战栗⑫。
况闻内金盘，尽在卫霍室⑬。
中堂舞神仙，烟雾蒙玉质⑭。
暖客貂鼠裘，悲管逐清瑟⑮。
劝客驼蹄羹，霜橙压香橘。
朱门酒肉臭，路有冻死骨！
荣枯咫尺异，惆怅难再述。
北辕就泾渭，官渡又改辙⑯。
群冰从西下，极目高崒兀⑰。
疑是崆峒来，恐触天柱折⑱。
河梁幸未坼，枝撑声窸窣⑲。
行旅相攀援，川广不可越。
老妻寄异县，十口隔风雪。
谁能久不顾？庶往共饥渴⑳。
入门闻号咷，幼子饿已卒！
吾宁舍一哀㉑，里巷亦呜咽。
所愧为人父，无食致夭折。

①巢与由：巢父和许由，尧时的著名隐士。易：改变。节：志节。
②沉饮：沉湎于酒中。遣：排遣。
③天衢：天空。中夜发：半夜启程。
④骊山：华清宫所在地。嵽嵲（dié niè）：高峻的山。
⑤蚩尤：传说中能作大雾的人，这里指代雾。蹴（cù）：践踏。
⑥瑶池：传说中西王母宴会之处。郁律：暖气蒸腾的样子。羽林：皇帝的近卫军。摩戛（jiá）：兵器相撞声。
⑦殷：盛。胶葛：旷远广大。
⑧长缨：冠带，代指权贵。短褐：粗布短衣，代指平民。
⑨彤庭：指朝庭。
⑩筐篚：两种竹器。活：得到治理。
⑪忽：忽视。岂弃：岂不虚弃。
⑫多士：群臣。战栗：警惕。
⑬内：内府。卫霍：汉代外戚卫青、霍去病，暗指杨国忠兄妹。
⑭中堂：正厅。玉质：玉体。
⑮悲、清：都是形容音乐声。
⑯北辕：车向北行。泾渭：泾水和渭水合流之处。官渡：官府设置的渡口。
⑰冰：一作"水"。崒兀（cù wù）：形容波浪高涌如山。
⑱崆峒（kōng tóng）：山名，在今甘肃岷县。天柱折：用共工怒触不周山折天柱之典。这里用来形容水势猛烈。
⑲坼（chè）：断裂。窸窣（xī sū）：动摇声。
⑳庶：希望。
㉑宁：岂能。

岂知秋禾登,贫窭有仓卒①。
生常免租税,名不隶征伐②。
抚迹犹酸辛,平人固骚屑③。
默思失业徒④,因念远戍卒。
忧端齐终南,澒洞不可掇⑤。

① 登:收割禾稻。窭(jù):穷困。仓卒(cù):仓猝。
② 免租税:唐制九品以上官不缴税。隶:属。这句说不在服兵役范围之内。
③ 抚迹:追寻过去的事。平人:平民。
④ 失业:失去产业。
⑤ 忧端:愁绪。澒(hòng)洞:浩大无边。掇:收拾。

兵车行

【题解】 这是杜甫自拟新题创作的新乐府诗。诗歌通过征兵之事,再现了当时社会的黑暗与统治者的腐败,并揭示了人民遭受苦难的根源。全篇寓情于叙事之中,叙事参差错落、前后呼应;情感抒发有致,激越、沉郁相间。语言上长短句结合,韵脚不断变化,很有表现力。

车辚辚,马萧萧,
行人弓箭各在腰①。
耶娘妻子走相送,
尘埃不见咸阳桥②。
牵衣顿足拦道哭,
哭声直上干云霄③。

道旁过者问行人,
行人但云点行频④。
或从十五北防河,
便至四十西营田⑤。
去时里正与裹头⑥,
归来头白还戍边。
边庭流血成海水,
武皇开边意未已⑦。
君不闻汉家山东二百州,

① 辚辚:车行的声音。萧萧:马嘶鸣的声音。行人:指被征调出征的士兵。
② 耶:同"爷",父亲。妻子:妻子和子女。走:跑。咸阳桥:即中渭桥,故址在今陕西咸阳西南十里的渭河上。
③ 干:冲犯,冲上。
④ 但云:只说。点行(xíng):按户籍顺序点名征召壮丁。
⑤ 北防河:黄河以北驻防,泛指西北边防。西营田:西部驻军屯田,泛指西北边防。
⑥ 去时里正与裹头:当年出发时(年龄还小),还是里长替扎的头巾。里正,即里长。
⑦ 武皇:汉武帝,在历史上以开疆拓土著称,此处借指唐玄宗。开边:开拓边疆。意:意图,欲望。已:停止。

千村万落生荆杞⑧。
纵有健妇把锄犁,
禾生陇亩无东西⑨。
况复秦兵耐苦战,
被驱不异犬与鸡⑩。

长者虽有问,役夫敢申恨⑪?
且如今年冬,未休关西卒⑫。
县官急索租,租税从何出?
信知生男恶,反是生女好⑬。
生女犹得嫁比邻,
生男埋没随百草。
君不见青海头,
古来白骨无人收⑭。
新鬼烦冤旧鬼哭,
天阴雨湿声啾啾⑮!

⑧山东:指华山以东。二百州:唐代潼关以东共二百一十一州,此处举其整数。荆杞:荆棘和杞柳,泛指野草灌木。
⑨陇亩:田亩。陇,通"垄",田埂。无东西:不成行列。
⑩秦兵:被征调的陕西一带古秦地的兵丁。
⑪长者:老先生,指杜甫。役夫:服役的人,出征士兵的自称。敢:怎敢。申恨:申诉怨恨。
⑫关西:函谷关以西,即秦地。
⑬信:确实。
⑭青海头:青海湖边。
⑮烦冤:即烦怨,愁苦怨恨。冤,通"怨"。啾啾(jiū):象声词。

石壕吏①

【题解】这首诗与《新安吏》、《潼关吏》合称"三吏","三吏"与"三别"(《新婚别》、《垂老别》、《无家别》)是杜甫直接、及时而又具体形象地反映安史之乱的光辉篇章,在文学史上具有重要地位。艺术上的突出特点是:将深沉而强烈的感情,寓于叙事之中,使全诗充满了悲剧气氛;叙事完整而紧凑,事件写得有头有尾,而又不枝不蔓;结尾简洁而又含蓄,言虽尽而余味无穷。

暮投石壕村②,有吏夜捉人。
老翁逾墙走,老妇出门看。
吏呼一何怒③!妇啼一何苦!
听妇前致词:"三男邺城戍④。
一男附书至⑤,二男新战死。
存者且偷生⑥,死者长已矣。

①石壕:地名,唐代陕州的一个小镇。
②投:投宿。
③一何:多么。
④三男:三个儿子。邺城:地名。
⑤附书:托人带信。
⑥且:姑且,暂且。

室中更无人，惟有乳下孙⑦。
有孙母未去，出入无完裙。
老妪力虽衰，请从吏夜归。
急应河阳役⑧，犹得备晨炊。"
夜久语声绝，如闻泣幽咽。
天明登前途⑨，独与老翁别。

⑦乳下孙：还在吃奶的孙子。
⑧河阳：在黄河北岸，洛阳对面，即孟津，今河南孟县。
⑨登前途：踏上征途。

新婚别

【题解】这首诗通过新婚夫妇生离死别的悲剧，反映了安史之乱中人民饱受战乱之苦的哀伤，同时也写出人民为了国家和民族利益而勇赴国难、深明大义的高尚情怀。由此可看出杜甫当时忧国忧民的复杂心情。全诗采用人物独白的形式，模拟新妇的口吻，曲折细腻地刻划出其复杂矛盾、欲纵还收的内心活动。

兔丝附蓬麻，引蔓故不长①；
嫁女与征夫，不如弃路旁。
结发为君妻，席不暖君床。
暮婚晨告别，无乃太匆忙②。
君行虽不远，守边赴河阳。
妾身未分明③，何以拜姑嫜？
父母养我时，日夜令我藏④。
生女有所归⑤，鸡狗亦得将。
君今往死地，沉痛迫中肠。
誓欲随君去，形势反苍黄⑥。
勿为新婚念，努力事戎行。
妇人在军中⑦，兵气恐不扬。
自嗟贫家女，久致罗襦裳⑧。
罗襦不复施⑨，对君洗红妆。
仰视百鸟飞，大小必双翔。
人事多错迕⑩，与君永相望。

①兔丝：即菟丝子，柔弱的蔓生植物。蓬麻：均为弱小植物，难以依凭。
②无乃：岂不是。
③"妾身"二句：古礼，妇人嫁三日，告庙上坟，才算成婚。而现在"暮婚晨告别"，婚礼未完成，身份不明。姑嫜，即公婆。
④藏：深居闺阁。
⑤归：女子出嫁。将：跟随在一起生活。
⑥苍黄：同"仓皇"，比喻内心慌乱。
⑦"妇人"二句：旧俗认为有妇女与丈夫一起生活在军营中，会使士气不振，影响作战。
⑧"久致"句：罗襦裳，泛指出嫁时所穿衣服。致，备办。这句是说置办嫁妆不易。
⑨不复施：不再穿。
⑩错：错杂，颠倒。迕（wǔ）：违反，抵触。

茅屋为秋风所破歌

【题解】 这是杜甫晚年的一篇重要诗作。诗中写主人公屋破雨湿的狼狈境遇，而此时他想到的不只是个人得失，而是天下寒士的"风雨不动安如山"，从而塑造出一个饱经忧患的善良老人的形象。前段着重描写、叙述，紧扣主题；后段着重抒情。通篇描写、叙事、抒情紧密结合，融合无间。

八月秋高风怒号①，
卷我屋上三重茅。
茅飞渡江洒江郊，
高者挂罥长林梢②，
下者飘转沉塘坳③。
南村群童欺我老无力，
忍能对面为盗贼④。
公然抱茅入竹去，
唇焦口燥呼不得，
归来倚仗自叹息。
俄顷风定云墨色⑤，
秋天漠漠向昏黑⑥。
布衾多年冷似铁⑦，
娇儿恶卧踏里裂⑧。
床头屋漏无干处，
雨脚如麻未断绝。
自经丧乱少睡眠⑨，
长夜沾湿何由彻⑩。
安得广厦千万间⑪，
大庇天下寒士俱欢颜，
风雨不动安如山！
呜呼！
何时眼前突兀见此屋⑫，
吾庐独破受冻死亦足！

①秋高：秋深。
②罥（juàn）：挂。
③塘坳：池塘及低凹之处。
④"忍能"句：竟然忍心这样当面作贼。
⑤俄顷：一会儿。
⑥漠漠：灰暗的样子。向：将近。
⑦布衾：布做的被子。衾：被子。
⑧"娇儿"句：孩子睡觉不老实，两脚乱蹬，把被里踢破。
⑨"自经"句：自从经历了兵乱，常常失眠。
⑩彻：结束，指天亮。
⑪安得：怎能得到。广厦：宽大的房屋。
⑫突兀：形容高耸的房屋。见：同"现"。

旅夜书怀

【题解】 这首诗描写作者旅夜所见景色，抒发诗人晚年漂泊不定、不为统治者所用的悲愤。诗人自我解嘲，却没有任何颓唐，表现了旷达自适的胸怀。语言精练，写景格外形象，"星垂平野阔，月涌大江流"成为千古写景名句。

细草微风岸，危樯独夜舟①。
星垂平野阔，月涌大江流②。
名岂文章著，官应老病休③。
飘飘何所似？天地一沙鸥④。

①危樯：高耸的桅杆。
②大江：指长江。
③岂：难道是。著：著称。休：止，此处指退职。
④沙鸥：栖息于岸边沙地的一种水鸟。

登岳阳楼

【题解】 这首诗写于诗人的晚年。山河的壮丽和战争的不断，使诗人感慨万端，表达了诗人暮年漂泊的凄凉辛酸，抒发了忧国忧民的情怀，也流露了至老犹昂奋的心态。

昔闻洞庭水，今上岳阳楼。
吴楚东南坼，乾坤日夜浮①。
亲朋无一字，老病有孤舟。
戎马关山北，凭轩涕泗流②。

①吴楚：春秋时两个诸侯国名，吴国在今江苏、浙江一带，楚国在今湖南、湖北、江西及安徽一带。坼（chè）：裂开。
②戎马：借指战争。

刘长卿

刘长卿（709~780?），字文房，河间（今河北河间县）人。官终随州刺史。他自诩为"五言长城"，虽不乏佳作，但往往意境雷同，造句重复。有《刘随州集》。

逢雪宿芙蓉山主人①

【题解】这首小诗写山乡人家景象，颇具意境。前二句着重写景铺垫；后二句时间由暮推至夜，着重写归，点题。"风雪夜归人"一句历来为人称颂，文章、画作以及电影多有以此为名者。

日暮苍山远，
天寒白屋贫②。
柴门闻犬吠③，
风雪夜归人。

①芙蓉山主人：作者友人。
②白屋：茅草覆顶之屋，故称"贫"。
③柴门：树枝柴草绑扎的门。与上文"白屋"相应。

送灵澈上人①

【题解】这是一首送别诗。诗不仅以风景、人物构成优美的画面，而且于耳闻目送之中，寄寓了依依的别情和淡泊的情怀，意境清新淡远。

苍苍竹林寺②，
杳杳钟声晚③。
荷笠带夕阳④，
青山独归远。

①灵澈：当时著名的诗僧，本姓汤。
　上人：对和尚的尊称。
②竹林寺：灵澈上人所在寺院。
③杳杳：深远貌。
④荷：背着。带：映带。

元 结

元结（719～772），字次山，号漫叟，河南鲁山（今河南鲁山县）人。天宝十二年（753）进士。元结崇尚古体，其诗不尚词华，不事雕饰，朴素简淡，自成一格；但嫌枯燥平直、缺乏文采。有《元次山集》。

贫妇词①

【题解】这首诗写剥削阶级对贫苦人民残酷剥削压迫的实况。诗中对统治阶级的控诉从贫妇口中叙出，更让人觉得真实可信。语言质朴、通俗。

谁知苦贫夫，家有愁怨妻。
请君听其词，能不为酸凄！
所怜抱中儿，不如山下麑②。
空念庭前地，化为人吏蹊③。
出门望山泽，回头心复迷。
何时见府主④，引跪向之啼。

①元结有"系乐府"12首，这是其中一首。
②怜：爱惜。麑（ní）：鹿之子。一作"鹿"。
③人吏：指抓丁、催租的官吏与豪强。蹊（xī）：小路。
④府主：指太守。

张志和

张志和（730？～810？），唐代诗人。初名龟龄，字子同，自号玄真子。金华（在今浙江）人。擅长音乐、书画。《全唐诗》录存其诗九首。

渔　父

【题解】作者的《渔父》词一组共五首，这是其中一首。词中的渔父，实是一个隐士的写照。此词语言清丽，写景生动，色调鲜明，是题咏渔父的名作。

西塞山前白鹭飞①，
桃花流水鳜鱼肥②。
青箬笠，绿蓑衣③，
斜风细雨不须归。

①西塞山：在今浙江吴兴县西。白鹭：白鹭鸶。
②鳜（guì）鱼：俗称桂鱼，味道鲜美。
③箬（ruò）笠：用竹篾、箬叶编制的斗笠。蓑衣：用草或棕毛编织的雨衣。

韦应物

韦应物（737～789?），长安（今陕西西安）人。曾任苏州等地刺史，故世称"韦苏州"。其诗对民生疾苦有所反映，但究以田园山水诗最为著名。风格"高雅闲淡，自成一家之体"（白居易《与元九书》）。有《韦苏州集》。

滁州西涧①

【题解】这是一首绝妙的极富感情色彩的春景图。春景或清丽幽静，或春潮激荡，但都妙趣横生。诗人的感情虽然略带怅惘，但并不特别孤寂低沉。诗中无"人"，但"自横"的"舟"却昭示着"人"的存在，为神来之笔。

独怜幽草涧边生②，
上有黄鹂深树鸣③。
春潮带雨晚来急，
野渡无人舟自横。

①滁州：州治在今安徽滁县。西涧：城西之涧。
②怜：喜爱。
③黄鹂：黄莺。深树：树林深处。

调　笑

【题解】这是一首描写草原风光的词。词作抓住北方草原最突出的形象——马、草以及独特地点之下的黄沙和白雪，简单勾勒，意境全出。语言清新、简练，气象开阔。

胡马，胡马，远放燕支山下①。
跑沙跑雪独嘶②，东望西望路迷。
迷路，迷路，边草无穷日暮③。

①燕（yān）支山：山名，在今甘肃永昌县西、山丹县东南。
②跑（páo）：指蹄刨地。
③边草：边地的野草。

卢 纶

卢纶（约748～800?），唐代诗人。字允言，河中蒲（今山西永济）人。"大历十才子"之一。他的诗多感时伤乱之作，但有些也写得苍劲雄浑。

塞下曲

【题解】卢纶《塞下曲》共五首，这里选的是第二至第四首。三首诗分别写劲射、逐敌、奏凯，笔墨无多，但把握准确，摹状生动，境界浑阔。诗人是渲染氛围的能手，所有行动都有一个氛围作为背景，与行动浑然一体，又突出了行动的特色，取得了独特的艺术效果。

林暗草惊风，将军夜引弓①。
平明寻白羽，没在石棱中②。

月黑雁飞高，单于夜遁逃③。
欲将轻骑逐④，大雪满弓刀。

野幕敞琼筵，羌戎贺劳旋⑤。
醉和金甲舞，雷鼓动山川⑥。

① 惊风：突然被风吹动。引弓：拉弓，指射箭。
② 平明：天刚亮的时候。白羽：箭杆后部的白色羽毛，这里指箭。没（mò）：陷入，这里是钻进的意思。石棱：石头的边角。
③ 单于：这里指敌军首领。
④ 将：率领。轻骑：骑兵。
⑤ 琼筵：华美的筵席。羌戎：指已经归顺的边疆少数民族。旋：凯旋。
⑥ 和：指未脱去。雷鼓：如雷之鼓。

李 益

李益（748～827），唐代诗人。字君虞，姑臧（今甘肃武威县）人。以边塞诗比较著名，情调虽不免感伤，但也不乏壮词。擅长七言绝句、长短歌行，五七言律亦时有佳作。

夜上受降城闻笛①

【题解】这首诗主要写受降城外的景色，抒发边关将士的思乡之情。此诗在写法上的突出特点是抓住了"月"与"芦管"这两种最有边关特色的物象，加以描述，使思乡之情毕现无遗。

回乐峰前沙似雪②，
受降城外月如霜。
不知何处吹芦管③，
一夜征人尽望乡。

①受降城：唐代受降城有东、西、中三城，此指中城，在今内蒙古五原西北。
②回乐峰：指回乐县附近的山峰。回乐县故址在今宁夏灵武县西南。
③芦管：即胡笳。

春夜闻笛

【题解】这首诗写迁客的思归之情。春归人未归，笛声感动群雁北飞，而迁客犹然滞留外乡，能不泪满衣襟？

寒山吹笛唤春归，
迁客相看泪满衣①。
洞庭一夜无穷雁，
待到天明尽北飞②。

①迁客：被贬到外地的人。
②"洞庭"二句：是说大雁为笛声感动，连夜北飞，衬托出迁客的思归之情。

孟 郊

孟郊（751～814），字东野，湖州武康（今浙江德清）人。一生穷愁潦倒，但性格孤直，不苟同世俗。其诗不用典故，不加藻饰，苦心经营，刻意苦吟，诗风独特。有《孟东野集》。

游子吟

【题解】这首诗抓住日常生活中的典型细节加以描写，最能拨动读者的心弦。语言朴素平易，比喻形象贴切，结尾故作设问，意味更加深长。

慈母手中线，游子身上衣。
临行密密缝，意恐迟迟归。
谁言寸草心，报得三春晖①。

① "谁言"二句：寸草，小草，比喻游子。三春晖，春天的阳光，古人称农历正月为孟春，二月为仲春，三月为季春，合称三春。

游终南山

【题解】这是一首记游诗。诗的前四句极写山的高大，是远景。接着回到近处，写险路、松风、壑清，同时把人纳入景中。这样就自然转到了末尾的感慨，也进一步体现了终南山的幽美可爱。

南山塞天地，日月石上生①。
高峰夜留景，深谷昼未明②。
山中人自正，路险心亦平③。
长风驱松柏，声拂万壑清。
到此悔读书，朝朝近浮名。

① "南山"：二句极言山之高大，日月仿佛从山崖上生出。
② "高峰"二句极言峰高谷深。景，同"影"。夜留景，是说峰顶夜里还留有太阳余晖。
③ "山中"二句：是说山中的人心风俗之淳正。

韩　愈

韩愈（768～824），字退之，河南南阳（今河南孟县）人。贞元八年（792）进士。官终吏部侍郎，后世称韩吏部；郡望昌黎，人称韩昌黎；死后谥文，后世又称为韩文公。韩愈一生举荐后学、排佛、随裴度平淮西，在当时就很有影响。领导古文改革运动，开创宏伟奇崛诗派，在中国文学史上有着独特不凡的地位。有《昌黎先生集》。

山　石

【题解】这是一首记游诗，作者按时间之序，记述游踪见闻，移步换形，打破了以往记游诗只取一种视角，写一景一物或一种场面的写法。全诗以叙事写景为重点，篇末议论点题。气势遒劲，风格壮美，很能代表韩愈的个性。

山石荦确行径微①，
黄昏到寺蝙蝠飞。
升堂坐阶新雨足，
芭蕉叶大栀子肥②。
僧言古壁佛画好，
以火来照所见稀。
铺床拂席置羹饭③，
疏粝亦足饱我饥④。
夜深静卧百虫绝，
清月出岭光入扉⑤。
天明独去无道路⑥，
出入高下穷烟霏⑦。
山红涧碧纷烂漫⑧，
时见松枥皆十围⑨。
当流赤足蹋涧石⑩，
水声激激风吹衣⑪。
人生如此自可乐，

①荦（luò）确：山石险峻不平的样子。微：窄狭。
②栀（zhī）子：一种草科常绿灌木。
③羹饭：泛指饭菜。
④疏粝（lì）：粗糙的饭食。粝，糙米。
⑤扉（fēi）：门户。
⑥无道路：指看不清道路。
⑦穷：穷尽。这里指到处都是烟霏。烟霏（fēi）：流动的烟云。霏，云飞的样子。
⑧纷：繁盛。烂漫：光彩照人的样子。
⑨枥：同栎（lì），一种落叶乔木，果实似橡实。
⑩当（dāng）流：在流水当中。
⑪激激：水流声。

岂必局束为人鞿⑫？
嗟哉吾党二三子，
安得至老不更归⑬？

⑫局束：犹言局促、拘束。鞿（jī）：马笼头，这里指被人所控制。
⑬吾党二三子：《论语》中用语，《论语·公冶长》："吾党之小子狂简。"《论语·述而》："二三子以我为隐乎？"不更归："更不归"的倒文。

左迁至蓝关示侄孙湘①

【题解】这首诗叙写了自己遭贬的原因及过程，表达了诗人的愤怒心情，以及排佛除弊、老而弥坚、刚直不阿的决心。写法上的突出特点是笔势纵横，境界开阔。无论叙事，还是写景，都高度概括，大开大合，对比鲜明，气势磅礴。

一封朝奏九重天②，
夕贬潮州路八千③。
欲为圣明除弊事④，
肯将衰朽惜残年⑤？
云横秦岭家何在？
雪拥蓝关马不前。
知汝远来应有意，
好收吾骨瘴江边⑥。

①左迁：贬职下迁。蓝关：即蓝田关，在今陕西蓝田西南。湘：韩湘，韩愈侄儿韩成的长子。
②朝（zhāo）奏：早上给朝廷的奏章。九重天：皇帝，此指宪宗。
③此句指诗人由刑部侍郎贬为潮州（今广东潮阳）刺史。
④弊事：即指迎佛骨事。
⑤惜残年：爱惜自己老年的生命。韩愈时年五十二岁。
⑥瘴江边：指潮州，当时岭南一带的河流多瘴气。

柳宗元

柳宗元（773～819），中唐诗人。字子厚，河东（今山西永济）人。曾任柳州刺史，世称柳柳州。他与韩愈一样，也是中唐诗文改革运动的领袖人物。其诗风清新俊爽，山水诗影响尤大。有《柳河东集》。

登柳州城楼寄漳汀封连四州刺史

【题解】这首诗是写给与自己一同被贬的四位友人的。诗中写登楼远望之景，抒怀念挚友以及心中愤郁不平之情。诗笔饱醮情感，所写景物都带有强烈的抒情色彩，语言凝炼，风格清峻。

城上高楼接大荒①，
海天愁思正茫茫。
惊风乱飐芙蓉水②，
密雨斜侵薜荔墙③。
岭树重遮千里目，
江流曲似九回肠④。
共来百越文身地⑤，
犹自音书滞一乡⑥。

①接：连接。一说，目接，看到。大荒：泛指荒僻的边远地区。一说指海外。
②惊风：突然刮起的狂风。飐（zhǎn）：吹动。芙蓉水：长有荷花的水塘。
③薜荔（bì lì）：蔓生植物，常缘壁而生。
④江：指柳江。
⑤百越：即百粤，泛指南方少数民族。
⑥犹自：仍旧。滞：不通。

江　雪

【题解】这是一首江雪小品，几笔就勾勒出了江雪的意境。写法上的突出特点是反衬手法的使用。风雪酷烈，鸟不飞，人不见，环境恶劣；但却依然有人孤舟蓑笠，独钓寒江，其抗俗之态昭昭然于天地之间。

千山鸟飞绝，万径人踪灭①。
孤舟蓑笠翁，独钓寒江雪②。

①千山、万径：均为概称。
②蓑（suō）：蓑衣。笠：竹斗笠。

渔 翁

【题解】 这首诗咏渔翁,既是写实,同时也有几分自况。诗的每一句都是一个逼真的、令人玩味的画面,共同构成一个具有意境的完美的艺术整体。本诗立意新奇,别有奇趣,意境空明、幽远,一如诗人因政治失意而寄情山水的心境。

渔翁夜傍西岩宿①,
晓汲清湘燃楚竹②。
烟销日出不见人,
欸乃一声山水绿③。
回看天际下中流④,
岩上无心云相逐⑤。

①西岩:湖南永州城外的西山。
②汲(jí):打水。清湘:清澈的湘江水。楚竹:楚地产的竹子。
③欸(ǎi)乃:划船时摇橹的声音;一说指渔歌声。绿(lù):变绿。
④下中流:渔船已经划到湘江中流。
⑤无心:自由自在,随意。

刘禹锡

刘禹锡（772～842），中唐诗人。字梦得，彭城（今江苏徐州）人，自称中山（治所在今河北定县）人。官至检校礼部尚书兼太子宾客，世称刘宾客。他向民歌学习，写出《竹枝词》等乐府小诗，创造了一种新体裁。有《刘宾客文集》。

竹枝词

【题解】这里的两首竹枝词，都是短小的情诗。前一首以一个女子的口吻写成，运用民歌中习用的谐音双关的隐语，刻划了初恋少女复杂微妙的心理活动。景物描写关合着人物的感情变化，即景生情，开朗活泼，风趣含蓄。后一首同样以一女子口吻说出，前两句作兴起、铺衬，落实到后两句的花似郎意、水似侬愁。辞气清新，亦怨亦慕，亦愁亦喜，少女神情、心态活灵活现。

杨柳青青江水平，
闻郎江上踏歌声①。
东边日出西边雨，
道是无晴却有晴②。

山上桃花满山头③，
蜀江春水拍山流④。
花红易衰似郎意，
水流无限是侬愁⑤。

①踏：用脚击打节拍。
②"道是"句：语意双关。晴，谐"情"。
③山头：山顶上。
④拍山流：拍打着两岸的山石而流。
⑤侬：我。

乌衣巷

【题解】本诗以著名的历史风物、典故为基础，写世事变化，极具典型意义，因此多为后人引用。今昔对比，表达了诗人对世事无常和人生苦短的喟叹，更暗含讽谕之意。

朱雀桥边野草花①，
乌衣巷口夕阳斜②。
旧时王谢堂前燕③，
飞入寻常百姓家。

① 朱雀桥：横跨秦淮河之桥。
② 乌衣巷：南京秦淮河南岸的街巷，东晋时宰相王导、谢安等豪门世族多居于此。
③ 王谢：指王导和谢安两大家族。

浪淘沙①

【题解】这两首竹枝词，前一首写淘金的所见所感：前两句是写所见，写出了"淘金女伴"的辛苦；后两句是写所感，淘金者终年劳苦，剥削阶级坐享其成，诗味深长。后一首写迁客，也就是诗人自己，"莫道"、"莫言"表达出诗人洒脱豁达的心态，并以沙尽金见来自勉。

日照澄洲江雾开②，
淘金女伴满江隈③。
美人首饰侯王印，
尽是江中浪底来。

莫道谗言如浪深？
莫言迁客似沙沉④。
千淘万漉虽辛苦⑤，
吹尽狂沙始到金⑥。

① 刘禹锡的《浪淘沙》共有九首，这里选的是第六和第八首。
② 澄洲：清澈的江水中的沙洲。
③ 江隈（wēi）：江边弯曲的地方。
④ 迁客：被贬官到边远地区的人。
⑤ 漉（lù）：淘洗。
⑥ "吹尽"句：用淘金的沙尽金见来比喻谗言退尽、品节彰显。

西塞山怀古①

【题解】这首怀古诗通过对晋灭吴以及六朝兴亡的历史事实的回顾，阐述了山川之险不足恃、兴亡全由人事的思想，并针对当时藩镇割据的严峻现实，向人们发出了以史为戒的警告。写法上的突出特点是说古论今，纵横开阖，叙事、议论、抒情紧密结合。

王濬楼船下益州②；
金陵王气黯然收③。
千寻铁锁沉江底，

① 西塞山：长江中游的要塞之一，曾是三国时吴国的重要防线。
② 王濬（jùn）：晋益州刺史。楼船：

一片降幡出石头④。
人世几回伤往事⑤,
山形依旧枕寒流。
今逢四海为家日⑥,
故垒萧萧芦荻秋⑦。

高大的船。
③金陵:当时吴国国都建业,今南京。王气:帝王之气。
④"千寻"二句:吴国为抵御王濬的楼船铸铁链横锁长江;王濬用木筏载火炬,焚毁铁链沉落江底,吴主孙皓被迫投降。降幡(fān),投降的旗帜。石头,城名,在今南京清凉山。
⑤"几回"句:是说建都金陵的王朝不只一个投降的,隋平陈时陈后主也是一片降幡出石头。
⑥今逢:一作"从今"。四海为家:全国统一。
⑦故垒:旧时的营垒。萧萧:萧瑟。

酬乐天扬州初逢席上见赠

【题解】这是诗人结束贬谪生涯还京时在扬州和白居易的赠答诗。诗中概述了被贬过程和感受,也写了与朋友的相会和对前途的打算。虽不免愤懑伤感,又十分旷达。写法上最突出的特点是勇于创新,其"沉舟侧畔千帆过,病树前头万木春"一联,造语新颖,意境清新,可谓前无古人。

巴山楚水凄凉地①,
二十三年弃置身②。
怀旧空吟闻笛赋③,
到乡翻似烂柯人④。
沉舟侧畔千帆过,
病树前头万木春⑤。
今日听君歌一曲,
暂凭杯酒长精神⑥。

①巴山楚水:泛指诗人被贬谪过的地方。
②二十三年:指诗人被贬的时间。弃置身:指被贬斥在外的"迁客"身份。
③闻笛赋:指晋人向秀悼念亡友的《思旧赋》。这里作者借此抒发对故友的怀念。
④烂柯人:此处用典,意谓自己被贬过二十多年,人事沧桑,已有隔世之感。
⑤沉舟、病树:都是作者自喻。
⑥长(zhǎng):增长,振作。

石头城①

【题解】 这首诗通过描写石头城月夜萧条的景色,抒发了昔盛今衰、人生凄凉的沧桑感慨。全诗景中寓情,情调苍茫,风格悲凉慷慨。赋无情江潮和夜月以人的感情,是移情手法,写来生动传神。

山围故国周遭在,
潮打空城寂寞回②。
淮水东边旧时月③,
夜深还过女墙来。

① 石头城:故址在今南京西清凉山上,三国时孙吴就石壁筑城戍守,改称金陵城为石头城。
② 回:此处指退潮,潮水返回。
③ 淮水:指秦淮河。

秋　词

【题解】 这是一首抒发议论的即兴诗,通过赞美秋天来表现自己志向的高远,表达了人如有志气、有奋斗精神,便不会感到寂寥的深刻思想。全诗格调明朗、自然,既有哲理意蕴,发人思索,又有艺术魅力,耐人寻味。

自古逢秋悲寂寥①,
我言秋日胜春朝②。
晴空一鹤排云上③,
便引诗情到碧霄④。

① 自古逢秋悲寂寥(liáo):暗指宋玉悲秋的名句"悲哉,秋之为气也"。
② 春朝(zhāo):春天的早晨,泛指春日。
③ 排云上:直冲云霄。排,冲击。
④ 碧霄(xiāo):青天。

望 洞 庭

【题解】这首写景诗写的是洞庭湖的远景。开头两句就展现了廓大气象,同时点明了时令、昼夜、气候。后两句进一步把目光投向远处,以君山之小衬托洞庭之阔,也点了诗题"望"。诗中写湖写山,状写准确,比喻贴切,生动鲜明。

湖光秋月两相和①,
潭面无风镜未磨②。
遥望洞庭山水翠③,
白银盘里一青螺。

①相和:彼此交融、谐和。
②潭:指洞庭湖。镜未磨:铜镜未磨,比喻水面平静而迷蒙。
③山:指洞庭湖中的君山。

白居易

白居易（772～846），中唐诗人。字乐天，原籍太原，生于河南新郑。晚年闲居洛阳，修香山寺，号香山居士，故世称白香山。他是中唐新乐府运动的倡导者，并创作了大量讽谕诗如《新乐府》、《秦中吟》等。诗风深入浅出，平易通俗，作品流传广泛。有《白氏长庆集》。

赋得古原草送别

【题解】这首诗咏物而兼写送别。它借物寓意，赋予野草一种顽强不屈的意志品格，从而使咏物升华到更高的境界；借物言情，以野草衬托离别，又使咏物具有了优美的意境。

离离原上草①，一岁一枯荣。
野火烧不尽，春风吹又生。
远芳侵古道，晴翠接荒城②。
又送王孙去，萋萋满别情③。

①离离：繁茂的样子。
②远芳：远处的芳草。晴翠：雨后嫩绿的草色。
③"又送"二句：王孙，原指贵族子弟，此处借称被送的人。萋萋，草盛的样子。

问刘十九

【题解】这是一首清新的生活小诗。本是作者邀好友刘十九过来小酌的请柬，但却出语雅洁、情趣盎然、情真意切，实际功用和艺术表现都圆满天成。

绿蚁新醅酒①，红泥小火炉。
晚来天欲雪，能饮一杯无②？

①绿蚁：新酿未过滤的米酒，略呈绿色，浮起的渣沫就像蚂蚁，故称。醅（pēi）：未过滤的酒。
②无：疑问语气词，相当于"否"。

钱塘湖春行①

【题解】 这首诗以"春行"为构思线索，紧扣早春特点，选取有代表性的景物，移步换形地勾画出一幅生动的西湖早春图。作品寄景寓情，写出了大自然给予诗人的无比喜悦心情。语言朴素平易，清浅自然，在白描之中蕴含着浓郁的诗味。

孤山寺北贾亭西②，
水面初平云脚低③。
几处早莺争暖树④，
谁家新燕啄春泥。
乱花渐欲迷人眼，
浅草才能没马蹄。
最爱湖东行不足，
绿杨阴里白沙堤⑤。

① 钱塘湖：即西湖。
② 孤山：在西湖中里湖和外湖之间，和其他山不相连接，故名。贾亭：一名贾公亭，唐贞元间杭州刺史贾全所建。
③ 云脚：雨前或雨后接近地面的云气。
④ 暖树：向阳的枝木。
⑤ 白沙堤：又名十锦塘，在杭州西城外，沿堤向西南行直通孤山，简称白堤。

卖炭翁①

【题解】 这首诗深刻而真实地揭露了统治阶级公开掠夺人民财物的罪行，表达了作者对统治者的愤怒和对劳动人民的同情。写法上的突出特点是刻划了生动而鲜明的形象：卖炭翁的外貌、心理、行动维纱维肖，太监们的狰狞可恶活灵活现。全诗不着一字议论，全凭叙述描写来表达主题。

卖炭翁，伐薪烧炭南山中②。
满面尘灰烟火色，
两鬓苍苍十指黑。
卖炭得钱何所营③？
身上衣裳口中食。
可怜身上衣正单，
心忧炭贱愿天寒。
夜来城外一尺雪④，

① 此诗前有小序："苦宫市也。"宫市是中唐以后的一种皇宫用品采办方式，即宫中所需由太监直接向民间采办，实为公开的变相掠夺。
② 炭：此指木炭。南山：终南山。
③ 何所营：用来做什么。
④ 夜来：昨天夜里。

晓驾炭车辗冰辙。
牛困人饥日已高，
市南门外泥中歇。
翩翩两骑来是谁？
黄衣使者白衫儿⑤。
手把文书口称敕⑥，
回车叱牛牵向北⑦。
一车炭，千余斤，
宫使驱将惜不得⑧，
半匹红绡一丈绫⑨，
系向牛头充炭直⑩！

⑤黄衣使者：指太监。白衫儿：指太监手下的爪牙。
⑥把：捉，拿。敕（chì）：皇帝的命令。
⑦叱（chì）：吆喝。向北：长安东西两市在城南，皇宫在城北。
⑧宫使：指太监。驱将：驱使。
⑨此句是说"炭直"的轻贱。
⑩直：值，价钱。

观刈麦①

【题解】此诗描写了农民冒着暑热辛勤割麦的情景，并借贫妇人的诉说，反映了当时租税剥削的惨重和农民生活的困苦。最后诗人对自己的"不事农桑"，而"吏禄三百石"深感惭愧，表达了他对农民的深切同情。全诗运用写实手法，场景描写细致真切，生动形象。语言通俗简洁，明白如话。

田家少闲月，五月人倍忙。
夜来南风起，小麦覆陇黄②。
妇姑荷箪食，童稚携壶浆③
相随饷田去，丁壮在南冈④。
足蒸暑土气，背灼炎天光。
力尽不知热，但惜夏日长⑤。

复有贫妇人，抱子在其傍⑥。
右手秉遗穗，左臂悬敝筐⑦。
听其相顾言，闻者为悲伤。
"家田输税尽，拾此充饥肠⑧。"

①刈（yì）：割。
②夜来：昨天。
③妇姑：泛指妇女。荷（hè）：肩扛。箪（dān）食：用圆形编织器物盛的食物。壶浆：用壶盛的汤水。
④饷（xiǎng）田：给在田里做工的人送饮食。丁壮：壮年男人。
⑤但：只。惜：舍不得。
⑥傍：同"旁"。
⑦秉（bǐng）：拿。遗穗（suì）：掉在地里的麦穗。敝筐：破旧筐子。
⑧家田：自家的田。输税：纳税。

今我何功德,曾不事农桑⑨。
吏禄三百石,岁晏有余粮⑩。
念此私自愧,尽日不能忘。

⑨曾不:乃不,都不。事:从事。
⑩吏禄:官吏的俸禄。岁晏(yàn):年终。

长恨歌

【题解】 白居易创作这篇长诗时,杨贵妃已死了半个世纪,当时关于唐玄宗和杨贵妃的故事在民间有很多传说。白居易把历史真实和民间传说结合起来创作了此诗。诗的前半部分主要写荒淫误国,后半部分则主要写玄宗与贵妃坚贞不渝的爱情,因此主题显得比较复杂。全诗情节完整曲折,人物形象鲜明生动。同时充分发挥了乐府歌行体的特点,又吸取了当时民间说唱艺术以及律诗的某些长处,在体裁上是一种创举。

汉皇重色思倾国①,
御宇多年求不得②。
杨家有女初长成,
养在深闺人未识。
天生丽质难自弃,
一朝选在君王侧③。
回眸一笑百媚生,
六宫粉黛无颜色④。
春寒赐浴华清池⑤,
温泉水滑洗凝脂。
侍儿扶起娇无力⑥,
始是新承恩泽时。
云鬓花颜金步摇⑦,
芙蓉帐暖度春宵。
春宵苦短日高起,
从此君王不早朝。
承欢侍宴无闲暇,
春从春游夜专夜⑧。
后宫佳丽三千人,

①汉皇:汉武帝,这里指唐玄宗。思倾国:汉武帝宠幸李夫人,当时未入宫前,其兄延年在武帝面歌之"一顾倾人城,再顾倾人国"。
②御宇:登基治国。
③"杨家"四句:《新唐书·杨贵妃传》载杨氏(玉环):"幼孤,养叔父家。始为寿王妃。开元二十四年(当作二十五年)武惠妃薨,后庭无当帝意者。或言妃资质天挺,宜充掖庭。遂召内(纳)禁中,异之,即为自出妃意者,丐籍女官,号太真。更为寿王聘韦昭训女,而太真得幸。"
④六宫粉黛:指宫内所有妃嫔。无颜色:相形之下,失去了光彩。
⑤华清池:在昭应县(今陕西临潼)东南骊山上。其地有温泉,建华清宫。玄宗常去避寒,建浴池十几处。
⑥侍儿:婢女。
⑦步摇:钗的一种,行则摇,故称。
⑧夜专夜:夜夜独专,指玄宗专宠杨妃。

三千宠爱在一身。
金屋妆成娇侍夜①,
玉楼宴罢醉和春。
姊妹弟兄皆列土②,
可怜光彩生门户。
遂令天下父母心,
不重生男重生女。
骊宫高处入青云③,
仙乐风飘处处闻。
缓歌慢舞凝丝竹,
尽日君王看不足。

渔阳鼙鼓动地来④,
惊破《霓裳羽衣曲》⑤。
九重城阙烟尘生⑥,
千乘万骑西南行。
翠华摇摇行复止⑦,
西出都门百余里⑧。
六军不发无奈何,
宛转蛾眉马前死⑨。
花钿委地无人收,
翠翘金雀玉搔头⑩。
君王掩面救不得,
回看血泪相和流。

黄埃散漫风萧索,
云栈萦纡登剑阁⑪。
峨嵋山下少人行⑫,
旌旗无光日色薄⑬。
蜀江水碧蜀山青,
圣主朝朝暮暮情。

① 金屋：汉武帝少时曾说欲筑金屋以娶表妹阿娇。
② 姊妹弟兄：指杨氏一家。杨玉环册封贵妃后,她的大姐封韩国夫人,三姐封虢国夫人,八姐封秦国夫人。伯叔兄弟杨铦官鸿胪御,杨锜官侍御史,杨钊（赐名国忠）天宝十一年（752）为右丞相,故云"皆列土"（分封土地）。列土：指裂土封侯。列,同裂。
③ 骊宫：即华清宫。
④ 渔阳鼙（pí）鼓：指安史之乱发生。渔阳,天宝元年河北道的蓟州改称渔阳,其地约当今之北京市东面的地区,包括今天津蓟县、北京平谷等县境在内。鼙,古代军队中用的小鼓。
⑤《霓裳羽衣曲》：著名舞曲名,这个舞曲是唐玄宗根据西京节度使杨敬述所献十二遍之曲润色而成。
⑥ 九重城阙：指京城。皇宫门有九重,故称。
⑦ 翠华：指皇帝仪仗队中用翠鸟羽毛装饰的旗子。
⑧ "西出"句：指到了马嵬驿。故址在今陕西兴平,距长安约为百余里。
⑨ "六军"二句：六军：泛指皇帝的羽林军。蛾眉：美女的代称。这里指杨贵妃。
⑩ "花钿"二句：花钿、翠翘、金雀、玉搔头,均为头饰。委,委弃。
⑪ 剑阁：即剑门关,在今四川剑阁县北。
⑫ 峨嵋山：由长安到成都并不经过峨嵋山,这里泛指蜀中的山。
⑬ 日色薄：日光黯淡。

行宫见月伤心色①,
夜雨闻铃肠断声②。
天旋日转回龙驭③,
到此踌躇不能去。
马嵬坡下泥土中,
不见玉颜空死处④。
君臣相顾尽沾衣,
东望都门信马归⑤。
归来池苑皆依旧,
太液芙蓉未央柳⑥。
芙蓉如面柳如眉,
对此如何不泪垂?

春风桃李花开日,
秋雨梧桐叶落时。
西宫南苑多秋草⑦,
落叶满阶红不扫。
梨园弟子白发新⑧,
椒房阿监青娥老⑨。
夕殿萤飞思悄然,
孤灯挑尽未成眠⑩。
迟迟钟鼓初长夜,
耿耿星河欲曙天⑪。
鸳鸯瓦冷霜华重⑫,
翡翠衾寒谁与共⑬?
悠悠生死别经年,
魂魄不曾来入梦。

临邛道士鸿都客⑭,
能以精诚致魂魄。
为感君王展转思,
遂教方士殷勤觅。

① 伤心色:心中感伤,月色也令人伤心。
② 夜雨闻铃:郑处诲《明皇杂录》补遗:"明皇既幸蜀,西南行,初入斜谷,霖雨涉旬,于栈道雨中闻铃音,与山相应。上既悼念贵妃,采其声为《雨淋铃曲》以寄恨焉。"这里暗写此事。
③ 天旋日转:比喻收复长安,玄宗还京,大局转变。龙驭:龙驾。
④ 空死处:空见死处。
⑤ 信马归:无心控马,任其自行。
⑥ 太液、未央:汉池名、宫名,这里借指唐朝的池苑和宫廷。
⑦ 西宫:太极宫。南苑:兴庆宫,苑一作"内",因在东内之南,故称南内。
⑧ 梨园弟子:宋程大昌《雍录》卷九:"开元二年,置教坊于蓬莱宫,上自教法曲,谓之'梨园弟子'。至天宝中,即东宫置宜春北苑,命宫女数百人为梨园弟子。"
⑨ 椒房:用椒和泥涂墙,取其香暖兼有多子之意。阿监:宫中女官。青娥:指年轻美貌的宫女。
⑩ 孤灯挑尽:古时用灯草点油灯,过一会儿就要把灯草往前挑一挑。挑尽,是说夜已深,灯草也将燃尽。
⑪ 耿耿:明亮。星河:银河。
⑫ 鸳鸯瓦:屋瓦一俯一仰扣合在一起叫做"鸳鸯瓦"。
⑬ 翡翠衾:即翡翠被,饰有翠绿的羽毛。
⑭ 临邛(qióng):县名,今四川邛崃县。鸿都:洛阳北门名。这句是说临邛道士来京都作客。

排云驭气奔如电,
升天入地求之遍。
上穷碧落下黄泉①,
两处茫茫皆不见。
忽闻海上有仙山,
山在虚无缥缈间。
楼阁玲珑五云起②,
其中绰约多仙子③。
中有一人字太真④,
雪肤花貌参差是⑤。
金阙西厢叩玉扃⑥,
转教小玉报双成⑦。
闻道汉家天子使,
九华帐里梦魂惊⑧。
揽衣推枕起徘徊,
珠箔银屏迤逦开⑨。
云鬓半偏新睡觉,
花冠不整下堂来。
风吹仙袂飘飘举,
犹似《霓裳羽衣》舞。
玉容寂寞泪阑干⑩,
梨花一枝春带雨。
含情凝睇谢君王⑪,
一别音容两渺茫。
昭阳殿里恩爱绝⑫,
蓬莱宫中日月长⑬。
回头下望人寰处⑭,
不见长安见尘雾。
惟将旧物表深情⑮,
钿合金钗寄将去⑯。
钗留一股合一扇,

① 碧落：道家称天界为碧落。
② 五云：五色的彩云。
③ 绰约：美好轻盈的样子。
④ 太真：杨贵妃原名杨玉环，被度为女道士时叫太真，住太真宫，所以这里用作仙号。
⑤ 参差：仿佛。
⑥ 金阙：金碧辉煌的神仙宫阙。扃(jiōng)：门闩，这里借指门。
⑦ 小玉：原诗注："小玉，吴王夫差女名。"双成：即董双成，西王母的侍女。这句是说仙府重重，须经过辗转通报的手续。
⑧ 九华帐：汉武帝在九华殿所设之帐，以迎候西王母。这里泛指华美的帐子。
⑨ 珠箔(bó)：珠帘。银屏：镶嵌银丝花纹的屏风。迤逦(yǐ lǐ)：连绵不断之貌。
⑩ 阑干：形容流泪的样子。
⑪ 凝睇(dì)：凝视。
⑫ 昭阳殿：汉宫名，赵飞燕住过的宫殿，这里借指唐宫。
⑬ 蓬莱宫：传说中海上仙山的宫殿，这里指杨贵妃住的仙境。
⑭ 人寰：人间。
⑮ 旧物：旧时定情的信物。
⑯ 钿合：用珠宝镶嵌的一种首饰，用两片合成。

钗擘黄金合分钿①。
但教心似金钿坚，
天上人间会相见。
临别殷勤重寄词，
词中有誓两心知。
七月七日长生殿②，
夜半无人私语时。
在天愿作比翼鸟，
在地愿为连理枝。
天长地久有时尽，
此恨绵绵无绝期！

① 擘（bò）：用手分开。上句说自己留钗、合的一半，这句说寄给对方的一半。
② 长生殿：唐玄宗所造宫殿，即华清宫的集灵台。又，唐代后妃所居寝宫，可通称长生殿。

琵琶行 并序

【题解】这是一首长篇叙事诗，记叙了诗人谪居江州时，月夜送客江边，巧遇琵琶女一事，既表现了作者对被压迫妇女的同情，又表现了自己被贬谪的悲伤和愤懑。全诗构思巧妙，结构严谨，情节曲折动人，人物鲜明生动。尤其是对音乐的描写准确生动，充分调动读者的听觉和视觉，使人如临其境、如闻其声，并产生美妙的联想和想象。

元和十年，予左迁九江郡司马①。明年秋，送客湓浦口②，闻舟中夜弹琵琶者，听其音，铮铮然有京都声。问其人，本长安倡女，尝学琵琶于穆、曹二善才③，年长色衰，委身为贾人妇。遂命酒，使快弹数曲，曲罢悯然④。自叙少小时欢乐事，今漂沦憔悴，转徙于江湖间。予出官二年，恬然自安⑤，感斯人言，是夕始觉有迁谪意。因为长句，歌以赠之，凡六百一十二言⑥，命曰《琵琶行》。

① 左迁：贬官降职。古人论等次以右为尊。九江郡：隋郡名，唐代先改浔阳郡，复改江州，州治在今江西九江。司马：官职名，州刺史的副职。
② 湓（pén）浦口：即湓口，在今九江市湓水入江处。
③ 善才：是唐代对弹琵琶艺人或曲师的通称。曹、穆是当时著名的琵琶师。
④ 悯然：脸色显出忧伤的样子。
⑤ 恬然：心情平静安适的样子。
⑥ 全诗六百一十六言，这里的"二"当为传写之误。

浔阳江头夜送客①,
枫叶荻花秋瑟瑟②。
主人下马客在船,
举酒欲饮无管弦。
醉不成欢惨将别,
别时茫茫江浸月。
忽闻水上琵琶声,
主人忘归客不发。
寻声暗问弹者谁?
琵琶声停欲语迟。
移船相近邀相见,
添酒回灯重开宴③。
千呼万唤始出来,
犹抱琵琶半遮面。
转轴拨弦三两声④,
未成曲调先有情。
弦弦掩抑声声思⑤,
似诉平生不得志。
低眉信手续续弹,
说尽心中无限事。
轻拢慢捻抹复挑⑥,
初为《霓裳》后《六幺》⑦。
大弦嘈嘈如急雨,
小弦切切如私语。
嘈嘈切切错杂弹,
大珠小珠落玉盘⑧。
间关莺语花底滑,
幽咽泉流水下滩⑨。
水泉冷涩弦凝绝⑩,
凝绝不通声暂歇。
别有幽情暗恨生,

① 浔阳江:流经浔阳的一段长江。
② 荻(dí)花:芦花。瑟瑟:风吹草木声。
③ 回灯:重新张灯。
④ 转轴拨弦:弹奏前的校音动作。三两声:试弹几声的意思。
⑤ 掩抑:掩蔽、遏抑,声调不奔放。思:读去声 sì。
⑥ 拢、捻、抹、挑:均为琵琶指法。拢,左手手指按弦向里推,后世称为推。捻,揉弦。拢、捻均为左手手法。抹,向左拨弦,后世称为弹。挑,向右拨弦,后世称为挑。抹和挑为右手手法。
⑦ 《霓裳》、《六幺》:都是当时著名的歌舞曲名。
⑧ "大弦"四句:大弦、小弦,指最粗、最细的弦。嘈嘈,声音沉重舒长。切切,细促轻幽。
⑨ "间关"二句:间关,鸟声。
⑩ 凝绝:滞涩。

此时无声胜有声。
银瓶乍破水浆迸，
铁骑突出刀枪鸣①。
曲终收拨当心画，
四弦一声如裂帛②。
东船西舫悄无言③，
唯见江心秋月白。
沉吟放拨插弦中，
整顿衣裳起敛容④。
自言本是京城女，
家在虾蟆陵下住⑤。
十三学得琵琶成，
名属教坊第一部⑥。
曲罢曾教善才伏⑦，
妆成每被秋娘妒⑧。
五陵年少争缠头⑨，
一曲红绡不知数⑩。
钿头银篦击节碎⑪，
血色罗裙翻酒污⑫。
今年欢笑复明年，
秋月春风等闲度⑬。
弟走从军阿姨死，
暮去朝来颜色故⑭。
门前冷落车马稀，
老大嫁作商人妇。
商人重利轻别离，
前月浮梁买茶去⑮。
去来江口守空船⑯，
绕船月明江水寒。
夜深忽梦少年事，
梦啼妆泪红阑干⑰。
我闻琵琶已叹息，

① "银瓶"二句：迸，溅射。铁骑，带甲的骑兵。
② "曲终"二句：拨，拨子，拨了弦用具。当心画，用拨子在弹奏处划过四弦。四弦一声，和弦。如裂帛，比喻声音清脆悦耳。
③ 舫：画船。
④ 敛容：脸色变得庄重起来。
⑤ 虾蟆陵：在长安城东南曲江附近，是当时歌姬舞妓聚居的地方。
⑥ 教坊：唐代官办管领音乐杂技、教练歌舞的机关。
⑦ 伏：钦服。
⑧ 秋娘：当时长安城中著名的歌舞妓。后来成为长安歌舞妓的通用名。
⑨ 五陵：汉代的五个皇陵，在长安城外，后来皇帝迁来贵族在附近居住。所以后来就用五陵少年，指代有钱有势人家的子弟。缠头：用锦帛之类的财物送给歌舞妓叫"缠头彩"。
⑩ 绡（xiāo）：精细轻薄的丝织品。
⑪ 钿头银篦（bì）：镶嵌有珠宝和金属的发篦。击节：打拍子。
⑫ 血色：红色。
⑬ 等闲度：随随便便地消磨过去。
⑭ 颜色故：年老容貌衰老。
⑮ 浮梁：古县名，唐属饶州，今江西景德镇。
⑯ 去来：走后。
⑰ 阑干：形容眼泪纵横的样子。

又闻此语重唧唧①。
同是天涯沦落人，
相逢何必曾相识。
我从去年辞帝京，
谪居卧病浔阳城。
浔阳地僻无音乐，
终岁不闻丝竹声。
住近湓江地低湿，
黄芦苦竹绕宅生。
其间旦暮闻何物？
杜鹃啼血猿哀鸣。
春江花朝秋月夜②，
往往取酒还独倾③。
岂无山歌与村笛，
呕哑嘲哳难为听④。
今夜闻君琵琶语⑤，
如听仙乐耳暂明。
莫辞更坐弹一曲⑥，
为君翻作琵琶行⑦。
感我此言良久立，
却坐促弦弦转急⑧。
凄凄不似向前声⑨，
满座重闻皆掩泣。
座中泣下谁最多？
江州司马青衫湿⑩。

① 重：更加。唧唧：叹息声。
② "春江"句：是"春江花朝，秋江月夜"的省文。
③ 独倾：独自饮酒。倾，这里指大口喝。
④ 呕哑嘲哳（ōu yā zhāo zhā）：形容声音噪杂。
⑤ 琵琶语：琵琶曲。
⑥ 更：再。
⑦ 翻作：依曲调写作歌词。
⑧ 却：退回。却坐，即退回原处，重新坐下。促弦：把弦拧得更紧。
⑨ 向前声：刚才弹奏过的曲调。
⑩ 青衫：唐朝八品、九品文官的服色。白居易当时是从九品。

忆江南

【题解】 白居易的《忆江南》词共三首，这里选录的是第一首。在写这三首词之前不久，作者曾先后任杭州刺史和苏州刺史。此词回忆了当年生活，描绘了江南春天的美丽风光。

江南好，风景旧曾谙①。日出江花红胜火②，春来江水绿如蓝③。能不忆江南？

① 谙（ān）：熟悉。
② 江花：江边的花。胜，一作"似"。
③ 蓝：植物名，有多种，这里指的是蓼（liǎo）蓝，叶子可作染料。

长相思

【题解】 此词上片写景，下片抒情。全篇以一个月下凭楼远眺的女子的角度描写，直到结尾方才巧妙地加以点破。以山水喻愁思，形象有力。

汴水流，泗水流①，流到瓜洲古渡头②，吴山点点愁③。

思悠悠，恨悠悠，恨到归时方始休，月明人倚楼。

① 汴（biàn）水、泗水：古河名，分别源出河南、山东，流入江苏。
② 瓜洲：镇名。在江苏邗（hán）江县南，位于长江北岸。
③ 吴山：泛指江南的群山。

李 绅

　　李绅（772～846），中唐诗人。字公垂，无锡（今属江苏）人。曾经当过宰相，与元稹、白居易交游甚密。诗现存不多。

悯 农

【题解】《悯农》二首是李绅影响最大的作品。诗歌主要写农民的劳作和生活，揭露了社会的不公，对农民表达了无限的同情。两首诗的后两句，都寓含着深刻的警戒或启迪意义。

春种一粒粟①，秋收万颗子。
四海无闲田，农夫犹饿死②。

锄禾日当午③，汗滴禾下土。
谁知盘中餐，粒粒皆辛苦。

①粟（sù）：谷子。
②犹：仍然。
③当（dāng）午：中午，正午。

元 稹

元稹（779～831），中唐诗人。字微之，河南（今河南洛阳）人。早期曾和白居易共同提倡诗歌革新，时称元白，诗名颇著，但总的来说，元诗成就不如白居易。有《元氏长庆集》。

行 宫①

【题解】这诗虽短，但内涵却极为丰富。行宫寥落，宫花寂寞。当年的开元盛世已经过去，唐玄宗也已经成了历史人物，只有作为见证人的白头宫女还在空闲时述说着他。人去物非，沧桑巨变，作者的感慨之情油然而生。

寥落古行宫②，宫花寂寞红。
白头宫女在，闲坐说玄宗。

①行宫：皇帝外出所住之地。
②寥落：荒凉。

闻乐天左降江州司马①

【题解】这首诗是久病中的诗人听到好友被贬而写的，表达了对好友遭遇的不平与同情，同时也表达了自己的身世之感。全诗用悲剧气氛来衬托人物的环境和心情，极其出色。

残灯无焰影幢幢②，
此夕闻君谪九江③。
垂死病中惊坐起，
暗风吹雨入寒窗。

①指白居易因直言相谏而由太子左赞善大夫贬谪为江州司马。乐天，白居易的字。
②幢幢（chuáng）：形容灯影昏暗、摇曳的样子。
③谪九江：贬为江州司马。九江，隋代郡名，即唐代江州。

贾 岛

贾岛（779~843），字阆仙，范阳（今北京附近）人。曾栖身佛门，法号无本。曾任遂州长江县（今四川蓬溪县）主簿，后人称为贾长江。贾岛是一位苦吟诗人，诗风清淡朴素，对后世失意文人颇有影响。有《长江集》。

题李凝幽居①

【题解】 这首诗写友人李凝所居环境之幽静，表现了朋友间友情之融洽。此诗抓住"幽"这一环境特点加以描述，荒园、宿鸟、僧人、月下、野色、云根，都能体显这"幽"字。另外，此诗对仗工整，造语奇巧。全诗并不甚出色，但时有妙语惊人，这也是贾岛诗的一个特点。

闲居少邻并②，
草径入荒园。
鸟宿池边树，
僧敲月下门③。
过桥分野色，
移石动云根④。
暂去还来此，
幽期不负言⑤。

① 李凝：隐士，生平不详。
② 邻并：邻居。
③ "僧敲"句：据记载，贾岛在驴上吟诗，苦思用"推"字还是"敲"字，而没有回避京兆尹韩愈的仪仗队，在礼节上冒犯了韩愈。贾岛说出缘由，韩愈停马推敲良久，说还是用"敲"字好。
④ 云根：指石。
⑤ 幽期：幽会。

寻隐者不遇①

【题解】 这是一首访友诗。诗的独特之处，是并未写与友人的言笑盘桓，而是写"不遇"。这似乎有些煞风景，但却突出了友人的形象：挚友来访不遇，可见其隐之闲云野鹤，神龙首尾，超然独绝。

松下问童子，言师采药去。
只在此山中，云深不知处②。

① 隐者：隐居山林、不愿出仕的人。
② 不知处（chù）：不知在何处。

胡令能

胡令能（785~820），唐代诗人。《全唐诗》存其诗四首。

小儿垂钓

【题解】这是一首充满童趣的小诗。诗写小儿钓鱼，着重刻画其神情动作，从而反映了天真未凿的儿童心理。诗人观察入微，描摹准确，可谓出神入化。

蓬头稚子学垂纶①，
侧坐莓苔草映身②。
路人借问遥招手③，
怕得鱼惊不应人。

①蓬头稚子：头发乱蓬蓬的小孩子。垂纶（lún）：钓鱼。纶，鱼线。
②莓苔：青苔。映：掩映，此处有遮掩之意。
③招手：指摆手。

李 贺

李贺（790～816），字长吉，祖籍陇西成纪（今甘肃泰安），出生于福昌（今河南宜阳）的昌谷。其诗想象丰富，立意新奇，构思精巧，用辞瑰丽，无论在当时还是对后世都颇有影响。有《李长吉歌诗》。

李凭箜篌引①

【题解】这首诗赞美李凭箜篌技艺之高超，曲调之精美，艺术感染力之强烈。写作不落窠臼，对李凭弹箜篌的直接描绘只有"昆山玉碎凤凰叫"一句，其余都是从渲染其乐曲所产生的艺术效果方面来着笔；写艺术效果之强烈，又着重于天上神仙、人间动植物的反映；造语奇险，新奇不凡。

吴丝蜀桐张高秋②，
空山凝云颓不流③。
湘娥啼竹素女愁④，
李凭中国弹箜篌⑤。
昆山玉碎凤凰叫⑥，
芙蓉泣露香兰笑。
十二门前融冷光⑦，
二十三弦动紫皇⑧。
女娲炼石补天处，
石破天惊逗秋雨⑨。
梦入神山教神妪⑩，
老鱼跳波瘦蛟舞。
吴质不眠倚桂树，
露脚斜飞湿寒兔⑪。

① 李凭：供奉宫廷的梨园弟子，擅长弹箜篌。
② 吴丝蜀桐：吴郡产的蚕丝、蜀地产的桐木，都是制造乐器的上等材料。张：乐器紧弦，准备弹奏。
③ 颓：颓然，凝滞。
④ 湘娥：湘水女神，即传说中舜帝的妃子娥皇、女英。素女：传说中的女神。
⑤ 中国：即国中，此指京城长安。
⑥ 昆山：即昆仑山。玉碎、凤凰叫：形容乐声清亮悦耳。
⑦ 十二门：长安城共有十二门，代指长安城。融冷光：乐声消融了冷气寒光。
⑧ 二十三弦：指竖箜篌，有二十三弦。紫皇：传说中道教的天帝。
⑨ 女娲（wā）：神话中的女帝王，曾炼石补天。逗：引。
⑩ 神妪（yù）：神女。
⑪ "吴质"二句：吴质，即吴刚，传说的月中神人。露脚，露水落地。寒兔，月中玉兔。湿寒兔，意谓月中玉兔听乐入迷，毛被露水打湿了。

雁门太守行①

【题解】 这首诗描写并歌颂了危城将士誓死报国的决心。写法上的突出特点是用写景来渲染烘托紧张激烈的战斗气氛,以及战斗环境的艰苦、将士们的英勇。全诗画面鲜明,色调凝重,词采瑰丽,声情并茂。

黑云压城城欲摧②,
甲光向日金鳞开③。
角声满天秋色里,
塞上燕脂凝夜紫④。
半卷红旗临易水⑤,
霜重鼓寒声不起。
报君黄金台上意⑥,
提携玉龙为君死⑦。

① 雁门:秦汉时郡名,治所在今山西左玉。
② 黑云:指进军时的滚滚烟尘。
③ 金鳞开:指太阳照在铠甲上像鱼鳞一样金光闪闪。
④ 塞上:长城一带,此泛指北方边地。燕脂:即胭脂,此处指暮色霞光。紫:长城附近泥土多紫色。
⑤ 易水:在今河北省易县。
⑥ 黄金台:战国时燕昭王所筑,曾置千金于台上,用来招聘天下的贤士。
⑦ 玉龙:剑的代称。

南园(选二)①

【题解】《南园》组诗共13首,是诗人乡居时的即兴之作。这里所选的两首,主题和风格基本一致。诗歌表达了诗人弃文就武、为国效力的抱负,而对自己的书生作为进行了自嘲。全篇语义显豁,情怀激越,在李贺诗中独具一格。

男儿何不带吴钩②?
收取关山五十州③。
请君暂上凌烟阁④,
若个书生万户侯⑤?

寻章摘句老雕虫,
晓月当帘挂玉弓⑥。
不见年年辽海上⑦,
文章何处哭秋风⑧。

① 南园:李贺住居的读书之处。
② 吴钩:吴地出产的弯头刀,泛指宝刀。
③ 关山:泛指城池及其属地。五十州:指当时藩镇所据的州郡。
④ 凌烟阁:表彰功臣所建的殿阁。
⑤ 若个:哪个。
⑥ 以上两句是说自己长年攻读苦吟。雕虫指写诗作文。玉弓:指弯月。
⑦ 辽海:指辽东。征战之地。
⑧ 哭秋风:即作赋悲秋。

杜 牧

杜牧（803～852），晚唐诗人。字牧之，京兆万年（今陕西西安）人。诗风豪健清丽，独具一格，尤长于七律和绝句。与李商隐齐名，人称"小李杜"。有《樊川文集》。

过华清宫

【题解】这首诗通过描述送荔枝这一典型历史事件，深刻揭露了唐玄宗与杨贵妃建立在残酷剥削劳动人民血汗基础上的骄奢淫逸的生活。不用僻字，不用典故，措辞微婉而寓意精深。

长安回望绣成堆①，
山顶千门次第开。
一骑红尘妃子笑②，
无人知是荔枝来。

①绣成堆：骊山有东西绣岭，均在华清宫缭垣内，唐玄宗时，于岭上广植林木花卉，望去宛如锦绣。
②"一骑"二句：据载，杨贵妃喜食荔枝，唐玄宗每年都命用快马从岭南运送。

赤 壁

【题解】本诗创作于杜牧任黄州刺史期间，当时晚唐统治阶级荒淫腐化，不思进取。诗人这首诗咏写三国时期赤壁之战的历史，以史为鉴，告诫统治者，表现了他忧国忧民的思想。

折戟沉沙铁未销①，
自将磨洗认前朝②。
东风不与周郎便③，
铜雀春深锁二乔④。

①戟（jǐ）：古代的一种兵器。铁未销：指兵器还没腐烂。
②将：拿。前朝：过去的朝代，指三国时期。
③东风：引用周瑜借东风相助火烧曹军战船的故事。与：给。周郎：周瑜。
④铜雀：即铜雀台，在今河北临漳，是曹操所建，因楼顶铸有大铜雀而得名。

泊秦淮①

【题解】 这首诗通过听商女歌唱前代遗曲,将历史与现实联系起来,对国家前途深感忧虑,对统治者的腐朽生活提出了规讽。

烟笼寒水月笼沙,
夜泊秦淮近酒家。
商女不知亡国恨,
隔江犹唱后庭花②。

① 秦淮:即秦淮河。因在秦代开凿钟山以疏淮水,故名。
② "商女"二句:商女,指以唱歌为生的乐妓。《后庭花》,《玉树后庭花》的简称,陈后主所作舞曲,人称"亡国之音"。

山 行

【题解】 这是一首写景诗,也是一幅优美的图画。诗人通过歌颂大自然的秋色美,体现出豪爽向上、积极乐观的精神。诗虽短,却极有层次,斜斜的石径和更为深远处的人家是背景,近景是如火如荼的枫林、红叶。背景只作淡笔以为点缀,近景红叶却作浓彩重笔。语言清新洗炼,色彩鲜明。

远上寒山石径斜①,
白云生处有人家②。
停车坐爱枫林晚③,
霜叶红于二月花。

① 斜:读 xiá。
② 白云生处:生出白云的地方,指山林深处。
③ 坐:因为。

清　明

【题解】这是一首抒情小诗。前两句写清明时节的风物，细雨和旅愁互相映衬；后二句写人事，勾勒出一幅美妙的乡间清明图。本诗清丽可人，又笼罩淡淡愁思。

清明时节雨纷纷，
路上行人欲断魂。
借问酒家何处有①？
牧童遥指杏花村②。

①借问：请问。此句是行人的问话。
②杏花村：其说不一，一说为今山西汾阳的杏花村；一说为今安徽贵池的杏花村。

江南春绝句

【题解】此诗写江南之春，抓住了典型的物像：啼莺，红花，绿树，水村，山郭，还有风中酒旗、雨中佛寺，再加"千里"来笼括，一幅廓大而鲜明的春景就如在眼前。而后两句的朝代更迭、物是人非，又使这春景有了纵深，使人感慨万千。

千里莺啼绿映红，
水村山郭酒旗风①。
南朝四百八十寺②，
多少楼台烟雨中。

①山郭：傍山的城郭。
②南朝：指南北朝时期定都建康（今江苏南京）的宋、齐、梁、陈四个朝代。四百八十寺：不是确数，形容寺庙之多。

李商隐

　　李商隐（812～858），晚唐诗人。字义山，号玉谿生，怀州河内（今河南沁阳）人。李商隐的诗内容广泛，构思缜密，想象丰富，文字华美，色彩浓艳，意境深沉，甚而至于朦胧，独具风格，在后世影响颇大。有《玉谿生诗》。

夜雨寄北①

【题解】 这首诗表现客居的寂寞和思念妻子的深情。诗的艺术构思颇具匠心，前两句写现在，后两句想象未来，以时间与空间的交错变化，抒写人物悲欢离合之情，回环往复，缠绵有致。

　　君问归期未有期，
　　巴山夜雨涨秋池②。
　　何当共剪西窗烛③，
　　却话巴山夜雨时④。

①这是诗人滞留巴蜀时寄怀妻子王氏之作。寄北，一作"寄内"。
②巴山：又称大巴山、巴岭，横亘于陕西、四川两省边境。此处泛指巴蜀之地。
③何当：犹言何时。剪：剪去烧残的烛心，使烛光明亮。
④却话：追叙，回溯。

贾　生

【题解】 这首诗是歌咏汉代贾谊的。不过，诗人并未刻意写个人的穷通得失，而是以小见大，通过个人的遭际揭示社会现实，批评统治者不真正重视人才，不关心民生疾苦。大议论融于短篇幅中，慨叹而出，意蕴十足，耐人寻味。

　　宣室求贤访逐臣①，
　　贾生才调更无伦。
　　可怜夜半虚前席②，
　　不问苍生问鬼神③。

①宣室：汉未央宫前殿的正室。逐臣：指贾谊。贾谊被贬后，汉文帝曾将他召还，问事于宣室。
②可怜：可惜，可叹。前席：指谈话投机，不自觉地向前移动坐席。
③苍生：百姓。问鬼神：文帝召见贾谊，"问鬼神之本"。

常娥①

【题解】这首诗写嫦娥,由人间的相思离别之情,推想天上神仙亦孤寂凄凉害相思。而神仙犹然如此,人间的相思必然更甚。天上人间,两相映衬,越见情切。

云母屏风烛影深②,
长河渐落晓星沉③。
常娥应悔偷灵药,
碧海青天夜夜心④。

①常娥:即嫦娥。
②云母屏风:嵌着云母石的屏风。深:暗。此句写所居之幽寂。
③长河:银河。此句写彻夜无眠。
④以上两句推想,写相思的绵绵无尽。夜夜心,每夜都是如此心情(境)。

锦 瑟

【题解】这首诗借庄生梦蝶、杜鹃啼血、沧海遗珠、韫玉山辉的典故,描写了诗人一生的不幸遭遇,抒发了无限怅惘的感慨。本诗表意模糊,境界朦胧,耐人寻味。

锦瑟无端五十弦①,
一弦一柱思华年②。
庄生晓梦迷蝴蝶③,
望帝春心托杜鹃④。
沧海月明珠有泪⑤,
蓝田日暖玉生烟⑥。
此情可待成追忆⑦,
只是当时已惘然。

①锦瑟:绘有纹彩的瑟。五十弦:相传古瑟为五十根弦。
②华年:盛年。
③"庄生"句:庄生即庄周。此用庄周梦蝶典故。
④"望帝"句:望帝是传说中古蜀国的一位君主,名杜宇,死后魂魄化为杜鹃,春天悲啼不止。
⑤珠有泪:用南海鲛人哭泣时眼泪变成珍珠。
⑥蓝田:即蓝田山,是古代著名的产玉之地。玉生烟:据说玉山在和煦的阳光下能散发出烟霭似的玉气。
⑦可待:岂待。

无 题

【题解】这首诗写与恋人的相思离别之情。首联写见面不易,颔联写坚贞不渝的爱情,颈联写对方相思之情,尾联写由使者传递消息,写来情意缠绵。本诗造语新奇精警,其颔联写出了古往今来深恋者坚贞不渝之爱情的共同特点,尤为警策,因此千余年来广为流传。

相见时难别亦难,
东风无力百花残①。
春蚕到死丝方尽,
蜡炬成灰泪始干②。
晓镜但愁云鬓改③,
夜吟应觉月光寒。
蓬山此去无多路④,
青鸟殷勤为探看⑤。

① 百花残:指暮春季节。
②"春蚕"二句:丝,以蚕丝象征情思。泪,以烛泪象征离别之泪。
③ 云鬓改:指青春的容颜逐渐消失。
④ 蓬山:蓬莱山,传说中的海上仙山。
⑤ 青鸟:神话中的鸟,使者的代表。

无 题

【题解】这是诗人在秘书省任职时写的,诗意与情爱有关,但又有超出情爱的情愫,诗意朦胧,辞藻华丽。

昨夜星辰昨夜风,
画楼西畔桂堂东①。
身无彩凤双飞翼,
心有灵犀一点通②。
隔座送钩春酒暖,
分曹射覆蜡灯红③。
嗟余听鼓应官去④,
走马兰台类转蓬⑤。

① 桂堂:用香木构筑的厅堂。
② 灵犀:传说犀牛角中的一条白纹,人们视为灵异,故称。用来比喻心心相印。
③"隔座"二句:送钩、射覆,都是古代的游戏。分曹,分队。
④ 听鼓:听更鼓。应官:指去官署上班。
⑤ 兰台:指秘书省。当时诗人在此任职。

登乐游原①

【题解】 此诗是作者黄昏登乐游原所感而作,颇有迟暮之感。

向晚意不适②,
驱车登古原。
夕阳无限好,
只是近黄昏。

①乐游原:长安城南的高地,登临可眺望长安全城。
②向晚:近晚。意不适:心情不舒畅。

罗 隐

罗隐（833～909），唐代诗人。字昭谏，余杭（今浙江余杭）人。他的诗多讽刺现实，常用口语。有《罗昭谏集》。

蜂

【题解】这是一首深有寓意的咏物诗。诗歌并未写所咏之物的形貌，而是着重写它的劳作，写它表面的风光；接着陡然一转，以反问句指出结果，揭示了较为丰富的社会人生意义。

不论平地与山尖，
无限风光尽被占①。
采得百花成蜜后，
为谁辛苦为谁甜②？

①这两句指蜜蜂到处寻花采蜜，似乎占尽风光。
②这两句与前两句对比，指出蜜蜂的辛苦和奉献。

王 翰

　　王翰（生卒不详），唐代诗人。字子羽，并州晋阳（今山西太原）人。诗多壮丽雄瑰。

凉州词[①]

【题解】 本篇为边塞诗。诗中借出征送行宴会的特定场景抒写了戍边将士豪迈之情。

葡萄美酒夜光杯[②]，
欲饮琵琶马上催。
醉卧沙场君莫笑，
古来征战几人回？

[①]凉州：唐代州郡名，在今甘肃武威一带。
[②]夜光杯：本指夜里能发光的玉杯，此处泛指华美的酒杯。

韩 翃

韩翃（生卒不详），唐代诗人。字君平，南阳（今河南泌阳附近）。"大历十才子之一"，诗多应酬赠别和流连光景之类。

寒 食

【题解】本诗写都城寒食节的景象，春光怡人，节俗浓郁；但又以汉宫代唐宫，暗含讽谕之意。

春城无处不飞花①，
寒食东风御柳斜②。
日暮汉宫传蜡烛③，
轻烟散入五侯家④。

①春城：指春日的京城。
②御柳：指皇宫内的柳树。
③"日暮"二句：汉宫，借指唐宫。传蜡烛，旧指寒食次日皇室送火种给近幸大臣。下句"轻烟散入五侯家"即指此。
④五侯：泛指皇帝近幸的臣子。

张 继

张继(生卒不详),唐代诗人。字懿孙,襄州(今湖北襄樊)人。其景物词自然清秀,富有韵味。

枫桥夜泊①

【题解】本诗写游子羁旅他乡,泊舟独眠,愁对渔火,思乡情切,夜不能寐。画面优美,意境深邃,堪称一幅秋夜游子泊舟图。

月落乌啼霜满天,
江枫渔火对愁眠。
姑苏城外寒山寺②,
夜半钟声到客船。

①枫桥:在今江苏苏州西部。
②姑苏:苏州别称,因城外西南有姑苏山而得名。寒山寺:苏州佛寺,相传唐朝诗僧寒山曾住此寺。

金昌绪

金昌绪,晚唐诗人。余杭(今浙江杭州)人。生平事迹不详。

春　怨

【题解】这是一首闺中思妇思念情人的小诗。又题"伊州歌"。

打起黄莺儿,
莫教枝上啼。
啼时惊妾梦①,
不得到辽西②。

①妾:古代妇女的自称。
②辽西:辽河以西,今辽宁西部地区。此说明心上人此时在辽西。

敦煌曲子词

清光绪二十五年（1899），在敦煌莫高窟（又称千佛洞）石室里发现了大量唐五代人手写的卷子。其中有词，当时称为曲子词。这些曲子词绝大部分是民间作品，保存了民间文学朴素、清新的风格。

菩萨蛮

【题解】 这是一首恋词。词中叠用自然界绝不可能发生的事情，作为盟誓，表示海枯石烂永不变心的真挚的爱情。

枕前发尽千般愿①，要休且待青山烂②。水面上秤锤浮，直待黄河彻底枯。

白日参辰现③，北斗回南面④。休即未能休，且待三更见日头。

① 愿：盟誓。
② 休：罢休，断绝。
③ 参（shēn）辰：二星名。参星居西方，辰星居东方，此出彼没，互不相见。
④ 北斗：星名，共七星，居北方。回：转移。

鹊踏枝

【题解】 这首词表现了思妇对征夫的怀念。上片写思妇对喜鹊的埋怨，下片写喜鹊的申诉。这种问答体和拟人化的手法，充分反映了民间文学的艺术特点。

叵耐灵鹊多谩语①，送喜何曾有凭据？几度飞来活捉取，锁上金笼休共语②。

比拟好心来送喜③，谁知锁我在金笼里。欲他征夫早归来④，腾身却放我向青云里。

① 叵（pǒ）耐：不可容忍，可恶。叵，不可。灵鹊：喜鹊，俗信以为喜鹊噪鸣是喜事临门的征兆。谩（mán）：欺骗。
② 休共语：不同它说话，不理睬它。
③ 比：本来。当时俗语。拟：打算。
④ 欲：愿。

温庭筠

温庭筠（812？～866？），唐代五代词人。原名岐，字飞卿，太原（在今山西）人。他是"花间词派"的开创者，其词工于造语，着色秾艳，对后来词的影响很大。

商山早行①

【题解】此诗写诗人旅途早行的所见所感，由眼前景物引出故乡景物，由出行的辛劳引出对故乡的思念。诗中三四两句历来为人称道。

晨起动征铎②，
客行悲故乡。
鸡声茅店月，
人迹板桥霜。
槲叶落山路，
枳花明驿墙③。
因思杜陵梦④，
凫雁满回塘⑤。

①商山：亦名楚山，在今陕西商县东南。
②铎：车马的铃铛。
③"槲叶"二句：槲（hù）叶：槲叶冬天仍留在枝头，次年春新枝发芽时才凋落。枳（zhǐ）花：枳树之花，在槲叶落时开放。
④杜陵：诗人的故乡。
⑤凫（fú）雁：一种水鸟。回塘：圆圆的水塘。

梦江南

【题解】这首词写思妇，以简洁的语言勾勒出一个倚楼等待离人归来、却一再失望的思妇的形象。意境悠远，词风清新。

梳洗罢，独倚望江楼。过尽千帆皆不是，斜晖脉脉水悠悠①，肠断白蘋洲②。

①斜晖：夕阳的斜光。
②白蘋洲：开满白色蘋花的洲渚。古诗中常用来代表分别之地。

菩萨蛮

【题解】 这首词描写一位贵族女子晨妆梳洗的情景，表现了妇女独守空闺的寂寞、无聊。词中贵族女子写来雍容华贵，体态娇美，犹如一幅工笔仕女图。

小山重叠金明灭①，鬓云欲度香腮雪②。懒起画蛾眉，弄妆梳洗迟。

照花前后镜，花面交相映③。新帖绣罗襦④，双双金鹧鸪。

① 金明灭：金光闪烁。此句说屏风。
② 鬓云：额角边像乌云似的头发。香腮雪：面颊雪白。度：覆盖。
③ "照花"二句：指用两重镜子前后相照。花，指妆饰面容、鬓发的花钿等。
④ 帖：妥帖、匀称。

更漏子

【题解】 这首词写女子的愁思，刻画了一个为离情所苦、通宵未眠的女子形象。情景交融，刻绘纤细。

玉炉香，红蜡泪，偏照画堂秋思①。眉翠薄，鬓云残，夜长衾枕寒②。

梧桐树，三更雨，不道离情正苦③。一叶叶，一声声，空阶滴到明。

① 红蜡泪：红烛燃烧时垂滴的蜡油。画堂：华美的堂舍。
② 眉翠薄：涂画在眉毛上的翠色淡褪。衾(qīn)：被子。
③ 不道：不管，不顾。

韦 庄

韦庄（836～910），唐末五代词人。字端己。京兆杜陵（今陕西西安东南）人。词和温庭筠齐名，并称"温韦"，但在风格上不像温庭筠那样秾艳，一般写得比较清丽。

菩萨蛮

【题解】韦庄《菩萨蛮》共五首，这是第二首。这首词描写了江南水乡的美丽风光和当地女子的美丽容貌，抒发了作者流落他乡的苦闷心情。

人人尽说江南好，游人只合江南老①。春水碧于天，画船听雨眠②。

垆边人似月③，皓腕凝霜雪。未老莫还乡，还乡须断肠④。

①合：应当。
②画船：饰有彩画的船。
③垆边人似月：指酒家女很美。垆，卖酒人家垒土而成的放酒瓮的台子。
④须：应。

思帝乡

【题解】这首词描写少女追求爱情的热烈。全词以第一人称的口吻，直白地表达了对陌上风流少年的爱慕和自己追求他的决心。情感热烈，心意坚定，表露直率，颇有民歌韵味。

春日游，杏花吹满头。陌上谁家年少，足风流①。

妾拟将身嫁与，一生休②。纵被无情弃，不能羞③！

①陌上：路上，并非实指。足：足够，十分。
②拟：打算。一生休：指跟他整整一辈子。
③"纵被"二句：即使人家没有接受自己的情爱，也不害羞。

冯延巳

冯延巳（903～960），五代词人。又名延嗣，字正中，广陵（今江苏扬州）人。在南唐中主李璟时居高官。他爱好写词，"虽贵且老不废"。其词虽受花间派的影响，但词风不像花间派那样浓艳雕琢，而是清丽多采，委婉情深。

谒金门

【题解】这首词写一个贵族女子思念情人的殷切以及独处的寂寞无聊。词中"风乍起，吹绉一池春水"是当时为人传诵的名句。

风乍起，吹绉一池春水。闲引鸳鸯香径里①，手挼红杏蕊②。

斗鸭阑干独倚③，碧玉搔头斜坠④。终日望君君不至，举头闻鹊喜⑤。

① 引：逗引。香径：花香扑鼻的小路。
② 挼（ruó）：揉搓。
③ 斗鸭阑干：古代贵族之家，临池养鸭，使之相斗为戏。
④ 碧玉搔头：即玉搔头，妇女所用玉簪的别名。
⑤ "举头"句：闻鹊而喜，举头而望。

鹊踏枝

【题解】此词写闲情，从每春依旧、常常病酒、不辞颜瘦、独立小桥、人归仍在等诸多方面，极写这闲情的浓郁持久。全词纯用白描，加以怨怼（"谁道"）、设问（"为问"）手法，行文流转有致，文情并茂。

谁道闲情抛掷久①，每到春来，惆怅还依旧。日日花前常病酒②，不辞镜里朱颜瘦③。

河畔青芜堤上柳④，为问新愁，何事年年有？独立小桥风满袖⑤，平林新月人归后⑥。

① 闲情：闲愁。抛掷：指搁到一边。
② 病酒：饮酒过量，醉酒。
③ 不辞：不怕，不在乎。
④ 青芜：碧青的丛草。
⑤ 桥：一作"楼"。
⑥ 人：指游人。这句说"独立"之久，一直到游人尽归。

李 璟

李璟（916～961），五代词人。字白玉，徐州人。南唐烈祖李昇长子，继位为中祖。与李煜并称"南唐二主"，代表了五代词的最高成就。

摊破浣溪沙

【题解】这首词描绘一个妇女思念远出的丈夫。写景以烘托情绪，乃致"共憔悴"，凄凉哀怨之情溢于言表。

菡萏香销翠叶残①，西风愁起绿波间。还与韶光共憔悴②，不堪看。

细雨梦回鸡塞远③，小楼吹彻玉笙寒④。多少泪珠无限恨，倚阑干。

①菡萏（hàn dàn）：荷花的别称。
②韶光：美好的时光。
③梦回：梦醒。
④吹彻：吹完一套曲子。玉笙：笙的美称。

李 煜

　　李煜（937～978），五代词人。字重光，号钟隐，初名从嘉，徐州人。南唐中主李璟第六子，史称南唐后主。李煜有较深的艺术素养，通晓音乐，善诗文、书画，尤其擅长词。其词突破了晚唐五代词写艳情的旧套路，多写屈辱生活、亡国之痛，将词的境界向前拓宽了一步。

虞美人

【题解】 这首词追怀故国，表现了李煜作为亡国之君的哀愁。词中把即景抒怀和抚今追昔自然地交织在一起，心意缠结，愁肠婉转，感人至深。末二句的比喻，更是千古佳句。

　　春花秋月何时了①，往事知多少！小楼昨夜又东风，故国不堪回首月明中②。

　　雕阑玉砌应犹在③，只是朱颜改④。问君能有几多愁，恰似一江春水向东流。

①了：了结。
②回首：回顾，追忆。
③雕阑玉砌：指南唐宫殿的精美建筑。雕阑，雕花的栏干；玉砌，石阶的美称。
④朱颜改：面容变得憔悴。

浪淘沙

【题解】 此词作于李煜被俘送往汴京以后，情调与《虞美人》相似。上片写暮春寒雨中惊醒，倍觉"身是客"的凄凉和"一晌贪欢"的懊恼；下片写故国不在、旧梦难圆的悲切与无聊。全词情调低沉颓丧，而构思、词彩均很出色，具有很强的艺术感染力。

　　帘外雨潺潺①，春意阑珊②；罗衾不耐五更寒③。梦里不知身是客，一晌贪欢。

①潺潺（chán chán）：这里指雨声。
②阑珊：衰残。
③罗衾（qīn）：用丝绸做的被子。

独自莫凭栏④，无限江山⑤；别时容易见时难。流水落花春去也，天上人间⑥！

④凭栏：指倚栏远望。
⑤无限江山：指原属南唐的大好河山。
⑥天上人间：这里有迷茫邈远、难以寻觅之意。

乌夜啼

【题解】 这首词写秋夜独处时的愁苦心情。构思奇巧，用词精到，出色地描绘出了一幅凄凉之境，同时也细致入微地揭示了难以言状的愁怀。此词人称"最凄惋"，表现了悲哀的"亡国之音"。

无言独上西楼①，月如钩②，寂寞梧桐深院锁清秋③。

①西楼：泛指楼阁。
②月如钩：残月如钩。
③深院锁清秋：清秋锁于深院之中。

剪不断，理还乱，是离愁，别是一般滋味在心头。

清平乐

【题解】 此词写远离故国不得归的离恨愁肠，反映了李煜的故国之思。上下片的末两句构思奇巧，意象颇具代表性。

别来春半，触目愁肠断①。砌下落梅如雪乱②，拂了一身还满③。

①愁：一作"柔"。
②砌（qì）：台阶。
③此句是说拂去不久又落满了一身。
④"雁来"二句：是说鸿雁传书靠不住，路远欲归难成。

雁来音信无凭，路遥归梦难成④。离恨恰如春草，更行更远还生。

宋辽编

王禹偁

王禹偁（954～1001），北宋文学家。字元之，济州钜野（今山东巨野）人。首倡"革弊复古"，提倡"韩柳文章李杜诗"，写诗师法白居易，对北宋的诗文革新运动起了开拓作用。

村　行

【题解】这是一首纪游诗。诗的前六句都在描绘傍晚村野秋景，白描手法，清丽自然。末两句陡然一转，一个"似"字逗引出家乡景物，抒发了诗人强烈的思乡之情。

马穿山径菊初黄①，
信马悠悠野兴长②。
万壑有声含晚籁③，
数峰无语立斜阳。
棠梨叶落胭脂色④，
荞麦花开白雪香⑤。
何事吟余忽惆怅⑥，
村桥原树似吾乡⑦。

①穿：穿过。此句点明季节是秋季。
②野兴：指游览乡野、亲近自然的兴致。
③晚籁：指傍晚时山沟里传出的秋声。
④棠梨：即杜梨，落叶乔木。胭脂色：指树叶经霜变为红色。
⑤荞麦：植物名，开白花。
⑥吟余：吟罢，此指吟诗到这里。
⑦原树：原野里的树。

寒　食

【题解】这是一首风物诗。写的是寒食（清明前两天）的节俗和自然人文风光。作者写风光节俗之间，表达了对乡村生活的向往和身在乡村的悠闲达观惬意。

今年寒食在商山①，
山里风光亦可怜②；
稚子就花拈蛱蝶③，
人家依树系秋千；

①商山：在今陕西商县。
②怜：可爱。
③稚子：小孩儿。就：接近，靠近。蛱（jiá）蝶：蝴蝶。

郊原晓绿初经雨,
巷陌春阴乍禁烟④。
副使官闲莫惆怅,
酒钱犹有撰碑钱⑤。

④禁烟:亦称禁火,指寒食日禁止生火。
⑤撰碑钱:替人家撰写碑记、墓志铭等文章所得的酬劳,当时所谓"润笔"。

寇 准

寇准（961～1023），北宋政治家、诗人。字平仲，下邽（今陕西渭南）人。他的七言绝诗不依傍前人，颇有韵味。

书河上亭壁①

【题解】这是一首题壁诗。诗的前两句写眼前的黄河及因登临而勾起的无边愁思，后两句写秋天萧瑟的树林和群山。情景交融，凄惋迷离。

岸阔樯稀波渺茫②，
独凭危槛思何长③。
萧萧远树疏林外，
一半秋山带夕阳。

① 诗前小序云："每凭高极望，思以诗句状其景物，久而方成小绝句，书于河上亭壁。"
② 樯：船桅，代指船。
③ 危槛：高处的栏杆。

林 逋

　　林逋（967～1028），宋代诗人。字君复，钱塘（今浙江杭州）人。一生隐逸，结庐西湖之孤山，妻梅子鹤。死后赐谥"和靖先生"。其诗风格淡远，长于五七言律。有《林和靖先生诗集》。

山园小梅

【题解】 这是林逋的代表作，也是写梅的佳作。诗人从梅的体态、香气写到它的韵致、品格，既有直接描写，也有间接衬托。其中"疏影"、"暗香"两句已成千古咏梅名句。末两句写入词人，由词人微吟相狎、不须檀板金樽衬托梅的高洁，同时也可知词在写梅，也在写人，梅正是词人的传神写照。

众芳摇落独暄妍①，
占尽风情向小园。
疏影横斜水清浅，
暗香浮动月黄昏②。
霜禽欲下先偷眼③，
粉蝶如知合断魂④。
幸有微吟可相狎⑤，
不须檀板共金樽⑥。

①众芳：百花。摇落：被风吹落。暄妍：明媚美丽。
②暗香：幽香。
③霜禽：寒鸟。
④合：应该。断魂：指极为神往。
⑤微吟：低声地吟唱。狎（xiá）：亲近。
⑥檀板：檀木拍板，打拍子用。金樽：豪华的酒杯。

范仲淹

范仲淹（989～1052），宋代文学家。字希文，苏州吴县（今江苏吴县）人。北宋著名的政治家、军事家和文学家。为人忠直，极言敢谏。曾任参知政事，提出改革政治的十项主张，这就是后人所称的"庆历新政"。一生论著很多，诗、词、散文都很出色，为北宋的诗文革新运动奠定了基础。有《范文正公集》传世。

渔家傲 秋思

【题解】这首词是作者军中感怀之作。上片写景，下片抒情，表现了作者渴望建功立业的愿望和爱国主义的感情。艺术上写景善抓特点，表情则含蓄迭宕。以边塞生活入词是范仲淹的创举，开豪放派之先声。

塞下秋来风景异①，衡阳雁去无留意②。四面边声连角起③，千嶂里，长烟落日孤城闭④。

浊酒一杯家万里，燕然未勒归无计⑤。羌管悠悠霜满地⑥，人不寐，将军白发征夫泪！

①塞下：边界要塞。指西北边疆。
②"衡阳"句：衡阳之衡山有回雁峰，俗传北雁南飞至此而回。
③角：军中号角。连：和着。
④嶂（zhàng）：高峻的山峰。长烟：指飘浮缭绕的烟气、暮霭。
⑤燕然：燕然山，即今蒙古境内杭爱山。勒：即指刻石纪功。
⑥羌管：羌笛。

苏幕遮

【题解】这首词写秋日傍晚自然景色，抒发游子思乡之情。张惠言《词选》说："此去国之情。"清彭孙遹《金粟词话》称此词"前段多入丽语，后段纯写柔情，遂成绝唱"。

碧云天，黄叶地，秋色连波，波上寒烟翠。山映斜阳天接水①，芳草无情，更在斜阳外②。

①山映斜阳：斜阳映射在山头。
②"芳草"二句：形容芳草漫无边际，仿佛远在斜阳之外。

黯乡魂③，追旅思④，夜夜除非，好梦留人睡⑤。明月高楼休独倚，酒入愁肠，化作相思泪。

③黯（àn）乡魂：因思念家乡而心神悲伤沮丧。
④旅思（sì）：羁旅的愁思。追旅思，摆不脱羁旅的愁思。
⑤"夜夜"句：只有在睡觉时偶然做返回故乡的好梦，除此别无慰藉。

江上渔者

【题解】此诗写江上捕鱼人，表达了对渔民的同情。诗的前后部分鲜明对比：前边说鲈鱼之美，后边说渔者之苦。聊聊数语，诗人心怀天下、忧国忧民的襟怀就充分体现了出来。

江上往来人，但爱鲈鱼美①。
君看一叶舟，出没风波里②。

①但爱：只爱。鲈（lú）鱼：一种味道鲜美的淡水鱼。
②出没（mò）：指出来进去。

张　先

张先（990～1078），宋代词人。字子野，湖州乌程（今浙江湖州）人。他的词与柳永齐名，然才力和成就均不如柳永。

天仙子

【题解】这首词写持酒听曲消愁，慨叹光阴流逝、人生短暂，又为离情所苦。语言精练，造语新巧，尤其"云破月来花弄影"句为后人所称道。

时为嘉禾小倅，以病眠，不赴府会①。

水调数声持酒听②，午醉醒来愁未醒。送春春去几时回？临晚镜，伤流景③，往事后期空记省④。

沙上并禽池上暝⑤，云破月来花弄影⑥。重重帘幕密遮灯，风不定，人初静，明日落红应满径⑦。

①嘉禾：即嘉禾郡（今浙江嘉兴）。倅（cuì）：副职。
②水调：曲调名，一称《水调子》。
③流景：如流水般消逝的年华。
④记省（xǐng）：清楚地记得。
⑤并禽：双飞双栖之禽鸟，如鸳鸯等。
⑥弄：戏弄。花弄影，花在月光下舞弄自己的身影。
⑦落红：落花。

木兰花　乙卯吴兴寒食

【题解】这首词写江南寒食时的节日风情，上片写白天游春的热闹场面，下片写夜深人静的幽清境界。节俗典型，形象生动。喧静对比，颇有特色。

龙头舴艋吴儿竞①，笋柱秋千游女并②。芳洲拾翠暮忘归，秀野踏青来不定③。

①舴艋（zé měng）：像蚱蜢式的小船。竞：比赛。宋代时寒食、清明有赛龙舟的习俗。
②笋柱：竹竿做的柱子。
③秀野：景色秀丽的郊野。来不定：

行云去后遥山暝④,已放笙歌池院静⑤。中庭月色正清明,无数杨花过无影。

指往来不绝。
④行云:这里比喻游玩的女子。
⑤放:搁置,停止。

晏 殊

晏殊（991～1055），宋代词人。字同叔，抚州临川（今江西抚州）人。晏殊词承晚唐、五代遗风，写男女相思、离情别绪为其主要内容。

无 题

【题解】这是一首怀人诗。从怀忆入笔，想当年情事，叹今朝阔别，最后直抒胸臆，余韵悠长。借景抒情，情景融洽；用典达意，清新晓畅。

油壁香车不再逢①，
峡云无迹任西东②。
梨花院落溶溶月，
柳絮池塘淡淡风。
几日寂寥伤酒后，
一番萧瑟禁烟中③。
鱼书欲寄何由达④，
水远山长处处同。

①油壁香车：油漆涂饰的车子。
②峡云：峡指巫峡。宋玉《高唐赋》写巫山神女与楚王相会，后世即以巫山云雨代指男女欢爱。
③禁烟：指寒食禁火冷食。
④鱼书：指书信。

浣溪沙

【题解】这首词主要写作者填词对酒的悠闲生活和对暮春残景的叹惋惆怅，抒发了春光易逝、人生易老、富贵难久的感情。"无可奈何"句，向来为人称道。

一曲新词酒一杯①，去年天气旧亭台，夕阳西下几时回？

无可奈何花落去，似曾相识燕归来②，小园香径独徘徊③。

①"一曲"句：化用白居易《长安道》诗："花枝缺处青楼开，艳歌一曲酒一杯。"
②"似曾"句：燕子冬去春回，往往寻旧地筑巢，故有"似曾相识"之说。
③香径：指落花飘香的园中小路。

蝶恋花

【题解】 这首词写闺中妇女秋来思念丈夫的怅恨之情。先从眼前景物写起,逐渐过渡到思念之情以及欲寄书笺不知处的怅惘。意象纷繁,用语妥帖。

槛菊愁烟兰泣露①,罗幕轻寒,燕子双飞去。明月不谙离恨苦②,斜光到晓穿朱户③。

昨夜西风凋碧树④,独上高楼,望尽天涯路。欲寄彩笺兼尺素⑤,山长水阔知何处!

① 槛(jiàn)菊愁烟:花园里的菊花笼罩着烟雾,仿佛含愁。槛:栏杆。兰泣露:兰草挂满露珠,像在饮泣。
② 谙(ān):熟悉,了解。
③ 朱户:朱门,指大户人家。
④ 凋碧树:树木的绿叶枯干凋落。
⑤ 彩笺:指代意中人。尺素:指书信。

破阵子

【题解】 这首词写暮春时节的风光。上片描绘暮春的美好景色,下片写东邻采桑女的神情。清明时节正是游春踏青的时候,东邻采桑女斗草获胜,脸上绽出天真无邪的笑容。她美丽的笑容点缀着春光,使之更为绚丽明媚。

燕子来时新社①,梨花落后清明。池上碧苔三四点,叶底黄鹂一两声,日长飞絮轻②。

巧笑东邻女伴,采桑径里逢迎③。疑怪昨宵春梦好,元是今朝斗草赢,笑从双脸生④。

① 新社:指春社。在立春后、清明前。相传燕子此时北归。
② 日长:指暮春昼长(夜短)。飞絮:飘扬的柳花。
③ 巧笑:美丽的笑容。逢迎:相逢。
④ "疑怪"二句:怀疑东邻女伴的巧笑是因昨晚做了好梦,后来才知是今早斗草赢了。斗草,旧时女子的一种比草茎等韧性的游戏。

欧阳修

欧阳修（1007～1072），宋代文学家。字永叔，四十岁自号醉翁，晚年又号"六一居士"，庐陵（今江西吉安）人。谥号文忠，世称欧阳文忠公。欧阳修是北宋诗文革新运动的领袖人物，对北宋一代文风的改变起了极其重要的作用，其诗、词都也取得了很高成就。

戏答元珍①

【题解】这是一首写景抒情诗，通过对夷陵二月无花寂寞冷落景象的描写，抒发了自己谪居山城的抑郁情怀和自为宽解之意。景语情语交错，间或议论，布局自然严密，韵律抑扬顿挫。

春风疑不到天涯②，
二月山城未见花。
残雪压枝犹有橘，
冻雷惊笋欲抽芽③。
夜闻归雁生乡思④，
病入新年感物华⑤。
曾是洛阳花下客⑥，
野芳虽晚不须嗟。

①元珍：作者友人丁宝臣，字元珍。
②疑：怀疑。天涯：指偏远的夷陵（今湖北宜昌），作者的贬地。下句"山城"亦指此。
③冻雷：天气尚冷时响的雷。
④归雁：北归的大雁。
⑤病入新年：拖着病体进入新的一年，言已久病。感物华：感叹美好的自然风光。
⑥"曾是"二句：洛阳，即今河南洛阳，盛产牡丹。不须嗟，不必为这里的花未开而嗟叹。

画眉鸟

【题解】这是一首咏物小诗，写画眉鸟在林间无拘无束、自由自在，其乐无穷，强似锁在金笼，隐约抒发了自己的感慨和议论。

百转千声随意移①，
山花红紫树高低。
始知锁向金笼听②，
不及林间自在啼③。

①转：同"啭"。移：变化。
②始知：才知道。向：在。金笼：华贵的鸟笼。借指生活条件优越。
③不及：比不上。

丰乐亭游春①

【题解】 欧阳修的《丰乐亭游春》诗共三首，此其一。前两句写郊野景色，后两句写游人踏青。

红树青山日欲斜，
长郊草色绿无涯②。
游人不管春将老③，
来往亭前踏落花。

① 丰乐亭：在滁州（今安徽滁县）西南琅琊山幽谷泉上。
② 长郊：广阔的郊野。无涯：无边无际。
③ 老：指完结，到头。

踏莎行

【题解】 这首词写行人的离愁和思妇的思念。上片写行人离愁，离家"渐远渐无穷"；下片设想闺中思妇的思念，进而劝她不要倚栏远望，因为思念也是"渐远渐无穷"。本词细腻缠绵、委婉清丽。

候馆梅残①，溪桥柳细，草薰风暖摇征辔②。离愁渐远渐无穷，迢迢不断如春水③。

寸寸柔肠④，盈盈粉泪⑤。楼高莫近危栏倚⑥。平芜尽处是春山⑦，行人更在春山外。

① 候馆：接待宾客的馆舍。
② 草薰：草散发出的香气。薰，香气。摇征辔：即骑马远行。征，行。辔（pèi）：马缰绳。
③ 迢迢：遥远、绵长的样子。此句以春水喻愁。
④ 寸寸柔肠：写思妇伤心已极，有如肝肠寸断。
⑤ 盈盈：形容泪水充溢。粉泪：与脸上的脂粉和在一起的泪水。
⑥ 危栏：高楼上的栏杆。
⑦ 平芜：平旷的平原。

蝶恋花

【题解】 这是一首闺怨词。词中妇女独在深闺,热闹繁华与己无关,再加雨横风狂、残花乱飞、春将去尽,更增添了许多愁怨。全词刻画深刻,意境浑成。

庭院深深深几许?杨柳堆烟①,帘幕无重数。玉勒雕鞍游冶处②,楼高不见章台路③。

雨横风狂三月暮,门掩黄昏,无计留春住。泪眼问花花不语,乱红飞过秋千去④。

① 杨柳堆烟:指杨柳树杨花柳絮如烟堆积、飘浮。
② 玉勒雕鞍:嵌玉的马笼头和雕花的马鞍,指名贵的车马。游冶处:指歌楼妓馆。
③ 章台:汉代的游冶之地。
④ 乱红:零乱的落花。

采桑子

【题解】 这是一首流连风光之作。写词人放舟西湖的乐事和西湖之美景。景物形象鲜明,色调清丽和谐,具有浓郁的诗情画意。

轻舟短棹西湖好,绿水逶迤①,芳草长堤,隐隐笙歌处处随。

无风水面琉璃滑②,不觉船移,微动涟漪③,惊起沙禽掠岸飞④。

① 逶迤(wēi yí):曲折宛转,延续不断的样子。
② 琉璃滑:形容水面如镜,像琉璃一样光滑。
③ 涟漪(yī):水面波纹。
④ 沙禽:沙滩上的禽鸟。掠:拂过。

宋 祁

宋祁（998~1061），宋代词人。字子京，安陆（在今湖北）人。诗词俱工，与其兄宋庠齐名，时称"二宋"。

玉楼春

【题解】 词写春景而感叹人生。上片写春天的绚丽景色，极有韵致。王国维《人间词话》曰："'红杏枝头春意闹'，著一'闹'字，而境界全出。"作者亦因此一句而得"红杏枝头春意闹尚书"。下片感喟人生，流于平俗。

东城渐觉风光好，縠皱波纹迎客棹①。绿杨烟外晓寒轻②，红杏枝头春意闹③。

浮生长恨欢娱少④，肯爱千金轻一笑⑤。为君持酒劝斜阳，且向花间留晚照。

① 縠（hú）皱：有绉褶的纱。此处比喻水波柔细。棹（zhào）：船桨，代指船。
② 晓寒：拂晓的寒气。
③ 闹：喧闹。
④ 长：常常，总是。
⑤ 肯：怎肯。爱：吝惜。

苏舜钦

苏舜钦（1008～1048），宋代词人。字子美，祖籍梓州铜山（今四川中江）。苏舜钦是北宋中期诗文革新运动的重要人物，其主要成就在诗歌，其诗感情激昂，气势奔放，语言质朴畅达，风格"超迈横绝"。

夏 意

【题解】本诗写夏日午间情景。景、物、人和谐自然，有声有色，表现了作者舒适惬意的心情。

别院深深夏席清①，
石榴开遍透帘明。
树阴满地日当午，
梦觉流莺时一声②。

①别院：正院旁的小院。夏席：夏天的凉席。清：凉爽。
②流莺：宛啭的莺鸣。时：不时地。

淮中晚泊犊头①

【题解】诗写春晚泊船犊头。起首写乘船行来的一路景色，下半写泊船。末一句历来被认为可与韦应物《滁州西涧》中"春潮带雨晚来急"比美的名句。

春阴垂野草青青②，
时有幽花一树明③。
晚泊孤舟古祠下，
满川风雨看潮生。

①淮：淮河。犊头：淮河边的小镇。
②春阴：春天阴云。
③明：鲜艳夺目。

柳 永

柳永（980？～1053？），宋代词人。原名三变，字耆卿，崇安（今属福建）人。因排行第七，又称柳七；官至屯田员外郎，后世又称柳屯田。他一生在仕途上抑郁不得志，独以词著称于世。其词反映都市生活的繁华，妓女们的悲欢、愿望及男女恋情，自己的愤慨与颓放、离情别绪和羁旅行役的感受等，大大开拓了词的题材内容。他大量制作慢词，使慢词发展成熟。表现手法以白描见长，长于铺叙，善于点染，语言浅易自然，不避俚俗。

雨霖铃

【题解】 这是一首抒写别情的词。上片描绘离别时难分难舍的场面，下片抒写离别依恋、痛苦的心情。本词以特定的时间、地点衬托别情，结构极具层次性，情感亦波澜叠起，层层深入，缠绵悱恻，淋漓尽致；语言工巧清丽，雅而不涩，曲尽景致情意。

寒蝉凄切①，对长亭晚②，骤雨初歇。都门帐饮无绪③，方留恋处、兰舟催发④。执手相看泪眼，竟无语凝噎⑤。念去去、千里烟波⑥，暮霭沉沉楚天阔⑦。

多情自古伤离别⑧，更那堪、冷落清秋节⑨！今宵酒醒何处？杨柳岸、晓风残月⑩。此去经年⑪，应是良辰好景虚设。便纵有千种风情，更与何人说？

①寒蝉：又名寒蜩，蝉之一种。
②长亭：古时设在驿路上供行人休息的地方，也是送别之地。
③都门：京都近郊。帐饮：设帐宴饮，给人送行。无绪：心绪不好。
④方：正当。兰舟：木兰做舟，船的美称。
⑤凝：凝结。噎(yè)：同"咽"，哽咽。
⑥念：想到。去去：越去越远之意。
⑦暮霭：黄昏时的云气。楚天：楚地的天空，这里泛指南方的天空。
⑧多情：多情之人。
⑨清秋节：清秋时节。
⑩"今宵"二句：是揣测次日天亮时的旅途情况。
⑪经年：年复一年。

望海潮

【题解】 这首词写杭州的形胜和都市之繁盛,咏西湖之佳丽、游人之鼎沸,并通过咏西湖,最后归结到称谀地方官。词以铺叙的手法写都市生活和自然景物,有总有分,虚实结合,详略得当,极尽铺陈之能事。词采华丽,造语新巧,臻于极致。

东南形胜,三吴都会①,钱塘自古繁华。烟柳画桥,风帘翠幕②,参差十万人家③。云树绕堤沙④,怒涛卷霜雪,天堑无涯⑤。市列珠玑⑥,户盈罗绮⑦,竞豪奢。

重湖叠𪩘清嘉⑧,有三秋桂子,十里荷花。羌管弄晴⑨,菱歌泛夜⑩,嬉嬉钓叟莲娃⑪。千骑拥高牙⑫,乘醉听箫鼓,吟赏烟霞。异日图将好景,归向凤池夸⑬。

① 三吴:泛指江南地区。
② 翠幕:绿色的帷幕。
③ 参差:此指市内楼阁的高低不齐。
④ 云树:树木如云,极言其多。
⑤ 天堑(qiàn):天然的城壕。
⑥ 珠玑:泛指珠宝玉器。
⑦ 绮(qǐ)罗:绫罗绸缎。
⑧ 重(chóng)湖:西湖以白堤为界分为内湖和外湖,故称。叠𪩘(yǎn):重叠的山峦。清嘉:清秀佳丽。
⑨ 弄晴:在晴空下弹奏。
⑩ 菱歌:采菱船上的歌声。
⑪ 莲娃:采莲的姑娘。
⑫ "千骑(jì)"句:指州郡长官随从众多,簇拥大旗。牙,牙旗。
⑬ 异日:他日。图:描绘。凤池:凤凰池,代指朝廷。

八声甘州

【题解】 这是一首写羁旅漂泊感慨的词。上片写暮雨后凄清萧条的秋景;下片触景生情,抒写思念家乡和妻子的情怀。起句意境开阔清远,"渐霜风凄紧"几句为千古名句,苏轼赞其"此语于诗句不减唐人高处"。下片起首平缓,接着自问、问人,自叹、叹人,一波三折,曲其词意。文字上多用去声字,转折跌宕,铿锵有力。

对潇潇暮雨洒江天①,一番洗清秋。渐霜风凄紧②,关河冷落③,残照当楼。是处红衰翠减④,苒苒物华休⑤;惟有长江水,无语东流。

不忍登高临远,望故乡渺邈⑥,归思难收⑦。叹年来踪迹,何事苦淹留⑧?想佳人妆楼颙望⑨,误几回、天际识归舟⑩?争知我、倚阑干处,正恁凝愁⑪!

①潇潇:形容雨声急骤的样子。
②凄紧:凄清而急剧,即霜风骤至、寒气逼人之意。
③关河:关塞与河流,此指山河。
④是处:到处。红、翠:指花。
⑤苒苒(rǎn):同"冉冉"。物华:泛指美好的景物。
⑥渺邈(miǎo):遥远。
⑦归思(sì):归故乡的心思。
⑧淹留:久留。
⑨颙(yóng)望:抬头凝望。
⑩误:错看。
⑪争:怎。凝愁:愁思凝结不解。

蝶恋花

【题解】这是一首怀人抒情之作。上片以写景为主,景中有情;下片则写词人执著的恋情。此词重点染,重意境的创造,其"衣带"二句写尽了千古爱情的执著。语言上造语新巧,化用前人诗句巧妙。

伫倚危楼风细细①,望极春愁,黯黯生天际②。草色烟光残照里,无言谁会凭栏意?

拟把疏狂图一醉③,对酒当歌,强乐还无味④。衣带渐宽终不悔,为伊消得人憔悴⑤。

①伫(zhù):久立。危楼:高楼。
②黯黯(àn):心情沮丧貌。
③拟:打算。疏狂:生活狂放散漫,不检点,不拘礼法。
④强(qiǎng)乐:勉强为乐。
⑤伊:她,指所思念的人。消得:值得。

王安石

王安石（1021～1086），宋代文学家。字介甫，号半山，抚州临川（今江西临川）人。曾主持历史上有名的"熙宁变法"，后被罢相，晚年退居金陵。封荆国公，世称王荆公。王安石是一位杰出的文学家，其散文成就颇高；其诗成就最高；其词虽不多，但意境开阔，"一洗五代旧习"。

明妃曲

【题解】这是一首咏史诗，以王昭君的失意为题，实际上是抒发诗人对于现实的感受。此诗一翻昭君旧案，指出昭君北嫁不在毛延寿索贿不成而歪曲昭君形象，而是昭君之美难以描摹；末尾进一步作翻案文章，指出汉武帝"咫尺长门闭阿娇"，昭君真到了她身边也未必是好事。因此，有赞此诗为"出前人所未道"。

明妃初出汉宫时①，
泪湿春风鬓脚垂②；
低徊顾影无颜色③，
尚得君王不自持④。
归来却怪丹青手⑤，
入眼平生几曾有⑥？
意态由来画不成⑦，
当时枉杀毛延寿⑧。
一去心知更不归⑨，
可怜着尽汉宫衣⑩；
寄声欲问塞南事⑪，
只有年年鸿雁飞。
家人万里传消息⑫，
好在毡城莫相忆⑬；
君不见，
咫尺长门闭阿娇⑭，
人生失意无南北⑮。

① 明妃：即王昭君。初出汉宫：被嫁与呼韩邪单于、离开汉朝宫廷之时。
② 春风：此指脸。
③ 低徊：犹豫不前。无颜色：因伤心而面色惨淡。
④ 不自持：指汉元帝被王昭君的美色弄得神魂颠倒，把握不住自己。
⑤ 丹青手：画师，此指毛延寿。
⑥ 入眼：看在眼里。
⑦ 意态：神态风采。由来：从来。
⑧ 枉杀：错杀。
⑨ 更不归：再也不能回来。
⑩ 可怜：可叹。
⑪ 塞南：边塞以南，指汉朝地域。
⑫ "家人"以下五句：托为家人宽慰昭君之辞。
⑬ 毡城：指昭君在匈奴所居之地。
⑭ 长门：汉时长门宫。阿娇：汉武帝的皇后陈阿娇，失宠后退居长门宫。
⑮ 无南北：不分南国（汉）、北地（匈奴）。

泊船瓜洲

【题解】 这是一首写景抒情的小诗。诗中形象生动，色彩鲜明；字句千锤百炼，尤其一"绿"字，赚尽千古赞词。

京口瓜洲一水间①，
钟山只隔数重山②。
春风又绿江南岸，
明月何时照我还？

① 京口：今江苏镇江。瓜洲：又称瓜埠洲，在今江苏邗江县南大运河入长江处。
② 钟山：又名蒋山，即紫金山，在江苏南京市东。

北陂杏花①

【题解】 这首七绝借杏花被风吹落池中犹能保持纯洁，喻自己改革虽然失败，但仍不改初衷；借南陌杏花碾成泥，喻改革派内部那些后来与保守派同流合污的风派人物。

一陂春水绕花身②，
花影妖娆各占春。
纵被春风吹作雪③，
绝胜南陌碾成尘④。

① 北陂（bí）：地名。陂，池。
② 绕花身：杏花环绕一池春水。
③ 吹作雪：被风吹得像雪片一样飘落。
④ 胜：胜过。南陌：泛指路边。碾成尘：落花和尘土混在一起受践踏。

登飞来峰①

【题解】 这是一首借景说理的好诗。作者就传统题材翻出新意，抒发具有政治内容和人生哲理的深沉感慨，表现了作者的政治理想、抱负和对前途充满信心的精神境界。

飞来山上千寻塔，
闻说鸡鸣见日升②。
不畏浮云遮望眼，
只缘身在最高层③。

① 飞来峰：在今杭州西湖西北灵隐寺前。因大石突兀，据说由天外飞来，故名。
② 飞来山：即飞来峰。寻：古时长度单位，一寻等于八尺。
③ 缘：因为。

题西太一宫壁①

【题解】这是一首游览题壁诗。诗写所见自然景色，并由此想见江南水乡的景色，寄寓了些许思乡之情和人生感慨。

柳叶鸣蜩绿暗②，
荷花落日红酣③。
三十六陂春水④，
白头想见江南⑤。

①西太一宫：道教庙宇，在今河南开封西八角镇。
②蜩（tiáo）：蝉。
③酣：浓，盛。
④三十六陂：汴京附近的蓄水塘。
⑤白头：白发，指诗人自己。

出　郊

【题解】此诗写郊原风光，突出其浓绿，时间应当在夏季。全诗纯写景，而"桑麻"二字暗示了人的存在。

川原一片绿交加①，
深树冥冥不见花②。
风日有情无处着③，
初回光景到桑麻④。

①川原：指原野。交加：交相掩映。
②冥冥：浓密深幽。
③着：依附，寄托。
④"初回"句：开始把光影投向桑麻。景，同"影"。

元　日①

【题解】这首诗描写北宋时人们过春节的情形。全诗摄取几个典型的习俗事项（爆竹、屠苏酒、桃符）来反映春节，并与自然时令（春风送暖、瞳瞳日）结合，渲染出一派辞旧迎新、大地回春的欢乐气氛。

爆竹声中一岁除，
春风送暖入屠苏②。
千门万户瞳瞳日③，
总把新桃换旧符④。

①元日：农历正月初一，即春节。
②屠苏：用屠苏草浸泡成的药酒。旧俗元旦喝屠苏酒以辟邪消瘟。
③瞳瞳（tóng）：太阳初升时明亮的样子。
④新桃：新的桃符。

书湖阴先生壁①

【题解】此诗写山中人家的初夏景色。前两句近看，写近景；后两句远望，写远景。远近结合，景色丰富，碧水红花，设色鲜明。后二句用拟人手法写景，描摹准确，生动形象。

茅檐长扫净无苔，
花木成畦手自栽②。
一水护田将绿绕，
两山排闼送青来③。

①湖阴先生：作者在金陵的邻居杨德逢的号。
②畦（qí）：田垄。
③排闼（tà）：推门闯入。闼，门。

桂枝香　金陵怀古

【题解】这是一首登临怀古的词，极力描绘金陵壮丽的自然美景，抒发感情，怀古伤时。上片描绘金陵山河的壮丽景色，笔墨酣畅，气象宏阔；下片浩叹六朝竞逐繁华，相继亡国，寓意谴责，暗含伤时。

登临送目①，正故国晚秋②，天气初肃③。千里澄江似练，翠峰如簇④。征帆去棹残阳里⑤，背西风，酒旗斜矗。彩舟云淡，星河鹭起⑥，画图难足⑦。

念往昔，繁华竞逐⑧，叹门外楼头，悲恨相续⑨。千古凭高对此，漫嗟荣辱。六朝旧事随流水，但寒烟衰草凝绿。至今商女，时时犹唱，后庭遗曲⑩。

①送目：放眼远望。
②故国：旧都城，指金陵。
③肃：肃爽，形容秋天的天高气爽。
④簇（cù）：攒聚，形容山峰之多。
⑤棹：船桨。这里用帆、棹代指船。
⑥彩舟：画船。星河：银河。
⑦画图难足：用图画难以充分描绘。
⑧往昔：从前，此指六朝。
⑨门外楼头：指陈朝亡国之事：隋朝大将韩擒虎率军破门入城，陈后主、张丽华作了俘虏。化用杜牧《台城曲》诗："门外韩擒虎，楼头张丽华。""门外楼头"即源于此。
⑩商女：歌女。后庭遗曲：指陈后主所作的艳曲《玉树后庭花》。化用杜牧《泊秦淮》诗："商女不知亡国恨，隔江犹唱后庭花。"

王 观

　　王观（生卒不详），宋代词人。字通叟，如皋（今江苏如皋）人。他的词风接近柳永。存词二十四首。

卜算子　送鲍浩然之浙东

【题解】这首词借送别友人写江南春景之佳、春日之长，表达了自己对江南的怀念。词中以眉峰喻山、以眼波喻水，比喻新颖；惜别与惜春交织来写，含蓄蕴藉，意味绵长。

　　水是眼波横，山是眉峰聚①。欲问行人去那边？眉眼盈盈处②。

　　才始送春归，又送君归去。若到江南赶上春③，千万和春住。

①以上两句以女子的眉眼来比拟秀丽的山水。
②眉眼盈盈处：这里代指江南山水秀丽之地。盈盈，美好的样子。
③江南：一作"江东"。

晏几道

晏几道（1030？～1106？），宋代词人。字叔原，号小山，晏殊幼子。其词工于言情，措词婉妙，一时独步。

临江仙

【题解】这首词上片写梦后酒醒的孤寂，下片写对小蘋的追忆，通过对往日生活的追忆，抒发了怀念小蘋的怅惘之情。此词化用前人诗句，贴切自然，增强了表现力。

梦后楼台高锁，酒醒帘幕低垂①。去年春恨却来时②，落花人独立，微雨燕双飞③。

记得小蘋初见④，两重心字罗衣⑤。琵琶弦上说相思。当时明月在，曾照彩云归⑥。

① 梦后、酒醒：此为互文。
② 却：再，又一次。
③ "落花"二句：借用五代翁宏《春残》诗成句，追忆去年春天伤别的情景。
④ 小蘋：一作"小蘋"，歌女。
⑤ 两重心字罗衣：又多种解释，如衣领如心字、衣上有心字纹、用心字香熏衣。
⑥ 彩云：比喻小蘋。

鹧鸪天

【题解】这首词于《花庵词选》题作"佳会"。上片回忆当年与歌女彻夜狂歌欢舞的情景，下片写久别重逢的悲喜交集之情。"舞低"二句为传世名句，向为人所赞。

彩袖殷勤捧玉钟，当年拚却醉颜红①。舞低杨柳楼心月，歌尽桃花扇底风②。

从别后，忆相逢，几回魂梦与君同③。今宵剩把银釭照，犹恐相逢是梦中④。

① 彩袖：此指歌女。玉钟：珍贵的酒杯。拚（pàn）：甘愿，不顾惜。
② 楼心：月本在中天照彻楼中，故曰"楼心月"，此时已西斜，故曰"低杨柳"。扇底：扇里。
③ 君：指歌女。同：欢聚在一起。
④ 剩把：更把。釭（gāng）：灯。

苏 轼

苏轼（1037～1101），北宋文学家。字子瞻，号东坡居士，眉州眉山（今四川眉山）人。苏轼在诗、文、词、书画上都有杰出成就。他的诗题材广泛，是北宋诗歌创作的高峰。他的词别开豪放与旷达两派，对词的发展做出了划时代的贡献。

六月二十七日望湖楼醉书①

【题解】此诗写夏天西湖上的阵雨。从云起、雨下、风吹、天晴几个段落来写，随笔点染，笔墨酣畅，充满诗情画意。

黑云翻墨未遮山②，
白雨跳珠乱入船③。
卷地风来忽吹散，
望湖楼下水如天。

①望湖楼：湖名，在杭州西湖边。
②此句是说黑云如翻滚的墨汁，但未遮住山形。
③跳珠：滚动的雨点。

饮湖上初晴后雨

【题解】这是苏轼歌咏西湖的名篇。诗先从阴晴两种情境来观察、摹写西湖，写尽西湖明朗与朦胧、静风与骤雨的山光水色。后二句忽发奇想，把西湖、西子相比，得出末句的结论，成为千古定评。

水光潋滟晴方好，
山色空蒙雨亦奇①。
欲把西湖比西子②，
淡妆浓抹总相宜。

①潋滟（liàn yàn），水盈溢波动的样子。空蒙：形容景色迷茫，若有若无。
②西子：西施，春秋时越国美人。

新城道中①

【题解】 此诗写山行所见。开头写出行及天气,拟人手法,别有趣味。中间四句写云日、桃柳,"竹篱"点出人家。末尾即写山中人家的生产生活。全诗情思饱满,暖意融融,引人向往。

东风知我欲山行,
吹断檐间积雨声②。
岭上晴云披絮帽③,
树头初日挂铜钲④。
野桃含笑竹篱短,
溪柳自摇沙水清。
西崦人家应最乐⑤,
煮葵烧笋饷春耕⑥。

① 新城:宋代杭州的一个属县,今属浙江富阳。
② 积雨:多日不停的雨。
③ 絮帽:丝绵制的头巾。
④ 铜钲(zhēng):铜锣。此处以铜钲比喻太阳。
⑤ 西崦(yān):西山。
⑥ 葵:葵菜。饷:给在田间劳动的人送饭。

惠崇春江晓景①

【题解】 此为赏画诗。前二句写画中景物:竹、桃花、鸭、春江,展现一派春江晓景。后二句跳出画外,想到春天的时品——蒌蒿、芦芽与河豚,由实入虚,扩展画面,展现了一片活色生香的春景。

竹外桃花三两枝,
春江水暖鸭先知。
蒌蒿满地芦芽短②,
正是河豚欲上时③。

① 惠崇:北宋僧人,能诗能画。《春江晓景》即是他的一幅画。
② 蒌蒿:初春的一种野菜。芦芽:即芦笋,烹调河豚鱼羹的佐料。
③ 上:上市。

题西林壁①

【题解】 这首诗是苏轼哲理诗的代表作。此诗直截下笔，信口成章，语言质朴，却充满理趣。后二句已成为千古格言。

横看成岭侧成峰②，
远近高低各不同。
不识庐山真面目，
只缘身在此山中③。

①西林：寺名，即乾明寺。
②岭：山的干系。峰：山峰，指山的尖顶。
③缘：因。

江城子　乙卯正月二十日夜记梦

【题解】 这是苏轼追悼亡妻的词。苏轼夫妻感情笃厚、恩爱非常，此词即表达了词人对亡妻的深切情意。词中拟想梦中还乡一节，亲切而凄惋，感人至深。

十年生死两茫茫①。不思量，自难忘。千里孤坟②，无处话凄凉。纵使相逢应不识，尘满面，鬓如霜。

夜来幽梦忽还乡。小轩窗，正梳妆③。相顾无言，惟有泪千行。料得年年肠断处，明月夜，短松冈④。

①十年：苏轼前妻王弗去世的时间。生死：指生者与亡人。
②千里孤坟：王弗墓在四川彭山，和苏轼所在密州（山东诸城）远隔千里。
③轩：有窗槛的小室。
④短松冈：指王弗的墓地。

江城子　密州出猎

【题解】 此词上片写围猎，说自己雄风犹在，气吞如虎。下片表达自己愿意效命疆场、杀敌立功。词风慷慨激昂，豪迈风发。宋词豪放派的正式创立当以此词为标志。

老夫聊发少年狂①，左牵黄，右擎苍②；锦帽貂裘，千骑卷平冈③。为报倾城随太守④，亲射虎，看孙郎⑤。

酒酣胸胆尚开张⑥，鬓微霜，又何妨。持节云中，何日遣冯唐⑦？会挽雕弓如满月⑧，西北望，射天狼⑨。

① 老夫：苏轼自称。聊：暂且。
② "左牵"二句：黄、苍指黄狗、苍鹰。
③ 千骑（jì）：谓兵马很多，有暗示作者"知州"身份之意。
④ 报：报答。倾城：此处形容随观者之多。太守：苏轼自称。
⑤ 孙郎：指孙权，他曾有射虎之举。
⑥ 胸胆尚开张：胸怀还很开阔，胆气仍很豪壮。
⑦ "持节"二句：用汉代冯唐典故，自比边臣，希望皇帝派使者委以重任。节：符节。云中：云中郡。
⑧ 会：将要。
⑨ 天狼：星名。古人认为它的出现象征着外来的侵略。

水调歌头

【题解】 这首词以高度的浪漫主义手法抒发了作者痛苦矛盾的心情、设法摆脱当前境遇的旷达胸怀以及对美好人生的祝愿。词中对兄弟情谊的珍视，至末尾发展为对人类美好事物的普遍热爱。由一己之私情升华到人类之常情，使此词充满了人生哲理的意蕴。此词笔致奇逸，大开大合，又婉转绵密，细致周到，具有很高的艺术性。

丙辰中秋①，欢饮达旦，大醉，作此篇，兼怀子由②。

明月几时有？把酒问青天③。不

① 丙辰：宋神宗熙宁九年（1076），岁次丙辰。
② 子由：苏轼的弟弟苏辙，字子由。
③ 把：持。

知天上宫阙,今夕是何年④?我欲乘风归去,惟恐琼楼玉宇⑤,高处不胜寒⑥。起舞弄清影⑦,何似在人间?

转朱阁,低绮户,照无眠⑧。不应有恨,何事长向别时圆⑨?人有悲欢离合,月有阴晴圆缺,此事古难全。但愿人长久,千里共婵娟⑩。

④阙:宫门前两旁的楼观。
⑤琼楼玉宇:神仙居住的天上宫阙。
⑥胜(shēng):抵挡,支持。
⑦弄清影:和自己的影子一起嬉戏。
⑧"转朱阁"三句:转、低、照,均指月光。
⑨"不应"二句:指月对人该没有什么怨恨吧,为何偏在人们别离时圆满而加重人们的相思之情呢?
⑩婵娟:本指形态美好,这里代指明月。

念奴娇 赤壁怀古

【题解】这是苏轼豪放词的代表作,充分体现了作者豪迈的胸怀及其豪放词风的艺术特色。词中大笔渲染浩荡大江、雄阔古战场,进而引起超越时空的遐想,塑造了周瑜的英雄形象,由缅怀古人而触发自己年纪老大而功业无成的感伤。此词笔力遒劲,情调激越,"语意高妙,真古今绝唱"。

大江东去,浪淘尽,千古风流人物。故垒西边,人道是、三国周郎赤壁①。乱石崩云,惊涛裂岸,卷起千堆雪②。江山如画,一时多少豪杰。

遥想公瑾当年,小乔初嫁了,雄姿英发。羽扇纶巾③,谈笑间、强虏灰飞烟灭④。故国神游,多情应笑我,早生华发。人间如梦,一尊还酹江月⑤。

①故垒:旧时的营垒。人道是:人们传说是。周郎:周瑜。
②崩云:如云之崩裂。一作"穿空"。裂岸:击裂江岸。一作"拍岸"。
③羽扇纶(guān)巾:这是古代儒将的装束。
④强虏:强敌。灰飞烟灭:指在火战中全部丧生。"强虏"一作"樯橹",指曹操的船队。
⑤人间:一作"人生"。尊:同樽。酹(lèi):把酒浇在地上的祭奠。

蝶恋花

【题解】 这首词通过描绘远方的晚春景色和近处的墙内外情形，曲折地表达了作者被贬谪时的复杂心情。词中所写又不仅是作者的个人遭遇，而是人们普遍的遭际，故颇有感染力。

花褪残红青杏小①。燕子飞时，绿水人家绕。枝上柳绵吹又少②，天涯何处无芳草。

墙里秋千墙外道。墙外行人③，墙里佳人笑。笑渐不闻声渐悄，多情却被无情恼④。

① 花褪残红：残花凋谢。
② 柳绵：柳絮。
③ 墙外行人：指作者自己。
④ 多情：指墙外行人。无情：指墙里女子。恼：弄得烦恼。

浣溪沙（二首）

【题解】 前一首词描绘了农村优美、宁静、纯朴的风光，表现了诗人对农村生活的热爱、向往以及与农民亲密无间的感情。格调清新，语言朴素，恬淡自然，传尽乡野神韵。后一首词反映了作者对于人生的积极态度和豁达乐观的精神，体现了苏词的豪放风格。上片写暮春三月兰溪的雨后景色，下片集中表现了诗人虽处困境，仍力求振作的精神。这首词写景如画，雅淡委婉；即景抒情，富有哲理，振奋人心；格调清新活泼，充满朝气。

徐门石潭谢雨道上作五首，潭在城东二十里，常与泗水增减、清浊相应①。

簌簌衣巾落枣花②，村南村北响缫车③，牛衣古柳卖黄瓜④。

酒困路长惟欲睡，日高人渴漫思茶⑤，敲门试问野人家⑥。

① 徐门：即徐州城东门。当时苏轼知徐州，遇旱求雨得雨，于是再往石潭谢神，以途中所见写了五首《浣溪沙》。
② 簌簌（sù）：形容细碎的声音，又形容纷纷下落。
③ 缫（sāo）车：缫丝的工具。缲同缫。
④ 牛衣：用粗麻纺织的衣服。
⑤ 漫：随便、不经意。
⑥ 野人：乡下人。

游蕲水①清泉寺，寺临兰溪，溪水西流。

山下兰芽短浸溪②，松间沙路净无泥，潇潇暮雨子规啼③。

谁道人生无再少？④门前流水尚能西！休将白发唱黄鸡⑤。

① 蕲（qí）水：旧县名，治所在现在湖北浠（xī）水。
② 浸溪：浸在溪水中。
③ 潇潇：形容雨声。子规：布谷鸟。
④ 无再少：没法再回到青少年时代。
⑤ 白发：代指老年。唱黄鸡，感慨时光流逝，因黄鸡能报晓，故用它代表时光流逝。

定风波

【题解】这首词写途中遇雨的情形，进而表达了作者旷达超脱、不畏艰险的人生态度。语意双关，富有理趣。

三月七日，沙湖道中遇雨①，雨具先去，同行皆狼狈，余独不觉。已而遂晴②，故作此。

莫听穿林打叶声，何妨吟啸且徐行③。竹杖芒鞋轻胜马④，谁怕？一蓑烟雨任平生⑤。

料峭春风吹酒醒⑥，微冷，山头斜照却相迎。回首向来萧瑟处⑦，归去⑧，也无风雨也无晴。

① 沙湖：在黄州东南30里。
② 已而：不一会儿。
③ 吟啸：吟诗长啸。徐行：慢慢地走。
④ 芒鞋：草鞋。轻胜马：是说步行更胜过骑马的轻捷。
⑤ "一蓑"句：有一领蓑衣就足以对付一生的风雨侵袭了。
⑥ 料峭：形容春天的微寒。
⑦ 萧瑟处：指刚才遇雨的途中。
⑧ 归去：当指风雨和斜阳。

卜算子　黄州定慧院寓居作

【题解】这首词借物咏志，借描写孤鸿的形象，表现自己被谪的寂寞，以及自甘寂寞、孤高自赏的生活态度。此词咏物神似，却又语代双关，言近旨远。

缺月挂疏桐，漏断人初静①。谁见幽人独往来？缥缈孤鸿影②。

惊起却回头，有恨无人省③。拣尽寒枝不肯栖，寂寞沙洲冷④。

① 疏桐：枝叶稀疏的桐树。漏断：漏壶里的水滴光了。形容夜已深。
② 幽人：幽居之人，指作者自己。缥缈：高远隐约的样子。
③ 省（xǐng）：了解。
④ 寒枝：寒冷季节中的树枝。沙洲：江河中泥沙淤积而成的陆地。

水龙吟　次韵章质夫杨花词①

【题解】这是苏轼著名的咏物词，也是苏轼婉约风格的代表作。词中通篇咏柳絮，却总似有人相伴。构思奇巧，刻划细致，咏物与拟人浑然一体，神形兼备，清新婉丽。

似花还似非花，也无人惜从教坠②。抛家傍路，思量却是，无情有思③。萦损柔肠，困酣娇眼，欲开还闭④。梦随风万里，寻郎去处，又还被莺呼起⑤。

不恨此花飞尽，恨西园、落红难缀。晓来雨过，遗踪何在？一池萍碎⑥。春色三分，二分尘土，一分流水⑦。细看来、不是杨花，点点是离人泪。

① 次韵：依别人原作所用之韵。章质夫：作者友人。杨花：即柳絮。
② 从教坠：任其凋零飘落。
③ "抛家"三句：写离开枝头的柳絮看似无情，实则有其深情与愁思。
④ 柔肠：比喻柳枝柔细。娇眼：比喻柳叶。古人惯将柳叶称柳眼。
⑤ "梦随"三句：这里暗用金昌绪《春怨》诗意。
⑥ "晓来"三句：暗用孟浩然《春晓》诗意。遗踪，指落红。萍碎，指柳絮。
⑦ "春色"三句：是说三分春色二分委于尘土（承落红而言）、一分委于流水（承柳絮而言）。

李之仪

　　李之仪（1040？～1117），北宋词人。字端叔，自号姑溪居士，沧州无棣（在今山东）人。其词近于晏殊、欧阳修一派小令，"长于淡语、景语、情语"。

卜算子

【题解】 此词抒写思妇情怀。词以长江为寄情主体，用回环复沓的手法抒写女子的深挚情谊，曲折婉转，精妙雅致。此词具有民歌风韵，故人称之为"古乐府俊语"。

　　我住长江头，君住长江尾。日日思君不见君，共饮长江水。

　　此水几时休，此恨何时已。①只愿君心似我心，定不负相思意②。

①"此水"二句：化用古乐府《上邪》意。

②"只愿"二句：顾敻《诉衷情》词有"换我心，为你心，始知相忆深"句，此翻用其意。

黄庭坚

黄庭坚（1045～1105），北宋诗人。字鲁直，号山谷道人，晚号涪（fú）翁，江西分宁（今江西修水）人。他是一位多才多艺的诗词家和书画家，尤以诗突出，被后人奉为颇有影响的"江西诗派"的"三宗"之首。其诗不乏瘦硬新奇、气象森严、以才学工力见长的作品，但用险韵、用僻典、艰涩拗折、佶屈聱牙之作亦有。

登快阁

【题解】这首诗描写了登临快阁时所见的清秋江山的壮美，以及由此而引起的归隐湖山的雅志。此诗艺术上成就突出，代表了黄诗风格。对偶、炼词上颇见功夫，体现了黄诗"置字有力"、工稳新警的特点。

痴儿了却公家事①，
快阁东西倚晚晴②。
落木千山天远大③，
澄江一道月分明④。
朱弦已为佳人绝⑤，
青眼聊因美酒横⑥。
万里归船弄长笛，
此心吾与白鸥盟⑦。

①痴儿：痴人，作者自称。
②东西：或东或西。倚：靠。
③落木千山：即千山落木。
④澄江：双关语，既是快阁所临的江名，又是形容其清澈之状。
⑤朱弦：琴。朱弦……绝：不再弹琴。用伯牙、钟子期之典。
⑥横：顾盼。
⑦与白鸥盟：用《列子》典，表示毫无"机心"。

寄黄几复①

【题解】这首诗抒发对朋友的怀念之情，诉说朋友间的离别之苦。艺术上表现了江西诗派的典型风格：善于用典，以故为新；字句虽有来处，但脱胎换骨、自铸新意。

我居北海君南海，
寄雁传书谢不能②；

①黄几复：作者同乡好友。
②"寄雁"句：托雁传送书信，雁推辞做不了。

桃李春风一杯酒③，
江湖夜雨十年灯④。
持家但有四立壁，
治病不蕲三折肱⑤。
想得读书头已白⑥，
隔溪猿哭瘴烟藤⑦。

③桃李春风：欢聚时的美好季节与美好环境。一杯：是说欢会短暂。
④江湖夜雨：写飘泊的生活与环境的萧索。十年：写分离之久。
⑤"治病"句：写黄几复的政治才能。蕲（qí）：求。三折肱（gōng）：指三次折臂而成为良医。
⑥想得：既是对老朋友现状的推想，也是赞其老而勤学。
⑦瘴（zhàng）：瘴气。

雨中登岳阳楼望君山

【题解】此二诗第一首写离开贬谪之地回乡的欣喜心情；第二首写登临所见的湖山秀色。诗中有"投荒……生入"的感喟，更多则是满眼风光的好心情。自然流丽，清通愉悦。

投荒万死鬓毛斑①，
生入瞿塘滟滪关②。
未到江南先一笑，
岳阳楼上对君山③。

满川风雨独凭栏，
绾结湘娥十二鬟④。
可惜不当湖水面⑤，
银山堆里看青山⑥。

①投荒：被流放到荒远边地。
②瞿塘：瞿塘峡，为长江三峡之首。滟滪（yàn yù）：滟滪堆，在瞿塘峡口，突兀江心，形势险峻。
③君山在洞庭湖中，岳阳楼上远望可见。
④"绾结"句：指君山如湘娥绾结的十二个发鬟。
⑤不当：不在。
⑥银山：比喻波浪。

清平乐

【题解】 这首小令以清新活泼的笔调抒发了作者惜春、恋春的怅惘心情。构思巧妙，从虚处入手，曲尽其意而不牵强；明知故问（问春）、问非所问（问黄鹂）的设问，看似痴气十足，却十分高明地达情致意。

春归何处？寂寞无行路。若有人知春去处，唤取归来同住①。

春无踪迹谁知？除非问取黄鹂②。百啭无人能解，因风飞过蔷薇③。

①唤取：唤来。
②问取：即问。
③因风：顺着风势。因，凭借。飞：一作"吹"。

陈师道

陈师道（1053～1101），北宋诗人。字履常，又字无己，号后山居士，徐州彭城（今江苏徐州）人。他是江西诗派的重要作家，并被奉为"三宗"之一。诗宗杜甫，受黄庭坚影响尤深，风格雄健清劲，幽深雅淡。

绝　句

【题解】这是一首哲理诗，作者自认为是其得意之作。诗中所说道理其实很浅显。但诗人抓住最有感触的两件事，道人之所共知，格外亲切、深入。

书当快意读易尽①，
客有可人期不来②；
世事相违每如此，
好怀百岁几回开③！

①快意：称心满意。
②可人：合心意的朋友。
③"世事"二句：陈师道《寄黄元》也说："俗子推不去，可人费招呼；世事每如此，我生亦何娱？"

示三子

【题解】此诗写与儿女相见的情景，神情毕见，感人肺腑。特别是末二句，跳出前人写相见"疑在梦中"的旧套，更深一层，写明知非梦，可也心神不宁，更能表情达意。

去远即相忘，归近不可忍①。
儿女已在眼，眉目略不省②。
喜极不得语，泪尽方一哂③。
了知不是梦，忽忽心未稳④。

①忍：按捺不住。
②略：有些。省（xǐng）：认识。
③哂（shěn）：微笑。
④了：了然，清楚。忽忽：心神不定的样子。

秦 观

秦观（1049～1100），北宋词人。字少游，又字太虚，扬州高邮（今江苏高邮）人。秦观是"苏门四学士"之一，以词闻名，最为苏轼赏识。其词风格婉约纤细、柔媚清丽，情调低沉感伤，愁思哀怨，向来被认为是婉约派的代表作家之一。

望海潮

【题解】 这首词通过写故地重游，回忆了过去的欢乐生活，感慨了今日的沦落。词中极尽铺陈，句法丽密。其中写春景的几句，渲染得十分真切动人。此外，此词用字讲究，其中"乱"、"暗"诸字最为恰切得力。

梅英疏淡，冰澌溶泄①，东风暗换年华。金谷俊游，铜驼巷陌②，新晴细履平沙③。长记误随车，正絮翻蝶舞，芳思交加④。柳下桃蹊，乱分春色到人家。

西园夜饮鸣笳⑤。有华灯碍月，飞盖妨花⑥。兰苑未空，行人渐老⑦，重来是事堪嗟⑧。烟暝酒旗斜。但倚楼极目，时见栖鸦。无奈归心，暗随流水到天涯。

① 梅英：梅花。冰澌（sī）溶泄：冰块溶化流动。
② 金谷、铜驼：即金谷园、铜驼街，均为豪门胜地。
③ 新晴：雨后初晴。细履平沙：漫步于还没有生草的郊野。
④ 芳思：由春色而引起的各种情思。
⑤ 西园：洛阳、汴京皆有。
⑥ 飞盖：来往穿梭的车辆。
⑦ 兰苑未空：名园尚未荒芜。行人：这里指作者自己。
⑧ 是事：事事。

鹊桥仙

【题解】 这首词是根据牛郎织女传说并加以丰富的想象而写成的。但不落俗套——写牛女隔阻的凄清悲苦，而是自出机杼——尽管牛女一年一相会，但情真爱挚，最为可贵；由此引入普遍的人情，揭出了积极健康的爱情观。由于主题的明朗健康，行文也就不是那么凄婉，而有几分明快清爽。

纤云弄巧①，飞星传恨②，银汉迢迢暗度③。金风玉露一相逢④，便胜却、人间无数。

柔情似水，佳期如梦，忍顾鹊桥归路⑤。两情若是久长时，又岂在、朝朝暮暮。

①纤云弄巧：片片微云编排出各种巧妙的花样。
②飞星传恨：流星不断传送着牛、女星平时不得相会的怨恨。
③银汉：银河。
④金风：秋风。玉露：白露。金风玉露，指七夕时节。
⑤忍顾：怎忍回看。

踏莎行

【题解】这首词用比兴手法，抒发了作者怅惘、失望和寂寞愁苦的心情。委婉多情，低沉凄绝。全词未著一个"我"字，却笔笔都有我，王国维称其为"有我之境"。末二句意韵深远，笔法奇绝，为一时名句。

雾失楼台①，月迷津渡②，桃源望断无寻处。可堪孤馆闭春寒③，杜鹃声里斜阳暮。

驿寄梅花④，鱼传尺素，砌成此恨无重数⑤。郴江幸自绕郴山⑥，为谁流下潇湘去⑦？

①雾失：为雾所遮蔽。
②月迷：为月光所迷濛。津渡：渡口。
③可堪：怎堪、岂堪。闭春寒：馆门在春寒中紧闭。
④"驿寄"句：用陆凯寄梅范晔的典故。
⑤砌成：堆积成。
⑥郴（chēn）江：发源于郴州黄岑山，北流入湘水。幸自：本自。
⑦为谁：为甚。

浣溪沙

【题解】这首词表现百无聊赖、闲愁怅惘的心情。词中景物因主人公的心态而变得凄清含愁；下片则更将飞花、丝雨比作梦与愁，起到了更好的抒情效果，被梁启超称为"奇语"。

漠漠轻寒上小楼①，晓阴无赖似穷秋②。淡烟流水画屏幽。

①漠漠：弥漫渺茫。
②晓阴：清晨阴天。无赖：无聊赖，无情趣。

自在飞花轻似梦，无边丝雨细如愁。宝帘闲挂小银钩③。

③钩：挂帘子的钩。此处宝、银均泛指。

满庭芳

【题解】此词写儿女私情，但却融入了作者的身世之感。词中以凄凉的秋天晚景渲染离情，非常出色。苏轼激赏此词首句新奇精警，戏呼秦观为"山抹微云君"。晁补之说"'斜阳外，寒鸦万点，流水绕孤村。'虽不识字人，亦知是天生好言语"。

山抹微云①，天粘衰草②，画角声断谯门③。暂停征棹④，聊共引离尊⑤。多少蓬莱旧事，空回首，烟霭纷纷。斜阳外，寒鸦万点⑥，流水绕孤村。

销魂，当此际，香囊暗解，罗带轻分⑦。漫赢得青楼薄倖名存⑧。此去何时见也，襟袖上空惹啼痕⑨。伤情处，高城望断，灯火已黄昏。

①抹：涂抹。
②粘：一作"连"。
③画角：涂有彩色的军中号角。谯门：即谯楼，门上有楼可以瞭望。
④征棹：行舟。
⑤引：持，举。尊：酒器。
⑥万点，一作"数点"。
⑦罗带：丝织的带子。分：解下。古人常用罗带赠别，有的罗带还打上"同心结"，以示永不变心。
⑧漫：徒然。薄倖（xìng）：薄情。
⑨啼痕：泪痕。

贺 铸

贺铸（1052～1125），北宋词人。字方回，原籍山阴（今浙江绍兴），生长于卫州（今河南汲县）。一生只做过一些小官。晚年退居苏州。他的词情思缠绵，组织工丽，时或沉郁挺拔，豪爽峻迈，作品内容也较丰富，开南宋张孝祥、辛弃疾等爱国、豪放词之先河。

青玉案

【题解】这首小词写淑女的不遇与幽居的闲愁，词的内容十分常见，艺术上却有独到之处：一是颇工慕想生发，即由见美人而慕想出一片景致，生发出一番情思；二是修辞绝妙，主要体现在末尾三句。

凌波不过横塘路①，但目送、芳尘去②。锦瑟华年谁与度③？月桥花院，琐窗朱户④，只有春知处⑤。

飞云冉冉蘅皋暮⑥，彩笔新题断肠句。若问闲情都几许？一川烟草，满城风絮，梅子黄时雨⑦。

① 凌波：形容美人步态轻盈。横塘：地名，在苏州附近，贺铸在此有一小别墅。
② 芳尘：形容美人所经之处，尘土亦被芳染。
③ 锦瑟华年：语出李商隐《无题》。
④ "月桥"二句：揣拟美人居所的情形。
⑤ "只有"句：说只有春光知她住处。
⑥ 蘅（héng）皋：生有香草的水边，即词人顾望徘徊之处。
⑦ 一川：满地。风絮：随风飘舞的柳絮。梅子黄时雨：梅子黄熟时节所下的雨，即梅雨。

鹧鸪天

【题解】这是一首悼亡词，亡者是自己的妻子。词中实景与忆念交织，表达了深切的悲痛之情和对美好生活缅怀，由此也生出了一些人生短促、旧梦难圆的感喟。

重过阊门万事非①，同来何事不同归②！梧桐半死清霜后，头白鸳鸯失伴飞③。

原上草，露初晞④，旧栖新垅两依依⑤。空床卧听南窗雨，谁复挑灯夜补衣！

① 阊门：本为苏州西门，这里代指苏州。
② "同来"句：指作者夫妇一同寄寓苏州，离开时妻子已去世。
③ "梧桐"二句：以树、鸟比喻自己丧偶。
④ 原上草，露初晞：比喻人生短促。晞（xī），干。
⑤ 旧栖：指过去一同居住的寓所。新垅：亡妻的新坟。

六州歌头

【题解】 这首诗反映了作者在江河日下的北宋末年忧伤国事的爱国情怀。词的上片回忆少年时的游侠生活，下片主要写感于时事而发的议论和愿望。此词是贺铸少有的激切之作，对南宋爱国豪放词有一定开创之功。

少年侠气，交结五都雄①。肝胆洞②，毛发耸。立谈中，死生同，一诺千金重。推翘勇，矜豪纵，轻盖拥，联飞鞚，斗城东③。轰饮酒垆，春色浮寒瓮，吸海垂虹④。闲呼鹰嗾犬，白羽摘雕弓，狡穴俄空⑤。乐匆匆。

似黄粱梦，辞丹凤⑥；明月共，漾孤篷。官冗从，怀倥偬，落尘笼，簿书丛⑦。鹖弁如云众⑧，供粗用，忽奇功。笳鼓动，渔阳弄⑨，思悲翁⑩。不请长缨，系取天骄种⑪，剑吼西风。恨登山临水，手寄七弦桐，目送归鸿⑫。

① 五都：泛指诸大城市。
② 洞：明澈可见。
③ 推：公认。翘：特出。矜：自负。轻盖：轻车。鞚（kòng）：马勒，这里指马。斗（dǒu）城：汉代长安城的别名。
④ 吸海、垂虹：均指豪饮。
⑤ 嗾（sǒu）：指使犬的声音。白羽：箭。狡穴：狡兔的窝，泛指兽穴。
⑥ 丹凤：汴京皇城丹凤门，代京城。
⑦ 倥偬（kǒng zǒng）：匆忙困苦。尘笼：尘俗的束缚。
⑧ 鹖（hé）弁：武士冠，代指武官。
⑨ 笳鼓：这里指战鼓。渔阳弄：即《渔阳参》，鼓曲名。
⑩ 思悲翁：汉乐府《铙歌》中有《思悲翁》曲。
⑪ 长缨：长绳索。天骄种：匈奴王自称其胡部为"天之骄子"。
⑫ 七弦桐：即七弦琴。

周邦彦

周邦彦（1056～1121），北宋词人。字美成，号清真居士，浙江钱塘人。他精通音律，能自度曲，所作词格律法度极为精审，为后世词人的轨范。

苏幕遮

【题解】这首词上片写雨后初阳映照下的风荷神态，下片写小楫轻舟梦归故乡。构思巧妙，描写精工。尤其是"一一风荷举"中的"举"字，深得荷花雨后阳光初照挺拔起来的神韵，被王国维称作"真能得荷花之神理者"。

燎沉香，消溽暑①。鸟雀呼晴，侵晓窥檐语②。叶上初阳干宿雨，水面清圆，一一风荷举③。

故乡遥，何日去？家住吴门，久作长安旅④。五月渔郎相忆否？小楫轻舟，梦入芙蓉浦。

① 沉香：一种香气很浓的香料。溽（rù）暑：潮湿的夏天天气。
② 呼晴：在天放晴前呼叫，仿佛在呼引晴日。侵晓：拂晓。窥檐：在檐边窥探着。
③ 宿雨：昨夜的雨。风荷：风中之荷。
④ 吴门：即今苏州。作者家在浙江钱塘，这里以吴门泛指家乡。

六　丑　蔷薇谢后作

【题解】这是一首咏物词。词细腻地描写了谢后蔷薇的种种情态，借此抒发了自己客里伤春的愁情，也委婉地泄露出一丝仕途上不如意的苦闷。此词表现手法上一是极尽铺陈、缠绵多致；二是善于神态描写，立意新奇，情致委婉。

正单衣试酒，怅客里、光阴虚掷①。愿春暂留，春归如过翼②，一去无迹。为问花何在？夜来风雨，葬楚宫倾国③。钗钿堕处遗香泽④，乱点桃蹊，轻翻柳陌。多情为谁追惜？但蜂媒蝶使，时叩窗槅⑤。

① 单衣：换单衣时。试酒：宋代在阴历三月末或四月初有尝新酒之俗。
② 如过翼：像飞鸟一样地过去。
③ 楚宫倾国：楚国美人，比喻蔷薇花。
④ 钗钿：此处以钗钿比喻飘落的花瓣。
⑤ 蜂媒蝶使：指蜂和蝶。窗槅（gé）：窗格子。

东园岑寂，渐蒙笼暗碧⑥。静绕珍丛底⑦，成叹息。长条故惹行客，似牵衣待话⑧，别情无极。残英小、强簪巾帻⑨；终不似一朵、钗头颤袅，向人欹侧⑩。漂流处、莫趁潮汐⑪；恐断红、尚有相思字，何由见得⑫？

⑥东园：泛指花园。蒙笼：草木繁茂。
⑦静绕：默默徘徊。珍丛底：指凋零的蔷薇花丛下。
⑧"长条"二句：指蔷薇刺勾住衣服，好似拉住衣服要和人说话。
⑨巾帻（zé）：指头巾。
⑩颤袅：轻轻地颤动。欹侧：倾斜。向人欹侧：有悦人、媚人之意。
⑪趁：随、逐。潮汐：早潮与晚潮。
⑫断红：残花。相思字：用红叶题诗典故。这里将落花比为红叶。

满庭芳　夏日溧水无想山作①

【题解】这首词写江南如画美景，寄托深沉身世之感。上片写景时在地理物候的描写中，点出词人境遇，已寓不满；下片进一步感叹身世，以漂泊不定的社燕自况。全词含蓄蕴藉、富丽精工、温婉敦雅。

风老莺雏②，雨肥梅子，午阴嘉树清圆③。地卑山近，衣润费炉烟④。人静乌鸢自乐，小桥外、新绿溅溅⑤。凭栏久，黄芦苦竹，拟泛九江船⑥。

年年，如社燕⑦，飘流瀚海，来寄修椽。且莫思身外⑧，长近樽前。憔悴江南倦客，不堪听急管繁弦。歌筵畔，先安簟枕⑨，容我醉时眠。

①溧水：今属江苏。无想山：山名。
②风老莺雏：小莺在暖风中长大了。
③"午阴"句：正午时候，绿树在阳光下形成清凉的圆形树影。
④衣润：衣服潮湿。
⑤乌鸢（yuān）：即乌鸦。新绿：指绿水新涨。溅溅（jiān）：流水声。
⑥黄芦：生于低洼或浅水中的芦苇。苦竹：竹之一种，笋苦。
⑦社：古代于春秋两次祭祀土地神，称为"社"。相传燕子在春社北归、秋社南飞，故称"社燕"。
⑧身外：指功名利禄之类。
⑨簟（diàn）枕：竹席。

西河 金陵怀古

【题解】 此词上片写金陵地势险固，中片写金陵的古迹，下片写眼前的景物。词中隐括了刘禹锡《金陵五题》中《石头城》、《乌衣巷》两首诗，却"浑然天成"，"如自己出"。意境奇伟，格调高古，是周邦彦作品中较为独特者。

佳丽地①，南朝盛事谁记②？山围故国绕清江③，髻鬟对起④。怒涛寂寞打孤城⑤，风樯遥度天际⑥。

断崖树⑦，犹倒倚，莫愁艇子曾系⑧。空馀旧迹郁苍苍⑨，雾沉半垒⑩。夜深月过女墙来，伤心东望淮水⑪。

酒旗戏鼓甚处市⑫？想依稀，王谢邻里⑬。燕子不知何世，向寻常巷陌人家⑭，相对如说兴亡，斜阳里。

① 佳丽地：美好的地方，指金陵。
② 盛事：指繁华。
③ 故国：故都，指金陵。清江：指长江。
④ 髻鬟：此处以妇女发髻描写山峦。
⑤ 怒涛：指潮水。孤城：指金陵城。
⑥ 风樯：指帆船。度：过。
⑦ 断崖：陡峭的山崖。
⑧ 莫愁：指传说中的女子莫愁。系(jì)：拴。
⑨ 郁苍苍：形容树木茂盛，一片青葱。
⑩ 垒：营垒。
⑪ 淮水：指秦淮河。
⑫ 戏鼓：指游艺场所的乐器。
⑬ 王谢：东晋的王导、谢安，他们都住金陵乌衣巷一带。
⑭ 巷陌：街道。

陈与义

　　陈与义（1090～1138），宋代诗人。字去非，号简斋，洛阳（今属河南）人。生平以诗著称，多感愤沉郁之音。词作较少，亦有一定的质量。有《简斋集》。

伤　春

【题解】这首诗是作者在从湖南入桂途中，听到向子諲坚守潭州、抗拒金兵的消息而写的。题为伤春，其实感伤的是时事。全诗充满愤闷不平和无限感慨，鞭挞了朝廷达官，歌颂了抗敌英雄。

庙堂无策可平戎①，
坐使甘泉照夕烽②。
初怪上都闻战马，
岂知穷海看飞龙③！
孤臣霜发三千丈，
每岁烟花一万重④。
稍喜长沙向延阁⑤，
疲兵敢犯犬羊锋⑥。

①庙堂：指朝廷。戎：泛指敌人。
②甘泉照夕烽：甘泉，汉帝行宫。这句诗以汉事比况金兵逼近京都。夕烽：报夜警的烽火。
③"初怪"二句：指金兵进入都城、皇帝奔逃海上。飞龙：指皇帝。
④烟花：指春天秾丽的景色。
⑤此句指潭州（治所在长沙）长官向子諲率军民抵抗金人。
⑥犬羊锋：指代金兵。

临江仙

【题解】此词小序谓"夜登小阁忆洛中旧游"，是词人晚年所作。词的上片写旧日在洛阳故乡的豪饮欢宴生活。过片"二十余年如一梦"把时光转到了南渡之后，对国破家亡生发出无限感慨。廿年如梦、犹在堪惊，极为浓缩地概括了一番大变化、大感喟。结句多少有些消沉，或说超然。

　　忆昔午桥桥上饮①，坐中多是豪英。长沟流月去无声②。杏花疏影

①午桥：桥名，在洛阳县南十里外。裴度与白居易、刘禹锡曾在此饮酒赋诗。

里，吹笛到天明。

二十余年如一梦，此身虽在堪惊。闲登小阁看新晴③。古今多少事，渔唱起三更④。

②此句说月影随河水流去，岁月也悄然流逝。
③新晴：指雨后初晴的月色。
④渔唱：打渔人的歌儿。

李清照

李清照（1084～1151?），南宋词人。号易安居士，济南人。李清照是我国最著名的女词人，工于造语，善于创意出奇，擅长用白描手法塑造出鲜明动人的形象，创立了雅而不难、易而不俗、生活气息浓郁的"易安体"。有《漱玉词》传世。

如梦令

【题解】此词通过作者与侍女寥寥数语的对话，表现诗人惜春怜花的心情，反映了作者前期悠闲、风雅的生活情趣。其中隐约有相思别离之情，故人称"短幅中藏无限曲折"。"绿肥红瘦"十分形象地绘出雨后春景，以造语清新为人称道。

昨夜雨疏风骤，浓睡不消残酒①。试问卷帘人，却道海棠依旧②。知否？知否？应是绿肥红瘦③。

① 雨疏风骤：雨小风急。不消残酒：残余的醉意没完全消除。
② 卷帘人：指正在卷帘的侍女。却道：还说。
③ 绿肥红瘦：指叶子繁盛、花儿残败。

一剪梅

【题解】此词上片描写送别时的情景以及词人在家盼望丈夫来信的急切心情；下片极写相思愁苦之情无法消除。此词善于描写人物情态，别离时的情景及别后的相思伫望、愁苦不奈都描摹得十分传神。语言浅近清新，但又工致周密，独具艺术魅力。

红藕香残玉簟秋①。轻解罗裳，独上兰舟。云中谁寄锦书来②？雁字回时③，月满西楼。

花自飘零水自流。一种相思，

① 红藕：指红色荷花。玉簟（diàn）：光泽如玉的竹席。
② 锦书：书信的美称。此指情书。
③ 雁字：雁群飞行时排列成"一"或"人"字形，所以称作"雁字"。

两处闲愁④。此情无计可消除⑤，才下眉头，却上心头。

④闲愁：这里指离别相思之愁。
⑤无计：没有办法。

醉花阴

【题解】 这是一首重阳佳节怀念丈夫的词。上片写词人白日愁烦、夜间孤寂的景况和情绪；下片写重阳把酒赏菊之后，面对良辰美景，而独缺亲人，更增怅惘情怀。词中以黄花拟人作比，是高妙之处，为点睛之笔。

薄雾浓云愁永昼①，瑞脑消金兽②。佳节又重阳，玉枕纱厨③，半夜凉初透。

东篱把酒黄昏后④，有暗香盈袖。莫道不消魂，帘卷西风，人比黄花瘦⑤。

①永昼：漫长的白天。
②瑞脑：香料。金兽：兽形的铜香炉。
③玉枕：白色磁枕。
④东篱：菊圃的代称。借用陶渊明诗。
⑤黄花：指菊花。

渔家傲

【题解】 此词为李清照豪放词的代表作，极富浪漫色彩。全词通过梦境的描写，表现诗人要求摆脱现实苦恼、追求自由美好的理想和积极奋发的精神。此词构思奇特，用典精当，熔裁工巧，连用屈原、杜甫、庄子的诗文，不着痕迹，与己文己意浑然一体。

天接云涛连晓雾，星河欲转千帆舞①。仿佛梦魂归帝所②。闻天语，殷勤问我归何处③？

我报路长嗟日暮，学诗漫有惊人句④。九万里风鹏正举⑤。风休住，蓬舟吹取三山去⑥。

①星河欲转：指夜已深。星河，即银河。
②归帝所：到天帝的居处，即天宫。
③闻天语：听见天帝说话。
④报：回答。嗟：嗟叹。日暮：指前途黯淡。
⑤鹏：大鹏。举：此处指飞翔。
⑥蓬舟：如蓬草似的轻舟。三山：传说中的三座海上仙山。

永遇乐

【题解】 这首词通过对中州盛日元宵佳节热闹景象和欢乐生活的回忆，对比当前节日悲凉寂寞心情，表现词人今不如昔的感受及对故国的怀念之情。用语平淡中见醇厚，明白易晓，又感人至深。

落日熔金，暮云合璧①，人在何处？染柳烟浓，吹梅笛怨②，春意知几许？元宵佳节，融和天气，次第岂无风雨③？来相召、香车宝马，谢他酒朋诗侣④。

中州盛日⑤，闺门多暇，记得偏重三五⑥；铺翠冠儿，捻金雪柳，簇带争济楚⑦。如今憔悴，风鬟雾鬓⑧，怕见夜间出去。不如向、帘儿底下，听人笑语。

① 熔金：形容落日的光辉像熔化的黄金。合璧：形容云彩像璧玉一样合在一起。
② 吹梅笛怨：笛子吹出古曲《梅花落》的哀怨之音，咏叹梅花的飘零。
③ 次第：转眼。
④ 谢：辞谢。
⑤ 中州：本指河南，这里借指汴京。
⑥ 偏重：特别看重。三五：指正月十五元宵节。
⑦ 铺翠冠儿：妆饰着翡翠的帽子。捻（niǎn）金雪柳：宋代元宵节妇女头上的一种妆饰。簇带：插戴饰物，打扮的意思。济楚：整齐。
⑧ 雾：一作"霜"。

武陵春

【题解】 这首词是词人对国破家亡、飘泊转徙、夫死孀居的凄苦生活的感叹。此词将抽象的愁苦意绪具体化，如"只恐"二句，形象生动，奇警感人。词中虚字的运用对情感婉转周致的表达助力颇多，如"闻说"、"也拟"、"只恐"，一波三折，极为传神。

风住尘香花已尽①，日晚倦梳头。物是人非事事休②，欲语泪先流。

闻说双溪春尚好③，也拟泛轻舟④。只恐双溪舴艋舟⑤，载不动、许多愁。

① 尘香：花落地上，连尘土也沾上花的香气。
② 休：停止，完了。
③ 双溪：水名，在今浙江金华。
④ 也拟：也打算。
⑤ 舴艋（zé měng）舟：小船。

声 声 慢

【题解】 这首词通过对残秋景色的描写,表现作者晚年国破家亡、饱经离乱的愁苦生活和凄惨心情。全词自然而巧妙地概括平凡的日常生活,由此表达作者深切的情感和复杂的心理状态,亲切感人。在语言方面,此词最为人称道的是双声、叠字的运用,可谓淋漓尽致,一字一泪;其中的齿音字、似咬牙切齿说出,极其凄清悲切。

寻寻觅觅,冷冷清清,凄凄惨惨戚戚。乍暖还寒时候①,最难将息②。三杯两盏淡酒,怎敌他、晚来风急?雁过也,正伤心,却是旧时相识③。

满地黄花堆积④,憔悴损⑤,如今有谁堪摘?守着窗儿,独自怎生得黑⑥?梧桐更兼细雨,到黄昏、点点滴滴。这次第⑦,怎一个、愁字了得⑧?

① 乍暖还寒:指深秋天气变化无常。还(xuán):立即。
② 将息:将养休息。
③ "雁过"三句:是说正伤心时,有雁儿飞过,这些雁儿正是从前见过的,益发触动悲伤之情。
④ 黄花:菊花。
⑤ 憔悴损:指枯萎得不成样子。
⑥ 怎生:怎样。得黑:捱到天黑。
⑦ 次第:光景、情况。
⑧ 了得:包含得了。

夏 日 绝 句

【题解】 此诗是李清照流落江南、经历国破家亡之后所作。诗借项羽失败后不肯苟且偷生之事,讽刺南宋小朝廷的苟安无耻,表达自己希望抗敌、恢复故土的情思。

生当作人杰,死亦为鬼雄①。
至今思项羽,不肯过江东②。

① 人杰:人中豪杰。鬼雄:鬼中英雄。
② "至今"二句:指项羽兵败,以无颜见江东父老而不肯渡江,最后饮剑自刎。

朱敦儒

朱敦儒（1080？～1175？），南宋词人。字希真，号严壑，洛阳（今属河南）人。早年以清高自许，不愿做官，晚年曾依附秦桧。作品远离现实，但也有一部分忧时念乱之作。

相见欢

【题解】此词写西楼玩赏的所见所感。西楼所见，天空地阔，大江涌流，可谓大好河山。由此，自然想到另一半的大好河山，于是生出"几时收"的询问，悲慨顿出。末一句念及扬州对峙，愈加沉痛。

金陵城上西楼，倚清秋①。万里夕阳垂地、大江流。

中原乱，簪缨散②，几时收？试倩悲风吹泪、过扬州③。

① 西楼：泛指高楼。倚清秋：倚楼玩赏清秋景色。
② 以上二句指金兵南侵、宋室南渡诸事。簪缨，指仕宦冠服。
③ 倩：通"请"。扬州：当时处于宋金对峙前线，屡受金兵进犯。

好事近 渔父词

【题解】这首词写渔父，而实际上词人正是这渔父。摆脱红尘的词人闲适自在，醒醉无时；尤其是渔猎，或披霜冲雪，或风定垂钓。而此渔父之意似不在钓，而在赏上下新月、看孤鸿明灭。

摇首出红尘①，醒醉更无时节。活计绿蓑青笠，惯披霜冲雪②。

晚来风定钓丝闲，上下是新月③。千里水天一色，看孤鸿明灭④。

① 红尘：尘世，此处指官场。
② "活计"二句：化用张志和《渔歌子》"青箬笠，绿蓑衣，斜风细雨不需归"诗意。活计，生计。
③ 上下：指天上、水中。即下文"水天"。
④ 明灭：指或隐或现。

张元干

张元干（1091～1170），南宋词人。字仲宗，号芦川居士，又号真隐山人，永福（今福建永泰）人。他继承了苏轼所开创的豪放派词风，慷慨悲凉，对南宋许多优秀词人有着重大影响。

贺新郎　送胡邦衡待制赴新州①

【题解】这首词表达了作者对友人胡铨坚持正义斗争的大力支持和对其不幸遭遇的深切同情，有力地谴责了金朝统治者对中原地区的践踏破坏以及南宋投降派杀害忠良、丧权辱国的可耻行径。全词情调激越，悲壮有力，大气凛然。

梦绕神州路②，怅秋风、连营画角，故宫离黍③。底事昆仑倾砥柱，九地黄流乱注④？聚万落千村狐兔⑤。天意从来高难问，况人情老易悲难诉⑥！更南浦⑦，送君去！

凉生岸柳催残暑。耿斜河⑧、疏星淡月，断云微度。万里江山知何处⑨？回首对床夜语。雁不到、书成谁与⑩？目尽青天怀今古⑪，肯儿曹、恩怨相尔汝⑫？举大白，听金缕⑬。

① 胡邦衡：胡铨字邦衡。他曾上书请斩秦桧等人。待制：官名。新州：今广东新兴。
② 神州：中原的代称，这里指沦陷地区。
③ 离黍：故国之思。
④ 底事：何事，为何。昆仑倾砥（dǐ）柱：相传昆仑山有铜柱，其高入天，称为天柱。黄流乱注：这里以黄河水流泛滥比喻金兵侵扰。
⑤ 狐兔：这里比喻金兵。
⑥ "天意"句：化用杜甫诗"天意高难问，人情老易悲"意。
⑦ 南浦：泛指送别的地方。
⑧ 斜河：银河斜转，表示夜深。
⑨ 知何处：不知贬所在哪里。
⑩ 谁与：与谁。
⑪ 目尽青天：遥望天空。
⑫ 肯：岂肯。儿曹：小儿女辈。尔汝：彼此以你我相称，表示亲密。
⑬ 大白：酒杯。金缕：即《金缕曲》，《贺新郎》词调的别名。

贺新郎 寄李伯纪丞相

【题解】 这首词是写给已被罢职的主战派代表李纲（字伯纪）的。词人对李纲坚持抗金的主张表示坚决支持，对其英雄解甲、宝剑生尘的处境表示无限同情。词人引李纲为同调，从而透露了自己的胸襟和情怀。人间鼻息鸣鼍鼓与怅望山河空吊影的对比，也表示了对南宋朝野偏安一隅、苟且偷生的鄙夷和批评。

曳杖危楼去，斗垂天①、沧波万顷，月流烟渚。扫尽浮云风不定，未放扁舟夜渡。宿雁落、寒芦深处。怅望关河空吊影，正人间、鼻息鸣鼍鼓②。谁伴我，醉中舞③？

十年一梦扬州路④。倚高寒，愁生故国，气吞骄虏⑤。要斩楼兰三尺剑⑥，遗恨琵琶旧语⑦。谩暗涩、铜华尘土⑧。唤取谪仙平章看⑨，过苕溪、尚许垂纶否⑩？风浩荡，欲飞举。

①斗垂天：北斗星在夜空低挂着。
②鼻息鸣鼍（tuó）鼓：形容鼾声如鼓。鼍鼓，用鼍皮蒙的鼓。
③这两句用东晋祖逖和刘琨闻鸡起舞的故事。
④十年一梦：宋高宗从扬州出逃到定都临安。
⑤倚高寒：指倚楼望月。故国：指汴京和中原地区。骄虏：指金兵。
⑥要斩楼兰：用汉代故事，以楼兰喻金，傅子介喻李纲等主战派。
⑦琵琶旧语：用王昭君琵琶曲中倾诉怨愤的传说，指出南宋朝廷向金人求和是不可追悔的遗恨。
⑧谩：同"漫"，徒然。暗涩：指宝剑生锈蒙尘，黯然无光。
⑨谪仙：指李白，比喻李纲。
⑩苕溪：水名，当时文人游览处。

岳 飞

岳飞（1103～1141），南宋词人，抗金名将。字鹏举，相州汤阴（今河南汤阴）人。作品保存下来的不多，但都充满爱国激情，历来为人们所珍视。

满江红

【题解】 这是一首脍炙人口、充满战斗豪情的壮词，是一首忠义慷慨、气贯日月的千古绝唱。词的上片叙写词人珍惜年华、渴望建功立业的抱负；下片抒发痛恨敌人、报仇雪耻的爱国激情，表达恢复失地、统一国家的信念。作品气概豪壮，语言粗犷，音调高亮，颇具英雄气象，最能给人以鼓舞激励。

怒发冲冠，凭栏处、潇潇雨歇①。抬望眼、仰天长啸，壮怀激烈。三十功名尘与土，八千里路云和月②；莫等闲、白了少年头，空悲切③。

靖康耻④，犹未雪，臣子恨，何时灭！驾长车踏破，贺兰山缺⑤。壮志饥餐胡虏肉，笑谈渴饮匈奴血⑥。待从头、收拾旧山河，朝天阙⑦。

①凭：倚靠。潇潇：急骤的雨声。
②尘与土：形容微不足道，自谦之词。八千里路：指道路遥远。云和月：意谓披星戴月转战南北。
③等闲：随便，轻易。悲切：悲痛。
④靖康耻：指北宋灭亡的耻辱。靖康是宋钦宗的年号。
⑤长车：指战车。贺兰山：这里泛指宋、金边境的界山。缺：指山口。
⑥胡虏、匈奴：泛指敌人。
⑦收拾：整顿。天阙：宫殿前的楼观。朝天阙，指朝见皇帝。

张孝祥

张孝祥（1132～1169），南宋词人。字安国，号于湖居士，历阳乌江（今安徽和县）人。他的词直抒胸臆，不事雕琢，具有潇洒出尘之姿，自然如神之笔，迈往凌云之气，风格极似苏轼。

六州歌头

【题解】 这首词上片描写词人北望沦陷区所见到的荒凉景象及敌人的骄纵横行；下片抒发词人壮志难酬的悲愤以及对主和派屈辱求和的怨恨，也表达了沦陷区父老渴望南宋军队北伐中原、收复失地的心情。词人抓住此调音繁节促的特点，时而激越昂扬，时而苍劲低沉，完美地表达了激荡的情感和愤激的思想内容。清陈廷焯称此词"淋漓痛快，笔饱墨酣，读之令人起舞。"

长淮望断①，关塞莽然平。征尘暗，霜风劲，悄边声。黯销凝②，追想当年事③，殆天数，非人力；洙泗上④，弦歌地，亦膻腥。隔水毡乡，落日牛羊下，区脱纵横⑤。看名王宵猎，骑火一川明⑥，笳鼓悲鸣，遣人惊⑦。

念腰间箭，匣中剑，空埃蠹⑧，竟何成！时易失，心徒壮，岁将零⑨，渺神京⑩。干羽方怀远⑪，静烽燧，且休兵；冠盖使，纷驰骛，若为情⑫。闻道中原遗老，常南望，翠葆霓旌⑬。使行人到此，忠愤气填膺⑭，有泪如倾。

① 长淮：即淮河。宋金和议以淮河为界，淮河成为南宋的前线。
② 销凝：销魂凝神，形容忧思。
③ 当年事：指靖康之耻。殆（dài）：几乎。
④ 洙（zhū）泗（sì）：即洙水、泗水，流经孔子讲学的山东曲阜。
⑤ 隔水毡乡：是说淮河北岸成了金人聚住地。区（ōu）脱：借指金兵哨所。
⑥ 名王：借指金国将帅。骑（jì）火：骑兵手执火把。
⑦ 笳鼓：指金营中的笳声、鼓声。
⑧ 埃蠹（dù）：尘封虫蛀。
⑨ 岁将零：一年将尽。
⑩ 渺：渺远。神京：指汴京。
⑪ 干羽：盾牌和雉尾。怀远：讽刺南宋统治者借口以礼服人，向金求和。
⑫ 冠盖使：指向金求和的使臣。驰骛（wù）：奔驰忙碌。若为情：何以为情。
⑬ 翠葆霓旌：指皇帝的车驾。
⑭ 行人：指到淮河南岸的行人。

念奴娇　过洞庭

【题解】 此词写在因谗言落职由桂林北归经过洞庭湖时。词的上片主要写洞庭风光，末两句议论，括尽洞庭之妙。而素月、明河、湖光的俱澄澈，也为下片作了铺垫。下片写自己的品节和胸怀，肝肺冰雪表明自己的忠贞高洁，挹江酌斗、宾客万象表示了自己的襟怀博大。坦荡胸怀与壮丽湖光浑然一体，令人神醉出尘。

　　洞庭青草①，近中秋、更无一点风色。玉界琼田三万顷②，著我扁舟一叶。素月分辉，明河共影，表里俱澄澈③。悠然心会，妙处难与君说。

　　应念岭海经年④，孤光自照，肝胆皆冰雪。短发萧骚襟袖冷⑤，稳泛沧浪空阔。尽挹西江，细斟北斗，万象为宾客⑥。扣舷独啸，不知今夕何夕。

① 洞庭、青草：均为湖名，二湖相通，总称洞庭湖。
② 玉界琼田：形容月下湖水晶莹如玉。界，一作"鉴"。
③ 明河：即银河。表里：指天上、湖中。
④ 岭海：指两广之地，北有五岭，南有南海，故称"岭海"。
⑤ 短发萧骚：头发稀少。襟袖冷：谓两袖清风，廉洁清贫。
⑥ "尽挹西江"三句：舀尽长江水当酒浆，以北斗做酒器盛酒，大地万物当做宾客。西江，指长江。

杨万里

杨万里（1124～1206），南宋诗人。字廷秀，号诚斋，吉州吉水（今江西吉安）人。其诗师法自然，自成一家，时号"诚斋体"。以写景咏物见长，想象丰富，意境新颖，语言清新活泼，浅近明白，具有幽默、诙谐的特色。

闲居初夏午睡起

【题解】二诗尽扣季候节物，写夏日的情致。第一首的酸梅、芭蕉，第二首的松阴、瓜架，都是初夏代表性的事物，写来清新自然。更可贵的是，景物与人物结合，如诗人之睡起、闲看、懒读、戏洒，儿童之捉柳花、误雨声，都极有韵致，又与季候节物相谐。

梅子留酸软齿牙①，
芭蕉分绿与窗纱②。
日长睡起无情思，
闲看儿童捉柳花。

①软齿牙：牙齿因梅酸而难受。
②"芭蕉"句：指芭蕉染映纱窗。
③架：豆棚瓜架。弓：如弓一般弯曲的小径。

松阴一架半弓苔③，
偶欲看书又懒开。
戏掬清泉洒蕉叶，
儿童误认雨声来。

闷歌行

【题解】这首诗写诗人对于湖中风浪的感触，揭示了自然风浪"会自休"的客观规律，表现了作者遭遇险境而处之泰然的达观态度。幽默诙谐，却又富于哲理。

阻风泊湖心康郎山旁小洲三宿①，作《闷歌行》。

①阻风：因风受阻。湖：指鄱阳湖。康郎山：在鄱阳湖湖心。当时作者以江东转运副使巡行州县，经过鄱阳湖。
②掀天：极力形容风力之大。
③近看：往近时看。远：往远时看。
④穷：穷尽。自休：自行停止。

　　风力掀天浪打头②，
　　只须一笑不须愁；
　　近看两日远三日③，
　　气力穷时会自休④。

小　池

【题解】这首诗吟咏小池，处处都突出玲珑恬静之美。前两句写来极为静谧宁和，后两句写卷而欲张的荷叶、卓立荷角的蜻蜓，平添几分生机，使全诗顿时有了动人的趣味。

　　泉眼无声惜细流①，
　　树阴照水爱晴柔②。
　　小荷才露尖尖角③，
　　早有蜻蜓立上头。

①惜：爱惜。
②树阴照水：树的阴影倒映在水中。晴柔：晴明柔和。
③尖尖角：指刚刚长出的、紧卷着的小荷叶。

晓出净慈寺送林子方①

【题解】这首诗写六月的西湖。前两句概括说六月的西湖不同与其他季节，似乎是提出了观点，留下了悬念。后两句回答之所以不同，就在于一湖莲荷红碧殊绝、接天映日，这样的景色只有六月才有，六月的景色唯此独绝。

　　毕竟西湖六月中②，
　　风水不与四时同③。
　　接天莲叶无穷碧④，
　　映日荷花别样红。

①林子方：作者的友人。
②毕竟：到底。
③四时：四季。这里指除夏天以外的其他三个季节。
④接天莲叶：与天相接。

范成大

范成大（1126~1193），南宋诗人。字致能，号石湖居士，吴县（今江苏苏州）人。他的田园诗写得平易通俗，自然生动，清新轻巧，富有民歌风味。

州　桥

【题解】这首诗以北宋汴京的州桥——南宋皇帝车驾北归必经之地为背景，选取父老盼望皇帝北归而询问使者的情节，表达了中原父老盼望王师北定中原而一再失望的悲绝情感。诗中情真意切，用语也十分精到。

州桥南北是天街①，
父老年年等驾回；
忍泪失声询使者：
"几时真有六军来②？"

①州桥：汴京宫城南汴河上的一座桥，即天汉桥。天街：京城的街道。
②六军：周制，天子有六军。这里指南宋朝廷的军队。

四时田园杂兴

【题解】《四时田园杂兴》组诗共60首，这里选四首，分别写春、夏、秋三季的田园风光和农家生活。第一首写雨润大地、百花齐放，反映了春天的欣欣向荣；第二首写菜花蔽野、新茶初焙，反映了乡村的宁静美好；第三首写耘田绩麻、家无闲人，反映农家的忙碌充实；第四首写趁晴打稻、笑歌轻雷，反映收获的喜悦。几首诗的格调都极为明快，语言通俗，清新动人。

土膏欲动雨频催①，
万草千花一饷开②。
舍后荒畦犹绿秀③，
邻家鞭笋过墙来④。

①土膏：泥土肥润。动：流动。雨频：指雨下得频繁。催：催促。
②一饷：同一晌（shǎng）：片刻，一会儿。形容很短的时间。
③荒畦：没有栽种的荒地、荒园。
④鞭笋：竹根上生出的新笋。鞭，竹

胡蝶双双入菜花，
日长无客到田家⑤。
鸡飞过篱犬吠窦⑥，
知有行商来买茶。

昼出耘田夜绩麻⑦，
村庄儿女各当家⑧；
童孙未解供耕织⑨，
也傍桑阴学种瓜⑩。

新筑场泥镜面平⑪，
家家打稻趁霜晴⑫。
笑歌声里轻雷动，
一夜连枷响到明⑬。

子埋在地下的茎。
⑤日长：指夏天白昼长。
⑥窦（dòu）：孔洞，这里指狗进出的洞。
⑦耘（yún）田：为田除草。绩：捻麻线（麻绳）。
⑧当家：当行，内行，主一行之事。各当家，各顶一行。
⑨未解：不懂得，不理解。
⑩傍：靠近。阴：同"荫"。
⑪场泥：打谷场上新铺的土。
⑫霜晴：有霜时节的晴天。
⑬连枷：打谷脱粒的农具。

陆 游

陆游（1125～1210），南宋文学家。字务观，号放翁，越州山阴（今浙江绍兴）人。陆游一生所写的诗将近万首，还有词130首和大量的散文。其中，诗的成就最为显著。前期多为爱国诗，诗风宏丽，豪迈奔放；后期多为田园诗，风格清丽，平淡自然，有"小太白"之称。他的词，多数是飘逸婉丽的作品，但也有不少慷慨激昂之作，充满悲壮的爱国激情。

金错刀行

【题解】这首诗表达了作者"一片丹心报天子"、为国立功的远大志向和歼灭敌人、兴复宋室的坚定信心。情感饱满，气势磅礴，节奏紧促，音调铿锵，为爱国名篇。

黄金错刀白玉装①，
夜穿窗扉出光芒。
丈夫五十功未立，
提刀独立顾八荒②。
京华结交尽奇士③，
意气相期共生死；
千年史策耻无名④，
一片丹心报天子。
尔来从军天汉滨⑤，
南山晓雪玉嶙峋⑥。
呜呼！
楚虽三户能亡秦⑦，
岂有堂堂中国空无人。

①黄金错刀：用黄金涂饰刀身。白玉装：用白玉装饰刀柄。
②八荒：八方荒远之地。
③京华：即京师，指南宋都城临安。
④史策：即史册。
⑤尔来：近来。天汉滨：汉水旁。
⑥玉嶙峋（lín xún）：参差矗立，洁如白玉。
⑦三户能亡秦：战国时秦国骗扣楚王、要求割地，楚国人民非常愤慨，民间有谣谚说："楚虽三户，亡秦必楚。"

游山西村①

【题解】 这首诗是作者闲居家乡时写的。全诗层次分明，章法细密。每两句表现一层意思，层层递进：受到热情接待，农村优美景致，农民生活习俗，再访的心愿。诗中充满对村人的一片真情。颔联对仗工整，富于理趣，为千古名句。

莫笑农家腊酒浑②，
丰年留客足鸡豚③。
山重水复疑无路，
柳暗花明又一村④。
箫鼓追随春社近⑤，
衣冠简朴古风存。
从今若许闲乘月⑥，
拄杖无时夜叩门。

① 山西村：作者当时所居，在绍兴鉴湖附近。
② 腊酒：头年腊月酿的酒。
③ 豚（tún）：小猪，泛指猪。
④ 柳暗花明：柳色深绿，因而显得暗淡；花色鲜艳，因而显得明亮。
⑤ 春社：古代以立春后第五个戊日为春社日，农村在这天要祭祀土地神，以祈求丰年。
⑥ 闲乘月：趁着月明之夜出外闲游。

临安春雨初霁①

【题解】 这首诗生动细腻地描绘了诗情画意般的江南春景，含蓄地表达了作者对官场生活的厌恶，对自然的热烈向往，以及不与丑恶势力同流合污的高贵品格。

世味年来薄似纱②，
谁令骑马客京华？
小楼一夜听春雨，
深巷明朝卖杏花。
矮纸斜行闲作草③，
晴窗细乳戏分茶④。
素衣莫起风尘叹，
犹及清明可到家。

① 临安：即今杭州，南宋都城。霁（jì）：雨停。
② 世味：世态人情，这里专指为官。
③ 斜行（háng）：歪歪斜斜的字行。
④ 分茶：宋元时一种煎茶的方法，倒进开水后用筷子搅动茶乳，使茶水波纹变幻成种种形状。

剑门道中遇微雨①

【题解】 这首途中遇雨所作的诗,并未写雨及雨中景象,而全写诗人感受。前两句写宦游的劳顿与惆怅,后两句则由骑驴而生出联想,进而自问,表现了诗人的恬适和些许自负。

衣上征尘杂酒痕,
远游无处不消魂②。
此身合是诗人未③?
细雨骑驴入剑门。

①剑门:即剑门关,在今四川剑阁北。
②消魂:这里指心神暗淡、感伤。
③"此身"二句:因雨中骑驴而想到李白、杜甫、李贺、贾岛都曾骑驴,而自问自己算不算诗人。

秋夜将晓出篱门迎凉有感

【题解】 这首诗抒发作者对沦陷区壮丽山河的深切挚爱之情,概括了中原父老希望复国的悲痛心情。诗虽然只写对面(沦陷区)人事,但却寄寓着自己希望恢复中原的热望,以及对统治者偏安一隅、无所作为的谴责。

三万里河东入海①,
五千仞岳上摩天②,
遗民泪尽胡尘里③,
南望王师又一年④。

①河:指黄河。三万里是极言其长。
②仞:八尺。岳:高大的山,这里指东岳泰山和西岳华山。
③遗民:沦陷区的人民。胡尘里:这里指金朝占领区。
④王师:指南宋的军队。

夜读范至能《揽辔录》言中原父老见使者多挥涕感其事作绝句①

【题解】 这首诗可以说是读后感。诗的开头仿佛是向北方父老解释中原未能恢复的原因，实则在于揭露现实，鞭笞南宋小朝廷奸臣当道、力主投降、迫害忠良。但北方父老不知此恨，他们始终怀念故国、盼望恢复。诗中借北方父老怀念故国的悲哀，抒发了自己的义愤和沉痛之情。

公卿有党排宗泽②，
帷幄无人用岳飞。
遗老不应知此恨③，
亦逢汉节解沾衣④。

①范至能：即范成大。《揽辔录》是他出使金朝所作日记。
②党：指主降派。宗泽：南宋初年抗金名将。
③遗老：沦陷区的老人。
④汉节：指宋朝使者。解沾衣：懂得流泪。

十一月四日风雨大作

【题解】 这首诗以高昂的情调、雄奇壮丽的梦境，表现了一位爱国诗人老当益壮的英雄气概。境界开阔，气势雄壮，激励人心。

僵卧孤村不自哀①，
尚思为国戍轮台②；
夜阑卧听风吹雨③，
铁马冰河入梦来④。

①不自哀：不为自己生活困苦、年岁老大而哀伤。
②轮台：在今新疆轮台县。这里泛指边疆。
③夜阑：夜深。
④冰河：北方冰封的河流。

钗头凤

【题解】陆游初娶表妹唐琬，夫妻相爱，但被母逼迫离婚另娶。后二人在沈园相遇，陆游写了此词题于壁间。此词表现了陆游因美满爱情生活遭到破坏而产生的痛苦、愤恨以及无可奈何的心情。词中将直接抒情与借景抒情结合起来，充分表达了自己的感情。上下片末尾的两组叠字，如泣如诉，如呼如号，极为传神地表现了词人悔恨、无奈的心情。

红酥手，黄縢酒①，满城春色宫墙柳②。东风恶，欢情薄③，一怀愁绪，几年离索④。错，错，错！

春如旧，人空瘦。泪痕红浥鲛绡透⑤。桃花落，闲池阁⑥。山盟虽在，锦书难托⑦。莫，莫，莫⑧！

①红酥手：红润白嫩的手。黄縢（téng）酒：即黄封酒，当时官酿的酒以黄纸封口。
②宫墙：这里指沈园的围墙。
③东风：暗喻自己的母亲。欢情薄：是说自己情薄，不能与妻子白头偕老。
④离索：分离后的孤独生活。
⑤浥（yì）：湿。鲛绡（jiāo xiāo）：神话中鲛人所织的丝绢，此指丝织的手帕。
⑥闲：这里有冷清、荒凉的意思。
⑦这里指情书。难托：难以寄出。
⑧莫：罢了。

沈　园

【题解】沈园二首都是怀人之作。第一首写四十年来，沈园景物已经改观，不同于昔日。但桥下的春水，曾是唐琬临池照影之处，使他留连难舍、哀伤不已。第二首是写唐琬死后四十年来，人事和园林都发生巨大变化。诗人虽然年岁老大，也行将入土，但对景怀人，不禁悲从中来，泫然落泪。这两首诗是陆游诗中较少见的，写来委婉感人。

城上斜阳画角哀①，
沈园非复旧池台②。
伤心桥下春波绿，

①画角：雕绘的号角。哀：是指号角之声沉痛感人。
②非复：不再是。

曾是惊鸿照影来③。

梦断香消四十年④，
沈园柳老不吹绵⑤。
此身行作稽山土⑥，
犹吊遗踪一泫然⑦。

③惊鸿：比喻妇女体态轻盈像惊起的鸿雁。
④梦断香消：指唐琬去世。四十年：沈园相遇至此已四十四年，此举其整数。
⑤不吹绵：不飞柳絮。绵，即柳絮。
⑥稽山：即会稽山县东南。
⑦泫（xuàn）然：伤心流泪的样子。

书　愤

【题解】此诗抒发退敌立功理想破灭的愤激之情。全诗刻画了一位有志于恢复中原而又报国无门、老当益壮、时刻不忘为国立功的爱国诗人形象。诗中虽有喟叹，但主调是慷慨激昂、豪情万丈、正气干云。

早岁那知世事艰①，
中原北望气如山；
楼船夜雪瓜洲渡，
铁马秋风大散关②。
塞上长城空自许③，
镜中衰鬓已先斑。
出师一表真名世④，
千载谁堪伯仲间⑤。

①世事艰：指抗金、收复失地困难重重。
②"楼船"二句：楼船，高大的战船。瓜洲，即瓜洲镇，是江防要地。铁马，披着铁甲的战马。大散关，在今陕西宝鸡西南，是当时南宋与金在西北的交界处。这两句都隐括了南宋刘锜、陆游等抗金之事。
③塞上长城：作者自比为可以捍卫国家、防御敌人的边塞上的长城。许：期待。
④出师一表：指诸葛亮的《出师表》。
⑤堪：可以。伯仲间：不相上下。

示 儿

【题解】 这首绝笔诗，凝聚着陆游毕生的心事，总结了诗人一生的政治抱负，表现了作者高度的爱国主义精神。全诗感情真挚，语言朴实，是一首浸满血泪和悲壮的千古绝唱。

死去元知万事空①，
但悲不见九州同②。
王师北定中原日，
家祭无忘告乃翁③。

① 元知：本来就知道。
② 但：只。九州同：指全国统一。
③ 乃翁：你们的父亲，陆游自称。

诉衷情

【题解】 这首词表现诗人空怀为国戍边、杀敌立功的壮志，却被统治集团弃置不用，深感光阴虚度、国耻未雪、壮志未酬，因而内心无限悲愤。此词用典极为成功，具有以少博多的艺术效果。

当年万里觅封侯①，匹马戍梁州②。关河梦断何处③，尘暗旧貂裘④。

胡未灭，鬓先秋⑤，泪空流。此生谁料，心在天山⑥，身老沧洲⑦！

① 觅封侯：寻求建功封侯的机会。
② 梁州：治所在今陕西汉中一带。陆游曾在此公干。
③ 关河：关塞与河防。
④ 尘暗貂（diāo）裘：貂裘落满灰尘而陈旧变色，比喻长期闲散、无由立功。
⑤ 鬓先秋：鬓发先染秋霜。
⑥ 天山：此处借指西北前线。
⑦ 沧洲：水边，古代隐者所居。陆游晚年住在绍兴镜湖边上的三山。

卜算子 咏梅

【题解】 这首词通过歌咏梅花高洁的品质，来表现作者不与投降派同流合污、坚强不屈的高尚情操。

驿外断桥边，寂寞开无主①。已是黄昏独自愁，更著风和雨②。

无意苦争春，一任群芳妒③。零落成泥碾作尘④，只有香如故。

①无主：无人过问，没人欣赏。
②更著：又遭受、又加上。
③一任：完全听任。群芳：指百花，这里指朝中的投降派。
④零落：指梅花凋谢。

叶绍翁

叶绍翁（生卒年不详），南宋诗人。字嗣宗，号靖逸。曾长期隐居在钱塘一带。

游园不值①

【题解】这首诗写访友、游园。访友而友不遇，游园而不得入，这是大煞风景的。诗人兴致勃勃而来，却真的碰上了这样的事情。谁知扭头一看，出墙红杏渲染着满园春色，诗人算是不虚此行。诗中前两句先抑，"怜"、"小"都有些含蓄；后两句是扬，情绪奔放，从而使短短的一首小诗跌宕多姿。

应怜屐齿印苍苔②，
小叩柴扉久不开③。
春色满园关不住，
一枝红杏出墙来。

①不值：没有遇到主人。
②怜：怜惜，爱惜。屐齿：木底鞋下的两道高齿，用于防滑。印苍苔：踩坏了青苔。
③小叩：轻叩。柴扉：用木棍树枝等编成的门。

辛弃疾

辛弃疾（1140～1207），南宋词人。字幼安，号稼轩，山东历城（今山东历城）人。他以词为主要创作形式，表达了自己一生的抱负和愤懑之情。其词继承苏轼的豪放词风以及南宋前期爱国词人的传统，内容更为丰富，境界更为阔大，手法更为多样，形成了奇肆而博辩的词风。他是豪放词派的集大成者，与苏轼并称"苏辛"。

水龙吟　登建康赏心亭

【题解】这是一首登览言志之作。上片写景，同时点出自己不被理解、英雄无用武之地的苦恼；下片连用数个典故，迂回曲折地表现自己不愿消沉、时光虚度和关心国事又功业未成的复杂心情。章法流丽，用典精妙，不愧名作。

楚天千里清秋①，水随天去秋无际。遥岑远目②，献愁供恨，玉簪螺髻③。落日楼头，断鸿声里，江南游子④。把吴钩看了⑤，栏干拍遍，无人会，登临意。

休说鲈鱼堪脍，尽西风、季鹰归未⑥？求田问舍，怕应羞见，刘郎才气⑦。可惜流年，忧愁风雨，树犹如此⑧。倩何人唤取，红巾翠袖，揾英雄泪⑨？

①楚天：泛指南方的天。
②遥岑（cén）：远山。远目：远望。
③"玉簪"句：此处用妇女发式、饰物形容山色秀丽。
④断鸿：失群孤雁。江南游子：作者自指。
⑤吴钩：宝剑名。这里泛指刀剑。
⑥"休说"二句：是说不愿张翰弃官归隐。季鹰，张翰的字。
⑦求田问舍：指置买田地房产。刘郎：指刘备。史载他曾批评求田问舍的郭汜。
⑧树犹如此：用桓温典故，桓温见昔日所植柳已皆十围，感叹地说："木犹如此，人何以堪！"
⑨倩：请。红巾翠袖：指歌女。揾（wèn）：擦拭。英雄：作者自指。

菩萨蛮　书江西造口壁①

【题解】 此词是抒写家国兴亡之悲的作品。诗中先回顾过去，次抒写现实、再进行展望，满眼悲痛凄切，中间虽有超脱之语，结尾又掉入迷惘。全词意象简单，却情感复杂，一唱三叹，"忠愤之气，拂拂指间"。

郁孤台下清江水②，中间多少行人泪③？西北望长安，可怜无数山④！

青山遮不住，毕竟东流去。江晚正愁余，山深闻鹧鸪⑤。

① 郁孤台：在今江西赣州西南。清江：赣江与袁江合流处名清江。
② 行人：指逃难之人。
③ 长安：指北宋都城汴梁。
④ "青山"二句：前句说视线，后句说江水。
⑤ 闻鹧鸪：鹧鸪叫声哀怨。

摸鱼儿

【题解】 这是一首比兴寄托之作。借香草美人比喻君臣关系，表现了诗人得不到统治者信任的哀怨之情，斥责了那些毁谤和排挤他的谄佞之辈。此词构思精妙，由美人之喻扩展为完整的女主人公形象，字字都似从其口中道出，句句凄婉动人。

淳熙己亥①，自湖北漕移湖南②，同官王正之置酒小山亭③，为赋。

更能消几番风雨④，匆匆春又归去。惜春长怕花开早，何况落红无数⑤。春且住，见说道，天涯芳草无归路⑥。怨春不语，算只有殷勤，画檐蛛网，尽日惹飞絮⑦。

长门事，准拟佳期又误。蛾眉曾有人妒。千金纵买相如赋，脉脉

① 淳熙：宋孝宗年号。淳熙六年（1179）岁次己亥。
② 漕：转运使的简称。
③ 王正之：王正己字正之。辛弃疾的旧交。
④ 消：禁得住。
⑤ 落红：落花。
⑥ 春且住：劝说春天暂且停留。见说：据说，听说。天涯芳草无归路：意为芳草长满天涯，春色已尽，春天已无法回来。
⑦ "怨春"四句：怨春天不给诗人回答，只有屋檐下的蛛网整天沾惹飞絮，似是在挽留春天。

此情谁诉?⑧君莫舞。君不见、玉环飞燕皆尘土⑨?闲愁最苦,休去依危栏,斜阳正在烟柳断肠处⑩。

⑧"长门"五句:用汉陈皇后典故;陈皇后千金买司马相如之赋,使汉武帝回心转意,得幸如故。蛾眉:指陈皇后。
⑨玉环、飞燕:指杨贵妃和赵飞燕。
⑩危栏:高楼上的栏干。

青玉案　元夕

【题解】此词写元夕景色,以灯火、游人之盛反衬诗人所寻求的意中人,是一首深有寄托的作品。梁启超评此词:"自怜幽独,伤心人别有怀抱"。

东风夜放花千树,更吹落,星如雨①。宝马雕车香满路②。凤箫声动,玉壶光转,一夜鱼龙舞③。

蛾儿雪柳黄金缕④,笑语盈盈暗香去⑤。众里寻他千百度,蓦然回首,那人却在,灯火阑珊处⑥。

①花千树、星如雨:均形容灯火之盛。
②宝马雕车:形容其车马的华贵。
③玉壶:灯的一种。鱼龙舞:舞龙灯一类的表演。
④蛾儿、雪柳:均为元夕妇女所戴头饰。
⑤暗香:形容妇女身上的幽香。
⑥蓦(mò)然:急然。阑珊:零落,形容灯火之稀。

清平乐　村居

【题解】此词描写了一幅江南农村的生活图画,图中的人物纯朴可爱、悠然自得,表现了作者对农村风土人情的喜爱。全词形象生动可爱,语言质直自然,格调清新纯朴。

茅檐低小,溪上青青草。醉里吴音相媚好①,白发谁家翁媪②?

大儿锄豆溪东,中儿正织鸡笼;最喜小儿无赖,溪头卧剥莲蓬③。

①吴音:吴地的方言。相媚好:互相说喜爱要好的话。
②翁媪(ǎo):老妇。
③无赖:此处是顽皮之意。

破阵子　为陈同甫赋壮词以寄之①

【题解】这首词回忆当年的战斗生活，表现作者渴望抗金杀敌、建功立业的决心。词的起首从挑灯看剑入笔，很自然地引入回忆当年金戈铁马的生活以及建功扬名的壮志，慷慨豪壮，气势磅礴，而结尾陡然一转，回到现实，由豪壮到悲凉，取得了独特的艺术效果。

醉里挑灯看剑，梦回吹角连营②。八百里分麾下炙③，五十弦翻塞外声④，沙场秋点兵。

马作的卢飞快⑤，弓如霹雳弦惊⑥。了却君王天下事，赢得生前身后名⑦。可怜白发生！

① 陈同甫：即陈亮，作者好友。
② "醉里"二句：写诗人深夜醉中把玩武器，回忆起过去的战斗过程。
③ 八百里：指牛。麾（huī）下：部下。炙（zhì）：烤肉。
④ 五十弦：指瑟。翻：演奏。塞外声：指悲壮的军乐。
⑤ 的卢：骏马名。作：如。
⑥ 霹雳：雷声，这里用来形容弓弦声之有力。
⑦ 天下事：国家大事，这里指恢复国家统一之事。

西江月　夜行黄沙道中①

【题解】此词描写农村夏夜的景色。画面清新雅洁，笔调轻松灵动，情绪悠闲恬淡。

明月别枝惊鹊②，清风半夜鸣蝉。稻花香里说丰年，听取蛙声一片。

七八个星天外，两三点雨山前。旧时茅店社林边③，路转溪桥忽见。

① 黄沙：指黄沙岭，在今江西上饶。当时词人正在上饶闲居。
② 别枝：旁生的枝。
③ 社林：社庙（土地庙）附近的树林。

丑奴儿　书博山道中壁①

【题解】此词写"愁"字，以少年的强说愁与今日的怕说愁相对比，蕴含了深沉的人生之感。

少年不识愁滋味，爱上层楼②；爱上层楼，为赋新词强说愁③。

而今识尽愁滋味，欲说还休；欲说还休④，却道天凉好个秋。

① 博山：在今江西永丰县西，因似庐山玉炉峰而得名。
② 层楼：高楼。
③ 强（jiàng）：倔强。
④ 休：罢休，作罢。

鹧鸪天

【题解】这首词是作者晚年之作。上片回忆少年往事，意气风发，激扬奋厉；下片写而今境况，颇多慨叹，情绪低沉。末尾的两句含蕴丰富，既有批判（朝廷排斥贤能），又有怨愤（没有建功立业的机会），也不无向往（归老田园）。

有客慨然谈功名，因追念少年时事戏作①。

壮岁旌旗拥万夫②。锦襜突骑渡江初③。燕兵夜妮银胡䩮，汉箭朝飞金仆姑④。

追往事，叹今吾，春风不染白髭须⑤。却将万字平戎策⑥，换得东家种树书。

① "少年时事"：指作者青年时率五十骑直闯五万人的金营活捉叛徒张安国交朝廷治罪等事。
② 此句说自己二十出头即起兵抗金。
③ 锦襜（chān）：锦衣。
④ "燕兵"二句：是说战斗日夜不停。燕兵，金兵。妮（chuò），整理。胡䩮，箭袋。金仆姑：箭名。
⑤ "春风"句：是说春风吹绿枯草，却不能使白须转黑。
⑥ "平戎策"：唐人王忠嗣曾上"平戎十八策"，作者亦曾上奏疏论平定金人方略。

西江月 遣兴

【题解】这首词描写诗人以醉遣愁的生活,写来似无比潇洒,但在旷达放逸的表象后面隐含着很深的痛苦。下片与松问讯对答的描写,新巧奇幻,曲尽词意。

醉里且贪欢笑①,要愁那得工夫②。近来始觉古人书,信著全无是处③。

昨夜松边醉倒,问松"我醉何如?"只疑松动要来扶,以手推松曰:"去!"

① 且:姑且,暂且。
② 那得:哪里能有,哪能找到。
③ "近来"二句:《孟子·尽心篇》:"尽信书,则不如无书。"此化用其意。

永遇乐 京口北固亭怀古①

【题解】这是作者晚年出守京口所作,表达了对世无英雄、统治者无所作为的愤慨,表现了对局势的高度洞察力和预见性,也抒发了对自己老而见弃的抑郁愤懑之情。词中通篇怀古,却句句见今日情怀。一连串历史人物和典故巧妙组织于笔底,把自己复杂的感情完满地表达了出来。词风苍郁,豪中带悲,读后令人回肠荡气,被称为"辛词第一"。

千古江山,英雄无觅,孙仲谋处②。舞榭歌台,风流总被,雨打风吹去③。斜阳草树,寻常巷陌,人道寄奴曾住④。想当年,金戈铁马,气吞万里如虎⑤。

元嘉草草,封狼居胥,赢得仓皇北顾⑥。四十三年,望中犹记,烽

① 京口:镇江。北固亭:在镇江城北北固山上,下临长江。
② 孙仲谋:即孙权。
③ 风流:指前人的流风遗俗。
④ 寄奴:南朝宋武帝刘裕,小字寄奴,他家曾在京口住过。
⑤ "想当年"三句:回忆刘裕北伐的功业。
⑥ "元嘉"三句:说宋文帝好大喜功,欲封狼胥,命将北伐,结果大败而归,

火扬州路⑦。可堪回首,佛狸祠下,一片神鸦社鼓⑧。凭谁问,廉颇老矣,尚能饭否⑨?

敌兵踵至,文帝深悔北伐。元嘉,文帝年号。封狼居胥,封山而还。狼居胥,山名,在今内蒙古。

⑦四十三年:诗人率众南归的年数。烽火扬州路:指金主完颜亮率兵南侵攻破扬州事。

⑧佛狸(bì lí)祠:后魏太武帝拓跋焘(小字佛狸),在长江北岸瓜步山建行宫,后成为庙宇。神鸦社鼓:指在祠庙下的祭祀活动。

⑨"凭谁问"三句:化用名将廉颇故实。

陈 亮

陈亮（1143～1194），宋代词人。字同甫，婺州永康（今浙江永康）人。一生力主北伐，反对议和，以布衣身份纵论天下事。词风近于辛弃疾，豪迈气概甚或过之，而文采稍逊。有《龙川词》。

水调歌头　送章德茂大卿使虏

【题解】此词为送朋友使金而作。作者在词中勉励朋友发扬民族正气，不可向敌国低头，并且坚信恢复之志定能实现。词作充满民族自豪感和自信心，情绪昂扬，音调高亢，气概不凡。

不见南师久，漫说北群空①。当场只手，毕竟还我万夫雄②。自笑堂堂汉使，得似洋洋河水，依旧只流东③。且复穹庐拜，会向藁街逢④。

尧之都，舜之壤，禹之封⑤。于中应有，一个半个耻臣戎。万里腥膻如许，千古英灵安在，磅礴几时通⑥？胡运何须问，赫日自当中⑦。

① 北群空：比喻没有人材。
② 只手：独自一人。
③ 自笑：自我嘲笑。得似：岂得似，岂能像。
④ 藁（gǎo）街：长安城内外邦使臣所居街名。这里指南宋都城。
⑤ "尧之都"三句：指中原地区，尧、舜、禹的故地。封：疆域。
⑥ 磅礴：形容气势之大。
⑦ 胡运：指金国的命运。赫日：烈日，喻南宋国势。

朱 熹

朱熹（1130～1200），宋代理学家、教育家。字元晦，又字晦庵，别号紫阳，徽州婺源（今江西婺源）人。他的诗大多是为了阐述哲理，哲理和形象结合得比较成功。

春 日

【题解】此诗表面看来在写景，实际是在说理。生当南宋的作者不可能到金人占领的泗水（在山东）寻芳，这里是用泗水比喻孔子的学说，说自己寻得了圣人学说的真谛（东风面、春）。不过，抹去作者理学家的身份，定位他为诗人，那么，这仍然是一首十分优秀的游春诗。

胜日寻芳泗水滨①，
无边光景一时新②。
等闲识得东风面③，
万紫千红总是春。

①胜日：风和日丽的好日子。寻芳：探寻美景。泗水：在山东东部，传说孔子曾经在这里讲学传道。滨：水边。
②一时新：顿时面目一新。
③等闲：轻易，随便。

观书有感

【题解】如标题所言，这两首诗是写读书感想的。前一首说学问渊博、左右逢源，是因为经常读书、源源不断地汲取知识。后一首是说经久难解的问题，因为新知识、新思路而豁然会通。但这道理并非直接说出，而是借池塘、战舰来体现，形象生动，给人深刻印象。

半亩方塘一鉴开①，
天光云影共徘徊②。
问渠那得清如许③，
为有源头活水来。

①方塘：又称半亩塘，在福建尤溪城南郑义斋馆舍（后为南溪书院）内。鉴：镜。古人以铜为镜，包以镜袱，用时打开。
②这句是说天光和云影反映在塘水中，不停地变动，犹如人在徘徊。

昨夜江头春水生，
蒙冲巨舰一毛轻④。
向来枉费推移力，
此日中流自在行。

③渠：他，指方塘。那得，怎么会。如许：这样。
④蒙冲：一种战船。一毛轻：轻如一根羽毛。

刘 过

刘过（1154～1206），南宋词人。字改之，号龙洲道人，吉州太和（今江西泰和）人。一生流转江湖。诗学江西诗派，词风近于辛，而失于粗犷。

西江月　贺词

【题解】这首词为贺寿词。此词在贺寿中融进了自己的爱国热情，典故运用自然贴切，而别有情调。

堂上谋臣尊俎，边头将士干戈①。天时地利与人和，问燕可伐欤？曰可②。

今日楼台鼎鼐，明年带砺山河③。大家齐唱《大风歌》④，不日四方来贺。

①"堂上"二句：刘向《新序》："不出于尊俎之间，而知千里之外。"指谋臣可在朝内出谋划策，将士在前线战斗。尊俎，同樽俎，盛酒和盛肉的器具。干戈，泛指兵器。
②"问燕可"二句：这里以燕代指金，运用《孟子》成语，自问自答，表示伐金之议可行。
③鼎鼐（nài）：古时把宰相治理国家比做在鼎鼐中调和五味，因以鼎鼐喻宰相之权位。鼐，大鼎。带砺山河：指得到封爵。
④《大风歌》：汉高祖刘邦诗。

沁园春

【题解】这首词是词人在临安写给在绍兴的辛弃疾的。此词的取材与写法极为新颖，全词隐括了三位文人的西湖诗，组成了生动的对话，以此作为"不赴"的理由。这些对话运用自如，语意妥帖；同时又极有风趣，引人入胜。

寄稼轩承旨①。时承旨招，不赴。

斗酒彘肩②，风雨渡江，岂不快哉！被香山居士③，约林和靖④，与坡仙老⑤，驾勒吾回⑥。坡谓："西湖，正如西子，浓抹淡妆临照台⑦。"二公者皆掉头不顾，只管传杯。

白言："天竺去来，图画里峥嵘楼阁开⑧。爱纵横二涧⑨，东西水绕；两峰南北，高下云堆。"逋曰："不然，暗香浮动⑩，不若孤山先访梅⑪。须晴去、访稼轩未晚，且此徘徊⑫。"

①稼轩承旨：辛弃疾。承旨，官名。
②彘（zhì）肩：猪蹄。
③香山居士：白居易号香山居士。
④林和靖：林逋字和靖。
⑤坡仙老：指苏轼，后人称为坡仙。
⑥驾勒：强迫，此处指劝阻。
⑦"坡谓西湖"三句：化用苏轼《饮湖上初晴后雨》诗句。
⑧"天竺"二句：西湖北山上有上天竺、中天竺、下天竺三寺。
⑨纵横二涧，指西湖灵隐寺的东西两涧。两峰南北，指南高峰和北高峰。
⑩暗香浮动：林逋《山园小梅》诗语。
⑪"不若"句：林逋隐居西湖孤山，性喜梅与鹤，人称"梅妻鹤子"。
⑫须：待。徘徊：流连。

姜 夔

姜夔（1155?～1221?），南宋词人。字尧章，号白石道人，饶州鄱阳（今江西鄱阳）人。他兼工诗、词，其词重音律，尚工巧，词风清空峭拔，格调甚高，而意境则浅。

扬州慢

【题解】这是作者来往江淮、初过扬州时的凭吊之作。词中描绘了扬州遭劫后的荒凉景象，蕴含着沉重的家国兴亡之悲，并反映了南宋人民思念故国、思念安定生活的普遍感情。词人在今昔对比之中，表达了愤激、哀伤之感。

淳熙丙申至日，予过维扬①。夜雪初霁，荠麦弥望②。入其城则四顾萧条，寒水自碧。暮色渐起，戍角悲吟③。予怀怆然，感慨今昔，因自度此曲，千岩老人以为有《黍离》之悲也④。

淮左名都，竹西佳处⑤，解鞍少驻初程⑥。过春风十里，尽荠麦青青⑦。自胡马窥江去后，废池乔木，犹厌言兵⑧。渐黄昏，清角吹寒，都在空城⑨。

杜郎俊赏，算而今、重到须惊⑩。纵豆蔻词工，青楼梦好，难赋深情⑪。二十四桥仍在，波心荡冷月无声⑫。念桥边红药，年年知为谁生⑬。

① 至日：冬至日。维扬：即扬州。
② 弥望：满眼。
③ 戍角：戍军的号角。
④ 自度：自己创作乐曲。千岩老人：南宋诗人萧德藻的别号，姜夔是他的侄婿。
⑤ 竹西：即竹西亭，在扬州城东禅智寺侧。代指扬州。
⑥ 初程：初次的行程。作者是第一次到扬州。
⑦ "过春"二句：是说往日的繁华街道已变为麦田。
⑧ 胡马窥江：指金兵两次攻破扬州。
⑨ "渐黄昏"三句：扬州本是繁华都市，现在却成为边防屯兵之地。
⑩ 杜郎：指杜牧，曾在扬州游赏，写了不少有关扬州的诗。
⑪ 豆蔻：此指年少歌女。
⑫ "二十四桥"句：二十四桥为扬州名胜，相传古时有24个美人吹箫于此。
⑬ 红药：芍药，相传扬州芍药为天下奇花，开明桥边春天有芍药花市。

踏莎行

【题解】 此词是词人怀念一位在合肥相遇的情人而作的，词中表达了对情人的深切思念。词中梦境、幻境萦绕，姿态、音声亦真亦幻，把无尽思念与爱怜体现无遗。

自沔东来，丁未元日至金陵，江上感梦而作①。

燕燕轻盈，莺莺娇软，分明又向华胥见②。夜长争得薄情知③？春初早被相思染④。

别后书辞，别时针线，离魂暗逐郎行远⑤。淮南皓月冷千山⑥，冥冥归去无人管⑦。

①沔（miǎn）：即沔州（今湖北汉阳）。此词即因梦见合肥的情人而作。
②"燕燕"三句：写在梦中重见情人。燕燕、莺莺，形容美人的姿态和声音。华胥：指梦。
③争得：怎得。
④"春初"句：是说刚刚春初，自己就已为相思情所感染。
⑤"别后"三句：设想对方的情景。
⑥淮南：指情人所在的合肥。
⑦无人管：指魂魄不受时空限制。

点绛唇 丁未冬过吴松作①

【题解】 这首词是作者路过吴江时所作。词写眼前景，笔下用力颇多，写来比较空灵，但也有些浮泛。

燕雁无心，太湖西畔随云去。数峰清苦②，商略黄昏雨③。

第四桥边④，拟共天随住⑤。今何许⑥？凭栏怀古，残柳参差舞。

①吴松：即吴淞江，俗称苏州河。
②清苦：荒凉清冷。
③商略：酝酿。
④第四桥：指吴江城外的甘泉桥。
⑤天随：晚唐诗人陆龟蒙号天随子，曾隐居吴淞江。
⑥何许：何处。

朱淑真

朱淑真（生卒不详），南宋女词人。号幽栖居士，钱塘（今浙江杭州）人，一说海宁（在今浙江）人。她的诗词主要写闺阁之感。笔触轻柔，语言婉丽，形象自然。有诗集《断肠诗集》、词集《断肠词》传世。

眼儿媚

【题解】这首词写一闺中女子在明媚的春光中回首往事而愁绪万端。

迟迟春日弄轻柔①，花径暗香流。清明过了，不堪回首，云锁朱楼②。

午窗睡起莺声巧，何处唤春愁？绿杨影里，海棠亭畔，红杏梢头。

① 迟迟：运行舒缓的样子，指天长。弄轻柔：指和煦的春风与温暖的阳光在抚弄花柳。
② 锁：形容云雾笼罩。朱楼：华美的楼阁，指词中女主人公所居住的地方。

谒金门　春半

【题解】这是首写仲春闺思的小词。虽不铺陈描摹，具体意象较少，但空灵中见情思，言近意远。

春已半，触目此情无限①。十二栏干闲倚遍，愁来天不管②。

好是风和日暖，输与莺莺燕燕③。满院落花帘不卷④，断肠芳草远⑤。

① 此情：指春愁。
② 十二栏干：指十二曲的栏干。
③ 输与：不如，比不上。
④ 这句说，不愿看外面的景物。
⑤ 这句说，因芳草绵绵而思念那离家远出的人。

翁 卷

翁卷(生卒不详),南宋诗人。字续古,一字灵舒,永嘉(今属浙江)人。他的诗以清瘦刻露之笔描写乡村的闲逸生活,但诗的境界浅薄而琐屑,缺少变化和个人风格。有《苇碧轩集》。

乡村四月

【题解】此诗描写江南农村夏初的景象,表现乡村生活的和平安定。文字朴实,意境恬适。

绿遍山原白满川①,
子规声里雨如烟②。
乡村四月闲人少,
才了蚕桑又插田③。

①绿、白:指树木、庄稼花叶之色。
②子规:即杜鹃鸟。雨如烟:细雨迷濛如烟。
③了:完结。插田:插秧。

赵师秀

赵师秀（生卒不详），南宋诗人。字紫芝，号灵秀，永嘉人。有《清苑斋集》。

约 客

【题解】这首诗写作者的闲适生活，以约客不来而摆弄棋子的细节表现出无所挂牵的心情。

黄梅时节家家雨①，
青草池塘处处蛙。
有约不来过夜半，
闲敲棋子落灯花②。

①黄梅时节：梅子成熟的季节；多雨。
②落：指敲而震落。

林 升

林升（生卒不详），南宋诗人。临安人。

题临安邸

【题解】 这是一首著名的讽刺诗。诗讽刺南宋统治者偏安江左、耽于淫乐，表达了自己的沉痛心情。笔调看似委婉，实则讥刺尖锐。

山外青山楼外楼，
西湖歌舞几时休①！
暖风熏得游人醉，
直把杭州作汴州②。

①休：停歇、中止。
②"直把"：是说南宋统治者已忘却失去旧京之痛，已无心恢复疆土。汴州，指北宋都城汴梁。

许棐

许棐（生卒年不详），宋代诗人。字忱夫，自号梅屋，海盐（在今浙江）人。

乐 府

【题解】 这是两首乐府情歌。第一首以镜为喻，把自己和情郎相比，说自己毫无保留地爱郎，郎却暧昧不明；第二首说郎犹如风筝，难以牵系，希望有树枝把它拴住。二诗情感真纯，明白易晓。

妾心如镜面，一规秋水清①；
郎心如镜背，磨杀不分明②。

郎心如纸鸢③，断线随风去；
愿得上林枝④，为妾萦留住。

① 规：圆，可作池、泓解。
② 这句是说镜背无论如何打磨，也不能照得分明。
③ 鸢：风筝。
④ 上林：原是秦汉时皇帝花园的名字，借指树木。

史达祖

史达祖（1160？～1210？），南宋词人。字邦卿，汴（今河南开封）人。他的词以咏物见长，善于白描，语言清丽。有《梅溪词》。

双双燕 咏燕

【题解】 这是一首著名的咏物词，作者极为细腻生动地描绘了春燕双飞双宿的情态，并连及表现了红楼中人的愁思。词中选取了一些燕子的典型动作、情态，加以细腻的描绘，既摹形，又传神。此词无甚深意，但却清新可喜，美好如画，古人称其为咏燕绝唱。

过春社了①，度帘幕中间，去年尘冷。差池欲住②，试入旧巢相并。还相雕梁藻井③，又软语商量不定。飘然快拂花梢，翠尾分开红影④。

芳径，芹泥雨润⑤。爱贴地争飞，竞夸轻俊。红楼归晚，看足柳昏花暝⑥。应自栖香正稳，便忘了天涯芳信⑦。愁损翠黛双蛾⑧，日日画栏独凭。

①春社：春天祭土地神的节日。相传此时是燕子归来之时。
②差（cī）池：形容燕飞时尾翼舒张的样子。
③相（xiàng）：察看，端详。
④红影：指花。
⑤芹泥：带芹香的泥土。
⑥柳昏花暝：形容花柳被暮色笼罩，看不分明。
⑦"应自"二句：写燕子在巢中栖稳，便忘了给思妇传达远方的来信。应自，设想之辞。栖香，栖于香巢。
⑧翠黛：用来描眉的青绿颜料。双蛾：指妇女的双眉。

刘克庄

刘克庄（1187~1269），南宋词人。字潜夫，号后村居士，福建莆田（今福建莆田）人。刘克庄是江湖诗派中最大的诗人，深受"四灵"影响；词风深受辛弃疾影响。散文化、议论化的倾向更为突出。

北来人

【题解】北来人，指北方沦陷区逃难南来的难民。诗人听到他们诉说旧京的情况，感慨系之，写下了此诗。北地的情况与临安的情形恰成对比，言外之意自明。

试说东都事①，添人白发多。
寝园残石马，废殿泣铜驼②。
胡运占难久③，边情听易讹。
凄凉旧京女，妆髻尚宣和④。

①东都：指北宋都城汴梁。
②以上两句写宫殿、陵寝的残破。寝园，古代帝后的陵园。铜驼，代指宫殿旧物。
③占（zhàng）：预料。
④以上两句说东都妇女还梳着旧时的发式。宣和，宋徽宗年号。

戊辰书事

【题解】这是一首感慨时事的诗作。当时，南宋朝廷和金人签订条约，宋朝要犒给金兵数额极大的钱帛，且以后每年还需缴纳。由此，诗人从自己无春衫说起，慨叹本来民穷财尽，此后势必倾全国之力以应强虏需索。在对时事的感慨中，寓含了对朝廷的批评。

诗人安得有春衫①？
今岁和戎百万缣②。
从此西湖休插柳，
剩栽桑树养吴蚕③！

①春衫：春天时节的衣衫。泛指衣服。
②缣：布帛的计量单位。
③剩栽：尽栽。吴蚕：吴地为著名的蚕丝产区，故称蚕为吴蚕。

贺新郎　送陈真州子华①

【题解】这首词是为一位肩负重任的朋友送行而作。词人融汇本朝史实典故，纵论国家大事，观点鲜明，憎爱分明，胸怀坦荡，纵横捭阖，豪情充溢。

　　北望神州路，试平章、这场公事②，怎生分付③？记得太行山百万，曾入宗爷驾驭④。今把作、握蛇骑虎⑤。君去京东豪杰喜，想投戈、下拜真吾父⑥。谈笑里，定齐鲁。

　　两河萧瑟惟狐兔⑦，问当年、祖生去后，有人来否⑧？多少新亭挥泪客，谁梦中原块土⑨！算事业、须由人做。应笑书生心胆怯，向车中、闭置如新妇。空目送，塞鸿去。

① 陈华：作者友人。真州：即今江苏仪征。
② 平章：议论，策划。这场公事：指对金作战的国家大事。
③ 分付：安排，处理。
④ "记得"二句：指靖康之变后在河北、山西等地结集抗金的义军，其中有不少归附东京留守宗泽。
⑤ 把作：当作。握蛇骑虎：比喻危险。
⑥ 京东：指京东路，宋代区划的一个地区。真吾父：用郭子仪事。郭子仪曾仅率数十骑入回纥大营，回纥首领下马而拜，说："真吾父也。"
⑦ 两河：指河北东路和河北西路，当时是金的统治区。狐兔：对敌人的蔑称。
⑧ 祖生：指祖逖。这里指南宋初年的抗金名将宗泽、岳飞等。
⑨ 新亭：用新亭对泣事。块土：犹言国土。

玉楼春　戏林推①

【题解】此词是写给同乡兄长的。词题有一"戏"字，词的内容上确实没有避讳，写跃马、换酒、呼卢，乃至于狎妓。这一番戏说，反映了当时朝野醉生梦死的境况。但末尾，笔锋一转，仿如呐喊，要警醒梦中人。

　　年年跃马长安市②，客舍似家家似寄。青钱换酒日无何③，红烛呼卢宵不寐④。

① 林推：姓林的推官，作者同乡。
② 长安：这里指南宋京城临安。
③ 青钱：指铜钱。
④ 呼卢：古代一种的博戏。

易挑锦妇机中字⑤，难得玉人心下事⑥。男儿西北有神州，莫滴水西桥畔泪⑦。

⑤锦妇：织锦的妇女，指妻室。这句用苏蕙织锦回文诗典故。
⑥玉人：美人，此指妓女。这句说妓女的心意是不易捉摸的。
⑦水西桥：指妓女聚居之地。

青平乐 五月十五夜玩月

【题解】 这是一首咏月词。题为"玩月"，词人似乎乘风游玩了月宫，见识了蟾蜍、嫦娥、桂树还有桂花酒，骑蟾背、摇桂树凸显了"玩"字。此词在咏月诗词中别具一格，颇富色彩。

风高浪快，万里骑蟾背①。曾识姮娥真体态②，素面元无粉黛③。

身游银阙珠宫④，俯看积气濛濛⑤。醉里偶摇桂树⑥，人间唤作凉风。

①"风高"二句：说飞行万里到月宫，骑在蟾蜍背上。
②姮（héng）娥：即嫦娥。
③素面：指不施脂粉。嫦娥又称素娥。
④银阙珠宫：指华丽的月中宫殿。
⑤积气：指云雾。
⑥桂树：传说月中有五百丈高的桂树。

吴文英

吴文英（1200？～1260？），南宋词人。字君特，号梦窗，四明（今浙江宁波）人。他的词音律和协，字句研练，但喜用典故，往往雕绘满眼，词意晦涩难明，人称词家中的李商隐。

唐多令

【题解】这是一首客中送别之作，抒发了秋思和离情。词人选取了一些典型的意象，运用贴切的修辞手法，颇能表情达意。

何处合成愁？离人心上秋①。纵芭蕉、不雨也飕飕②。都道晚凉天气好，有明月，怕登楼。

年事梦中休，花空烟水流③。燕辞归，客尚淹留。垂柳不萦裙带住，漫长是，系行舟④。

①"何处"二句：这是把愁字拆为心、秋二字。
②"芭蕉"句：纵使不下雨，芭蕉也飕飕作响，引人愁思。古人以雨打芭蕉为凄苦之声。
③"年事"二句：年华在梦中消失，如花落水去一般。
④"垂柳"三句：萦，牵系。裙带：代指行人。漫长是：漫说是，更不用说是。

风入松

【题解】这首词描写了暮春之时思念情人的惆怅之情。此词写得细腻委婉、精细动人。"黄蜂"二句"见秋千而思纤手，因蜂扑而念凝香，纯是痴望神理"（陈洵《海绡说词》），却入情入理，活色生香，乃妙手神笔。

听风听雨过清明，愁草瘗花铭①。楼前绿暗分携路②，一丝柳、一寸柔情。料峭春寒中酒③，交加晓梦啼莺。

①瘗（yì）花：葬花。南朝庾信有《瘗花铭》。
②分携：离别，分首。
③中（zhòng）酒：病酒。

西园日日扫林亭，依旧赏新晴。黄蜂频扑秋千索，有当时、纤手香凝④。惆怅双鸳不到⑤，幽阶一夜苔生。

④"黄蜂"二句：黄蜂频频扑着秋千索，大概是因为美人当时纤手的香气还凝留在索上。
⑤双鸳：指美人的鞋，亦即踪迹。

文天祥

文天祥（1236~1282），南宋政治家、诗人。字履善，又字宋瑞，自号文山，江西吉水（今江西吉水）人。他的诗文记录了其生活和战斗的经历，抒发了高度的爱国热情，以及至死不屈、大义凛然的浩然正气。风格以慷慨激昂、悲壮苍凉为主。

金陵驿

【题解】文天祥勤王兵败被俘，随即被押赴元都燕京（今北京）。此诗即作于北行途径金陵（今南京）时。诗写家国破亡之痛，结尾自明志在必死，极为悲壮。

草合离宫转夕晖①，
孤云飘泊复何依？
山河风景元无异②，
城郭人民半已非。
满地芦花和我老，
旧家燕子傍谁飞③！
从今别却江南路④，
化作啼鹃带血归⑤。

①离宫：帝王在京城之外的宫殿。这里指金陵（南京）旧宫。
②元：原来，原本。
③"旧家"句：化用刘禹锡《乌衣巷》"旧时王谢堂前燕，飞入寻常百姓家"诗意。
④别却：别去，别过。
⑤"化作"句：这里用杜鹃啼血之典，表示自己死后化作杜鹃飞回江南。

正气歌 并序

【题解】这是诗人在被囚燕京时所作。诗中以正气胜邪气为主旨，热情歌颂了古代为正义而斗争的义勇之士，揭示出这种气节从古至今一以贯之；进而表现了自己在任何艰苦环境下都能经受考验的顽强意志，以及不屈不挠、永葆正气的决心。一年之后，诗人被害，身虽殁而浩气长存。

余囚北庭①,坐一土室。室广八尺,深可四寻,单扉低小②,白间短窄,污下而幽暗。当此夏日,诸气萃然③:雨潦四集④,浮动床几,时则为水气。涂泥半朝,蒸沤历澜⑤,时则为土气。乍晴暴热,风道四塞,时则为日气。檐阴薪爨,助长炎虐⑥,时则为火气。仓腐寄顿,陈陈逼人⑦,时则为米气。骈肩杂遝⑧,腥臊污垢,时则为人气。或圊溷⑨,或毁尸,或腐鼠,恶气杂出,时则为秽气。叠是数气,当之者鲜不为厉⑩。而予以孱弱,俯仰其间,于兹二年矣⑪。是殆有养致然,然尔亦安知所养何哉⑫?孟子曰:"吾善养吾浩然之气⑬。"彼气有七,吾气有一,以一敌七,吾何患焉!况浩然者,乃天地之正气也。作正气歌一首。

天地有正气,杂然赋流形⑭;
下则为河岳,上则为日星。
于人曰浩然,沛乎塞苍冥。
皇路当清夷,含和吐明庭⑮。
时穷节乃见,一一垂丹青。
在齐太史简,在晋董狐笔⑯。
在秦张良椎,在汉苏武节⑰。
为严将军头,为嵇侍中血⑱,
为张睢阳齿,为颜常山舌⑲。
或为辽东帽,清操厉冰雪⑳;

① 北庭:指元朝首都燕京(今北京)。
② 寻:八尺为一寻。单扉:单扇门。白间:窗户。污下:低下。
③ 萃(cuì)然:聚集的样子。
④ 雨潦:下雨形成的地上积水。
⑤ 朝:可作"潮"解。蒸沤:热气蒸,积水沤。历澜:翻腾弥漫。
⑥ 薪爨(cuàn):烧柴做饭。炎虐:炎热的暴虐。
⑦ 仓腐:仓中米谷腐烂。寄顿:屯积。陈陈:指陈旧的粮食年年相加累和。
⑧ 骈肩:肩挨肩。杂遝:拥挤杂乱的样子。
⑨ 圊溷(pǔ hùn):厕所。
⑩ 叠是数气:这几种气加在一起。鲜不为厉:很少有不生病的。
⑪ 俯仰其间:指行止坐卧,即生活于其间。于兹:至今。
⑫ 这两句,前句说这大概是因为有所葆养才达到这样的。殆,大概。后句说但你又怎么知道所葆养的是什么呢?
⑬ 语出《孟子·公孙丑》。
⑭ 赋:赋予。流形:各种形体、品类。
⑮ 皇路:犹言国运。清夷:清平。明庭:圣明的王庭。
⑯ 两句指春秋战国时史官崔杼、董狐不惧杀头而直笔书史之事。
⑰ 两句指汉代张良、苏武一心报国之事。
⑱ 两句指汉末严颜、晋代嵇绍以死报主之事。
⑲ 两句指唐代张巡固守睢阳、颜杲卿(曾任常山太守)被俘不屈之事。
⑳ 两句指东汉末管宁不愿与黑暗政治同流合污避乱辽东、终身不仕。

或为出师表，鬼神泣壮烈①；
或为渡江楫，慷慨吞胡羯②；
或为击贼笏，逆竖头破裂③。
是气所旁薄，凛烈万古存④。
当其贯日月，生死安足论。
地维赖以立，天柱赖以尊⑤。
三纲实系命，道义为之根。
嗟予遘阳九，隶也实不力⑥。
楚囚缨其冠，传车送穷北⑦。
鼎镬甘如饴，求之不可得⑧。
阴房阒鬼火，春院閟天黑⑨。
牛骥同一皂，鸡栖凤凰食⑩。
一朝蒙雾露，分作沟中瘠⑪。
如此再寒暑，百沴自辟易⑫。
嗟哉沮洳场，为我安乐国⑬。
岂有他缪巧，阴阳不能贼⑭。
顾此耿耿在，仰视浮云白⑮。
悠悠我心忧，苍天曷有极！
哲人日已远，典刑在夙昔⑯。
风檐展书读，古道照颜色！

①两句指诸葛亮事。
②两句指祖逖北伐、击楫中流之事。
③两句指唐人段秀实事。
④旁薄：同"磅礴"，充满、广被之意。
⑤地维：系地的绳子。天柱：撑天的柱子。古人认为天圆地方，天有九柱支撑，地有四维系缀。
⑥遘：遭遇。阳九：古代迷信，以"百六"、"阳九"为不吉利的灾年。隶：徒隶，此为诗人自指。全句谓自己未能挽救国家的危亡。
⑦指作者被俘北送之事。
⑧鼎镬（huò）：古代酷刑，把人放入鼎镬中烹煮。饴：糖浆。
⑨阴房：牢房。阒（qù）：安静。閟（bì）：关闭。
⑩指与一般囚徒杂处。皂，马槽。
⑪分（fèn）：料想，自应。沟中瘠（jí）：弃骨沟壑。瘠，瘦骨。
⑫再寒暑：过了两年。百沴（lì）：指序文中的各种毒气。辟易：退避。
⑬沮洳（jù rù）场：低下阴湿的地方。
⑭缪巧：计谋，机巧。阴阳：指自然之气。贼：害。
⑮耿耿：光明貌。此指正气。
⑯哲人：指前面列举的古代忠义之士。典刑：模范。刑通"型"。

过零丁洋①

【题解】 这首诗深刻、热情地抒发了文天祥宁死不屈、大义凛然的爱国精神。全诗手法多样，用典工巧，立意卓绝。末一联为气壮山河的千古绝调。

辛苦遭逢起一经②，
干戈寥落四周星③。
山河破碎风飘絮，
身世浮沉雨打萍。
惶恐滩头说惶恐，
零丁洋里叹零丁④。
人生自古谁无死，
留取丹心照汗青⑤。

① 零丁洋：海域名，在今广东中山南。
② 遭逢：遇到朝廷的选拔。起一经：依靠精通一种经籍而腾达。这句是叙述自己以科名起家的出身。
③ 干戈：本指武器，这里代指战争。寥落：荒凉冷落。四周星：四周年。星：指岁星。
④ "惶恐滩"二句：均为借谐音说人事。惶恐滩，在今江西万安，急流险恶，为赣江十八滩之一。
⑤ 汗青：史册。古代无纸，记事用竹简。制竹简时，须用火烤去竹汗（水分），因称"汗青"。

刘辰翁

刘辰翁（1232～1297），宋代词人。字会孟，号须溪，庐陵（今江西吉安）人。所作词多是感慨时事、悼念故国之作，辞情悲苦，风格遒劲。

永遇乐

【题解】 李清照在南渡初感慨于"中州盛日"的消失，曾写下了咏元宵的著名词作《永遇乐》"落日熔金"一阕。刘辰翁在南宋国都沦陷、即将灭亡之时，重读李词，悲苦过之，写下了这首和词。其间相隔百年，情境依旧，而痛上加痛、痛定思痛，悲苦之情更甚。

余自乙亥上元，诵李易安《永遇乐》①，为之涕下，今三年矣。每闻此词，辄不自堪②，遂依其声，又托之易安自喻③；虽辞情不及，而悲苦过之。

璧月初晴，黛云远淡，春事谁主④！禁苑娇寒，湖堤倦暖，前度遽如许⑤。香尘暗陌⑥，华灯明昼，长是懒携手去。谁知道、断烟禁夜，满城似愁风雨⑦。

宣和旧日，临安南渡，芳景犹自如故⑧。缃帙流离，风鬟三五，能赋词最苦⑨。江南无路，鄜州今夜，此苦又谁知否⑩？空相对、残釭无寐，满村社鼓⑪。

① 李易安：即李清照。《永遇乐》指她的"落日熔金"一阕。
② 不自堪：不自胜，难以自持。
③ 依其声：依照李词原来的声韵。托之易安：假托李清照的事迹。
④ 春事谁主：因春事而伤及国事，以国事无主反问春事由谁主持。
⑤ 娇寒：轻寒。倦暖：形容春暖使人困倦。遽：仓促，表示变化之快。
⑥ 香尘暗陌：写贵族妇女车马出游，尘土中都带有香气。
⑦ "谁知道"二句：写今日临安的凄凉景象。
⑧ 宣和：宋徽宗年号。
⑨ 缃帙（zhì）：浅黄色的书套，泛指书籍。风鬟：形容头发零乱。三五：即十五。
⑩ 鄜（fū）州今夜：杜甫《月夜》有句"今夜鄜州月，闺中只独看"是独陷长安、怀念家人所作。
⑪ 残釭：残灯。社鼓：祭社神的鼓声。社鼓声起说明天已黎明。

蒋 捷

蒋捷（1145？～1310？），南宋词人。字胜欲，阳羡（今江苏宜兴）人，他的词文字精炼，音调谐畅。

一剪梅 舟过吴江①

【题解】这首词写作者倦游思归，渴望重过闲适的家居生活。"红了樱桃，绿了芭蕉"抓住春末夏初的物候特征，写春光流转，生动如画。

一片春愁待酒浇，江上舟摇，楼上帘招②。秋娘容与泰娘娇③。风又飘飘，雨又萧萧。

何日归家洗客袍④？银字笙调⑤，心字香烧⑥。流光容易把人抛，红了樱桃，绿了芭蕉。

① 吴江：江苏吴江县。西滨太湖。
② 帘招：酒旗招展。
③ 秋娘、泰娘：指秋娘渡、泰娘桥。容与：快乐。
④ 客袍：外出穿的衣服。
⑤ 银字笙：镶饰有银字的笙。调：调弄，吹奏。
⑥ 心字香：制成篆文"心"字形状的香。

虞美人 听雨

【题解】此词抒写人生感受，从少年、壮年到今日，年龄变化，情怀不同，用特定景物表现出来，生动形象，又颇有理趣。

少年听雨歌楼上，红烛昏罗帐。壮年听雨客舟中，江阔云低，断雁叫西风①。

而今听雨僧庐下，鬓已星星也②。悲欢离合总无情，一任阶前，点滴到天明③。

① 断雁：孤雁。以上两句，一作"野旷天低，黄叶下西风"。
② 星星：形容头发斑白。
③ "悲欢"三句：是说遇到悲欢离合之事都无动于衷。温庭筠《更漏子》词："梧桐树，三更雨，不道离情正苦。一叶叶，一声声，空阶滴到明。"这里反用其意。

无名氏

九张机

【题解】 这是一组具有浓郁民歌色彩的抒情小词,"九张机"可视作词牌。词中塑造了一个忠于爱情的民间织锦少女的形象,诗从采桑到织锦,从惜别到怀远,表达了少女的缠绵恋爱,离情别绪。

　　一张机,采桑陌上试春衣。风晴日暖慵无力①,桃花枝上,啼莺言语,不肯放人归②。

　　两张机,行人立马意迟迟③。深心未忍轻分付④,回头一笑,花间归去,只恐被花知。

　　三张机,吴蚕已老燕雏飞。东风宴罢长洲苑⑤,轻绡催趁⑥,馆娃宫女⑦,要换舞时衣。

　　四张机,咿哑声里暗颦眉⑧。回梭织朵垂莲子⑨,盘花易绾⑩,愁心难整,脉脉乱如丝。

　　五张机,横纹织就沈郎诗⑪。中心一句无人会,不言愁恨,不言憔悴,只恁寄相思⑫。

　　六张机,行行都是耍花儿⑬。花间更有双蝴蝶,停梭一晌,闲窗影里,独自看多时。

　　七张机,鸳鸯织就又迟疑。只恐被人裁剪,分飞两处,一场离恨,何计再相随?

　　八张机,回文知是阿谁诗⑭?织成一片凄凉意,行行读遍,厌厌无语⑮,不忍更寻思。

　　九张机,双花双叶又双枝。薄情自古多离别,从头到底,将心萦系,穿过一条丝。

①慵(yōng):疏懒。
②"啼莺"二句:是说莺啼美妙,令人着迷,不忍归去。
③行人:即将远行的爱人。
④分付:放弃,抛却。
⑤长洲苑:春秋时吴王游猎的苑囿,故址在今苏州西南。
⑥轻绡:柔软的丝织品。催趁:催促。
⑦馆娃宫:吴王夫差给西施建造的住处。
⑧咿呀:机织声。
⑨垂莲子:谐音双关,垂怜于子。
⑩盘花:指编织花结或织品。
⑪沈郎:指南朝诗人沈约。
⑫"只恁"句:相思之情只是寄托织锦的诗中。
⑬耍花儿:意为可爱、有趣的花儿。
⑭"回文"句:回文指回文诗,苏惠寄给丈夫的情诗。
⑮厌厌:同"恹恹",闷郁的样子。

青玉案

【题解】 此词为游子春日感怀。即景抒情,情到浓处,别无所寄。词人以民间节俗为切入点,所表达的情感更容易为人所理解和共鸣。

年年社日停针线①。怎忍见、双飞燕。今日江城春已半②。一身犹在,乱山深山,寂寞溪桥畔。

春衫著破谁针线③。点点行行泪痕满。落日解鞍芳草岸。花无人戴,酒无人劝,醉也无人管。

① 社日:古代春季祭祀土地神的节日,届期妇女不做针线活儿,称"忌作"。
② 江城:泛指美好的地方。
③ 著破:穿破,暗寓离别之久。

眼儿媚

【题解】 这是一首别情词,上片以江边送别所见景物烘托离情别绪,下片写别前、别时及别后的心理活动。全词白描,言短情长;数量词、时间词的运用颇有特色。

萧萧江上荻花秋①,做弄许多愁②。半竿落日,两行新雁,一叶扁舟。

惜分长怕君先去③,直待醉时休。今宵眼底,明朝心上,后日眉头。

① 荻(dí)花:即芦花。
② 这句似说人本无愁,因而埋怨萧瑟的芦花作弄出愁来。
③ 惜分:痛惜离别。

金元编

吴 激

吴激（1090～1142），金代文学家、书画家。字彦高，号东山，建州（今福建建瓯）人。以宋使赴金而被扣留。诗与蔡松年齐名，时称"吴蔡体"。

题宗之家初序潇湘图①

【题解】这是一首题画诗。画中为江南水乡春色，而诗人身在鞍马风沙的北地，两相对照，故国之思、身世之慨全然而出。

江南春水碧如画，
客子往来船是家②。
忽见画图疑是梦，
而今鞍马老风沙③！

①宗之：作者友人。《潇湘图》为宗之家壁上所挂之画。
②客子：指商旅之人。
③此句鞍马、风沙点出作者身在北地，与前两句的春水舟船相对。

完颜亮

完颜亮（1122～1161），即金废帝（1149～1161）。金太宗孙，熙宗时任丞相，后杀熙宗自立。南下攻宋时在采石为宋军所败，在瓜洲被部将杀死。

题画屏

【题解】作为马上君主写的这首诗，艺术上并无多少佳妙处，但立意、气慨却确实不同于常人。短短几句，作者的志向、形象跃然纸上。

万里车书一混同①，
江南岂有别疆封？
提兵百万西湖上，
立马吴山第一峰②。

①指秦始皇统一天下，车同轨，书同文。
②吴山：西湖边上的山。

党怀英

党怀英（1134～1211），金代诗人。字世杰，号竹溪，写景诗生动有趣，有陶、谢之风。

渔村诗话图

【题解】这是一首题画诗，而画则为诗意画。诗中把景、画、诗熔于一炉，精美清雅而意趣盎然。

江村清景皆画本①，
画里更传诗语工②。
渔父自醒还自醉，
不知身在画图中。

①画本：绘画取材之源。
②诗语：指江村清景传达出的诗意。
　　工：工致，出色。

耶律楚材

耶律楚材（1190～1244），元代大臣。字晋卿，号湛然居士。契丹族。原仕金，后为成吉思汗近臣。窝阔台时任中书令，对建立蒙古王朝的政治制度和保存汉文化典籍有较多贡献。

庚辰西域清明①

【题解】这首诗描写美丽的西域春色，抒发思乡之情。写异域风光奇特，但用语都极平淡，如"野鸟间关难解语，山花烂熳不知名"。思乡情切，而不直言之，委婉含蓄地暗寓在"遥想故园今好在，梨花深院鹧鸪声"之中。

清明时节过边城，
远客临风几许情。
野鸟间关难解语②，
山花烂熳不知名。
蒲萄酒熟愁肠乱，
玛瑙杯寒醉眼明③。
遥想故园今好在④，
梨花深院鹧鸪声。

①耶律楚材曾随成吉思汗出征西域，此诗即为出征期间所作。
②间关：鸟鸣声。"鸟语"本已难解，此处含有异域野鸟的"鸟语"更难解之意。
③两句中的蒲萄酒、玛瑙杯，均为西域名产。
④好在：安然无恙。

元好问

元好问（1190～1257），元代文学家。字裕之，号遗山，太原秀容（今山西忻县）人。元好问工诗词，善散文，尤其以诗的成就为高，是金元之际最优秀的诗人。

论 诗

【题解】这是作者论诗三十首中的一首。诗中赞扬谢灵运"池塘生春草"的"万古千秋五字新"，抨击了江西诗派代表人物陈师道闭门苦吟的创作倾向，指出这是"可怜无补费精神"。

池塘春草谢家春①，
万古千秋五字新。
传语闭门陈正字②，
可怜无补费精神③。

①"池塘"句：谢灵运《登池上楼》有"池塘生春草"，下句"五字"即指此。
②陈正字：即陈师道。
③"可怜"句：用王安石《韩子》诗成句。

双调·小圣乐 骤雨打新荷

【题解】此曲写景抒情，表现出浓厚的及时行乐思想，这是作者在故国沦亡后苦闷心情的表现。

绿叶阴浓，遍池亭水阁，偏趁凉多①。海榴初绽，朵朵蹙红罗②。老燕携雏弄语③，有高柳鸣蝉相和。骤雨过。似琼珠乱撒，打遍新荷。

人生百年有几？念良辰美景，休放虚过。穷通前定④，何用苦张罗。命友邀宾玩赏，对芳樽浅酌低歌。且酩酊⑤，任他两轮日月，来往如梭。

①趁：追逐。
②海榴：即石榴。蹙（cù）：缩或皱折的意思。
③一作"乳燕雏莺弄语"。
④穷通：指困窘和通达。
⑤酩酊（mǐng dǐng）：大醉的样子。

刘秉忠

刘秉忠（1216～1274），元代大臣、诗人。初名侃，字仲晦，号藏春散人，邢州（今属河北）人。蒙古王朝建国号为"大元"等重大决策，都出自他的建议。刘秉忠诗风萧散闲淡，但也有粗粝之病。

驼车行

【题解】这是一首咏史诗。诗作似七言绝句，但并不严守平仄要求，颇有民歌风味。此诗气度不凡，充分显示了作者的开阔胸襟。

驼顶丁当响巨铃，
万车轧轧一齐鸣①。
当年不离沙陀地②，
辗断金原鼓笛声③。

①轧轧：车行之声。
②沙陀：古代少数民族名，居住在今新疆巴里坤以东一带沙碛地，唐代称沙陀地。此处为泛指。
③金原：即金源，金国之别称。

清明后一日过怀来①

【题解】这是一首记游写景诗，但不同于一般写景诗。春已到来，而山杏凝寒未开。驿马萧萧，一川风雨，景象凄凉，情调惆怅，但并不特别低沉。

居庸春色限燕台①，
山杏凝寒花未开。
驿马萧萧云日晚，
一川风雨过怀来。

①怀来：今属河北，与北京延庆接界。
②居庸：居庸关。燕台：指大都（今北京）。限：阻隔，止。

关汉卿

关汉卿（生卒不详），元代杂剧作家、散曲作家。号已斋、已斋叟，大都人。常出入于歌楼酒肆、勾栏瓦舍，与杂剧作家和女艺人过从甚密，曾亲自登场演出。散曲多以女子口吻抒写相思情爱、离愁别绪，或自叙性格，风格质朴自然，明快活泼。

四块玉　别情

【题解】这首小令写女子送别情人后的情怀。用笔细腻，如"凭阑袖拂杨花雪"。而"人去也"三字，则含蓄深沉，颇有韵味。

自送别，心难舍，一点相思几时绝。凭阑袖拂杨花雪①。溪又斜，山又遮，人去也。

① 凭阑：凭栏。杨花雪：如雪的杨花柳絮。

一枝花套　不伏老①

【题解】这是一套带有自叙性质的曲子，反映了关汉卿生活的重要方面和个性特点。作品在手法上采用夸张、排比等手法；语言泼辣流畅，生动形象；风格幽默风趣。

【一枝花】攀出墙朵朵花，折临路枝枝柳。花攀红蕊嫩，柳折翠条柔。浪子风流，凭着我折柳攀花手，直煞得花残柳败休②。半生来折柳攀花，一世里眠花卧柳。

【梁州第七】我是个普天下郎君领袖，盖世界浪子班头③。愿朱颜不改常依旧，花中消遣，酒内忘忧。分茶颠竹④，打马藏阄⑤，通五音六律

① 不伏老：即不服老。这是关汉卿中年以后所作。
② 直煞得：直闹得。
③ 郎君：指戏剧艺人。盖世界：全世界，与"普天下"同义。盖，满，全。
④ 分茶：茶汤的一种制作方法，煎茶用姜盐，分茶则不用姜盐。
⑤ 打马：即打双陆。古代博戏。藏阄（jiū）：一种游戏。饮宴时设阄，探得者得饮。

滑熟①，甚闲愁到我心头。伴的是银筝女银台前理银筝笑倚银屏，伴的是玉天仙携玉手并玉肩同登玉楼，伴的是金钗客歌金缕捧金樽满泛金瓯②。你道我老暂休，占排场风月功名首，更玲珑又剔透。我是个锦阵花营都帅头，曾玩府游州。

【隔尾】子弟每是个茅草岗沙土窝初生的兔羔儿乍向围场上走③，我是个经笼罩受索网苍翎毛老野鸡蹅踏的阵马儿熟④。经了些窝弓冷箭蜡枪头，不曾落人后。恰不道"人到中年万事休"，我怎肯虚度了春秋。

【尾】我却是个蒸不烂煮不熟捶不扁炒不爆响珰珰一粒铜豌豆，恁子弟谁教钻入他锄不断斫不下解不开顿不脱慢腾腾千层锦套头⑤。我玩的是梁园月⑥，饮的是东京酒，赏的是洛阳花⑦，攀的是章台柳⑧。我也会吟诗，会篆籀；会弹丝，会品竹⑨；我也会唱鹧鸪⑩，舞垂手⑪；会打围，会蹴鞠⑫；会围棋，会双陆。你便是落了我牙，歪了我口，瘸了我腿，折了我手，天赐与我这几般儿歹症候⑬，尚兀自不肯休。则除是阎王亲自唤，神鬼自来勾，三魂归地府，七魄丧冥幽，天哪，那其间才不向烟花路儿上走⑭！

①五音六律：指音乐。滑熟：十分熟练。
②金缕：即《金缕曲》，元代盛行的曲调。瓯（ōu）：盏子。
③子弟每：子弟们。指妓院的狎客。
④此句是说自己饱受艰辛、久经沙场。
⑤恁（nèn）：你们。
⑥梁园：即梁苑。汉梁孝王的园囿，在今河南开封市东南，也称兔园。这里指汴京。下句"东京"也指汴京。
⑦洛阳花：指牡丹。洛阳以盛产牡丹出名。
⑧章台柳：唐代诗人韩翃寄其爱姬柳氏诗名。诗中章台柳，以柳树喻柳氏。章台，汉长安街名。
⑨这四句是说自己诗文、字画、音律皆通。
⑩鹧鸪：即《鹧鸪天》等曲调。
⑪垂手：舞蹈名，有大垂手、小垂手等。
⑫蹴鞠（cù jū）：古时的一种球戏。
⑬歹症候：不好的脾性。
⑭那其间：那时节，那会儿。

白 朴

白朴（1226~1310?），元代散曲家。字仁甫。后字太素，号兰谷。陕州（今山西河曲）人，后流寓真定（今河北正定）。白朴写过不少诗词，尤工于曲，与关汉卿、马致远、郑光祖并称"元曲四大家"。散曲内容主要为描写自然风景与歌咏男女恋情。风格清丽，也时有豪放之作。

越调·天净沙 春

【题解】此曲写春景之可爱，抓住特定景物，一路点缀而下，意境全出，与马致远的同名曲有异曲同工之妙。

春山暖日和风，阑干楼阁帘栊①，杨柳秋千院中。啼莺舞燕，小桥流水飞红②。

① 阑干：栏杆。帘栊（lóng）：窗帘。
② 飞红：飞花。

双调·沉醉东风 渔夫

【题解】此曲以作者的居处、交游写来，体现自己的人品、志向，最后点出淡泊名利的思想和不为世人理会的孤高性情。

黄芦岸白蘋渡口，绿杨堤红蓼滩头①。虽无刎颈交，却有忘机友②。点秋江白鹭沙鸥。傲杀人间万户侯③，不识字烟波钓叟。

① 红蓼（liǎo）：也叫水蓼，草本植物，花红色。
② 忘机：泯除机心，淡泊宁静，与世无争。
③ 万户侯：汉制封侯大者"食邑万户"，称万户侯。

马致远

马致远（？～1324），元代戏曲作家、散曲家。号东篱，大都（今北京）人。早年热衷功名，未得志，晚年退隐山林，寄情诗酒。"元曲四大家"之一，散曲多写幽栖生活、恬淡情趣和自然景物，有较高的艺术造诣。

天净沙　秋思

【题解】作品描写秋天傍晚的景物，烘托出悲凉的气氛，抒写了人生过客漂泊天涯的愁思。

枯藤老树昏鸦①，小桥流水人家，古道西风瘦马②。夕阳西下，断肠人在天涯。

①昏鸦：旁晚时分的乌鸦。
②古道：古旧之路，暗寓人迹罕至之意。

耍孩儿套① 借马

【题解】《借马》通过借马过程中人物心理活动的刻画和一系列对话、动作情态的描述，塑造了一个爱马如命的马主人的形象。写来夸张、诙谐，颇具韵致。

【般涉调·耍孩儿】近来时买得匹蒲梢骑②，气命儿般看承爱惜③。逐宵上草料数十番，喂饲得膘息胖肥④。但有些秽污却早忙刷洗，微有些辛勤便下骑。有那等无知辈，出言要借，对面难推。

【七煞】懒设设牵下槽，意迟迟背后随，气忿忿懒把鞍来鞴⑤。我沉吟了半晌语不语，不晓事颏人知不知⑥？他又不是不精细，道不得"他人弓

①套：即套曲，与小令相对，是用许多曲调构成的。
②蒲梢：骏马名。汉代从大宛所得千里马名蒲梢。
③气命儿般：性命儿似的。看承：精心照顾。
④逐宵：每夜，夜夜。
⑤懒设设：无精打采的样子。鞴（bèi）：给马备设鞍鞴。
⑥颏人：骂人的话，犹"鸟人"。

莫挽，他人马休骑①"。

【六煞】"不骑呵西棚下凉处拴，骑时节拣地皮平处骑，将青青嫩草频频的喂。歇时节肚带松松放，怕坐的困尻包儿款款移②。勤觑着鞍和辔，牢踏着宝镫，前口儿休提③。"

【五煞】"饥时节喂些草，渴时节饮些水。着皮肤休使粗毡屈，三山骨休使鞭来打④，砖瓦上休教稳着蹄。有口话你明明的记：饱时休走，饮了休驰。"

【四煞】"抛粪时教干处抛，绰尿时教净处尿，拴时节拣个牢固桩橛上系。路途上休要踏砖块，过水处不教溅起泥。这马知人义，似云长赤兔，如翼德乌骓⑤。"

【三煞】"有汗时休去檐下拴，渲时休教侵着颏⑥，软煮料草铡底细。上坡时款把身来耸，下坡时休教走得疾。休道人忒寒碎，休教鞭飐着马眼⑦，休教鞭擦损毛衣。"

【二煞】不借时恶了弟兄，不借时反了面皮。马儿行嘱咐叮咛记："鞍心马户将伊打，刷子去刀莫作疑⑧。"只叹的一声长吁气，哀哀怨怨，切切悲悲。

【一煞】"早晨间借与他，日平西盼望你，倚门专等来家内。柔肠寸寸因他断，侧耳频频听你嘶。"道一声"好去"，早两泪双垂。

【尾】没道理没道理，忒下的忒下的⑨！"恰才说来的话君专记。一口气不违借与了你。"

①这两句是当时的俗谚。
②尻（kāo）包儿：骑马人的屁股。
③觑（qù）：瞅，照看。前口儿：马嚼子。
④屈：曲，折叠。这句是说马鞍下挨着皮肤的粗毡要放平整。三山骨：髀骨。
⑤云长、翼德：关羽、张飞。赤兔、乌骓，均为良马。
⑥渲：指刷洗马。颏：这里指公马的生殖器。
⑦忒（tuī）：太，过于。寒碎：寒酸和琐碎，不大方。飐（diū）：甩。
⑧"鞍心"、"马户"二句：这两句是勾栏里的行话。马户合起来是"驴"字，"刷"字去刀是"屌"字。两句话合起来是骂打马的人是驴屌。
⑨忒下的：（我）太下得狠心。

刘 因

刘因（1249～1293），元代诗人。字梦吉，号静修，河北容城人。他的诗在艺术上受元好问影响较大，朴实劲健，于精严之中时出新意。

白 沟

【题解】这是一首以古喻今的诗作。诗人以北宋与辽的界河白沟为题，展开对幽燕一带从战国至北宋的种种历史事件、人物的概括、剖析，探讨了北宋灭亡的根本原因。诗以论列为主，但不涩不滞，文意晓畅，令人信服。

宝符藏山自可攻①，
儿孙谁是出群雄？
幽燕不照中天月②，
丰沛空歌海内风③。
赵普元无四方志④，
澶渊堪笑百年功⑤。
白沟移向江淮去⑥，
止罪宣和恐未公⑦。

①"宝符"句：借赵简子藏宝符于常山之典，喻宋太祖积藏金帛谋取燕赵。
②幽燕：指今河北一带。中天月：宋太祖《月》诗："才到中天万国明。"
③丰沛：地名。汉高祖为沛（今江苏沛县）之丰邑人，作有《大风歌》。
④赵普：宋初宰相，主张对契丹采取单纯防御政策，曾谏阻太祖恢复燕云十六州。
⑤"澶渊"句：说自澶渊之盟迄今已一百余年。
⑥"白沟"句：白沟为北宋与辽的界河，北宋亡后，南宋朝廷划长江、淮河为界与金对峙。
⑦宣和：宋徽宗年号，此处指宋徽宗。

夏日饮山亭

【题解】此诗写夏日郊园生活：空钓、静卧、饮酒、读农书，极得闲适自然之趣，表现了作者的闲适心情。

借住郊园旧有缘，
绿阴清昼静中便①。
空钩意钓鱼亦乐②，
高枕卧游山自前③。
露引松香来酒盏，
雨催花气润吟笺。
人来每问农桑事，
考证床头种树篇④。

①便（pián）：舒适。
②意钓：钓鱼时不投饵，不拟得鱼，只求垂钓之趣，叫意钓。本是人求其趣，却说"鱼亦乐"，风趣之言。
③山自前：山的形貌自然呈现在眼前。意谓枕上观山，虽不登山却自有登山乐趣。
④种树篇：即种树书，古人诗中常以此代表农书，或喻务农隐居。

寒食道中

【题解】 此诗以寒食节路上所见，写清明扫墓习俗；进而由所见推广写所感：万古人心如一，又不断变化。

簪花楚楚归宁女①，
荷锸纷纷上冢人②。
万古人心生意在，
又随桃李一番新。

①归宁：已嫁妇女回娘家。
②旧时清明（寒食节后一两日）有上坟扫墓习俗，届时要为坟墓培新土，故有荷锸（chā）一说。

姚 燧

姚燧（1238～1313），元代文学家。字端甫，号牧庵，洛阳（今属河南）人。官至翰林学士承旨、集贤大学士。擅词曲，多写儿女风情。

越调·凭阑人　寄征衣

【题解】此曲写闺妇相思，以寄征衣一事，刻画主人公欲寄不寄的心理，细致入微，生动感人。

欲寄君衣君不还①，不寄君衣君又寒。寄与不寄间，妾身千万难②。

①君：指在外戍边的丈夫。
②妾身：古时妇女自称。

中吕·喜春来

【题解】此曲写文坛状况和个人感喟。寥寥几句，写出了文坛的不平静，表达了自己对文坛惹是生非、追名逐利之辈的厌恶。

笔头风月时时过①，眼底儿曹渐渐多②。有人问我事如何，人海阔，无日不风波！

①笔头风月：指写作生活。
②眼底儿曹：指文坛上的新进。儿曹，儿女、后辈，此处指新一代。

赵孟頫

赵孟頫（1254～1322），元代书画家、诗人。字子昂，号松雪道人，吴兴（今浙江湖州）人。宋代宗室，入元曾任高官。他能诗善文，尤工书画。

岳鄂王墓

【题解】这是一首游历怀古之诗，由眼前景象回想旧时光景，评论岳飞之死与南宋灭亡之关系，感叹南宋国土的沦丧。

鄂王墓上草离离①，
秋日荒凉石兽危②。
南渡君臣轻社稷③，
中原父老望旌旗④。
英雄已死嗟何及⑤，
天下中分遂不支⑥。
莫向西湖歌此曲，
水光山色不胜悲。

① 鄂王：指南宋抗金名将岳飞。离离：分披繁茂的样子。
② 石兽：指墓前陪葬用的石马、石牛等。危：高耸的样子。
③ 轻：轻视，不当回事。
④ 旌旗：旗帜的通称。这里指代宋朝的军队。
⑤ 英雄：指岳飞。嗟何及：叹息已经晚了。
⑥ 天下中分：指中国分成南北对峙割据状态。不支：不能支撑了。

见章得一诗因次其韵①

【题解】此诗写春愁，由山光日色、梨柳花香写到时节催人，生出韶光短暂的感叹和性格高傲的孤寂。

水色清涟日色黄，
梨花淡白柳花香。
即看时节催人事，
更觉春愁恼客肠。
无酒难供陶令饮②，
从人皆笑郦生狂③。
城南风暖游人少，
自在晴丝百尺长④。

① 章得一：作者友人，身世未详。
② 陶令：陶渊明。此处借指章得一。
③ 郦生：郦食其，秦汉之际人，曾为里监门吏。家贫，好饮酒，人称"狂生"。此处当是作者自喻。
④ 晴丝：即游丝，虫类所吐之丝在空中飘游，此种现象在明媚春日中最易见到。

张养浩

张养浩（1269～1329），元代散曲家、诗人。字希孟，号云庄，济南（今属山东）人。张养浩工散曲，又能诗。其散曲多写弃官后的田园隐逸生活，有的对当时社会的黑暗有所揭露。

双调·水仙子 咏江南

【题解】此曲写江南水乡秋光。基本上都是中远景的描写，一忽儿水里，一忽儿岸上，摇曳多致，风景、风物尽收眼底。末尾按捺不住道出胸臆，虽直白但点睛。

一江烟水照晴岚①，两岸人家接画檐②。芰荷丛一段秋光淡③，看沙鸥舞再三。卷香风十里珠帘。画船儿天边至，酒旗儿风外飐④：爱杀江南！

①晴岚：岚是山林中的雾气，晴天空中仿佛有烟雾笼罩，故称晴岚。
②接画檐：指两岸人家彩绘的房檐连在了一起。
③芰（jì）荷：荷花。
④飐（zhǎn）：飘动。

山坡羊 潼关怀古

【题解】此篇为元散曲名篇。既是怀古，又是对现实的慨叹。用典不生涩难懂，结尾的感愤更是直白显豁。

峰峦如聚①，波涛如怒，山河表里潼关路②。望西都③，意踌躇④，伤心秦汉经行处⑤，宫阙万间都做了土。兴，百姓苦！亡，百姓苦！

①峰峦：山头。峦，小而尖的山头。
②表里：犹言内外。
③西都：指长安，相对于东都洛阳而言。
④踌躇：犹豫不定。
⑤经行：经营。

揭傒斯

揭傒斯（1274～1344），元代诗人。字曼硕，龙兴富州（今属江西）人。以五言短古（四句）见长，也喜写乐府、歌谣体。有《揭文安公全集》。

寒夜作

【题解】此诗写景而自出新意。写疏星点缀曰"冻"，写月光水而曰"湿"，且用动词来写，别有新意；写冷寂、幽邃而用"时闻一叶落"，极尽神韵。寥寥二十字，却有声有色，情景交融，堪称佳作。

疏星冻霜空，流月湿林薄①。
虚馆人不眠②，时闻一叶落。

①林：丛木。薄：草木交错。
②虚：空。此处当喻冷落、寂静。

女儿浦歌

【题解】此为竹枝词。以民歌重叠复沓的手法写人生变幻、世事流转，先铺垫，后点睛，言尽而意未尽。

女儿浦前湖水流①，
女儿浦前过湖舟。
湖中日日多风浪，
湖边人人还白头②。

大孤山前女儿湾③，
大孤山下浪如山。
山前日日风和雨，
山下舟船自往还。

①女儿浦：在今江西九江东南，也称女儿湾。
②还白头：犹白头还。
③大孤山：在九江东南鄱阳湖中。

张可久

张可久（1280？～1330？），元代散曲家。字小山，庆元（今浙江鄞县）人。仕途上不很得志，暮年久居杭州，纵情山水声色之间。他专力散曲创作，极负盛名，深得后世散曲家青睐。

金字经 春晚

【题解】这是首描写相思之情的小曲。时节、地点、行为均有涉及，近景、远景一个不落。语词通俗、绮丽。

惜花人何处，落红春又残，倚遍危楼十二阑①，弹，泪痕罗袖斑②。江南岸，夕阳山外山。

①危楼：高楼。阑：栏杆。
②指罗袖因弹泪而染得斑驳。

中吕·卖花声 怀古

【题解】这首怀古小曲不像一般诗文那样评论胜负得失，而是直指战争给人民带来的灾难和痛苦，别出机杼，又非常深刻。末尾的感叹，颇为著名。

美人自刎乌江岸①，战火曾烧赤壁山②，将军空老玉门关③。伤心秦汉，生民涂炭④，读书人一声长叹。

①"美人"句：指楚霸王项羽与爱姬虞姬事。
②"战火"句：指三国时的赤壁之战。
③"将军"句：指汉班超通西域事。
④涂炭：指陷入困境，如坠泥涂炭火中。

正宫·醉太平　刺世

【题解】 此曲主要写金钱对世人的左右、腐蚀。虽是白描直叙，但所举极富典型性，故议论少而针砭深。

人皆嫌命窘①，谁不见钱亲？水晶环入面糊盆，才沾粘便滚②。文章糊了盛钱囤，门庭改做迷魂阵③，清廉贬入睡馄饨④。胡芦提倒稳⑤。

① 命窘：命运不好，穷困。
② "水晶环"二句：比喻清白的人一旦和金钱打交道，就会变污浊了。
③ "门庭"句：指贪财者一旦做官，门庭便变成了坑害人的迷魂阵。
④ 馄饨：同"混沌"，懵懂愚昧。
⑤ 葫芦提：湖涂。

乔 吉

乔吉（1280？～1345），元代戏曲作家、散曲家。一称乔吉甫，字梦符，号笙鹤翁，又号惺惺道人。太原人。他的散曲内容以啸傲湖山和嘲弄风月为主，也有一些作品怀古伤今、托物寓意。语言典雅工丽，具有词化的特色。

水仙子 寻梅

【题解】此曲记述了寻梅的经过和心境。以仙女喻梅花之冰清玉洁、幽香隐约，别具新意。最后写诗人心境，落入俗套。

冬前冬后几村庄，溪北溪南两履霜，树头树底孤山上①，冷风来何处香？忽相逢缟袂绡裳②。酒醒寒惊梦，笛凄春断肠，淡月昏黄③。

①孤山：在杭州西湖中，山上梅花极多。宋诗人林逋曾隐居于此。
②缟（gǎo）袂绡裳：以缟绡做的衣服形容梅花的皎洁。
③淡月昏黄：化用林逋《山园小梅》诗有"暗香浮动月黄昏"诗意。

折桂令 毗陵晚眺①

【题解】此曲触景生情，抒写出作者怀念抗元英雄军民以及对元朝统治不满的强烈情绪。巧于用典，情调感伤。

江南倦客登临②，多少豪雄③，几许消沉。今日何堪，买田阳羡④，挂剑长林⑤。霞缕烂、谁家昼锦⑥？月勾横、故国丹心！窗影灯深，磷火青青，山鬼暗暗⑦！

①毗陵：今江苏常州。
②江南倦客：作者自指。
③豪雄：指不屈抵抗元军的常州军民和知州姚訔等。
④买田阳羡：用典，指隐居养老。阳羡即常州。
⑤挂剑长林：用春秋时吴公子季札典，指凭吊故人。
⑥昼锦：北宋韩琦富贵归乡，修了一座"昼锦堂"。
⑦磷火：鬼火。暗暗：沉默无声

正宫·六幺遍　自述

【题解】此曲为作者自述情怀襟抱之作。作者纵情诗酒、陶醉烟霞、留连风月，全不把状元、名贤放在眼中。出语诙谐，具有刺世自傲之意。

不占龙头选①，不入名贤传。时时酒圣，处处诗禅②。烟霞状元，江湖醉仙③，笑谈便是编修院④。留连，批风抹月四十年⑤。

①龙头选：指中状元。
②酒圣：酒中之圣。诗禅：诗中之佛。
③烟霞：代指山水景色。
④编修院：编修官书的机关。
⑤批风抹月：指吟风弄月。

越调·凭阑人　金陵道中①

【题解】此曲写暮春时节在前往金陵路上的天涯倦旅之感。前两句写道中所见，天涯、倦鸟无不含情。第三句陡然（"扑头"）一转，因春风柳絮而感慨顿生。

瘦马驮诗天一涯，倦鸟呼愁村数家。扑头飞柳花，与人添鬓华②。

①金陵：今南京。
②鬓华：两鬓的白发。

双调·折桂令　荆溪即事

【题解】此曲讽刺地方吏治之腐败。荆溪的自然风光是美的，所以作者有"为甚不种梅花"之问。然而，接着一看村居，二看庙祠，再看官衙，要么穷陋，要么破败，要么黑暗。当此之时，作者也只能"倚遍栏干，数尽啼鸦"，无奈、愤激之情溢于言表。

问荆溪溪上人家①："为甚人家，不种梅花？"老树支门，荒蒲绕岸，苦竹圈笆②。庙不灵狐狸漾瓦③，官无事乌鼠当衙④。白水黄沙，倚遍栏干，数尽啼鸦。

①荆溪：水名，在今江苏宜兴南，流入太湖。
②这三句是说民居的萧条。
③漾瓦：摔瓦。这句说奸邪横生，正义全无。
④乌鼠：乌鸦与老鼠，指吏役之类。这句说屑小横行，恣其所为。

钟嗣成

钟嗣成（1279？～1360？），元代学者、曲作家。字继先，号丑斋，原籍汴（今河南开封），长期移居杭州。所著《录鬼簿》一书，记述了元曲家的事迹和作品。散曲风格通俗豪放，往往寓愤懑于嘲讽。

正宫·醉太平

【题解】此曲写落魄文人的生活。全曲以白描手法铺写文人之落魄，表现了对社会现实的不满；同时，教书先生之甘于贫陋、寄兴风流，又表现了作者不甘流俗、潇洒自适的节操和性情。

风流贫最好①，村沙富难交②。拾灰泥补砌了旧砖窑③，开一个教乞儿市学④。裹一顶半新不旧乌纱帽，穿一领半长不短黄麻罩⑤，系一条半联不断皂环绦⑥：做一个穷风月训导⑦。

①风流：这里指无拘无束的生活。
②村沙：粗俗，愚蠢。
③砖窑：砖砌的窑洞，穷人住处。
④教乞儿市学（xiáo）：教穷孩子们读书的村学。
⑤黄麻罩：麻制的黄色外衣。
⑥皂环绦（tāo）：黑色的丝腰带。
⑦穷风月训导：贫穷而潇洒的教书先生。

刘时中

刘时中（1280？～1320？），元代曲作家。南昌人。生平不详。所作散曲敢于评议现实政治，较有名。

正宫·端正好 上高监司①

【题解】这首套曲完整地再现了当时江西某地天灾人祸的社会现实，是一幅悲惨的人间图画。套曲从受灾、灾后人事、赈济、官场黑暗一路写来，极尽铺排扬厉，时出痛切之语。语言诙谐，反讽、明喻运用得心应手。

【正宫·端正好】众生灵遭磨障，正值着时岁饥荒；谢恩光拯济皆无恙。编做本词儿唱。

【滚绣球】去年时正插秧，天反常。那里取及时雨降，旱魃生、四野灾伤②。谷不登，麦不长。因此万民失望。一日日物价高涨，十分料钞加三倍③，一斗粗粮折四量④。煞是凄凉！

【倘秀才】殷实户欺心不良⑤，停塌户瞒天不当⑥，吞象心肠歹伎俩⑦。谷中添秕屑，米内插粗糠。怎指望它儿孙久长。

【滚绣球】甑生尘老弱饥⑧，米如珠少壮荒⑨。有金银那里每典当⑩。尽枵腹高卧斜阳⑪。剥榆树餐，挑野菜尝，吃黄不老胜如熊掌⑫，蕨根粉以代餱粮⑬。鹅肠、苦菜连根煮⑭，荻笋、芦蒿带叶𪩘⑮，则剩下杞、柳、株、樟。

【倘秀才】或是捣麻柘稠调豆浆，或是煮麦麸稀和细糠，他每早合常擎

① 高监司：所指不明。监司是监察州郡的官。
② 旱魃（bá）：传说中能造成旱灾的怪物。
③ "十分"句：指买粮要多付三成的钱。料钞，元代货币。
④ 折四量：打四折量出，即一斗只给六升。
⑤ 殷实户：指有钱的地主。
⑥ 停塌户：屯积粮食的人家。
⑦ 吞象心肠：指贪得无厌之心。
⑧ 甑（zèng）：古代做饭的一种器皿。
⑨ 荒：虚。
⑩ 那里每：何处。每，语气词。
⑪ 枵（xiāo）腹：空着肚子。枵，虚空。
⑫ 黄不老：野菜名。
⑬ 蕨（jué）：野生草本植物，根可作粉。餱（hóu）粮：干粮。
⑭ 鹅肠：野菜名。
⑮ 𪩘（chuāng）：吞咽。

拳谢上苍。一个个黄如经纸①，一个个瘦似豺狼，填街卧巷。

【滚绣球】偷宰了些阔角牛②，盗斫了些大叶桑，遭时疫无棺活葬③，贱卖了些田庄。嫡亲儿共女，等闲参与商④；痛分离是何情况！乳哺儿没人要撇入长江。那里取厨中剩饭杯中酒，看了些河里孩儿岸上娘，不由我哽咽悲伤。

【倘秀才】私牙子船湾外港，打过河中宵月朗⑤。只发迹了些无徒，米麦行牙钱加倍解⑥，卖面处两般装，昏钞早先除了四两⑦。

【滚绣球】江乡相有义仓⑧，积年系税户掌⑨。借贷数补搭得十分停当，都侵用过将官府行唐⑩。那近日劝粜到江乡⑪，按户口给月粮。富户都用钱买放⑫，无实惠尽是虚桩⑬，充饥画饼诚堪笑，印信凭由皆是谎⑭，快活了些社长知房⑮。

【伴读书】磨灭尽诸豪壮⑯，断送了些闲浮浪，抱子携男扶筇杖⑰，尪羸伛偻如虾样⑱；一丝游气沿途创⑲，阁泪汪汪。

【货郎】见饿莩成行街上，乞丐拦门斗抢，便财主每也怀金鹄立待其亡⑳。感谢这监司主张，似汲黯开仓㉑。披星戴月热中肠，济与粜亲临发放，见孤孀疾病无皈向㉒，差医煮粥分厢巷㉓；更把赃输钱、分例米㉔，多般儿区处的最优长。众饥民

① 经纸：一种印佛经的纸，颜色黄暗，此用以形容饥民的面色。
② 阔角牛：水牛。
③ 活：疑为"渴"字之误。渴葬，死后即葬，不停柩。
④ 参与商：比喻分别。参、商，星宿名，东西相对，彼出此没，互不相见。
⑤ 私牙子：私贩。
⑥ 解（jiè）：送、给。
⑦ 昏钞：不值钱的纸币。除：扣除。
⑧ 义仓：官府的备荒粮仓。
⑨ 积年：多年。税户：大地主。
⑩ 行唐：搪塞、怠慢。
⑪ 劝粜（tiào）：劝存粮的人卖粮。粜，卖粮。
⑫ "富户"句：不应当领粮的富户用贿赂手段领去救济粮。
⑬ 虚桩：假情况，谓空有其名。
⑭ "印信"句：是说盖着官府大印的文书、单据全是虚假的，不能兑现。
⑮ 知房：同社长一起掌管社内义仓的人。
⑯ 磨灭：折磨、损伤。
⑰ 筇（qióng）杖：竹杖。
⑱ 尪羸（wāng léi）：瘦弱。
⑲ 创：疑是"跄"字之误，走路歪斜的样子。
⑳ "便财主每"句：说财主们藏着钱像鹄一样安闲地看着饥民死去。
㉑ 汲黯开仓：汉武帝臣汲黯奉命视察河内（今河南黄河以北地）灾情，见灾情严重，便自作主张开仓赈济。
㉒ 皈（guī）向：归依。
㉓ 厢巷：城乡。厢，靠近城区的地方。
㉔ 赃输钱：没收行贿和贪污的钱。分例米：分内应得的米粮。

共仰，似枯木逢春，萌芽再长。

【叨叨令】有钱的贩米谷置田庄添生放①，无钱的少过活分骨肉无承望②；有钱的纳宠妾买人口偏兴旺，无钱的受饿馁填沟壑遭灾障。小民好苦也么哥③，小民好苦也么哥，便秋收鬻妻卖子家私丧。

【三煞】这相公爱民忧国无偏党，发政施仁有激昂。恤老怜贫，视民如子，起死回生，扶弱摧强。万万人感恩知德，刻骨铭心，恨不得展草垂缰④，覆盆之下，同受太阳光⑤。

【二煞】天生社稷真卿相，才称朝廷作栋梁。这相公主见宏深，秉心仁恕，治政公平，莅事慈样⑥；可与萧曹比并⑦，伊傅齐肩⑧，周召班行⑨；紫泥宣诏⑩，花衬马蹄忙⑪。

【一煞】愿得早居玉笋朝班上⑫，仁看金瓯姓字香⑬。入阙朝京，攀龙附凤，和鼎调羹⑭，论道兴邦。受用取貂蝉济楚⑮，衮绣峥嵘⑯，珂珮丁当⑰。普天下万民乐业，都知是前任绣衣郎。

【尾声】相门出相前人奖，官上加官后代昌。活彼生灵恩不忘，粒我烝民德怎偿⑱。父老儿童细较量，樵叟渔夫曾论讲。共说东湖柳岸旁，那里清幽更舒畅。靠着云卿苏圃场⑲，与徐孺子流芳挹清况⑳。盖一座祠堂人供养，立一统碑碣字数行㉑，将德政因由都载上，使万万代官民见时节想。

①生放：放债。
②过活：指必需的生活资料。
③也么哥：衬词，曲牌规定如此。
④展草垂缰：犬马报恩的传说。指狗把着火的草地弄湿救醉酒酣睡的主人，马跪地垂下缰绳让落水的主人抓住爬上逃离险境。
⑤"覆盆"二句：元时有"覆盆不照太阳晖"成语，意谓在翻盖着的盆子下面照不进阳光，比喻在黑暗处境中受苦受难。这里翻用其意。
⑥莅（lì）：临、到。
⑦萧曹：西汉开国功臣萧何、曹参。
⑧伊傅：殷代名相伊尹、傅说。
⑨周召：周初名臣周公旦、召公奭。
⑩紫泥宣诏：皇帝的诏书用紫泥封印，故称紫泥宣诏。
⑪花衬马蹄忙：合前人"春风得意马蹄疾"和"踏花归去马蹄香"句意，祝高监司春风得意、仕途如锦。
⑫玉笋朝班：朝廷大臣上朝时排列的队伍叫朝班，玉笋形容其华贵。
⑬金瓯姓字香：意谓好名声传遍全国。金瓯，指国家。
⑭和鼎调羹：喻指宰相等重臣能辅佐君王治理好国家。
⑮貂蝉济楚：戴着漂亮的貂蝉帽，指做高官。貂蝉，汉代侍中、中常寺戴的帽子上饰有貂尾、蝉文。济楚，整齐、漂亮。
⑯衮（gǔn）绣：指绣有龙纹的衮衣，皇帝和显贵大臣的礼服。
⑰珂珮：官员礼服上佩带的玉饰。
⑱粒我烝民：使百姓得到饭吃。
⑲云卿苏圃场：南宋隐士苏云卿，在豫章（今江西南昌）东湖结庐居住，自己种菜过活。
⑳徐孺子：东汉徐稺，字孺子，不肯应征做官，筑室隐居，自事耕稼。
㉑一统：一块。

睢景臣

睢景臣，（生卒不详），元代散曲家。字嘉贤，扬州（今属江苏）人。散曲仅存套数三套及《一枝花》小令四句残句。《高祖还乡》是其代表作。

哨遍 高祖还乡

【题解】这首套曲是历来传颂的元曲名篇。全曲以一个乡民的口吻，嘲讽了汉高祖刘邦"威加海内兮归故乡"时夸耀乡里的行径，并以蔑视的态度否定了封建最高统治者的尊严。语言通俗明快，诙谐辛辣。

【哨遍】社长排门告示①，但有的差使无推故②，这差使不寻俗，一壁厢纳草除根③，一边又要差夫，索应付。又言是车驾，都说是銮舆④，今日还乡故⑤。王乡老执定瓦台盘，赵忙郎抱着酒葫芦。新刷来的头巾，恰糨来的绸衫⑥，畅好是妆幺大户⑦。

【耍孩儿】瞎王留引定伙乔男女⑧，胡踢蹬吹笛擂鼓⑨。见一彪人马到庄门，匹头里几面旗舒⑩。一面旗白胡阑套住个迎霜兔⑪，一面旗红曲连打着个毕月乌⑫，一面旗鸡学舞⑬，一面旗狗生双翅⑭，一面旗蛇缠葫芦⑮。

【五煞】红漆了叉⑯，银铮了斧。甜瓜苦瓜黄金镀⑰。明晃晃马镫枪尖上挑⑱，白雪雪鹅毛扇上铺⑲。这几个乔人物，拿着些不曾见的器仗，穿着些大作怪的衣服。

① 社长：元代乡村组织首领。
② 无推故：不得借故推托。
③ 纳草除根：将交纳的草除去草根。
④ 銮舆：皇帝的车，这里代指皇帝。
⑤ 还乡故：即还故乡。
⑥ 糨（jiàng）：浆洗。
⑦ 畅好是：简直是。装幺：装模作样。
⑧ 瞎王留：乡民的诨名。乔：恶、怪。
⑨ 胡踢蹬：可能是乡民的外号。
⑩ 匹头里：当头。
⑪ "白胡阑"句：写月旗。胡阑，"环"的合音。迎霜兔，月中玉兔。
⑫ "红曲连"句：写日旗。曲连："圈"的合音。毕月乌：指乌鸦。传说日中有三足乌。
⑬ 一面旗鸡学舞：写飞凤旗。
⑭ 一面旗狗生双翅：写飞虎旗。
⑮ 一面旗蛇缠葫芦：写蟠龙旗。
⑯ 叉：与下文的"斧"都是仪仗。
⑰ "甜瓜"句：写"金瓜锤"。
⑱ "明晃晃"句：写"朝天镫"。
⑲ "白雪雪"句：写鹅毛宫扇。

【四煞】辕条上都是马，套顶上不见驴①。黄罗伞柄天生曲②。车前八个天曹判③，车后若干递送夫④。更几个多娇女，一般穿着，一样妆梳。

【三煞】那大汉下的车，众人施礼数。那大汉觑得人如无物⑤。众乡老展脚舒腰拜，那大汉挪身着手扶。猛可里抬头觑，觑多时认得，险气破我胸脯。

【二煞】你须身姓刘⑥，你妻须姓吕。把你两家儿根脚从头数。你本身做亭长耽几盏酒⑦，你丈人教村学读几卷书。曾在俺庄东住，也曾与我喂牛切草，拽坝扶锄。

【一煞】春采了桑，冬借了俺粟，零支了米麦无重数。换田契强秤了麻三秤⑧，还酒债偷量了豆几斛。有甚胡突处，明标着册历⑨，见放着文书⑩。

【尾声】少我的钱，差发内旋拨还⑪；欠我的粟，税粮中私准除⑫。只道刘三⑬，谁肯把你揪捽住⑭，白甚么改了姓，更了名，唤做汉高祖？

①"辕条上"二句：乡村中常以骡驾辕，以驴拉套，所以这里对全用马拉车感到奇怪。
②"黄罗"句：写叫"曲盖"的仪仗。
③天曹判：天上的判官。这里指皇帝的侍从人员。
④递送夫：负责递送东西的侍从。
⑤觑（qù）：看。
⑥须：该是。
⑦"你本身"句：亭长，秦时小官。耽，嗜好。据《史记·高祖本纪》记载，刘邦年轻时曾为泗水亭长，喜好喝酒。
⑧"换田契"句：写刘邦当年借别人换田契之机从中勒索。
⑨标：写。册历：帐本。
⑩见：同"现"。文书：指借据之类。
⑪差发：官差。旋：立刻。
⑫私准除：准予私下里扣除。
⑬刘三：刘邦排行第三。
⑭捽（zuó）住：揪住。捽，揪。

贯云石

贯云石（1286～1324），元代散曲作家。原名小云石海涯，号酸斋，又号芦花道人，维吾尔族人。诗、文、书法皆有可观。他的散曲笔调轻快，风格豪放，艺术上成就较高。

正宫·塞鸿秋　代人作

【题解】此曲写作者忧国忧君之情怀。对于文人骚客多所感慨的南朝旧事无从下笔，更是"不着一字，尽得风流"，显出感慨良多，写不胜写。

战西风几点宾鸿至①，感起我南朝千古伤心事②。展花笺欲写几句知心事，空教我停霜毫半晌无才思③。往常得兴时④，一扫无瑕疵⑤。今日个病厌厌刚写下两个相思字。

① 战西风：迎着西风。宾鸿：鸿雁是候鸟，像宾客一样秋去春来。
② 南朝：指南北朝时期南方的宋、齐、梁、陈。
③ 才思（sì）：才情，兴致。
④ 得兴时：有兴致时。
⑤ 一扫无瑕疵：一挥笔就写好了。

双调　惜别

【题解】此曲写相思之情。但不写书信频传，不写音信阻隔，而是写相思太多，普通纸写不下，又无从买到天样纸。构思新颖。

若还与他相见时，道个真传示①。不是不修书，不是无才思，绕清江买不得天样纸②。

① 真传示：真实情况的传达，真消息。
② 修书：写信。绕：走遍，寻遍。天样纸：像天一样大的纸。

徐再思

徐再思（生卒年不详），元代散曲作家。字德可，嘉兴（今浙江嘉兴）人。好吃糖食，故号甜斋。散曲与贯云石（酸斋）齐名。擅于即景抒怀及闺怨闺情之作，清新流丽。

双调·折桂令 春情

【题解】元曲相思有别出机杼者，如前选贯云石（酸斋）诸作。甜斋此曲亦奇。写相思却从"不会相思"写来，竟而到"气如游丝"，可谓情切。

平生不会相思，才会相思，便害相思。身似浮云，心如飞絮，气若游丝①。空一缕余香在此，盼千金游子何之②。症候来时③，正是何时？灯半昏时，月半明时。

① 游丝：空中飘浮的蛛丝。这里比喻气息微弱。
② 何之：到哪里去。之，往。
③ 症候：疾病，这里指相思的痛苦。

中吕·朝天子 西湖

【题解】此曲把西湖写得十分全面，湖堤区划、自然风光、名人古迹、人文特色，无一遗漏。又写得甚是直白，美景如何、宜忌如何，皆直截了当地说出，明白易晓，清新可喜。

里湖，外湖①，无处是无春处。真山真水真画图，一片玲珑玉。宜酒宜诗，宜晴宜雨，销金锅锦绣窟②。老苏，老逋③，杨柳堤梅花墓④。

① "里湖"二句：杭州西湖以堤为界，有里湖、外湖、后湖之分。
② 销金锅：挥霍金钱的处所。锦绣窟：富贵风流的所在。老苏：指苏轼。
③ 老逋：指宋代诗人林逋。
④ 杨柳堤：指苏堤。梅花墓：指孤山林逋墓。

杨维祯

杨维祯（1296～1370），元代文学家、书法家。字廉夫，号铁崖，东维子，别号铁笛道人。浙江诸暨人。杨维祯是元末诗坛上的领袖人物，其诗被称为"铁崖体"。竹枝词及五七言小诗语意清新，托意深远，很有些民歌风味。但亦有诗风奇诡的一面，明初人有"文妖"之讥。

题苏武牧羊图

【题解】这是一首题画诗，作者从麒麟阁绘像入手，选取最能体现苏武品格的语言来概述，歌颂了苏武坚贞不渝的民族气节。

未入麒麟阁，时时望帝乡①。
寄书元有雁，食雪不离羊②。
旄尽风霜节③，心悬日月光。
李陵何以别④，涕泪满河梁。

① 麒麟阁：汉阁名，画功臣像于其上，苏武是第十一人。帝乡：京城。
②"寄书"二句：寄书指苏武雁足传书。元，同"原"。食雪指苏武在北海茹毛饮雪。
③"旄尽"句：指苏武持节牧羊，卧起操持，节旄尽落。
④"李陵"句：指苏武回归汉朝时，李陵置酒送别事。

西湖竹枝歌

【题解】这几首竹枝词写相思，以民间小女子口气出之，语淡情浓，的确可与刘禹锡之作媲美。

劝郎莫上南高峰，
劝侬莫上北高峰①。
南高峰云北高雨②，
云雨相催愁杀侬。

湖口楼船湖日阴③，

① 南高峰、北高峰：山峰名，都在杭州。侬：我。
② 此句中的云雨均为复指，即南高峰、北高峰均有云雨。由下句可证。
③ 楼船：指游船。

湖中断桥湖水深④。
楼船无柁是郎意⑤,
断桥无柱是侬心。

石新妇下水连空⑥,
飞来峰前山万重⑦。
不辞妾作望夫石⑧,
望郎或似飞来峰。

④断桥:桥名,在杭州西湖边,原名宝俶桥。
⑤无柁是郎意:意谓"郎"在外四处漂流。下句"无柱"或意谓"侬"无依靠。柁,即舵。
⑥石新妇:即新妇石,杭州灵隐寺西有玉女岩,一名新妇石,因突出在水边,又名新妇矶。
⑦飞来峰:又名灵鹫峰,在杭州灵隐寺前,传说此峰从印度飞来。
⑧不辞:犹宁愿。

倪瓒

倪瓒（1301～1374），元代书画家、诗人。字元镇，号云林子，常州无锡（今属江苏）人。倪瓒以画著名，并工书法，也有诗名。

寄李隐者

【题解】这是一首赠友诗。诗中说自己打算去拜访隐居的朋友，而朋友处湖山美好、绿酒香盈，更难得的是仿佛晋代高人戴逵所居，从而也赞颂了友人的品节和高趣。

南汀新月色，照见水中蘋。
便欲乘清影①，缘源访隐沦。
君住钿山湖，绿酒松花春②。
梦披寒雪去，疑是剡溪滨③。

①清影：这里指月色。
②钿山湖：即淀山湖，在今上海青浦境内。松花春：即松花酒。
③"梦披"、"疑是"两句用晋王子猷雪夜访戴逵典故。剡溪滨：王子猷所访戴逵的居住处。

王 冕

王冕（1287～1359），元代画家、诗人。字元章，号煮石山农，浙江诸暨人。他的诗语言质朴自然，一反元末某些人的诡异纤仄的习气，但有时模拟李、杜，过露痕迹，显得有些生硬粗糙。

白 梅

【题解】诗人爱梅，山中结庐，额曰"梅花书屋"。白梅诗有58首，此其一。这首诗通过对白梅的赞颂，表现了诗人高洁其身又渴望大有作为的积极的人生态度。

冰雪林中著此身①，
不同桃李混芳尘②。
忽然一夜清香发，
散作乾坤万里春。

①著：此处是安排、生长的意思。
②"不同"句：指不与桃李一起开花。

墨 梅①

【题解】这是一首题画诗，题在诗人自作的画上。诗的前两句写自己所画墨梅，突出其如墨之色，为下文伏笔。因为生活中梅花均有色彩，墨梅必然引出人们的疑问。于是作者用后两句作答：不重颜色重精神。这说的是墨梅，也是作者不同流俗、洁身自好的写照。

吾家洗砚池头树②，
个个花开淡墨痕③。
不要人夸好颜色，
只流清气满乾坤。

①墨梅：用淡墨画的梅花。
②洗砚池：传说晋代大书法家王羲之练习书法时，在池子里洗毛笔，池水都变成了黑色。
③淡墨痕：指使用淡墨勾勒渲染。

萨都剌

萨都剌（1305～1355?），元代诗人。又作萨都拉，字天锡，号直斋，蒙古族人。精通汉语，擅长诗词，在当时尤以宫词、艳情乐府著称于世。诗风以清丽俊逸为主，亦有豪迈奔放之作。

上京即事

【题解】这是作者在元代上都旅游时写的即兴小诗，全诗五首，此选其二。第一首写从日暮到月亮升起时上京的风景，第二首写北方草原的人情风俗。作者通过典型事项的描写刻画，绘成了一幅北方草原的自然风光、生产生活、民风民性的瑰丽图卷。

牛羊散漫落日下①，
野草生香乳酪甜。
卷地朔风沙似雪②，
家家行帐下毡帘③。

紫塞风高弓力强④，
王孙走马猎沙场⑤。
呼鹰腰箭归来晚⑥，
马上倒悬双白狼⑦。

①散漫：自由自在，没有拘束。
②沙似雪：沙像雪一样洁白。
③行帐：可以搬动的帐幕。
④紫塞：北方边塞。塞外土为紫色，故名。
⑤王孙：指贵族子弟。走马：驰马，骑马疾驰。沙场：平沙旷野。
⑥腰箭：腰挂着弓箭。腰，此处作动词用。
⑦白狼：白色的狼。古人把猎获白狼视为祥瑞。

竹枝词

【题解】此诗写情人间的情事，含蓄有韵致。诗中用词典雅，情感含蕴，气氛恬静，别有一番人间情韵。

湖上美人弹玉筝①，
小莺飞度绿窗棂。
沈郎虽病多情在②，

①玉筝：泛旨华美的筝。
②沈郎虽病：这里或用沈约多病而腰围减损典故。沈郎当指情人。

倦倚屏山不厌听③。

③屏山：即屏风。屏风上绘有山水。
不厌听：听不够。

满江红　金陵怀古

【题解】 此篇为登临怀古之作。立意新颖，大气磅礴，慷慨苍凉。上阕写世事变化，下阕抒发感慨。是怀古咏史词之佳作，有宋人豪放词的风格。

六代豪华①，春去也，更无消息。空怅望，山川形胜，已非畴昔②。王谢堂前双燕子，乌衣巷口曾相识③。听夜深寂寞打孤城，春潮急。

思往事，愁如织④。怀故国⑤，空陈迹。但荒烟衰草，乱鸦斜日。玉树歌残秋露冷，胭脂井坏寒螀泣⑥。到如今，只有蒋山青⑦，秦淮碧。

①六代：指东吴、东晋、宋、齐、梁、陈等六朝。
②山川形胜：指地势优越便利。
③王谢：指东晋时王导、谢安两大显赫家族，其住宅在乌衣巷，地近秦淮河，在今南京市东南。
④织：形容思绪纷乱。
⑤故国：指金陵。国，国都。
⑥玉树：指《玉树后庭花》曲，陈后主作。胭脂井：指陈后主及张丽华等妃嫔避隋兵所投之井。寒螀（jiāng）：蝉的一种。
⑦蒋山：即钟山，又名紫金山，在南京市东北。

无名氏

正宫 讥贪小利者

【题解】 此曲讥讽贪图小利者，以六种极不可能之事凸显其贪婪，针砭痛下，曲尽其妙。

夺泥燕口，削铁针头，刮金佛面细搜求①，无中觅有。鹌鹑嗉里寻豌豆②，鹭鸶腿上劈精肉，蚊子腹内刳脂油③；亏老先生下手！

①佛面：这里指镀金佛像的脸。
②嗉（sù）：禽鸟贮藏食物的器官。
③刳（kū）：剖、挖。

明清编

杨 基

杨基（1326～1378），明代诗人。字孟载，号眉庵，原籍嘉州（今四川乐山），生于吴中（今江苏苏州）。诗不脱元末秾纤之习，然写景咏物之诗清俊流逸，不乏佳作。

长江万里图

【题解】这是一首题画诗，但劈首就把自己放在了诗中，所以在歌颂万里长江的浩荡奔腾同时，抒发了诗人自己的思乡之情。

我家岷山更西住①，
正见岷江发源处。
三巴春霁雪初消②，
百折千回向东去。
江水东流万里长，
人今漂泊尚他乡③。
烟波草色时牵恨④，
风雨猿声欲断肠。

①岷山：在今四川北部。
②三巴：古地域名，在今四川嘉陵江、綦江流域以东。霁（jì）：雨雪停止，天气转晴。
③尚他乡：还在他乡。
④牵：牵扯，粘惹。

祝允明

祝允明（1460～1526），明代文人。字希哲，号枝山，长洲（今江苏苏州）人。尤工书法。为诗取材颇富，造语颇妍。

三月初峡山道中

【题解】诗写江南春景，抓住"阴"、"雨"、"风"等特点，写出了江南春景的特点。最后两句，出人意表，由好图画、好风景而生思乡之情，自然而又意在言外。

春阴春雨复春风，
重叠山光湿翠濛①。
一段江南好图画，
不堪人在旅途中②。

① 翠濛：绿色的迷濛之气。
② 不堪人：指诗人自己。不堪，不能忍受，指思想之情。

高 启

高启（1336～1374），明代诗人。字季迪，号青邱子，长洲（今江苏苏州）人。少有才名，诗文皆工，尤长于诗。诗歌众体兼长，七言歌行和七言律诗最能表现他的个性特点和艺术才华。这些诗雄健明丽，清新俊逸，在明诗中具有突出的成就。

登金陵雨花台望大江①

【题解】此为登临咏史抒怀之作。诗中历数金陵历朝历代之事，纵论兴亡成败、民生疾苦。末尾点出渴望平安休息的意愿。笔力雄健，气势奔放，堪与前人咏金陵的诗词媲美。

大江来从万山中，
山势尽与江流东。
钟山如龙独西上，
欲破巨浪乘长风②。
江山相雄不相让③，
形胜争夸天下壮④。
秦皇空此瘗黄金⑤，
佳气葱葱至今王⑥。
我怀郁塞何由开⑦，
酒酣走上城南台⑧。
坐觉苍茫万古意，
远自荒烟落日之中来⑨。
石头城下涛声怒，
武骑千群谁敢渡⑩。
黄旗入洛竟何祥⑪，
铁锁横江未为固⑫。
前三国⑬，后六朝⑭，
草生宫阙何萧萧。

①金陵：即南京。
②破巨浪乘长风：刘宋时，宗悫少有大志，其叔父问所愿，悫曰："愿乘长风破万里浪。"
③相雄：互相争雄竞赛。
④形胜：地理形势优越便利。
⑤"秦皇"句：传说望气者言江东有天子气，秦始皇埋金玉杂宝以厌之。
⑥王：同"旺"，旺盛。
⑦郁塞：郁闷，不舒畅。
⑧城南台：指雨花台。
⑨坐：因，遂。
⑩石头城：故址在今南京市清凉山。负山面江，形势颇为险要。
⑪黄旗入洛：黄旗紫盖都是御用之物，比喻皇帝。竟何祥：究竟是什么好征兆呢。
⑫铁锁横江：指王濬破吴人横江铁锁链事。
⑬前三国：魏、蜀、吴，这里指吴。
⑭后六朝：吴、东晋、宋、齐、梁、陈六个朝代，均在金陵建都。

英雄乘时务割据,
几度战血流寒潮。
我生幸逢圣人起南国⑮,
祸乱初平事休息⑯。
从今四海永为家,
不用长江限南北。

⑮圣人:指明太祖朱元璋。起南国:从南方起家。
⑯事休息:从事休养生息。

牧牛词

【题解】这是一首牧童之歌,写放牛娃的生活和情思。此诗在艺术上的突出特点是模仿儿童口吻而写,显得特别生动活泼、亲切、明快,颇具乡野韵致。

尔牛角弯环①,
我牛尾秃速②。
共拈短笛与长鞭,
南陇东冈去相逐③。
日斜草远牛行迟,
牛劳牛饥唯我知。
牛上唱歌牛下坐,
夜归还向牛边卧。
长年牧牛百不忧,
但恐输租卖我牛④。

①"尔牛"句:"尔"、"我",牧童间彼此相称。弯环:弯曲如环。
②秃速:即秃觫,毛短而稀的样子。
③陇:丘陇,田埂,同"垄"。冈:山脊,山岭。逐:追赶戏耍。
④输租:交租。

于 谦

于谦（1398～1457），明代抗敌英雄、诗人。字廷益，号节淹，钱塘（今浙江杭州）人。诗风质朴刚劲，弈弈俊爽，不为当时"台阁体"所囿。

咏煤炭

【题解】这是一首咏物诗，抒发了作者献身国家百姓的博大胸怀。全诗用象征手法，以物拟人，用煤自比，把物和人的性格凝结为一体。

凿开混沌得乌金①，
藏蓄阳和意最深②。
爝火燃回春浩浩，
洪炉照破夜沉沉③。
鼎彝元赖生成力④，
铁石犹存死后心。
但愿苍生俱饱暖，
不辞辛苦出山林⑤。

①混沌：指未开发的煤矿。乌金：比喻煤炭。
②阳和：暖和的阳气。
③爝（jué）火：炬火。洪炉：大火炉。
④鼎彝：古代所谓国家的重器，国家、朝廷的象征。
⑤苍生：百姓。

石灰吟

【题解】此是一首咏物抒怀诗。作者吟颂石灰的品格，而恰又是作者自己的写照。联想巧妙，比喻妥帖。

千锤万击出深山，
烈火焚烧若等闲。
粉身碎骨全不惜①，
要留清白在人间②。

①以上三句概写石灰的制作过程：开山采石、烧制、粉碎。
②清白：一语双关，指石灰，也指做人。

王 磐

　　王磐（1440？～1530？），明代散曲家。字鸿渐，号西楼，江苏高邮人。一生厌弃科举，雅好词曲，精通音律。散曲以白描见长，具有"里巷之歌"的特色。

古调蟾宫　元宵

【题解】这首曲通过今昔对比，写今日元宵节冷落的景象。颇具宋词韵味。

　　听元宵，往岁喧哗，歌也千家，舞也千家。听元宵，今岁嗟呀①，愁也千家，怨也千家。哪里有闹红尘香车宝马②？只不过送黄昏古木寒鸦。诗也消乏，酒也消乏③，冷落了春风，憔悴了梅花。

①嗟呀：叹息。
②香车宝马：辛弃疾《青玉案·元夕》词有"宝马雕车香满路"句，写元宵夜景之盛。此曲所写景况，与之正反。
③消乏：冷落，无情无绪。

朝天子　咏喇叭

【题解】此曲廖廖数语，点画贴切，活画出一幅喇叭图，进而辛辣讽刺了倚势欺民的官宦。

　　喇叭，锁哪①，曲儿小腔儿大②。官船来往乱如麻，全仗你抬声价。军听了军愁，民听了民怕，哪里去辨什么真共假？眼见的吹翻了这家，吹伤了那家，只吹的水尽鹅飞罢。

①锁哪：即唢呐，与喇叭同类的吹奏乐器。旧时官府仪仗中的开道部分或用此物。
②腔儿大：声音很大，这里含有倚势作腔的意思。

徐 渭

徐渭（1521~1593），明代画家、戏剧家、诗人。字文清，后更字文长，号青藤，又号天池。浙江山阴（今浙江绍兴）人。他的诗奇瑰纵恣，笔意奔放，于苍劲中姿媚跃出。

龛山凯歌① 为吴县史鼎庵

【题解】这首诗写吴县人民在龛山抗击倭寇之事，歌颂了击败倭寇的将士们的英勇无畏、视死如归，颇具豪壮之气。

短剑随枪暮合围②，
寒风吹血着人飞③。
朝来道上看归骑，
一片红冰冷铁衣④。

①龛山：山名，在今浙江萧山东北，其形如龛。
②合围：缩小包围圈以围歼敌人。
③着：附着，向着。
④红冰：凝血成冰。

冯惟敏

冯惟敏（1511～1580），明代散曲作家。字汝行，号海浮山人，山东临朐人。其散曲成就突出，远远超过同时代作家。

玉芙蓉 喜雨

【题解】这两首散曲描写农家久旱之后欣逢甘雨的喜悦心情，笔调轻捷。在雨旱的描写中，也描绘了乡村的生产生活和田园景色。第二首末尾一句，充满丰富的想象。

村城井水干，远近河流断，近新来好雨连绵。田家接口蜀秫饭①，书馆充肠苜蓿盘②。年成变，欢颜、笑颜，到秋来纳稼满场园③。

初添野水涯④，细滴茅檐下，喜芃芃遍地桑麻⑤。消灾不数千金价⑥，救苦重生八口家。都开罢：荞花、豆花，眼见的葫芦棚结了个赤金瓜⑦。

①蜀秫（shú）：一种带有粘性的谷物。
②苜蓿（mù xū）：多年生草本植物，嫩苗可食，俗称"金花菜"。
③纳稼：指收获庄稼。场：打谷场。
④初添野水涯：地上开始存有积水。野水，指地上的积水。
⑤芃芃（péng）：草木茂盛的样子。
⑥不数：无法计算。
⑦金赤瓜：指南瓜，其色红黄相间，故称。

北双调·河西六娘子① 笑园六咏

【题解】这是作者组曲六首中的两曲。前一首写自己勘破名利，看透世俗，超然大笑；后一首写世人机关算尽，害人害己，烦恼终生。出语诙谐，声情并茂，颇具趣味。

问道先生笑甚么？笑的我一仰一合，时人不识余心乐②。呀，两脚跳梭梭③，拍手笑呵呵，风月无边好快活。

①河西六娘子：曲调名，极少用。
②余：我。
③跳梭梭：俚语，蹦蹦跳跳、快活无忧的样子。

名利机关没正经,笑的我肚儿里生疼。浮沉胜败何时定?呀,个个哄人精④,处处赚人坑⑤,只落得山翁笑了一生⑥。

④哄人精:哄骗别人的精怪。
⑤赚人坑:坑害别人的陷阱。赚:引诱、欺骗。
⑥山翁:即"山人"之意,作者自指。

梁辰鱼

梁辰鱼（1521～1594?），明代戏剧家。字伯龙，号少白，昆山（今江苏昆山）人。诗作不多，名《远游稿》。

屈原庙①

【题解】这是一首纪游诗。诗从入门写起，从庙门写到殿堂，再写主人的遭际和身后事，从回忆回到现实。写来也有几分漂渺恍忽、神奇瑰异。既悲悼了屈原的不幸遭际，也抒发了自己的感伤之情。

寒云掩映庙堂门，
旅客秋来荐水蘩②。
山鬼暗吹青殿火③，
灵儿昼舞白霓幡④。
龙舆已逐峰头梦⑤，
鱼腹空埋水底魂⑥。
班竹丛丛杂芳杜，
鹧鸪飞处欲黄昏。

① 屈原庙：又名屈子祠，在今湖南汨罗玉笥山上，始建于明代。
② 水蘩（fán）：植物名，可食，古代用为祭品。
③ 山鬼：山神。青殿火：殿中油灯，其光青荧。
④ 灵儿：仙灵。白霓幡：像白霓似的幡旗。
⑤ 龙舆：君王的车驾。
⑥ "鱼腹"句：指屈原投汨罗江自尽。

王世贞

王世贞（1526～1590），明代诗人。字元美，号凤州，又号弇州山人，江苏太仓人。他是后七子领袖之一，主诗坛二十年。他的诗歌，才力雄，学殖富，成就较高。

登太白楼

【题解】李白游踪极广，所以许多地方有太白楼。此诗所咏，为山东济宁的太白楼。诗写太白楼所见，表达了对李白的无限景仰。

昔闻李供奉①，长啸独登楼。
此地一垂顾，高名百代留②。
白云海色曙，明月天门秋③。
欲觅重来者，潺湲济水流④。

①李供奉：指李白。
②垂顾：亲临看望。高名：指李白的美名。
③天门：指泰山的三天门。
④潺湲（chán yuán）：流水的声音。济水：水名，在山水济宁一带。

戚继光

戚继光（1528～1587），明代民族英雄。字元敬，号南塘，登州（今山东蓬莱）人。曾任历浙西参将、福建总督，抗击东南沿海倭寇，战功卓著。在蓟门十六年，修边备战，节制严明，寇不敢犯。戚继光不以诗名，但其诗慷慨高昂。

登舍身台

【题解】这首诗是戚继光晚年镇守蓟州所作。此诗是作者军旅生涯的写照，也表达了作者对不事抗敌、升平歌舞世风的感慨。

向来曾作舍身歌，
今日登临意若何？
指点封疆余独感①，
萧疏鬓发为谁皤②。
剑分胡饼从人后，
手掬流泉已自多③。
回首朱门歌舞地，
尊前列鼎问调和④。

①封疆：疆界。
②萧疏：稀疏。皤（pō）：白。
③"剑分"二句：化用李广后饮后食的故实。胡饼：烧饼。
④尊：酒器。列鼎：即陈列盛馔。鼎是古代奴隶主贵族的食器。刘向《说苑·建本》："累茵而坐，列鼎而食。"调和：指菜肴五味的调和。

朱载堉

朱载堉（1536~1610?），明代音乐家、散曲家。字伯勤，号句曲山人，明王朝的宗室。专心研究乐律和历学，写成《乐律全书》，完成了七音的学说。其散曲多讽世劝世之作，风格通俗质朴。

山坡羊　十不足

【题解】此曲以白描手法，叙写世人对功名利禄的无尽追求，字里行间充满着作者的厌弃之情。以皇亲之口出之，颇具讽谕意味。

　　逐日奔忙只为饥，才得有食又思衣。置下绫罗身上穿，抬头又嫌房屋低。盖下高楼并大厦，床前缺少美貌妻。娇妻美妾都娶下，又虑出门没马骑。将钱买下高头马①，马前马后少跟随。家人招下十数个，有钱没势被人欺。一铨铨到知县位②，又说官小势位卑。一攀攀到阁老位③，每日思想要登基④。一日南面坐天下，又想神仙下象棋。洞宾与他把棋下⑤，又问那是上天梯。上天梯子未做下，阎王发牌鬼来催。若非此人大限到⑥，上到天上还嫌低！

①将：把，用。
②铨（quán）：封建时代量才授官曰铨，明时吏部有铨选司。
③阁老：明代以来有大学士，以其入阁办事，尊称阁老，职权相当于古代的丞相。
④登基：指做皇帝。
⑤洞宾：即吕洞宾，为传说中的八仙之一。
⑥大限：寿数，也用来指死期。

南商调·黄莺儿　骂钱

【题解】此曲借孔圣人之口咒骂钱财，表现了对金钱万能社会的极度愤慨。语言通俗，手法直截，内容和形式都很好地体现了"骂"字。

孔圣人怒气冲①，骂钱财狗畜生！朝廷王法被你弄②，纲常伦理被你坏，杀人仗你不偿命。有理事儿你反复③，无理词讼赢上风④。俱是你钱财当车⑤，令吾门弟子受你压伏⑥，忠良贤才没你不用。财帛神当道⑦，任你们胡行⑧，公道事儿你灭净。思想起，把钱财刀剁、斧砍、油煎、笼蒸！

①孔圣人：指孔子。
②弄：播弄，即颠倒是非、混淆黑白。
③反复：颠倒。
④词讼：诉讼，官司。
⑤当车：相当于当道。
⑥吾门弟子：孔门弟子，泛指读书人。
⑦财帛神：即财神。
⑧胡行：胡作非为。

诵子令　驴儿样

【题解】此曲讽刺小人得志时的装腔作势。手法上一则以君子小人对，一则以驴、骡比喻，贴切精当，具有极强的针砭讽谕之力。

君子失时不失象①，小人得志把肚涨。街前骡子学马走，到底还是驴儿样。

①失时不失象：指君子失意时也不失常态，不像小人那样，得志便张狂。

汤显祖

汤显祖（1550～1616），明代戏剧家。字义仍，号海若、若士、清远道人，江西临川人。所居名"玉茗堂"。《牡丹亭》是其代表作。

黄金台[1]

【题解】这是一首咏史诗，借燕昭王筑黄金台故事，抒写现实中人材不得其用的感叹。特点是熔古今为一体，文笔洗练。

昭王灵气久疏芜，
今日登台吊望诸[2]。
一自蒯生流涕后[3]，
几人曾读报燕书[4]！

[1]黄金台：又称昭王台、燕台，燕昭王筑此以召贤。
[2]望诸：即乐毅。他曾为燕昭王所用，伐齐大胜。惠王即位后，因惧反间计出逃。
[3]蒯（kuǎi）生：即蒯通，他曾为韩信向汉高祖辩罪得免。
[4]报燕书，燕惠王失败后深悔乐毅之出亡，使人请其返燕，乐毅致书拒绝。

七夕醉答君东[1]

【题解】此诗为作者归隐故乡后，与好友刘君东对饮时所作。一句"伤心拍遍无人会"，充分显示了作者对现实的愤激之情，而最后一句则是对现实的抗争。

玉茗堂开春翠屏，
新词传唱《牡丹亭》。
伤心拍遍无人会[2]，
自掐檀痕教小伶[3]。

[1]君东：刘渐，字君东，作者好友。
[2]拍遍：指一曲一曲吟唱完。
[3]这句是说自己演奏乐曲，教年幼的伶人。

夏完淳

夏完淳（1631～1647），明末抗清英雄。原名复，字存古，华亭（今上海市松江）人。诗人在国家倾覆后，受到实际斗争生活的锻炼，其诗慷慨悲歌，形成了独特的沉郁风格。

即 事

【题解】《即事》是作者的组诗，此选其一。此诗表达了作者的气节、报国之心以及英雄气概。沉郁顿挫，慷慨激越。

战苦难酬国，仇深敢忆家①。
一身存汉腊，满目尽胡沙②。
落日翻旗影，清霜冷剑花。
六军浑散尽，半夜起悲笳③。

① 酬：报。敢：岂敢、不敢。
② 汉腊（zhà）：汉代的祭祀名。这里用存汉腊表示奉明朝的正朔。胡沙：代指清军。
③ 六军：军队的统称。浑：全。胡笳：这里指笳音。

别云间①

【题解】这首诗是作者被清军俘获解往南京前告别家乡所作。诗中表现了诗人告别家乡依依别情和慷慨赴义的民族气节。

三年羁旅客，今日又南冠②。
无限河山泪，谁言天地宽③！
已知泉路近④，欲别故乡难。
毅魄归来日，灵旗空际看⑤。

① 云间：作者故乡华亭的古称。
② 羁旅：在外奔走。南冠：俘虏。
③ "谁言"句：这句是说强虏遍地、诸多压迫。
④ 泉路：黄泉路。
⑤ 毅魄：坚强不屈的魂魄。灵旗：战旗。

无名氏

山歌　月上

【题解】 此曲写女子等候情郎时的焦灼心情,以山高山低月上早迟的一问,突出了这种心情。颇似南朝民歌。

约郎约到月上时,那亨月上子山头弗见渠①?咦,弗知奴处山低月上得早;咦,弗知郎处山高月上得迟②!

① 那亨:即怎么,为什么,是吴语中常见的。弗见:不见。渠:你。
② 这几句中的奴为歌者(女子)自称,郎为其心上人。

劈破玉　耐心

【题解】 此曲写女子之恋情。前三句用妇女日常生活中的三件事来写愁思,比喻奇特。末一句表达自己对这份情爱的信心和决心,情感诚笃。

熨斗儿熨不开眉间皱,快剪刀剪不断我的心内愁,绣花针绣不出鸳鸯扣。两下都有意,人前难下手①。该是我的姻缘奇耐着心儿守②。

① 下手:指接近,走到一起。
② 奇:奇特,不同平常。守,等候。

桂枝儿　分离

【题解】 此曲写女子对爱情的执著。以万不可能之事衬托自己的爱情的坚贞不渝,颇得南朝民歌《上邪》的韵致。

要分离除非是天做了地，要分离除非是东做了西，要分离除非是官做了吏①。你要分时分不得我，我要离时离不得你，就死在黄泉也做不得分离鬼②！

①官、吏：官指一般官员，吏指低级办事人员。
②做不得：做不成。

锁南枝　风情

【题解】此曲写女子的恋情，就地取譬，想象出奇，生动活泼，辞情真挚，非书斋文人所能想见。

傻俊角我的哥①，和块黄泥儿捏咱两个：捏一个儿你，捏一个儿我。捏的来一似活托②，捏的来同床上歇卧。将泥人儿摔碎，着水儿重和过③。再捏一个你，再捏一个我。哥哥身上也有妹妹，妹妹身上也有哥哥！

①此句用俗语，略同于"我可爱的傻哥哥"。
②活托：指十分相像，如同一个模子里托出来的。
③着水儿：用水儿。

时尚急催玉

【题解】两曲写女子的痴情。前一阕先用几个排比，着意写相思。结尾处以夸张手法渲染相思泪。后一阕由相思而怨，而怨的又是钦天监定历法的人和打鸣的鸡儿，怨它们不让自己好梦长在、与心上人梦中相会。

青山在，绿水在，怨家不在①。风常来，雨常来，情书不来。灾不害，病不害，相思常害。春去愁不去，花开闷未开。倚定着门儿②，手托着腮儿，我想我的人儿泪珠儿汪汪滴，满了东洋海，满了东洋海。

①怨家：即冤家，指心上人。
②倚定着：怔怔地倚着。

钦天监造历的人儿好不知趣①,偏闰年,偏闰月,不闰个更儿②。鸳鸯枕上情难尽,刚才合着眼,不觉鸡又鸣。恨的是更儿,恼的是鸡儿。可怜我的人儿热烘烘丢开,心下何曾忍,心下何曾忍!

①钦天监:古代制定、颁行历法的官方机构。
②更:俗亦读 jīng,夜里的计时单位,一夜分五更,每更约一个时辰。

吴伟业

吴伟业（1609～1671），明末清初诗人。字骏公，号梅村，江苏太仓人。其诗取法于盛唐及元白诸家，少作才华艳发，藻思绮合。明末身经丧乱，阅历兴亡，风格一变为激楚苍凉，论者比之为庾信。

圆圆曲①

【题解】此诗借咏陈圆圆讽刺、抨击吴三桂引狼入室、失节降清的罪行。借鞭挞吴三桂而发泄亡国之痛、民族之恨。构思巧妙，用典多，但含而不露。叙事议论错综交织，纵横捭阖，变化莫测，气度恢宏。采用歌行体，气势浩荡，一泻而下，神宽韵足。

鼎湖当日弃人间②，
破敌收京下玉关③；
恸哭六军俱缟素④，
冲冠一怒为红颜。
红颜流落非吾恋⑤，
逆贼天亡自荒燕⑥；
电扫黄巾定黑山⑦，
哭罢君亲再相见⑧。

相见初经田窦家⑨，
侯门歌舞出如花；
许将戚里箜篌伎⑩，
等取将军油壁车⑪。
家本姑苏浣花里⑫，
圆圆小字娇罗绮⑬；
梦向夫差苑里游⑭，
宫娥拥入君王起；
前身合是采莲人⑮，

① 圆圆：陈圆圆，明末苏州名妓。
② 鼎湖：传说黄帝乘龙升天之处。后世诗文常以此典指称帝王之死。
③ 玉关：玉门关，这里借指山海关。
④ 恸哭：大哭。缟素：白色的丧服。
⑤ 吾：吴三桂自称。
⑥ 逆贼：指李自成。荒燕：沉缅酒色。燕：同"宴"。
⑦ 黄巾、黑山：均为汉末农民起义军，此代批李自成起义。
⑧ 君亲：指崇祯帝和吴三桂父吴襄。
⑨ 田窦：西汉时外戚田蚡和窦婴。借指崇祯帝田妃的父亲田弘遇。
⑩ 许将：应允。戚里：汉代长安城中外戚居住之处，此处指代田弘遇家。箜篌伎：弹箜篌的歌伎。
⑪ 将军：指吴三桂。
⑫ 姑苏：苏州。浣花里：在今成都西南，唐代名妓薛涛曾在此居住。
⑬ 小字：小名，乳名。
⑭ 夫差苑：夫差为西施所筑居所。
⑮ 采莲人：此处借指西施。

门前一片横塘水①。
横塘双桨去如飞，
何处豪家强载归②；
此际岂知非薄命，
此时只有泪沾衣。
熏天意气连宫掖，
明眸皓齿无人惜③；
夺归永巷闭良家④，
教就新声倾坐客⑤。
坐客飞觞红日暮，
一曲哀弦向谁诉；
白皙通侯最少年⑥，
拣取花枝屡回顾⑦。
早携娇鸟出樊笼，
待得银河几时渡；
恨杀军书底死催，
苦留后约将人误⑧。
相约恩深相见难，
一朝蚁贼满长安⑨；
可怜思妇楼头柳，
认作天边粉絮看⑩；
遍索绿珠围内第⑪，
强呼绛树出雕栏⑫。
若非壮士全师胜，
争得娥眉匹马还⑬。

蛾眉马上传呼进，
云鬟不整惊魂定；
蜡炬迎来在战场⑭，
啼妆满面残红印⑮。
专征箫鼓向秦川⑯，
金牛道上车千乘；

①横塘：旧时苏州狎客冶游之地。
②"横塘双桨"二句：写被豪家抢掠。
③熏天：形容势焰威赫。宫掖：宫中。
④永巷：汉宫的长巷，用以幽禁嫔妃及宫女。良家：指田弘遇家。
⑤新声：时行歌曲，这里指昆腔。
⑥通侯：汉代列侯中最高一等的爵位，后来往往作为武臣的美称。
⑦"拣取"句：说吴三桂看中了陈圆圆，屡次以目示意。
⑧底死催：拚命催促。
⑨蚁贼：对义军的诬蔑语。长安：借指都北京。
⑩"思妇"二句：上句说圆圆已成吴三桂之妾，下句指圆圆被起义军当作无主的轻贱妓女来看待。
⑪绿珠：西晋石崇的宠妓，代指圆圆。内第：妇女所住的内宅。
⑫绛树：魏文帝曹丕的宠姬。
⑬壮士：指吴三桂。全师胜：指吴三桂引清兵入关，大败李自成。争得：怎得。娥眉：喻美女。此处指陈圆圆。
⑭"蜡炬"句：写吴三桂在战场上接回陈圆圆的情况。"蜡炬迎来"本指魏文帝曹丕迎美人薛灵芸事。
⑮残红印：形容眼泪沾湿了脂粉。
⑯"专征"四句：专征指吴三桂被清廷册封为平西王，讨伐李自成。

斜谷云深起画楼，
散关月落开妆镜①。
传来消息满江乡②，
乌桕红经十度霜③；
教曲伎师怜尚在，
浣纱女伴忆同行。
旧巢共是衔泥燕，
飞上枝头变凤凰；
长向尊前悲老大，
有人夫婿擅侯王④。

当时只受声名累，
贵戚名豪争延致⑤；
一斛明珠万斛愁，
关山漂泊腰肢细⑥；
错怨狂风飏落花，
无边春色来天地⑦。

尝闻倾国与倾城，
翻使周郎受重名⑧。
妻子岂应关大计，
英雄无奈是多情⑨；
全家白骨成灰土⑩，
一代红妆照汗青。

君不见，
馆娃初起鸳鸯宿⑪，
越女如花看不足⑫；
香径尘生鸟自啼⑬，
屟廊人去苔空绿。
换羽移宫万里愁⑭，
珠歌翠舞古梁州。

① 斜谷、散关均在陕西，车千乘起画楼、开妆镜说明圆圆一路随行。
② 江乡：江南家乡，指苏州。
③ 乌桕：即乌桕树，经霜后叶红如火。十度霜：指圆圆离开江南已经十年。
④ "教曲"六句：教伎师，教唱曲的师傅。怜尚在，为圆圆在乱离中依然活着而高兴。浣纱，用西施未入吴宫前在若耶溪浣纱的典故。同行，同伴。衔泥燕，比喻地位低微。尊前，即樽前。老大，年纪老。擅侯王，专据王侯的尊贵爵位。
⑤ "当时"二句：写圆圆为妓女时的生涯。
⑥ "一斛"二句：是说贵门豪家以一斛明珠结欢圆圆却使她添万斛之愁，不断飘泊更使她腰肢瘦损。
⑦ "错怨"二句：是说圆圆曾抱怨自己的命运像随风飘荡的落花，现在却春色无边。以上几句拟圆圆的口吻，写几经波折，荣华实出意外。
⑧ "尝闻"二句：用周瑜与小乔典，指吴三桂因陈圆圆而声名大著。
⑨ 英雄：指吴三桂。
⑩ "全家"句：指吴三桂一家被李自成军杀戮事。
⑪ 馆娃：即馆娃宫。吴王夫差为西施所造。
⑫ 越女：越地女子，指西施。
⑬ "香径"二句：香径即采香径，相传吴王在此种花，常遣宫中美人来此采香。屟（xiè）廊，又名响屟廊，以樟板铺地，因西施着屟行其上发出声响而得名。屟，同"屧"，一种木底鞋，底是空心的。
⑭ "移宫换羽"四句：这几句是歌者的口吻。梁州、汉水均在陕西，吴三桂曾开府汉中。

为君别唱吴宫曲①,
汉水东南日夜流。

①吴宫曲：指吴王夫差时的宫曲。末一句化用李白《江上吟》"功名富贵若长在，汉水亦应西北流"诗意。

自 叹

【题解】吴伟业晚年入清为官，但非出于本意，而是迫不得已。这在士人心目中为失节行为，因此他心中无限痛苦，无可发泄，便借诗来表述。有难于言表者，故用典故来陈说。开头两句，是最为流传的佳句。

误尽平生是一官，
弃家容易变姓难。
松筠敢厌风霜苦①，
鱼鸟犹思天地宽。
鼓枻有心逃甫里②，
推车何事出长干③？
旁人休笑陶弘景④，
神武当年早挂冠。

①筠（yún）：指竹。敢：怎敢。
②鼓枻（yì）：荡桨。枻，船桨。甫里：在今松江。
③长干：地名，在今江苏南京市郊。
④陶弘景：南北朝秣陵（南京）人。

顾炎武

顾炎武（1613~1682），明末清初思想家、诗人。字宁人，号亭林。初名绛，晚年化名蒋山佣，昆山（今属江苏）人。曾组织抗清斗争，失败后遍游华北各省，致力于边防和地理研究。晚年卜居陕西华阴县，卒于山西曲沃。顾炎武的诗歌多写国家民族兴亡大事，托物寄兴，吊古伤今，始终环绕着抗清复明的主题。

又酬傅处士次韵[①]

【题解】前一首诗抒写朋友友情，赞扬傅山明亡后隐居不仕二朝的民族气节，表达了自己的气节与志向。在艺术上，用典精到贴切，语言凝练、风格古雅。后一首诗是咏志之作。其"苍龙日暮还行雨，老树春深更著花"含蓄深沉，虽用典而自铸佳句，故流播人口，成千古绝唱。

清切频吹越石笳[②]，
穷愁犹驾阮生车。
时当汉腊遗臣祭[③]，
义激韩仇旧相家[④]。
陵阙生哀回夕照，
河山垂泪发春花[⑤]。
相将便是天涯侣[⑥]，
不用虚乘犯斗槎[⑦]。

愁听关塞遍吹笳，
不见中原有战车。
三户已亡熊绎国[⑧]，
一成犹启少康家[⑨]。
苍龙日暮还行雨，
老树春深更著花。
待得汉庭明诏近[⑩]，
五湖同觅钓鱼槎[⑪]。

① 傅处士：傅山，作者友人。
② 清切：清越激切。越石：晋人刘琨，字越石，以坚守抗敌著称。笳：胡笳。
③ 腊（zhà）：岁终祭神。汉腊借指明朝正朔。
④ 韩仇：指张良为韩国复仇一事。
⑤ "河山"句：用杜甫《春望》诗意。
⑥ 相将（jiāng）：相随，共同。
⑦ 斗：星斗。槎（chá）：筏子。
⑧ 熊绎国：指楚国。
⑨ 一成：古代计算土地面积的单位，方十里。启：开拓。少康：夏代中兴之主。
⑩ 汉庭：指代推翻清王朝后建立的汉民族政权。明诏：英明的诏令。
⑪ "五湖"句：用范蠡复兴越国后功成身退、泛舟五湖典。

陈维崧

陈维崧（1625～1682），清代词人。字其年，号迦陵，江苏宜兴人。陈维崧善骈文，尤工于词。其词仿苏轼和辛弃疾，高歌豪放，雄浑苍凉。

贺新郎　纤夫词

【题解】 这首词反映了清初战乱给百姓所带来的灾难。艺术上，全词用对比手法，将真王之骄奢与农夫之孤苦对比。用朴实口语，不显雕饰。又用丁男与病妇对话，语气流动而不呆板，人物情态毕现。

战舰排江口。正天边、真王拜印①，蛟螭蟠钮②。征发棹船郎十万③，列郡风驰雨骤④。叹闾左、骚然鸡狗⑤。里正前团催后保⑥，尽累累、锁系空仓后；捽头去⑦，敢摇手？

稻花恰趁霜天秀⑧，有丁男、临歧诀绝⑨，草间病妇。此去三江牵百丈⑩，雪浪排樯夜吼。背耐得、土牛鞭否⑪？好倚后园枫树下，向丛祠、亟倩巫浇酒⑫，神祐我，归田亩。

① 真王：实授的王号，与权摄的假王相对。
② "蛟螭"句：形容王印的装饰。蛟、螭：传说中的龙属动物。蟠：蟠绕。钮：印鼻。
③ 棹船郎：船夫，"能持櫂行船也。"櫂，同"棹"，船桨。
④ 风驰雨骤：形容征夫急如星火。
⑤ 闾左：闾里的左侧，为贫民居住的地方。骚然：不安宁。
⑥ 里正：古代乡里的小吏。团、保：均为古代户籍里居单位。
⑦ 捽（zuó）：揪住头发。
⑧ 秀：谷类抽穗开花。
⑨ 丁男：成年男子。歧：歧路，岔路口。
⑩ 三江：概指服役之处。百丈：纤绳。
⑪ 土牛：即春牛。旧时立春有鞭打春牛之俗。
⑫ 丛祠：荒野丛林中的神祠。亟（jí）：急速。倩：请。巫浇酒：以女巫浇酒迎神。

王夫之

王夫之（1619～1692），明清之际思想家、诗人。字而农，号涢斋，世称船山先生。湖南衡阳人。曾参加抗清武装。入清，隐居不出。文学方面，善诗文，也工词曲。有《王船山诗文集》行世。

病

【题解】诗题作"病"，实写愁苦也。写病、愁而与"故国残山"相联系，明言此为心病，此愁为国愁。写病愁而雄心壮志又寓于其中，则志士之形象便凸现出来。

炉火微红壁影摇①，
窗明残雪无山椒②，
人间今夜寒宵永，
故国残山老病消。
玉历有年成朽蠹③，
青编无字纪渔樵④。
闲愁四海难栖泊，
药铫松声滴暗潮⑤。

①此句是说炉火的明灭，使墙壁上的影子似在摇动。
②椒：指山顶。
③玉历：历书。
④青编：史册。
⑤铫（diào）：烧煮用具，有把有嘴的砂锅。

屈大均

屈大均（1630～1696），清初学者、诗人。初名绍隆，字介子，又字翁山，广东番禺（今广州）人。明诸生，清兵入粤，积极参加抗清斗争。屈大均是一位多产的作家，现存诗歌6000多首，内容充实，诗风明健。

壬戌清明作

【题解】此诗写出了当时抗清斗争的低潮形势，抒发了诗人壮志难酬的苦闷。诗中化用杜甫"感时花溅泪，恨别鸟惊心"之句，但反其意而用之，使感情更为浓烈惨痛。风格慷慨悲凉，大有过古人之处。

朝作轻寒暮作阴①，
愁中不觉已春深。
落花有泪因风雨，
啼鸟无情自古今②。
故国山河徒梦寐③，
中华人物又销沉。
龙蛇四海归无所，
寒食年年怆客心④。

①作：这里指天气变化。
②"落花"二句：这里反用杜甫《春望》中"感时花溅泪，恨别鸟惊心"诗意，以落花、啼鸟之无情，反衬自己对国破家亡的深沉悲痛。
③"故国"句：李煜《子夜歌》"故国梦重归，觉来双泪垂。"
④"龙蛇"二句：慨叹自己无安身栖迟之处，心中凄怆。龙蛇，比喻隐伏草野、待时而起的志士。寒食：即寒食节，在清明前一天。

朱彝尊

朱彝尊（1629～1709），清代词人。字锡鬯，号竹垞，秀水（今浙江嘉兴）人。朱彝尊博学工诗，尤以词著称，是"浙派词家"的代表。

桂殿秋

【题解】这首词追忆了与所恋女子同乘一船夜间渡江的情景。心理上的回味维妙维肖，情深意切。风格清秀婉丽，深得婉约之旨。

思往事，渡江干①。青娥低映越山看②。共眠一舸听秋雨，小簟轻衾各自寒③。

① 江干：江边。
② 青娥：这里指女子的面容。越山：泛指浙江一带的山。
③ 舸：船。簟（diàn）：席。

解珮令 自题词集

【题解】这首词是作者自抒怀抱和创作宗旨之作。此词在艺术上的特色是"句琢字炼，归于醇雅"，音律和谐，词藻精美。写的内容是枯燥的艺术问题，但并不给人以烦闷之感，显得生动活泼。

十年磨剑，五陵结客①，把平生，涕泪都飘尽。老去填词，一半是，空中传恨②，几曾围，燕钗蝉鬓③？

不师秦七，不师黄九④，倚新声，玉田差近⑤。落拓江湖，且分付，歌筵红粉⑥。料封侯，白头无分。

① 五陵结客：交了很多尊贵的朋友。五陵是汉代豪族所居之地。
② 空中传恨：比喻虚泛的言情之作。
③ 燕钗蝉鬓：指女人。燕钗，燕形钗。蝉鬓，古代女人的发式。
④ 秦七：北宋词人秦观排行第七。黄九：北宋词人黄庭坚排行第九。
⑤ 倚新声：指填词。倚，同"依"。玉田：南宋词人张炎的号。差近：略微近似。
⑥ "分付"句：指吩咐歌妓唱歌侑酒。

蒲松龄

蒲松龄（1640~1715），清代著名小说家。字留仙，一字剑臣，号柳泉居士，人称聊斋先生。山东淄川（今淄博）人。散曲现存套数一篇，诗作略多。

聊 斋

【题解】二诗写蒲松龄的日常生活，贫苦而充满情趣，艺术上学习陶潜而自出机杼。语言通俗，比白居易的诗更易为老妪听懂。

聊斋野叟近城居①，
归日东篱自把锄②。
枯蠹只应书卷老③，
空囊不合斗升余④。

青鞋白帢双蓬须⑤，
春树秋花一草庐。
衰朽登临仍不废⑥，
山南山北更骑驴。

①聊斋：蒲松龄斋名。
②自把锄：指自己耕种。
③蠹：蛀书虫。
④囊：口袋。斗升：计量粮食的单位。
⑤帢（qià）：帢帽，古代士人戴的一种帽子。
⑥衰朽：指年老体衰。登临：登高游览。废：废止。

王士禛

王士禛(1634~1711),清代诗人。字子真,一字贻上,号阮亭,又号渔洋山人。山东新城(今山东桓台)人。其诗大都是描写山水景色和抒发个人情怀的七言绝句,境界淡远,意味含蓄,具有较高的艺术成就。

秦淮杂诗

【题解】诗写秦淮旧事,以抒写盛衰兴亡之感慨。但风格上已大不同于吴伟业、顾炎武等人的凄楚悲愤,而是典雅、平淡。

新歌细字写冰纨①,
小部君王带笑看②。
千载秦淮呜咽水,
不应仍恨孔都官③。

① "新歌"句:指明末阮大铖将所著传奇写在冰纨上进献宫中。冰纨,一种洁白透明的丝织品。
② 小部:年龄较小的梨园乐队。
③ 孔都官:指南朝的孔范。陈后主与他恣意荒淫,终致亡国。

真州绝句

【题解】诗写真州景物之美,和谐、安宁,充满诗情画意。作者善于捕捉眼前带有特点的景物描画出来,确实给人一种"不着一字,尽得风流"的境界,从而使全诗充满神韵。

江干多是钓人居①,
柳陌菱塘一带疏②。
好是日斜风定后③,
半江红树卖鲈鱼④。

① 江干:江边。钓人:渔人。
② 柳陌:柳荫路。菱塘:长着菱荷的池塘。疏:指房舍稀疏。
③ 好是:最美的是。
④ 红树:指枫树之类。

查慎行

查慎行（1650～1727），清代诗人。初名嗣琏，字夏重，后更今名，字悔余，号初白，浙江海宁人。查慎行曾受学于黄宗羲，宗宋诗，对苏轼尤有研究，为诗多记行旅，诗风朴实，擅长白描。

村家四月词

【题解】这首诗写的是一位独居老人的早起的生活。造语平淡无奇，风格朴实，但充满生活气息，勾画出一幅绚丽多彩的田园风景画。

野老篱边独一家①，
卧闻隔竹响缫车②。
开窗自起看风雨，
日在墙头苦楝花③。

①野老：田野老人，即老农。
②缫（sāo）车：缫丝用具。
③苦楝（liàn）：即楝树。

纳兰性德

纳兰性德（1654～1685），清代词人。原名成德，后避太子讳改名；字容若，楞伽山人。满州正黄旗人。他留意经学，善书法，能骑射，工诗，尤长于词。其词以小令见长，风格清婉，尤其善于运用白描手法写景抒情，流动自然而无雕琢之病。

金缕曲　亡妇忌日有感

【题解】 此词为作者悼念亡妻卢氏之作。作者善于把眼前景象与想象交织起来写，语言清丽，风格凄婉、郁结，如诉如泣，恰如面对亡妻而对语，增强了艺术魅力。

此恨何时已①？滴空阶，寒更雨歇②，葬花天气③。三载悠悠魂梦杳④，是梦久应醒矣。料也觉，人间无味。不及夜台尘土隔⑤，冷清清，一片埋愁地。钗钿约，竟抛弃⑥！

重泉若有双鱼寄⑦，好知他，年来苦乐，与谁相倚。我自终宵成转侧，忍听湘弦重理⑧？待结个，他生知己。还怕两人俱薄命，再缘悭⑨，剩月零风里⑩。清泪尽，纸灰起⑪。

①恨：遗憾。已：结束、完了。
②寒更：寒夜打更声。
③葬花天气：语意双关。古有春暮葬花习俗，这里兼指亡妻忌日。
④杳（yǎo）：渺茫。
⑤夜台：坟墓。
⑥钗钿约：以金钗钿盒定情。
⑦重泉：犹言九泉。双鱼：书信。
⑧湘弦重理：再弹琴瑟。湘弦，琴瑟的代称；古代以琴瑟喻夫妇。
⑨缘悭（qiān）：缺乏缘份。
⑩剩月零风：比喻夫妻不能偕老而伤感悲苦。
⑪纸灰：指烧纸钱的灰。

长相思

【题解】 这首词描写塞外旷野夜景。有动有静，有声有色，反复运用对比手法。用语清新，景象鲜明。

山一程，水一程①，身向榆关那畔行②，夜深千帐灯③。

风一更，雪一更，聒碎乡心梦不成④，故园无此声。

① 程：里程，路程。
② 榆关：即山海关。那畔：那边，指山海关外。
③ 千帐：极言行军营地帐幕之多。
④ 聒（guō）：喧扰，吵闹。乡心：思乡之心。

如梦令

【题解】这首词表现了深沉的思乡之情，同时还饱含着词人对官场生活的无比厌烦和痛苦。此词气象阔大，被近人王国维视为词作中境界壮观阔大的典型。

万帐穹庐人醉①，星影摇摇欲坠，归梦隔狼河②，又被河声搅碎。还睡、还睡，解道醒来无味③。

① 穹庐：圆形的毡帐。
② 狼河：白狼河，即今大凌河，在辽宁西部。
③ 解道：知道。

徐大椿

徐大椿（1693～1772），清代曲艺家。字灵胎，晚号洄溪老人，江苏吴江人。通晓音律，擅长度曲。其道情别具风格，多劝世之作。

道情　时文叹

【题解】这首《道情》对清代的"读书人"进行了尖锐的嘲讽。风格上很像顺口溜，语言质朴，但又有点元散曲的风格；讽刺意味很浓，又有点幽默滑稽。

读书人，最不济；烂时文①，烂如泥。国家本为求才计，谁知道变作了欺人计。三句承题，两句破题②，摆尾摇头，便是圣门高弟③。可知道三通四史是何等文章④，汉祖唐宗是那朝皇帝？案头放高头讲章⑤，店里买新科利器⑥。读得来肩背高低，口角嘘唏⑦。甘蔗渣儿嚼了又嚼有何滋味？辜负光阴，白白昏迷一世。就教他骗得高官，也是百姓朝廷的晦气。

① 时文：明清时代对八股文的称呼。
② 承题、破题：八股文的写作程式。
③ 圣门高弟：指孔门的高徒。
④ 三通：《通典》、《通志》、《文献通考》的总称。四史：《史记》、《汉书》、《后汉书》、《三国志》的总称。
⑤ 高头讲章：供士子学习的"四书"、"五经"，书页上端录有讲解的文字，称为高头讲章。
⑥ 新科利器：指新及第考生的文章。
⑦ "读得"二句：形容士子读书备考的情形。

郑燮

郑燮（1693～1765），清代书画家。字克柔，号板桥，江苏兴化人。诗多题画之作，与书、画共称"三绝"。

潍县署中画竹呈年伯包大中丞括①

【题解】这首题画诗不仅表达了作者"读书志在圣贤，为官心存君国"的虔诚信念，也表达了他劝勉"州县吏"和他一起这样做的愿望。

衙斋卧听萧萧竹②，
疑是民间疾苦声。
些小吾曹州县吏③，
一枝一叶总关情。

① 潍县：今山东潍坊的一个区，郑燮曾在此任知县。年伯：与父亲同年考中的长辈。包大中丞：名包括。
② 衙斋：县衙中的书斋。
③ 些小：形容低微轻贱。吾曹：我们。吏：小官。

竹 石

【题解】这是一首题画诗，题在作者自己所画的竹石图上。画中之竹生长在青山破岩中，却在劲风中坚韧挺立。这竹子，也正是作者迎难而上、不屈不挠品格的象征。

咬定青山不放松，
立根原在破岩中①。
千磨万击还坚劲②，
任尔东西南北风③。

① 立根：扎根。破岩：有裂缝的岩石。
② 坚劲：坚韧刚劲。
③ 任尔：随便你。

厉 鹗

厉鹗（1692～1752），清代诗人。字太鸿，号樊榭，浙江钱塘人。能诗词，内容多表现闲情逸致，风格幽逸清奇。

湖楼题壁

【题解】 此诗为悼念亡妾朱满娘而作。艺术上采用对比手法，在山寒时忆踏春；朱栏已朽，倚栏人更何以堪？反衬活着的人的凄凉孤独。短短二十字，可谓情深意长。

水落山寒处，盈盈记踏春①。
朱栏今已朽，何况倚栏人？

①盈盈：美好的样子。踏春：即踏青、游春。

袁　枚

袁枚（1716～1797），清代诗人。字子才，号简斋，世称随园先生。钱塘（今浙江杭州）人。他是清中期著名诗人，写诗主张性灵，自成一格。有《小仓山房诗文集》、《随园诗话》等。

所　见

【题解】此诗题为"所见"，所见的是一个精彩的瞬间：牧童骑着黄牛，边走边歌，声振树林；忽然，他停了下来，闭口不唱——原来他想抓树上的知了，怕歌声惊走了它。诗人观察入微，刻画生动，所见跃然纸上。

牧童骑黄牛，歌声振林樾①。
意欲捕鸣蝉，忽然闭口立②。

①林樾：众多树木合成的树阴。
②意欲：想要。鸣蝉：鸣叫的知了。

赵 翼

赵翼（1727~1814），清代诗人。字云崧，一字耘崧，号瓯北，江苏阳湖（今武进县）人。他的诗在风格上深受宋诗影响，喜发议论，时带诙谐，不雕饰字句，给人一种清新明畅的感觉，但有时流于浅露。

论 诗

【题解】此诗表达了作者论诗的主张，表达了进步的文艺发展观。通篇用赋体，不用比兴，大发议论，直抒胸臆，不用任何典故，但却流传千古，脍炙人口。

李杜诗篇万口传①，
至今已觉不新鲜。
江山代有才人出，
各领风骚数百年②。

①李杜：唐代诗人李白和杜甫。
②江山：犹言天地间。这句是说每个时代都有优秀的诗人出现。领：领袖，代表。风骚：指文学。

抄 诗

【题解】此诗写作者日常生活中吟诗、抄诗的俗事，全用白描手法，但一个老者在枕上独自推敲的情态，特别是诗成后急起誊清的急迫心情，都跃然纸上，十分传神。

老去耽吟兴尚豪①，
一联枕上自推敲②。
诗成急起誊清本③，
不待儿抄手自抄。

①耽：爱好。
②推敲：用唐诗人贾岛的典故。
③誊（téng）：转录，抄写。

龚自珍

龚自珍（1792～1841），清末思想家、文学家。又名巩祚，字瑟人，号定庵，浙江仁和（今杭州）人。他的诗歌反映了鸦片战争前夕黑暗的社会现实，具有热烈追求理想的精神。文辞清奇瑰丽，别开生面。

己亥杂诗①

【题解】前一首诗表达了作者的胸怀和抱负。前两句暗用楚辞中庄忌《哀时命》伤怀之意，含而不露。后两句化用陆游《咏梅》诗句而又能翻出新意，花而有情，死而不已，尚能化泥而护花。后一首诗表现了龚自珍要求重视人才、变革现实的思想愿望。通篇情感激越，大气磅礴，极具冲击力。

浩荡离愁白日斜，
吟鞭东指即天涯。
落红不是无情物②，
化作春泥更护花。

九州生气恃风雷③，
万马齐喑究可哀④。
我劝天公重抖擞⑤，
不拘一格降人材⑥。

①这是作者的组诗，共315首。己亥即道光十九年（1839）。
②落红：落花。诗人以落花自比。
③生气：生命力、活力。恃：依恃。
④喑（yīn）：哑。究：毕竟。
⑤抖擞（sǒu）：振作、奋发。
⑥不拘一格：不拘泥于一定规格。降：降生。

林则徐

林则徐（1785~1850），清末大臣、禁烟英雄。字元抚，一字少穆。福建侯官（今福州）人。其诗多紧贴现实，发表论议，抒发感慨。

程玉樵方伯德润饯予于兰州藩廨之若己有园，次韵奉谢①

【题解】此诗写于作者被贬远戍途中。甘肃布政使程德润（字玉樵）在其官衙（藩廨）后的花园（若己有园）为作者诗酒饯别，作者和了此诗。诗中回忆了自己在广东的抗英活动，指明了当前形势和自己的担忧，最后落到饯行情谊。诗中忧国忧民之情溢于言表，但对卖国求荣的批评则比较含蓄。

我无长策靖蛮氛，
愧说楼船练水军②。
闻道狼贪今渐戢③，
须防蚕食念犹纷。
白头合对天山雪，
赤手谁摩岭海云④？
多谢新诗赠珠玉，
难禁伤别杜司勋⑤。

①程玉樵：甘肃布政使程德润，字玉樵。方伯：对一方官长的称呼。藩廨（xiè）：布政使衙门。若己有园：程氏衙署后的花园。

②"我无"二句：这两句是作者对广东抗英斗争的谦逊的回忆。

③狼贪：狼性贪，此处比喻英国侵略者。戢（jí）：止，指在签订卖国条约后英国的大规模武装侵略活动暂时停止。

④"白头"两句：上句说自己，下句说广东。投降派琦善继林则徐任两广总督，一上任就撤去防御措施，完全不事抵抗。故有"赤手"之说。岭海云：岭海风云，指两广一带的侵略事变。

⑤杜司勋：即晚唐诗人杜牧。李商隐《杜司勋》："刻意伤春复伤别，人间唯有杜司勋"。此用其意。

魏　源

魏源（1794～1856），清末思想家、诗人。字默深，湖南邵阳人。他讲求"经世致用"，主张改革内政，变法图强。魏源写诗善以文入诗，以史入诗，雄浑道劲，剽悍奔放。

寰海十章（选二）

【题解】《寰海十章》是魏源的组诗，共10首，这里选的是第五和第九首。前一首运用历史典故，揭露了投降派攻击陷害林则徐的阴谋，对林则徐等人的积极抵抗、严密防御给予高度评价，并指出由于林被革职而海防频惊。后一首表达了作者对投降派屈辱求和的不满和痛心。诗中讽刺的笔墨很成功，但由于有些用典过于生僻，所以比较艰深难懂。

楼船号令水犀横①，
保障遥寒岛屿鲸。
仇错荆吴终畏错②，
间晟赞普讵攻晟③。
乐羊夜满中山箧④，
骑劫晨更即墨兵⑤。
刚散六千君子卒⑥，
五羊风鹤已频惊⑦。

城上旌旗城下盟⑧，
怒潮已作落潮声。
阴疑阳战玄黄血⑨，
电挟雷攻水火并。
鼓角岂真天上降⑩？
琛珠合向海王倾⑪。
全凭宝气销兵气，
此夕蛟宫万丈明⑫。

①楼船：有楼的大船。
②错：晁错。这句说仇恨晁的吴楚（荆）等国是因为畏惧他。
③晟：即李晟，唐临潭人。这句说离间李晟的吐蕃赞普并非要攻击他。
④乐羊：战国时魏将。他奋勇攻下中山，却有谤书一箧指责他。
⑤骑劫：战国时燕人。田单用计使燕国用他代替乐毅，从而保住了齐国即墨城并恢复七十余城。
⑥君子卒：指为国为君的军队。
⑦五羊：广州的别称。
⑧城下盟：指《广州和约》。
⑨"阴疑"句：是说英军欺压中国，逼得中国非战不可。
⑩"鼓角"句：说英军并非从天而降，暗示失败是由于清军腐败无能。
⑪琛珠：珍宝。海王：这里指英国。
⑫蛟宫万丈明：指清廷交给英军大量财物所发出的珠光宝气。

高 鼎

高鼎（生卒年不详），清代诗人。字象一，又字拙吾，仁和（今浙江杭州）人。主要生活在咸丰年间。其诗善于描写自然风光。

村 居

【题解】这首诗写乡村生活。诗中既写了景，也写了人。草长莺飞、杨柳拂堤、春烟醉人，这是二月乡村的风景。另一道"风景"是，放学的儿童趁东风高高地放起了风筝。诗人炼字精到，描摹精准。

草长莺飞二月天，
拂堤杨柳醉春烟①。
儿童散学归来早②，
忙趁东风放纸鸢③。

①拂堤杨柳：指垂柳的枝条轻拂堤岸。醉春烟：迷蒙春烟令人欲醉。
②散学：放学。
③纸鸢（yuān）：风筝。鸢，鹰的一种。

黄遵宪

黄遵宪（1848～1905），清末诗人。字公度，广东嘉应州（今梅州）人。历任清廷驻外外交官。他是当时资产阶级改良派中最有成就的诗人。其诗题材丰富，形式多样，壮丽雄浑。

哀旅顺

【题解】此诗写在日本侵略攻陷旅顺时。诗中赞颂了祖国领土的自然天险，对旅顺口失陷表示了极大的悲愤，揭露了帝国主义列强的侵略面貌；同时也无情地鞭笞了清统治者不战自败的投降行为。造语豪放，感情奔涌，确有感天地、泣鬼神的效果。

海水一泓烟九点①，
壮哉此地实天险。
炮台屹立如虎阚②，
红衣大将威望俨③。
下有洼池列巨舰④，
晴天雷轰夜电闪。
最高峰头纵远览，
龙旗百丈迎风飐⑤。
长城万里此为堑⑥，
鲸鹏相摩图一啖⑦。
昂头侧睨何眈眈，
伸手欲攫终不敢。
谓海可填山易撼，
万鬼聚谋无此胆。
一朝瓦解成劫灰，
闻道敌军蹈背来⑧。

①"海水"句：是说从天上遥望大海和九州国土。泓（hóng）：形容水深而广大。烟九点：齐烟九点的省称，即九州，指中国国土。
②虎阚（hǎn）：虎怒的样子。
③红衣大将：红衣大炮。
④洼池：指船坞。这句是说李鸿章经营旅顺军港之事。
⑤龙旗：绣有龙的图案的清朝国旗。
⑥堑（qiàn）：做防御用的壕沟，这里形容地势险要。
⑦鲸鹏：指随时都想侵略中国的帝国主义列强。啖（dàn）：吞吃。
⑧"一朝"二句：是说旅顺的失陷。

谭嗣同

谭嗣同（1865~1898），清末戊戌变法六君子之一。字复生，号壮飞，自署东海褰冥氏，湖南浏阳人。存诗近200首，梁启超评其诗云"独辟新界而渊含古声"。

狱中题壁

【题解】这首诗是在戊戌政变失败时，作者被害前于狱中所写的绝命诗。诗风慷慨激昂，动人心弦，充分显示了作者坚贞不屈、视死如归的气概和情操。

望门投止思张俭①，
忍死须臾待杜根②。
我自横刀向天笑，
去留肝胆两昆仑③。

① 投止：投宿。东汉张俭因上疏弹劾权贵被诬结党营私，被迫逃亡。人们都冒险接纳他。这里是比喻康有为。
② "忍死"句：东汉杜根因劝邓太后归政触怒太后，命人将其装入口袋在殿上摔死，执法人施刑未过分用力而使杜根得以脱生。
③ "去留"句：去者与留者都顶天立地、光明磊落。两昆仑，似指康有为与作者自己。

梁启超

梁启超（1873～1929），清末改良运动代表。字卓如，号任公，别署饮冰室主人，广东新会人。他的诗热情奔放，直抒胸臆，明白流畅。

太平洋遇雨

【题解】这首诗是作者游美途中在航行于太平洋的轮船上所作。诗写雨中之景，抒风雷之志。气势雄浑，意境开阔，充分显示了作者虽屡经磨难，但不甘消沉、立志救世的决心。

一雨纵横亘二洲①，
浪淘天地入东流；
劫余人物淘难尽②，
又挟风雷作远游。

①亘：绵亘。二洲：指亚洲、美洲。
②劫余人物：戊戌政变历难未尽的人物。淘难尽，苏轼《赤壁怀古》："大江东去，浪淘尽千古风流人物。"这里是反其意而用之。

秋 瑾

秋瑾（1879～1907），清末革命家。字璿卿，号竞雄，别署鉴湖女侠。浙江山阴（今绍兴）人。秋瑾工于诗词，诗多激昂慷慨之作，情感炽烈，格调雄健。

黄海舟中日人索句并见日俄战争地图

【题解】诗人面对祖国山河任人宰割的局面，极为忧虑和愤慨，作诗抒发了她报国的豪情壮志。情调高亢昂扬，在中国女子诗词中独冠千古。

万里乘风去复来①，只身东海挟春雷。
忍看图画移颜色②，肯使江山付劫灰！
浊酒不销忧国泪，救时应仗出群才。
拚将十万头颅血，须把乾坤力挽回。

①去复来：指作者自己再赴日本。
②图画：即地图。移颜色：指我国领土被帝国主义侵占。

满江红

【题解】这首词是秋瑾的言志之作。情感炽烈，气势豪健奔放。虽模拟稼轩，而能独造新意新境。

小住京华，早又是、中秋佳节。为篱下、黄花开遍，秋容如拭①。四面歌残终破楚②，八年风味徒思浙③。苦将侬、强派作蛾眉，殊未屑④！

身不得，男儿列。心却比，男儿烈。算平生肝胆，因人常热。俗子胸襟谁识我？英雄末路当磨折。莽红尘、何处觅知音？青衫湿⑤！

①如拭：干净得就像刚擦过一样。
②"四面"句：用项羽垓下兵败事比喻八国联军攻破北京。
③八年风味：指自己旅居北京至此已整八年。思浙：思念故乡浙江。
④苦：恨，遗憾。蛾眉：妇女的代称。未屑：不屑、不愿。
⑤莽红尘：指尘世。